Robert Dugoni
Was sie wusste

EDITION M

Das Buch

Vor fünfundzwanzig Jahren verschwand die Reporterin Lisa Childress in einer dunklen Nacht nahe dem Hafen von Seattle spurlos. Ihre Tochter ist noch immer im Unklaren darüber, was damals wirklich geschah. Hat ihr Vater ihre Mutter umgebracht, was die Polizei nie beweisen konnte? Sie wendet sich an Detective Tracy Crosswhite, Spezialistin für Cold Cases.

Hinter dem Rücken ihrer Vorgesetzten ermittelt Tracy. Je mehr sie herausfindet, desto verstörender wird der Fall. Nicht, weil Lisa kurz vor ihrem Verschwinden bei Recherchen über einen Drogendeal in ein politisches Wespennest stieß. Nicht, weil ein kaltblütiger Mörder die Mitwisser und vielleicht auch Lisa beseitigte. Sondern, weil die Spur unvermittelt in eine Richtung führt, mit der Tracy nie gerechnet hätte …

Der Autor

Robert Dugoni ist der New-York-Times-Bestsellerautor der Tracy-Crosswhite-Reihe, von der mehr als zwei Millionen Exemplare verkauft wurden und die es auf Platz 1 des Wall Street Journal und auf Platz 1 bei Amazon geschafft hat. »Das Grab meiner Schwester« wird derzeit für eine TV-Serie adaptiert. Dugoni ist auch Autor der David-Sloane-Reihe und der Romane »The 7th Canon« und »The Cynide Canary«, das von der Washington Post zum besten Buch des Jahres gewählt wurde.

Er war mehrfach Finalist für den International Thriller Writers Award sowie für den Mystery Writers of America Award in der Kategorie Bester Roman. Seine David-Sloane-Reihe wurde zweimal für den Harper Lee Award nominiert. Dugonis Bücher sind in über 20 Sprachen übersetzt worden. Mehr über Robert Dugoni können Sie auf seiner Website unter www.robertdugoni.com oder unter www.facebook.com/AuthorRobertDugoni erfahren.

ROBERT DUGONI

WAS SIE WUSSTE

THRILLER

Aus dem Amerikanischen von Dorothee Danzmann

EDITION M

Die amerikanische Ausgabe erschien 2022 unter dem Titel
»What She Found« bei Thomas & Mercer, Seattle.

Deutsche Erstveröffentlichung bei
Edition M, Amazon Media EU S.à r.l.
38, avenue John F. Kennedy, L-1855 Luxembourg
August 2022

Die Übersetzung dieses Buches wurde durch Amazon Crossing ermöglicht.

Umschlaggestaltung: semper smile, München, www.sempersmile.de
Umschlagmotiv: © littlenySTOCK © APM STOCK / Shutterstock;
© Leonardo Baldini / ArcAngel
Lektorat: Rainer Schöttle
Korrektorat: Manuela Tiller/DRSVS
Gedruckt durch:
Amazon Distribution GmbH, Amazonstraße 1, 04347 Leipzig /
Canon Deutschland Business Services GmbH, Ferdinand-Jühlke-Straße 7,
99095 Erfurt /
CPI books GmbH, Birkstraße 10, 25917 Leck

ISBN: 978-2-49671-115-8

www.edition-m-verlag.de

Für Christina, Joe und Catherine,
strahlende Lichter in düsterer Zeit.

Prolog

27. Februar 1996
Seattle, Industriegebiet

Es hatte Lisa Childress noch nie etwas ausgemacht, nachts in finsteren, unheimlichen Gegenden unterwegs zu sein. Sie war Journalistin beim *Seattle Post-Intelligencer* und gern bereit, sich mit den Quellen für ihre investigativen Artikel zu jeder Tages- und Nachtzeit und auch schon einmal an fragwürdigen Schauplätzen zu treffen. Dunkelheit ängstigte sie nicht, genauso wenig Spukhäuser oder Horrorfilme. Als Kind hatte sie sich immer sehr auf Halloween gefreut und darauf, wie sich die Leute jedes Mal wieder bemüht hatten, sie mit unheimlichen Kostümen zu überraschen, zu erschrecken oder ihr richtig Angst einzujagen. Nie war das jemandem gelungen. Später dann, als Teenager, hatte sie bei Horrorfilmen, die ihre Freundinnen kreischend aus dem Zimmer gejagt hatten, immer nur schallend lachen müssen. Angst zu haben, zu dem Schluss war sie schon sehr früh gekommen, war auch nur ein Bewusstseinszustand, den sie, wie frieren oder glücklich sein, unter Kontrolle halten konnte.

Also hatte sie nicht protestiert, als sich ein Informant bei ihr gemeldet hatte, der sich um zwei Uhr morgens im Industriebezirk von Seattle mit ihr treffen wollte. Bei ihrem kurzen Telefongespräch hatte der Mann erklärt, Lisas letzte Artikel gelesen zu haben und über Informationen zu verfügen, die sie interessieren könnten. Lisa hatte volles Verständnis dafür, dass der Mann lieber vorsichtig sein wollte. Sie saß an einer brandheißen Story und wenn sie die ordentlich mit Quellenmaterial untermauern konnte, würde das in Seattle so einiges in die Luft jagen. Mit Nachwehen, die weite Kreise ziehen würden.

Sie fuhr auf dem East Marginal Way in südlicher Richtung, an einer Zementfabrik vorbei, einer Recyclingfirma für Glas, an Speditionen und Produzenten für Rohmaterialien in Betonbauten, die über Metallbrücken miteinander verbunden waren. Hier spuckten Rohre und Schornsteine rund um die Uhr und an dreihundertfünfundsechzig Tagen im Jahr Rauch und Rußpartikel in die Luft, wobei die auch nachts aktiven Betriebe jeweils mit Minimalbesetzungen arbeiteten, weshalb auf den werkseigenen Parkplätzen nur wenige Fahrzeuge standen. Noch brannte kein Licht in den auf die Bedürfnisse der hier in der Gegend beschäftigten Menschen ausgerichteten Imbissen und Schnellrestaurants, was auch noch ein paar Stunden lang so bleiben würde.

Durch die Windschutzscheibe beobachtete Lisa die Wolken, die von einer starken Brise über den sternenbesetzten Himmel geschoben wurden, und musste unwillkürlich daran denken, dass sich die Gegend hier perfekt als Schauplatz für einen der Horrorfilme eignen würde, die sie als Teenager so gern gesehen hatte.

Als sie an einer roten Ampel halten musste, nutzte sie die Gelegenheit, den Drehverschluss ihrer mitgebrachten Literflasche Coca-Cola zu öffnen. Zischend entwich ein wenig Kohlensäure, und als sie einen großen Schluck trank, kribbelte es angenehm in Hals und Nebenhöhlen. Cola trank sie seit ihrer Collegezeit, eine Angewohnheit, die sie auch auf die Journalistenschule und danach noch in den Job begleitet hatte. Von Kaffee bekam sie Magenschmerzen, aber ganz ohne Koffein hielt sie Treffen wie dieses hier, spät in der Nacht oder früh am Morgen, einfach nicht durch. Cola half ihr, sich zu konzentrieren, auch wenn ihr nicht ganz klar war, weshalb, und verhinderte, dass sie zusammenklappte. Und das war gut so, denn Lisa arbeitete oft in hektischen Schüben, größtenteils deswegen, weil sie sich so leicht ablenken ließ. Daran würde sie wahrscheinlich auch nichts mehr ändern können, ein Zebra legte sich einfach keine neuen Streifen zu, und wenn ihr kein Abgabetermin über dem Kopf hing wie ein Damoklesschwert, konnte sie ihre Gedanken einfach nicht sammeln. Nicht, dass sie diese Termine etwa einhielt oder das auch nur versuchte. Sie hasste Abgabetermine und verriet ihren Redakteuren unter anderem deswegen nie im Detail, woran sie genau arbeitete. Denn wenn sie das täte, würde man bei der Zeitung ein bestimmtes Datum für die Veröffentlichung einplanen, und das ging gar nicht. Lisas Meinung nach hatten Investigationen ihr Eigenleben, genau wie Geschichten. Sie hatten einen Anfang, ein Mittelteil und ein Ende, und wenn sie in Bezug auf das Ende unter Druck geriet, konnte es sein, dass ihr die eigentliche Substanz der Story entglitt. Redakteure und Herausgeber der Zeitung, für die sie arbeitete, hatten es aufgegeben, sie an die Leine legen zu wollen, solange sie nur weiterhin kraftvolle, den Nagel auf den Kopf treffende Storys lieferte, die lokal und national für Aufmerksamkeit sorgten.

Lisas Ehemann Larry war da nicht so verständnisvoll, schon gar nicht seit es im Haus auch noch Anita, ihre inzwischen zweijährige Tochter, gab. Dabei hatte Larry gewusst, worauf er sich einließ. Lisa und er hatten vor ihrer Heirat fast ein Jahr lang zusammengelebt. Lisa wäre auch weiterhin ohne Ehering glücklich gewesen, nur war ihnen dann, wie sie entdeckt hatte, als sie auf eins dieser gewissen Stäbchen pinkelte, ein kleines Malheur passiert, und laut Larry war es für ein Kind unbedingt nötig, dass Mutter und Vater denselben Nachnamen trugen. Womit er ja irgendwie recht hatte.

Larry hatte auch gewusst, dass seine Frau nicht in der gewöhnlichen Bilderbuchfamilie aus beliebten Fernsehserien groß geworden war, in denen die Männer zur Arbeit gingen, während sich die Frauen herausputzten und man früh zu Abend aß. Lisas Mutter war Beverly Siegler, eine der ersten Herz-Lungen-Chirurginnen Seattles. »Sag bloß nicht Kardiologin zu mir!«, war einer der Lieblingssprüche dieser Dame. »Ich arbeite für mein Geld!« Lisas Vater Archibald sah sich als Schriftsteller, was ihm allerdings eher eine Ausrede verschaffte, zu Hause bleiben zu können und zu trinken wie einst Hemingway.

Larry hatte auch von Lisas Unordentlichkeit und ihrem Mangel an Organisationstalent gewusst und auch, wie rasch und oft ohne erkennbaren Übergang ihr Kopf von einem Thema zum anderen springen konnte. Lisas Mutter hatte sie als Kind testen lassen und die Ärzte waren zu dem Schluss gekommen, Lisa wäre autistisch – für ihre Mutter bedeutete das kurz vorm Genie.

Es wurde grün und Lisa bog nach rechts in die South Fidalgo ein. Fidalgo – wie der Name eines Menschen, ein Name, den man so schnell nicht vergaß. Lisa rief im Geiste den Thomas-Guide-Routenplaner auf.

Fahren Sie weiter bis zum Ende der Straße, an einem länglichen, einstöckigen Betongebäude vorbei und anschließend durch die Passage zwischen der hinteren Ecke des Gebäudes und dem Duwamish.

Hinter dem lang gestreckten Gebäude lag ein wie ein gleichschenkliges Dreieck geformtes Gebiet, dessen Hypotenuse vom Duwamish gebildet wurde. Von der gegenüberliegenden

Seite des als Wasserstraße genutzten Flusses beleuchteten starke Industrielampen die mit bunten Containern beladenen Frachtschiffe, die in der Fahrrinne ankerten. Entlang der einen Seite des Dreiecks standen die Fahrerkabinen von Sattelschleppern, die rückwärts an zurzeit geschlossene Laderampen herangefahren worden waren, wo sie nun warteten. Ihre Kühler lächelten Lisa zu. Dort in der Nähe stand im Schatten des hohen Wildwuchses am Flussufer ein Wagen. Das musste ihr Informant sein, ihre Quelle. Lisa schaltete ihre Scheinwerfer aus. Bei seinem Anruf hatte der Mann gesagt, er würde kurz aufblinken, wenn die Luft rein war und ein Treffen sicher stattfinden konnte. Alles ein bisschen arg melodramatisch, fand Lisa, aber es war wohl angesagt, sich den örtlichen Gepflogenheiten anzupassen.

Also wartete sie.

Nichts. Keine Scheinwerfer.

Vielleicht sollte umgekehrt sie ihre Scheinwerfer aufleuchten lassen? Sie wartete noch eine Minute, dachte dann, schaden könne es schließlich nicht, und schaltete ihr Licht kurz an und wieder aus.

Keine Antwort.

Drüben im Wagen saß jemand hinter dem Steuer. Lisa konnte die Umrisse deutlich ausmachen und musste sofort wieder an diese lächerlichen Horrorfilme denken, in denen oft eine sehr hilflose und ziemlich dämliche junge Frau von einem durchgeknallten Killer an einen einsamen Ort gelockt wurde. Der Killer trug dann Ledermaske und hatte eine Kettensäge dabei, und sobald die Frau ihn sah, stammelte sie meistens irgendetwas total Blödes wie etwa: »Ich komme doch hoffentlich nicht ungelegen?«

Woraufhin dann die Kettensäge losheulte, laut kreischend, was man bis in die Knochen hörte.

Brrrrumm … Brrr…

Nein, dumm rumzusitzen und zu warten, dazu war es einfach zu früh am Morgen. Lisa tastete im Chaos auf dem Sitz neben sich unter Papieren, Notizblöcken, einer Vliesjacke und leeren Fast-Food-Behältern nach ihrem Aufnahmegerät für Minikassetten, sah nach, ob die Batterie noch gut war, spulte das Band zurück, drückte auf Aufnahme und verstaute das kleine Gerät in der Innentasche ihrer Jacke. Auf Kuli und Notizblock reagierten manche ihrer Informanten nervös, egal, wie oft Lisa den Leuten versicherte, dass sie die Identität ihrer Quellen nie preisgeben würde.

Als sie in ihre Umhängetasche griff, um den Autoschlüssel darin zu versenken, spürte sie unter den Fingern einen langen, zylindrischen Gegenstand und wusste sofort, was das war: Bärenspray. Sie wusste auch, wer ihr die Dose in die Handtasche gesteckt hatte: Larry.

Ihr Mann lag ihr ständig in den Ohren, sie solle sich Pfefferspray anschaffen, aber irgendwie kam Lisa einfach nie dazu. Das Bärenspray stammte aus ihrer Campingausrüstung und stellte Larrys nicht gerade diskreten Wink mit dem Zaunpfahl dar. »Wenigstens weißt du jetzt, dass ihm etwas an dir liegt«, hätte ihre Mutter das wohl kommentiert.

Als sie die Wagentür öffnete, fiel kurz Licht auf das Chaos im Auto. Draußen ließen die frühmorgendliche Temperatur um den Gefrierpunkt und die steife Brise sie schaudern.

Die Brise roch nach Chemie von einer der Fabriken am Duwamish oder vom verschmutzten Fluss selbst. Seattle lag im Dauerstreit mit den Gewerbetreibenden hier; entweder hielten sie das Wasser sauber oder sie zahlten heftige Bußgelder.

Als Lisa sich dem parkenden Auto näherte, frischte der Wind noch einmal auf und das Summen arbeitender Maschinen lag in der Luft. Sie öffnete die Beifahrertür und hatte sofort einen unangenehmen Geruch in der Nase, eine üble Mischung aus Marihuana und schmutziger Windel.

Der Mann hinter dem Lenkrad trug eine Baseballkappe und eine dicke Daunenjacke. Er starrte reglos auf die Windschutzscheibe und gab in keiner Weise zu erkennen, dass er sie bemerkt hatte.

»Ich bin Lisa Childress«, sagte sie.

Keine Antwort.

»Hatten Sie mich angerufen? Sir?« Lisa streckte die Hand aus und tippte den Mann an die Schulter. Der kippte daraufhin erst gegen das Fenster auf der Fahrerseite und dann nach vorn, wo er mit dem Kopf gegen das Lenkrad schlug, bevor sein ganzer Körper zur Seite rutschte, wie bei einem Kartoffelsack, den man umlagert und der dabei zwischen den Sitzen zusammensackt. Dabei verrutschte seine Basecap und zum Vorschein kam eine Kopfwunde. Und jetzt sah Lisa auf den Schultern seiner Jacke auch das Blut, dunkel wie Schokoladensoße, sowie Bröckchen Gehirnmasse.

Hinter ihr, im hohen Ufergras, raschelte es. Als Lisa sich umdrehte, tauchte dort eine dunkle Gestalt auf, das Gesicht hinter einer schwarzen Skimaske verborgen. Instinktiv langte sie nach dem Bärenspray in ihrer Tasche, war aber nicht schnell genug. Der Angreifer packte sie am Hals und stieß sie hart gegen das Auto. Als ihr Kopf gegen die Metalltür knallte, sah sie einen Moment lang außer Sternen gar nichts mehr, während die Hand des Mannes ihren Hals zudrückte, bis sie keine Luft mehr bekam.

Er schlug sie ein zweites und auch noch ein drittes Mal mit dem Kopf gegen das Auto, aber dann hatten ihre Finger endlich den Sicherheitsverschluss der Sprühdose öffnen können. Der Mann spürte ihre Bewegung wohl, schaffte es aber nicht rasch genug zu reagieren. Lisa hob die Dose und sprühte ihm eine Ladung Bärenspray in die Augen. Mit einem lauten Schrei gab er ihren Hals frei, um an seiner Maske zu zerren, und sie konnte ihn einen flüchtigen Moment lang sehen, bevor er in der Dunkelheit verschwand.

Um Lisa drehte sich alles, sie war vollkommen desorientiert. Verzweifelt versuchte sie, sich mit dem Arm am Auto abzustützen, verfehlte ihr Ziel, verlor das Gleichgewicht, stürzte ins hohe Gras und ließ die Sprühdose fallen. Benommen rappelte sie sich wieder auf, stützte sich auf ein Knie und übergab sich.

Du musst hier weg!

Langsam, schwankend stand sie auf. Die Häuser, Lichter, der nächtliche Himmel, alles drehte sich um sie.

Sie tat einen Schritt, spürte ihren Körper wie schwerelos nach vorn kippen und schlug mit dem Kopf auf den Asphalt.

Kapitel 1

Gegenwart
Seattle

Tracy hatte ihre Bürotür gerade hinter sich geschlossen, als es klopfte. Am liebsten hätte sie der Person, die da etwas von ihr wollte, befohlen, später wiederzukommen, denn sie brauchte ein bisschen Zeit, um sich zu sammeln und wieder zu Atem zu kommen. Sie war gerade erst ins Polizeipräsidium zurückgekehrt, nach dem Besuch bei einer weiteren Familie, der sie hatte sagen müssen, dass die Leiche des von ihr vermissten, geliebten Menschen im Curry Canyon gefunden worden war. Tracy hatte im Winter zuvor der Spur einer entführten jungen Frau bis zu einer Hütte in diesem Canyon folgen können und bei der Gelegenheit das reinste Gruselkabinett entdeckt. Jahrelang hatte ein Anwesen dort zusammen mit dem Keller eines Wohnhauses in North Seattle zwei sadistischen Serienmördern als Begräbnisstätte für ihre Opfer gedient. Den Familien der Opfer diese Nachricht zu überbringen, fiel Tracy schwer, aber noch schwerer traf es natürlich die Familien, die zwar Erleichterung darüber äußerten, endlich Gewissheit zu haben, die aber trotzdem noch einmal den Schmerz durchleben mussten, der sich vor so vielen Jahren in ihr Herz gebohrt hatte. Jeder Fall, jede Begegnung verlangten Tracy einen hohen Preis ab, wusste sie doch nur zu gut, wie sehr die Familien trauerten und welch schmerzlicher Heilungsprozess sie erwartete.

Jetzt hätte sie nichts weiter haben wollen als fünf Minuten Ruhe und Frieden, ganz für sich allein.

Fünf Minuten, um tief durchzuatmen.

Dieser Luxus schien ihr verwehrt.

Seufzend öffnete sie die Tür und war überrascht, die Polizeichefin Marcella Weber vor sich zu sehen.

»Haben Sie eine Minute Zeit für mich?« Webers Stimme klang immer einen Tick zu tief für die etwa sechzigjährige, attraktive Frau, die zwanzig Jahre jünger wirkte. Laut Webers eigenen Aussagen hatte sie ihr jugendliches Aussehen und den Mangel an Falten der Tatsache zu verdanken, dass sie Afroamerikanerin war. Beides mochte aber auch mit ihrer eher vollen Figur zu tun haben, und auch ihr Kurzhaarschnitt ließ sie jung aussehen. Nicht, dass Weber es darauf angelegt hätte, denn sie ließ ihre Haare nicht färben, deren graue Strähnen auf einiges an Erfahrung schließen ließen. Ihre goldenen Ohrstecker waren der einzige Schmuck, den sie sich gönnte, ihre Hände zierte nicht einmal ein Ehering. Die Augen, mit denen sie Tracy jetzt ansah, wurden von den Fernsehkameras geliebt, konnten jedoch bei Bedarf Löcher in einen ihr untergebenen Beamten bohren. Sie trug ausschließlich Uniform und erklärte allen, die es hören mochten, sie werde immer zuallererst Polizistin sein.

»Sieht aus wie bei mir an manchen Tagen«, meinte sie lachend mit einem Blick auf das Desaster, das Tracy ihr Büro nannte. »Soll ich lieber später noch einmal wiederkommen?«

Auf Tracys Schreibtisch türmten sich schwarze Ordner, einer für jeden ungeklärten Fall. Sie türmten sich aber auch auf dem Fußboden und auf den beiden zweckmäßigen Stühlen. Auf den Stapeln, die den Schreibtisch belegt hatten, balancierten lose Papiere, gelbe Notizblöcke und ein Kaffeebecher mit der Aufschrift »Beste Mom der Welt«. Tracy hatte all diese Ordner entweder in den Regalen ihres Büros gefunden oder aus dem Archiv geholt, jedes Mal, wenn Kelly Rosa, Rechtsmedizinerin des King County, die Identität eines weiteren Opfers bestätigen konnte.

Ein eigenes Büro zu besitzen, war eine Vergünstigung, die mit der Tatsache einherging, dass Tracy in ihrer Person die gesamte Cold-Case-Einheit darstellte. Sie hatte diese Stelle nur widerstrebend angenommen, als ihr Captain sie nach einer durch eine krankheitsbedingte Beurlaubung noch verlängerte Elternzeit hierher versetzt hatte. Vorher hatte Tracy zehn Jahre lang an einem der vier Schreibtische im Arbeitsbereich des A-Teams der Abteilung für Gewaltverbrechen gesessen, und auch wenn ihr der freundschaftliche, kollegiale Umgang mit Kins, Faz und Del nun fehlte, war es der reine Luxus, eine Tür hinter sich zumachen zu können, wenn man sich konzentrieren oder einfach nur ungestört telefonieren wollte. Tracy hatte fest vor, in ihrem neuen Job öfter pünktlich Schluss zu machen, um mehr Zeit zu Hause bei Dan und Daniella verbringen zu können, denn unter anderem damit hatte ihr ihr Vorgänger Art Nunzio den Job schmackhaft gemacht. Mehr Zeit für die Familie, darauf arbeitete sie hin.

Allerdings lebte sie da im Moment definitiv noch von der Hoffnung.

Denn wenn einen die Polizeichefin fragte, ob man einen Moment Zeit hatte, dann war dies eine rhetorische Frage.

»Kommen Sie ruhig herein«, sagte sie daher auch sofort.

»Wie es aussieht, sind Sie gerade erst reingekommen.« Weber deutete den Flur hinunter. »Sollen wir uns einen Kaffee holen?«

Tracy schüttelte den Kopf. »Meinetwegen nicht. Ich habe unterwegs welchen getrunken. Noch ein Becher und ich kann nicht mehr still sitzen.«

»Okay, verstanden.« Weber lächelte.

In all den Jahren, in denen Tracy für den Polizeichef Sandy Clarridge gearbeitet hatte, war er nie an ihren Schreibtisch im Arbeitsbereich ihres Teams gekommen, auch nicht an den eines anderen Detectives, soweit Tracy wusste. Wenn er einen Beamten sprechen wollte, dann wurde der in die heiligen Hallen im achten Stock gerufen. Mit Weber hatte frischer Wind im Präsidium Einzug gehalten. Laut der anlässlich ihrer Ernennung herausgegebenen Presseerklärung war Weber in einem der ärmeren Stadtteile von Seattle als Kind zweier hart arbeitender Eltern aufgewachsen und hatte sich in der Schule schon früh hervorgetan. Wenn es nach ihrer Mutter, einer Gerichtsschreiberin, gegangen wäre, dann wäre Weber Ärztin geworden, aber sie hatte sich wie ihr Vater für den Polizeidienst entschieden. Also war sie nach ihrem Collegeabschluss an der University of Washington an die Polizeiakademie gegangen und hatte sich danach mehr als fünfundzwanzig Jahre lang in den unterschiedlichsten Abteilungen der Polizei von Seattle durch hervorragende Arbeit ausgezeichnet. In den oberen Etagen hatte man das politische Potenzial einer afroamerikanischen Frau mit herausragendem Werdegang früh erkannt und Weber entsprechend gefördert. Sie hatte als Lieutenant gedient, als Captain, als Assistant Chief und stellvertretende Polizeichefin. Und als Clarridge von seinem Posten zurückgetreten war, nachdem sich Seattles Stadtrat für die auf der Straße in lautstarken Protesten geäußerte Forderung nach einer drastischen Kürzung der Geldmittel für die Polizei ausgesprochen hatte, hatte sie seinen Job übernommen und war Polizeichefin geworden.

Webers berufliche Leistungen wirkten umso beeindruckender, wenn man, wie es bei den meisten, die sich im Präsidium auskannten, der Fall war, wusste, dass sie und ihre beiden Geschwister fast ihr ganzes Erwachsenenleben lang die Mutter bei der Pflege des Vaters unterstützt hatten, dem im Zuge einer Intervention bei einem bewaffneten Raubüberfall auf einen Supermarkt in den Rücken geschossen worden und der in der Folge von der Taille an abwärts gelähmt gewesen war. Weber hatte nach ihrer Scheidung und nachdem ihre drei Kinder das Haus verlassen hatten, ihre Eltern bei sich aufgenommen, um sich jetzt, wo beide alt wurden, noch besser um sie kümmern zu können.

Tracy räumte die schwarzen Ordner von einem der beiden Stühle und Weber setzte sich.

»Ich hörte, Sie hatten auch heute Morgen wieder viel zu tun«, sagte sie.

Tracy stieg über weitere Ordner hinweg, um zu ihrem Schreibtischstuhl zu gelangen, und setzte sich ebenfalls. »Leider ja.« Sie hatte auf dem Heimweg ins Präsidium einen unerwarteten Anruf von Kelly Rosa erhalten, die unter der Leiche, die sie gerade in der Nähe der Hütte am Curry Canyon ausgruben, die Überreste eines weiteren Opfers entdeckt hatte. »Rosa glaubt jetzt aber, das war's, das war die letzte Leiche. Gott sei Dank.«

»Gott sei Dank!«, wiederholte Weber und bekreuzigte sich mit weinroten, einen Zentimeter langen Fingernägeln. Tracys Fingernägel stellten ein ähnliches Desaster dar wie ihr Büro und waren inzwischen so lange vernachlässigt, dass die Reparatur mehr Zeit in Anspruch nehmen würde, als Tracy gerade entbehren konnte.

»Damit wären es dort oben jetzt sieben, richtig?« erkundigte sich die Polizeichefin, ein diskreter Hinweis darauf, dass sie diese Arbeiten genau im Auge hatte. Sieben im Canyon gefundene Leichen, dazu die sieben, die man unter dem Wohnhaus in North Seattle gefunden hatte – damit kamen sie auf eine Gesamtzahl von vierzehn Opfern. Wobei mit jeder

Identifizierung einer Leiche ein weiterer Fall gelöst war, was der stark unter öffentlichem Druck stehenden Abteilung dringend benötigte mediale Aufmerksamkeit brachte. Und davon konnten sie zurzeit gar nicht genug bekommen. Immerhin mussten sie sich gegen einen Stadtrat wehren, der damit drohte, ihnen die Gelder zu streichen. Weber hatte Tracys Arbeit schon mehrfach dazu benutzt, die feste Entschlossenheit der Polizei von Seattle zu demonstrieren, einer Polizei, die kein Opfer im Stich ließ und nie aufgab, wozu sie natürlich ausreichende Geldmittel benötigte.

»Ehrlich gesagt habe ich die Übersicht verloren«, gestand Tracy. »Aber Rosa informiert mich jeweils, sobald sie Näheres über mögliche DNA-Spuren, Zahnabdrücke und Haarproben sagen kann. Wenn die beiden gerade entdeckten Frauen als vermisst gemeldet wurden und wir eine Akte haben, dann werden wir sie identifizieren.« Und Tracy würde sich wieder auf eine traurige Reise machen und zwei weiteren Familien eine herzzerreißende Nachricht überbringen müssen. »Und ich überbringe wie immer gute und gleichzeitig schlechte Nachrichten.«

»Ich brauche Ihnen wohl nicht zu sagen, wie großartig Ihre Arbeit ist, Tracy, und dass sie zu einer Zeit kommt, wo wir so etwas wirklich gut gebrauchen können.« Weber kam gleich zur Sache. »Ich habe einen Vorschlag für Sie.«

»Und der wäre?«, erkundigte sich Tracy.

»Ich würde einige der Familien gern hierher ins Polizeipräsidium einladen. Zu einer Pressekonferenz, zusammen mit Ihnen, Rosa und Rosas Team. Ich hatte gehofft, Sie könnten uns helfen, die Familien herauszusuchen, die gern …« Sie schwieg, musste wohl erst nach den richtigen Worten suchen.

»Die den besten Eindruck machen würden?« Tracy war beim Gedanken an all die öffentliche Aufmerksamkeit nicht ganz wohl. Die Leichenfunde waren doch nichts, was sich feiern ließ.

»Die Öffentlichkeit muss den Wert unserer Arbeit sehen können, und deswegen hoffe ich, Sie können die Fälle für mich heraussuchen, die den stärksten emotionalen Eindruck hinterlassen dürften. Der Bürgermeister findet auch, dass wir dadurch heilsam auf den Stadtrat einwirken könnten, der sich dann vielleicht nicht mehr ganz so dringend bei den Protestierenden einschmeicheln möchte, die immer wieder bei öffentlichen Anhörungen auftauchen.«

Politik war doch einfach entzückend.

»Ich frage bei ein paar Familien nach, ob sie zu einem solchen Auftritt bereit wären«, meinte Tracy.

»Sie könnten Ihnen sagen, dass sie damit den Familien anderer Vermisster helfen. Dass sie ihnen Hoffnung geben, ihnen zeigen, dass wir nie aufgeben und eines Tages vielleicht auch ihre Liebsten finden.«

»Ich sehe zu, was ich tun kann.«

Weber stand auf. »Wunderbar. Falls Sie je wieder zu den Gewaltverbrechen zurückwollen, sagen Sie Bescheid und ich sorge für Ihre Versetzung. Allerdings sehe ich für Sie einen anderen Karriereweg, wenn Sie bereit sind, sich von diesem Büro zu verabschieden.«

»Einen anderen Karriereweg?«

»Sie sollten eine Einheit leiten, sich an die Spitze hocharbeiten, so wie ich es getan habe.«

Diese Idee lehnte Tracy umgehend ab. »Ich bin im Feld viel besser als hinter einem Schreibtisch – womit ich niemandem zu nahe treten möchte!«

»Kein Problem. Aber urteilen Sie nicht vorschnell. Denken Sie darüber nach.«

Tracys Blick wanderte unwillkürlich hinüber zu ihren übervollen Regalen. »Eine Bitte hätte ich allerdings.«

»Nur heraus damit.«

»Bei einigen meiner Ermittlungen könnte ich von Zeit zu Zeit Hilfe gebrauchen. Ich würde dann gern einen anderen Detective hinzuziehen können.« Wenn das direkt über Weber lief, könnte sie ihren Captain Johnny Nolasco umgehen.

»Betrachten Sie die Sache als geregelt.«

»Captain Nolasco wird das allerdings kaum gefallen.« Auch Tracy redete nicht gern um den heißen Brei herum.

»Ich hörte von Ihrer wohl nicht ganz einfachen Beziehung.«

Nicht ganz einfach war die Untertreibung des Jahres. »Es wäre besser, wenn die Anordnung von Ihnen käme und nicht als Vorschlag von mir.«

»Verstehe. Wenn Sie mich brauchen – meine Tür steht Ihnen immer offen.«

»Das weiß ich zu schätzen, Chief.«

Tracy begleitete Weber an die Tür und schloss diese hinter ihr. Sie wusste nicht recht, was sie von dem Gespräch halten sollte. Weber könnte sich als Ass im Ärmel erweisen, falls Tracy mal eins brauchte, aber gleichzeitig hatte sie gerade das Gefühl, ganz dringend unter die Dusche zu müssen.

Das Telefon auf ihrem Schreibtisch klingelte. Tracy langte über das Chaos hinweg und nahm den Hörer ab. »Detective Crosswhite.«

»Detective, ich habe hier eine junge Dame, die nach ihrer Mutter sucht. Sie sagt, sie sei seit fast fünfundzwanzig Jahren vermisst.«

Wieder wanderte Tracys Blick hinüber zu den mit Ordnern vollgestopften Regalen und sie meinte nicht zum ersten Mal, seit sie hier arbeitete, Art Nunzios warnende Stimme zu hören. *Immer hübsch eine Akte nach der anderen. Ich habe ständig gedacht, nur einen Anruf weit von der Lösung eines weiteren Falles entfernt zu sein.*

»Stellen Sie sie durch«, sagte Tracy.

Kapitel 2

Eine Stunde später las Tracy in dem schwarzen Aktenordner, den sie sich aus dem Lager geholt hatte, und genoss den Duft von frisch aufgebrühtem Kaffee und Kräutertee. Sie knabberte an einem Blaubeerscone, und vor ihr auf einem der hohen Tische ganz hinten in der Macrina Bakery stand ein Kaffeebecher, der so groß war, dass man ihn schon eher als Schüssel bezeichnen konnte. Die Macrina Bakery befand sich in der First Avenue im SoDo-Bezirk von Seattle, wobei SoDo für South of Downtown stand, südlich der Innenstadt. Tracy ging gern hierher, wenn sie sich außerhalb des Büros mit jemandem treffen wollte, denn das Lokal war leicht zu finden und parken war hier in der Gegend auch selten ein Problem. Sie liebte die Gerüche hier, besonders den nach frisch gebackenem Brot, der sie an die Sonntage ihrer Kindheit erinnerte, an denen ihre Mutter gebacken hatte. Überhaupt strahlte der ganze Laden eine angenehme Atmosphäre aus. Es lief Musik, aber nicht so laut, dass man sich selbst nicht mehr denken hören oder eine vernünftige Unterhaltung führen konnte – sie wurde ihren Eltern immer ähnlicher! –, und die Einrichtung wirkte schlicht und zweckmäßig, bis hin zur hohen, offenen Decke, unter der man die Lüftungskanäle und die Köpfe der Sprinkleranlage sehen konnte.

Eigentlich hatte Tracy ihrer Anruferin sagen wollen, was alle zu hören bekamen, die auf der Suche nach ihren Liebsten bei ihr anriefen: Die Einheit Cold Cases hatte die betreffende vermisste oder verstorbene Person nicht vergessen und falls der Anrufer oder die Anruferin neue Informationen für sie hatte, dann nahm Tracy die gern entgegen. Sollten sich die neuen Informationen als vielversprechend erweisen, dann würde man ihnen nachgehen und Tracy die Familie auf dem Laufenden halten. Sie versuchte immer, das nicht als reine Routineantwort klingen zu lassen, denn die Anrufer sollten wissen, dass sie es ernst meinte. Nur gab es oft keine frischen Spuren oder Beweise und jeder Fall war ja bereits gleich zweimal unter jedem nur denkbaren Aspekt durchleuchtet worden, einmal von den ursprünglich ermittelnden Detectives und dann noch einmal, nachdem er an die Cold-Case-Einheit übergeben worden war. Tracy erhielt seit den Leichenfunden in North Seattle und Curry Canyon viele Anrufe von Familien, die darum baten, die Fälle ihrer Liebsten noch einmal zu eröffnen und neu einzuschätzen. Sie konnte sich nicht mit allen befassen.

Aber irgendetwas Außergewöhnliches und gleichzeitig Vertrautes beim Anruf an diesem Morgen hatte Tracys Interesse geweckt. Anita Childress suchte nicht nach einer Tochter oder Schwester oder Tante. Sie suchte nach ihrer Mutter, die seit vierundzwanzig Jahren verschwunden war, ein durch und durch ernüchternder Gedanke.

Childress hatte am Telefon erzählt, sie selbst sei erst zwei Jahre alt gewesen, als ihre Mutter Lisa, Investigativjournalistin beim inzwischen zur Onlinezeitung mutierten *Seattle Post-Intelligencer*, mitten in der Nacht ihr Zuhause verlassen hatte und nicht mehr zurückgekommen war. Ihre Leiche war nie gefunden worden. Lisa Childress war einfach verschwunden, wie Tracys jüngere Schwester Sarah Crosswhite.

Als Tracy spürte, dass jemand neben ihr stand, sah sie auf. Die Frau vor ihr war grobknochig, mit einem Gesicht, mit dem sie durchaus als Model hätte arbeiten können.

»Detective Crosswhite?« Rasch klappte Tracy ihren Ordner zu und wollte zur Begrüßung aufstehen, als ihr die Frau die Hand hinstreckte und sie bat, sitzen zu bleiben. »Anita Childress«, stellte sie sich vor, ehe sie Tracy gegenüber auf den zweiten hohen Stuhl am Tisch kletterte.

»Möchten Sie einen Kaffee oder etwas zu essen?«, erkundigte sich Tracy.

»Ich habe mir einen Tee bestellt, gegessen habe ich heute Morgen schon. Vielen Dank, dass Sie bereit waren, sich mit mir zu treffen.«

»Ich habe gerade erst angefangen, mich in die Akte Ihrer Mutter einzulesen, und bin leider noch nicht weit gekommen.«

Childress lächelte. »Das kann ich mir lebhaft vorstellen, ich habe Ihre Ermittlungen im Curry Canyon und in North Seattle verfolgt. All die Leichen! Da kann einem richtig schlecht werden.«

»Das kann es in der Tat.« Tracy nickte.

»Sie müssen alle Hände voll zu tun haben, dabei sind Sie ja noch relativ neu in dem Job. Herzlichen Glückwunsch übrigens zur Tapferkeitsmedaille. Die dritte inzwischen, nicht wahr?«

»Ja, das stimmt.« Tracy lächelte, neugierig geworden. »Ich erinnere mich allerdings nicht mehr daran, das in der Presseerklärung gelesen zu haben.«

»Es stand auch nicht drin. Aber keine Sorge, ich bin keine Stalkerin.« Childress' Lächeln wirkte ein wenig gezwungen. »Aber ich habe recherchiert, alte Gewohnheit. Hängt mit meiner Arbeit zusammen.«

»Und was wäre das für eine Arbeit?«

»Ich bin Reporterin bei der *Seattle Times.* Schwerpunktmäßig berichte ich über die Stadtregierung, aber ich bin durch frühere Artikel in unserer Zeitung auch mit einigen Ihrer Fälle und mit Ihren Erfolgen vertraut.«

Tracy legte die Hand auf den mitgebrachten Ordner. »Ich glaube gelesen zu haben, dass Ihre Mutter ebenfalls Journalistin war?«

»Beim *Post-Intelligencer.* Damals hatte Seattle noch zwei Zeitungen.«

Die Kellnerin rief Childress' Tee aus und die junge Frau stand auf, um sich die riesige Tasse zu holen und vorsichtig an den Tisch zu tragen. »Die machen hier keine halben Sachen, was?«, sagte sie lächelnd.

»Das ist richtig!«

Childress trank einen kleinen Schluck und stellte die nach Pfefferminze duftende Schale zurück auf den Tisch.

»Dann sind Sie in die Fußstapfen Ihrer Mutter getreten?«, erkundigte sich Tracy.

Childress blickte kurz zur Seite, ehe sie sich erneut auf Tracy konzentrierte. »Als Reporterin kann ich mich mit ihr nicht vergleichen, aber …« Sie zuckte die Achseln. »Ich dachte, so habe ich leichter Zugang zu Informationen, die mir helfen könnten, sie zu finden. Ich weiß, wie sich das anhört … als hätte ich eine Zwangsneurose oder so und würde Gespenster jagen. Aber das mache ich nicht. Ich meine, ich habe keine Zwangsneurose. Allerdings jage ich wirklich einem Geist hinterher. Es ist nur …«

»Sie brauchen es mir nicht zu erklären«, meinte Tracy, die bei einem verstohlenen Blick auf die Hände der jungen Frau dort keinen Ehering entdeckt hatte.

»Danke«, sagte Childress. »Ich weiß, dass Ihre Familie Ihre Schwester verloren hat, als sie achtzehn war. Und ich weiß, dass Sie zwanzig Jahre später die sterblichen Überreste Ihrer

Schwester gefunden haben, in den Bergen oberhalb von Cedar Grove, soweit ich mich erinnere. Darüber wurde in den Medien ausführlich berichtet, auch über den Prozess gegen den Mann, der wegen des Mordes an Ihrer Schwester im Gefängnis saß. Wie dem auch sei: Ich hatte gehofft, Sie könnten mich verstehen.«

Childress hatte ihre Hausaufgaben gemacht und die richtigen Schlüsse gezogen, obwohl in keinem Zeitungsartikel gestanden hatte, dass Tracy aus eben den Gründen zur Polizei gegangen war, die Childress zu ihrem Beruf als Journalistin geführt hatten. Auch sie hatte Zugang zu Informationen haben wollen. Jahrelang hatte Tracy das geheimnisvolle, plötzliche Verschwinden ihrer Schwester unter die Lupe genommen, eine Suche, die, angetrieben von Schuldgefühlen, zur Obsession geworden war. In der Zeit hatte sie allein gelebt und auf tiefergehende Beziehungen verzichtet, um jeden Abend nach Hause kommen und sich den Kartons voller Unterlagen widmen zu können, die sie nach dem Verschwinden ihrer Schwester zusammengetragen hatte. Das tat sie bis zu dem Tag, an dem ihr klar geworden war, was aus ihr und ihrem Leben geworden war, und an dem sie befürchtet hatte, den Verstand zu verlieren.

»Ihre Mutter ist schon sehr lange verschwunden, wenn ich das richtig verstanden habe«, sagte sie nun. »Das tut mir unendlich leid.«

»Ich habe seit mehreren Jahren nichts mehr von der Polizei gehört und hatte mich vor etwa einem Jahr an einen Art Nunzio gewandt, der allerdings meinte, es gäbe keine neuen Hinweise, denen er nachgehen könnte.«

Womit Art gemeint hatte, dass es keine DNA-Spuren gab, mit denen er hätte arbeiten können. Die Entscheidung, einen Fall wieder aufzurollen, wurde im Grunde nach einer Kosten-Nutzen-Rechnung getroffen: Stand die zu leistende Arbeit in einem angemessenen Verhältnis zu den zu erwartenden Ergebnissen? Ohne DNA-Spuren, so wahrscheinlich Arts

Überlegungen, rechtfertigte das Ergebnis, mit dem sie rechnen mussten, nicht die mit einer Wiederaufnahme der Ermittlungen verbundenen Mühen.

»Vielleicht können Sie die wichtigsten Einzelheiten noch einmal für mich zusammenfassen«, bat Tracy. »Sie haben ja auf jeden Fall viel mehr Zeit mit den Fakten verbracht als ich!« Sie schlug ihren Notizblock auf.

»Natürlich.« Childress setzte sich auf. »Meine Mutter verschwand am 27. Februar 1996. Mein Vater sagte, sie hätte früher an diesem Abend einen Anruf erhalten und ihm mitgeteilt, sie müsse sich mit jemandem treffen, der ihr als Quelle für eine der Geschichten dienen könnte, an denen sie damals arbeitete.«

»Hatte diese Person einen Namen?«

»Es war eine vertrauliche Quelle.«

»Und woran hat Ihre Mutter gearbeitet?«

Childress lächelte. »Das ist eine der entscheidenden Fragen. Ich habe mit Bill Jorgensen gesprochen, der damals bei *PI* der Redakteur meiner Mutter war. Er konnte mir keine genaue Auskunft erteilen. Meine Mutter hätte sich, was ihre Storys betraf, immer sehr bedeckt gehalten. Oft hat sie ihm gar nicht gesagt, woran sie arbeitete.«

»Sie hat ihrem Redakteur verschwiegen, woran sie arbeitete?«

»Meine Mutter war … anders. Soweit ich mir das habe zusammenreimen können.«

»In welcher Beziehung?«

»Wahrscheinlich hatte sie das Asperger-Syndrom. Aber heute ist es ja nicht mehr politisch korrekt, das so zu nennen, weil Asperger angeblich der Name von einem Nazi ist, der sich der Eugenik verschrieben und Leute umgebracht hat, die als nicht voll leistungsfähig galten. Autistisch würde man meine Mutter heute wohl nennen. Das hat mir meine Großmutter erzählt. Sie sagt, Mom wäre oft desorganisiert gewesen, auch vergesslich. Und sie hatte Probleme in sozialen Situationen, doch wenn sie sich auf eine Sache konzentrierte, war sie einfach brillant. Ihre investigativen Artikel waren immer sorgfältig recherchiert und durch Quellen belegt, aber ihr Redakteur und der Herausgeber wussten oft nicht in Einzelheiten, woran sie gerade saß und wann sie mit einem Artikel rechnen konnten. Laut Jorgensen hatten sie es aufgegeben, ihr Abgabetermine zu setzen, weil sie die nie eingehalten hat.«

Tracy machte sich eine Notiz. Sie wollte im Internet nachlesen, ob die von Anita Childress beschriebenen Eigenheiten ihrer Mutter auf jemanden mit Autismus zutrafen und was genau das bedeutete. »Niemand wusste also, woran sie arbeitete?«

»Ich glaube, ich weiß es.« Childress langte in die Umhängetasche, die sie vor sich auf dem Boden abgestellt hatte, und zog vier braune Aktenmappen heraus, die sie auf den Tisch legte. »Das sind Ordner, die ich zusammengestellt habe, und zwar aus den Notizen meiner Mutter und aus Unterhaltungen, die ich mit Fotografen und anderen Journalisten geführt habe, mit denen meine Mutter in der Zeit damals zusammengearbeitet hat.«

»Sie haben diese Sachen in letzter Zeit zusammengestellt?«

Childress schüttelte den Kopf. »Ich beschäftige mich schon den größten Teil meines Erwachsenenlebens mit dem Verschwinden meiner Mutter.«

Auch damit konnte Tracy viel anfangen. »Ich meinte: Was Sie da haben, gehört das zu den Ermittlungen des Detectives aus der Cold-Case-Einheit oder zur ursprünglichen Ermittlung?«

»Weder noch. Nicht in diesem Ausmaß.«

»Was heißt das?«

»Laut Bill Jorgensen hat die Polizei nach den Unterlagen meiner Mutter gesucht, weil sie wissen wollte, ob mein Vater gelogen hat, als er behauptete, meine Mutter habe sich in der Nacht, in der sie verschwunden ist, mit einer vertraulichen Quelle treffen wollen.«

»Weit werden die Detectives da wohl nicht gekommen sein«, meinte Tracy.

Sie wusste, dass immer auch der Ehemann verdächtigt wurde, wenn eine Frau verschwand, aber sie wusste ebenso, wie schwer es war, Zeitungen per Gerichtsbeschluss zur Herausgabe von Unterlagen zu zwingen, bei denen es um die Namen von Quellen ging, denen man Vertraulichkeit zugesichert hatte. In der Regel stellten sich die Gerichte schützend vor die Zeitungen und verhinderten, dass deren Quellen von der Polizei zur Aufklärung eines Verbrechens herangezogen werden konnten.

»Richtig«, sagte Childress. »Sind sie nicht. Die Zeitung und die Polizei haben sich nach einer Weile zu einem Kompromiss durchgerungen. Na, wohl eher die jeweiligen Anwälte. Jedenfalls erklärte sich die Zeitung bereit zu sagen, an welchen Geschichten meine Mutter saß. Sie wollte aber weder ihre Aufzeichnungen, soweit vorhanden, weitergeben, noch die Namen ihrer vertraulichen Quellen oder Einzelheiten in Bezug auf die einzelnen Storys. Die Sache ist nur, die Zeitung kannte weder die vertraulichen Quellen meiner Mutter noch genauere Einzelheiten der Storys, an denen sie arbeitete.«

»Und wenn Sie diese Informationen jetzt an mich weitergeben – könnten Sie da Schwierigkeiten bekommen?«, wollte Tracy wissen.

»Ich wüsste nicht, wieso. Ich recherchiere in diesem Fall für mich privat, nicht im Auftrag der *Times*. Außerdem ist meine Mutter vor fünfundzwanzig Jahren verschwunden.«

»Aber Ihre Stellung als Reporterin gab Ihnen Zugang zu vertraulichen Informationen.«

Childress schüttelte den Kopf. »Eigentlich nicht. Sie werden sehen, dass fast alles hier in den Mappen veröffentlicht war oder aus Informationen stammt, die mir von Journalisten und Fotografen zur Verfügung gestellt wurden, die mit meiner Mutter zusammengearbeitet haben. Diese Informationen hätten auch die ermittelnden Polizeibeamten erhalten können, wenn sie den richtigen Leuten die richtigen Fragen gestellt hätten. Was sie nicht taten, weil sie sich von Anfang an auf meinen Vater eingeschossen hatten. Sie haben geglaubt, dass er meine Mutter ermordet hat.«

Was häufig der Fall ist, dachte Tracy, ohne es laut auszusprechen. »Okay. Woran hat Ihre Mutter also Ihrer Meinung nach damals gearbeitet?«

Childress legte lächelnd die Hand auf die oberste Mappe, die mehrere Zentimeter dick war. »Zum einen hat meine Mutter sich für die Geschäftsbeziehungen des ehemaligen Bürgermeisters Michael Edwards während dessen Amtszeit interessiert.«

»Da war sie nicht die Einzige.« Edwards war für seine »Pay to Play«-Politik berüchtigt gewesen. Bei ihm musste man angeblich zahlen, wenn man mitspielen wollte, und es wurde wild spekuliert, dass er seinen Erfolg im Amt und seinen Wohlstand eben jener Politik verdankte. »Aber man hat ihm doch nie etwas anhängen können.« Tracy war bis zu einem gewissen Grad vertraut mit den Versuchen des FBI und des Justizministeriums, des ehemaligen Bürgermeisters habhaft zu werden. »Jedenfalls nichts Handfestes.«

Childress schob die erste Mappe beiseite und legte ihre Hand auf die darunter liegende. »Außerdem saß sie an einer Story über ein langjähriges Mitglied des Stadtrats, Peter Rivers.«

Der Name sagte Tracy erst einmal nichts. »Rivers? Was war mit ihm?«

»Rivers war ein standhafter Verfechter der Rechte von Schwulen und Lesben und vertrat im Stadtrat eher fortschrittliche Standpunkte. Er zeigte eine Weile Interesse am Amt des Bürgermeisters, hat sich aber nie offiziell darum beworben und verschwand dann irgendwann sehr plötzlich aus allen öffentlichen Ämtern. Angeblich, weil er sich stärker seinem Mann und den beiden Kindern widmen wollte.«

»Aber das war nicht der eigentlich Grund?«

»Meine Mutter folgte verschiedenen Hinweisen, denen zufolge Rivers in jüngeren Jahren männliche Jugendliche angesprochen und sie für sexuelle Handlungen bezahlt hat. Es gibt in Moms Unterlagen eine Aussage dazu, dass mindestens einer dieser Jungen versucht hat, Rivers zu erpressen.«

Childress legte auch diese Mappe beiseite, um nach der nächsten zu greifen. »Außerdem befasste sich meine Mutter noch mit einer Gruppe Polizisten, mit einer Sondereinheit, die angeblich bei Drogenrazzien Geld abgesahnt hat.« Genau wie die beiden anderen hätte auch diese Geschichte Tracys Meinung nach für ziemlichen Wirbel gesorgt, wäre sie je an die Öffentlichkeit gelangt.

Childress berührte die vierte Mappe, die nicht ganz so umfangreich war wie die anderen drei. »Und dann hat sich meine Mutter noch für den Serienmörder an der Route 99 interessiert.«

Mit dieser Geschichte war Tracy vertraut, wie wohl die meisten jungen Frauen, die in den Neunzigerjahren im pazifischen Nordwesten groß geworden waren. Der Serienmörder hatte mindestens dreizehn Opfer auf dem Gewissen, alles junge Frauen, einige von ihnen Prostituierte. Er hatte entlang der Route 99, auch Pacific Highway genannt, gemordet und dann plötzlich damit aufgehört. »Manche Leute dachten ja, es wäre Ridgway gewesen«, fuhr Childress fort und bezog sich damit auf den berüchtigten Green River Killer. »Er war es aber nicht. Ridgway hat eine Menge Morde eingestanden, aber nie die an der Route 99. Es gibt Gerüchte, denen zufolge meine Mutter verdeckt am Aurora Strip gearbeitet hat, um den Mörder möglicherweise anzulocken.«

»Haben Sie Hinweise darauf gefunden, dass sie das wirklich getan hat?«, fragte Tracy, die so ein Verhalten tapfer, aber nicht besonders schlau fand.

»Ich würde diese Frage gern mit einem eindeutigen Nein beantworten, aber aus den Unterlagen geht hervor, dass meine Mutter eine vertrauliche Quelle hatte, wenn es auch keinen Hinweis darauf gibt, wer das gewesen sein könnte.«

Tracy musterte die vier Mappen auf dem Tisch. »Sie wissen schon, dass Sie hier in Wespennester stechen könnten?«

»Das war vor fünfundzwanzig Jahren«, protestierte Childress.

»Richtig, aber wenn jemand bereit war …«

»Meine Mutter wegen dem umzubringen, was sie bei einer ihrer Ermittlungen herausgefunden hatte und vielleicht bald noch zusätzlich herausgefunden hätte? Sie können es ruhig aussprechen, ich habe auch schon daran gedacht.«

»Ich möchte nur nicht, dass Ihnen etwas zustößt«, erklärte Tracy.

Childress ließ sich nicht ablenken. »Heißt das, Sie werden sich mit dem Verschwinden meiner Mutter befassen?«

»Ich wäre nicht hier, wenn ich das nicht vorhätte.« Tracy tippte auf ihren eigenen schwarzen Aktenordner. »Ich muss Ihnen allerdings ein paar heikle Fragen stellen, Ms Childress.«

»Anita«, sagte Childress. »Und Ihre Fragen werden kaum härter sein als die, die ich mir selbst schon gestellt habe. Wie zum Beispiel die, ob mein Vater meine Mutter umgebracht und ihre Leiche entsorgt haben könnte.«

»Das wäre eine meiner Fragen.«

»Der Ehemann ist immer verdächtig, nicht wahr?«

»Ja.«

»Die ermittelnden Detectives haben sich meinen Vater sehr lange und sehr genau angesehen. Sie werden in Ihrer Akte einiges dazu finden. Ich bin mir sicher, dass meine Mutter und mein Vater sich öfter mal gestritten haben.«

»Worüber haben sie sich gestritten? Wissen Sie das?«

»Nach allem, was ich mir aus der Polizeiakte zusammengesucht, und dem, was ich aus Unterhaltungen mit meinen Großeltern und meinem Vater schließen konnte, stritten sie sich über dieselben Dinge wie die meisten anderen verheirateten Leute auch: Sie hatten zu wenig Geld und zu wenig Zeit. Mein Vater mochte es nicht, wenn meine Mutter mitten in der Nacht loszog, um sich mit Informanten für ihre Artikel zu treffen, ohne ihm Einzelheiten zu nennen. Eine ihrer Auseinandersetzungen ist wohl so heftig geworden, dass der Nachbar aus der Wohnung nebenan die Polizei rief. Mein Vater wurde aufgefordert, die Wohnung erst einmal zu verlassen, was er auch getan hat. Es gibt einen Bericht darüber in der Akte, die ich aus dem Archiv gezogen habe.«

»Irgendwelche Hinweise auf körperliche Gewalt?«

»Nein. Und mein Vater ist am Tag darauf wieder eingezogen, mit dem Segen meiner Mutter.«

»Was ist mit der fraglichen Nacht? Der, in der Ihre Mutter verschwand. Hat Ihr Vater ein Alibi?«

»Mich.« Childress lächelte, ein Lächeln, das rasch wieder verblasste. »Wenn meine Mutter nachts außer Haus arbeitete, war mein Vater mein Babysitter.«

»Ist das denn oft passiert, dass Ihre Mutter nachts losmusste, um sich mit Quellen zu treffen?«

»Oft genug jedenfalls, dass sich mein Vater Sorgen um ihre Sicherheit machte. Er hat mir erzählt, er sei dazu übergegangen, ihr an solchen Abenden eine Dose Bärenspray in die Umhängetasche zu stecken, weil sich meine Mutter kein Pfefferspray besorgen wollte.«

»Hatte die Polizei irgendeine Theorie darüber, was Ihrer Mutter zugestoßen sein könnte? Irgendeine Theorie, von der Sie wissen?«

Childress lehnte sich zurück. Was jetzt kam, ging ihr sichtlich nahe. »Sie fanden den Wagen meiner Mutter in einer Parkgarage, nicht weit vom Busbahnhof entfernt. Der ermittelnde Detective meinte, sie könnten nicht ausschließen, dass meine Mutter freiwillig in einen Bus gestiegen und weggefahren ist.«

Tracy sah den Schmerz in den Augen der jungen Frau. »Und wie denken Sie darüber?«

Childress' Augen wurden feucht. Sie holte tief Luft und richtete den Blick zur Decke, während sie sich mit dem Zeigefinger eine Träne aus dem rechten Auge wischte.

»Lassen Sie sich ruhig Zeit«, sagte Tracy leise.

»Meine Mutter hatte Probleme damit, Gefühle zum Ausdruck zu bringen. Ich würde Ihnen sehr gern erzählen, dass sie mich geliebt hat und nie verlassen hätte, aber das kann ich nicht. Meine Großmutter und mein Großvater haben mir im Laufe der Jahre immer wieder versichert, dass meine Mutter mich geliebt hat, aber sie haben auch gesagt, es sei ihr nicht vollständig klar gewesen, dass ich auf sie angewiesen war, um überleben zu können. Hauptsächlich hat sich wohl mein Vater um mich gekümmert, weil meine Mutter so oft völlig in eine ihrer Geschichten eingetaucht ist. Es gab Vorfälle …« Sie holte noch einmal tief Luft. »Vorfälle, bei denen meine Mutter mich allein zu Hause gelassen hat, um einer Quelle hinterherzujagen. Ich lag dann in meinem Bettchen, wenn mein Vater nach Hause kam, und außer mir war niemand in der Wohnung. Ich weiß also nicht richtig, was ich Ihnen sagen soll. Außer, dass meine Mutter verschwunden ist, einfach so. Kein Hinweis auf ein Verbrechen oder auf irgendwelche krummen Dinge. Keine Leiche. Sie ist einfach verschwunden.«

Genau wie Sarah. »Leben die Eltern Ihrer Mutter noch?«

»Meine Großmutter wohnt drüben in Laurelhurst. Mein Großvater ist verstorben.«

»Und Ihr Vater?«

»Mein Vater lebt mit seiner neuen Partnerin in Medina.«

»Verheiratet?«

»Sie sind nicht verheiratet.«

»Seit wann sind die beiden zusammen?«

»Sie haben erst angefangen, miteinander auszugehen, als ich schon auf dem College war.«

»Gab es eine Lebensversicherung für Ihre Mutter?«

»Erst seit meiner Geburt. Es war eine gegenseitige Versicherung.«

»Wer kam auf die Idee, sie abzuschließen?«

»Mein Vater. Er sagt, er hätte sich Sorgen gemacht, falls ihm etwas zustieße. Er wollte, dass für mich gesorgt ist. Er glaubte nicht, dass meine Mutter das allein schaffen würde, und wollte nicht, dass ich irgendwem finanziell zur Last falle.«

»Hat er die Versicherungssumme ausbezahlt bekommen?«

»Lange Zeit nicht. Die Versicherungsgesellschaft wollte abwarten, bis die Polizei meine Mutter offiziell für tot erklärt hatte. Mein Vater hat schließlich vor Gericht eine richterliche Entscheidung erzwungen.«

Interessant. »Wissen Sie, was aus dem Geld geworden ist?«

Childress war die Frage sichtlich unangenehm. »Mein Vater hatte seinen Beruf aufgegeben, damit er zu Hause bleiben und sich um mich kümmern konnte. Wir brauchten das Geld zum Leben, bis er seine Maklerfirma aufgebaut hatte.«

»War das sein Beruf, bevor er Hausmann wurde? Er war Makler?«

Childress schüttelte den Kopf. Auch dieser Teil der Geschichte schien ihr unangenehm zu sein. »Er hatte eine Start-up-Firma im Technologiebereich. Die Firma ging pleite. Er hat Konkurs angemeldet, aber das Gericht entschied, dass ungefähr hundertfünfzigtausend Dollar von seinen Schulden nicht ablösbar seien.«

Also hatte der Mann Geld gebraucht, dachte Tracy. »Wann hat Ihr Vater Konkurs angemeldet?«

»Ungefähr sechs Monate vor dem Verschwinden meiner Mutter.«

Kein Wunder, dass sich die Ermittler bei ihrer Arbeit auf den Ehemann konzentriert hatten.

»Es gibt noch etwas, das Sie wohl wissen sollten«, sagte Childress. »Meine Mutter war schwanger, als meine Eltern geheiratet haben. Mein Vater sagt, sie hätten immer vorgehabt zu heiraten, aber ich kam als Überraschung und war die Motivation.«

Genau, was ein guter, liebevoller Vater seiner Tochter erzählen würde, andererseits war auch dies ein Faktor, den die ermittelnden Detectives damals einfach nicht ignorieren konnten. Das Paar hatte geheiratet, weil ein Kind unterwegs war. Hatte der Vater das Gefühl gehabt, in einer Falle zu hocken? Hatte er sich zur Heirat gedrängt, verpflichtet gefühlt? Nicht lange danach steckte er tief in Schulden, die Gläubiger saßen ihm im Nacken. Da kam allerhand zusammen: die finanzielle Belastung, die ein kleines Kind mit sich bringt, ein gescheitertes Unternehmen, eine autistische Frau, mit der er sich stritt. Und für diese Frau hatte er eine Lebensversicherung abgeschlossen.

»Ich weiß, wonach das wohl aussieht«, sagte Childress, als hätte sie Tracys Gedanken gelesen.

»Nicht gut, aber das wissen Sie ja offenbar.«

»Aber mein Vater hat das Versicherungsgeld nicht für ein schickes Auto oder ein Boot ausgegeben«, verteidigte Childress ihren Vater. »Er hat es genutzt, um aus den Schulden rauszukommen und für eine Anzahlung auf ein Haus in West Seattle. Das Haus hat er mir gegeben, als er nach Medina zog.«

»Gänzlich, oder haben Sie die Hypothek übernommen?«

Wieder runzelte Childress die Stirn. »Ich habe die Hypothek übernommen, aber was er an Eigenkapital im Haus stecken hatte, hat er mir geschenkt.«

»Was macht er jetzt?«

»Jetzt? Er arbeitet nicht mehr, er ist in Rente.«

»Und seine Partnerin?«

»Ich erzähle Ihnen lieber gleich alles. Sie sollen nicht glauben, ich will Ihnen etwas verschweigen. Die Familie der Partnerin meines Vaters hat Geld. Sehr viel Geld. Mein Vater und sie kennen sich schon seit der Schule, sie waren damals schon zusammen, eine Jugendliebe.«

»Aber geheiratet haben sie nie?«

»Ich glaube, sie sind nicht verheiratet, weil ihre Familie damit nicht einverstanden ist. Das habe ich aber nicht von meinem Vater, das ist allein meine Vermutung.«

»Weil Ihre Mutter unter verdächtigen Umständen verschwand?«

»Ja.«

Tracy erwähnte hier lieber nicht, dass Childress' Vater seiner Tochter das im Haus steckende Eigenkapital nicht ohne Hintergedanken überschrieben haben könnte. Vielleicht hatte er Schuldgefühle, weil er die Mutter seiner Tochter ermordet hatte. Oder er wollte die Eltern seiner neuen Partnerin von seiner Unschuld überzeugen.

»Stehen Ihr Vater und Sie sich nahe?«

»Sehr. Er war ja beides für mich, Vater und Mutter. Er hat mir sehr leidgetan, als ich alt genug war, um zu verstehen, dass er von vielen geächtet wurde und praktisch ein Ausgestoßener war. Er hat bis zu meinem Schulabschluss ein sehr einsames, mönchisches Leben geführt.«

»Spricht er über Ihre Mutter?«

Childress schüttelte den Kopf. »Das wäre für ihn sicher auch sehr schwer. Wenn man selbst keine Antworten hat, was soll man dann seinem Kind erzählen? Dass die Mutter tot ist? Oder dass sie eines Nachts einfach so das Haus verlassen hat, um nie zurückzukehren? Ist das eine irgendwie besser als das andere?« Childress traten erneut Tränen in die Augen, das Gespräch fiel ihr sichtlich nicht leicht.

»Was hat Ihr Vater Ihnen denn erzählt? Was war seiner Erzählung nach mit Ihrer Mutter passiert?«

»Er hat immer beteuert, meine Mutter habe mich geliebt und wenn sie bei mir sein könnte, wäre sie bei mir. Er hat gesagt, niemand wisse, was ihr zugestoßen sei, aber wo immer sie auch sein möge, ob nun im Himmel, von wo aus sie uns zusah, oder anderswo, an ihrer Liebe zu mir ändere das nichts. Meine Mutter hätte mich sehr geliebt und würde mich immer lieben.«

Ein schönes Bild, das einem Kind und jungen Mädchen reichen mochte, um sich eine Zeit lang daran festzuhalten. Aber irgendwann war ein solches junges Mädchen dann erwachsen und brauchte eigene Antworten auf ihre Fragen nach dem Schicksal ihrer Mutter. Genauso wie Tracy nach Sarahs Verschwinden Antworten gebraucht hatte.

»Wie es sich anhört, scheinen Sie Ihren Vater sehr gern zu haben. Weiß er, dass Sie sich mit dem Fall Ihrer Mutter befassen? Mit einem Cold Case?«

»Ja, aber nicht, in welchem Ausmaß. Er weiß nicht, dass ich mich mit Ihnen treffe. Ich glaube nicht, dass er meine Mutter umgebracht hat, Detective. Meiner Meinung nach ist er zu so etwas nicht in der Lage.«

Tracy kannte jede Menge Leute, die genau das in Bezug auf einen geliebten Menschen ebenfalls beteuert hatten und irgendwann akzeptieren mussten, dass sie sich geirrt hatten. Um den Vater einschätzen zu können, würde sie sich selbst mit ihm unterhalten müssen.

»Und wenn ich nun den Fall Ihrer Mutter wieder aufrolle und Beweise dafür finde, dass er es durchaus getan haben könnte, ja, dass er es getan hat? Könnten Sie damit umgehen?«

Childress senkte einen Moment lang den Blick. Dann sah sie Tracy fest in die Augen. »Ich will die Wahrheit wissen, Detective. Egal welche. Auch wenn ich meinen Vater verliere, indem ich herausfinde, was meiner Mutter zugestoßen ist.«

Kapitel 3

Tracy hastete in großen Sprüngen die Stufen zur Veranda hinauf, so eilig hatte sie es, zu Dan und Daniella nach Hause zu kommen. Hinter der Haustür ließ sie ihren Schlüsselbund in die dafür vorgesehene, auf einer halbhohen Mauer ruhende Schale fallen, was umgehend ihren Kater Roger auf den Plan rief. Er sprang auf das Mäuerchen und wartete laut schnurrend darauf, dass sie ihn fütterte. Sie nahm ihn auf den Arm und streichelte ihn, während sie ins Haus hineinrief: »Irgendwer zu Hause?«

Ihre Stimme löste das Alarmsystem des Hauses aus, tiefes Hundegebell, bei dem Roger aufschreckte und Tracy vom Arm sprang. Von oben hörte man einen gedämpften Aufprall, dann noch einen. Also hatten Rex und Sherlock, die beiden Rhodesian Mastiffs, die Dan mit in die Ehe gebracht hatte, wieder einmal entgegen der von Tracy aufgestellten Regeln im Schlafzimmer auf dem Bett gelegen. Jetzt klapperten die Krallen ihrer Pfoten über den Hartholzboden, als die Hunde aus dem Schlafzimmer gestürzt kamen, um den oberen Treppenabsatz anzusteuern. Dort blieben sie stehen und sahen mit wedelnden Schwänzen, aber deutlich zurückhaltend in den Eingangsflur hinunter.

»Ihr dürft doch nicht aufs Bett!«, rief Tracy, woraufhin Rex einen Blick zurück ins Schlafzimmer warf, den sie als eindeutiges

Schuldeingeständnis interpretierte. Sherlock fand es wohl angemessen, auf der Stelle persönlich um Vergebung zu bitten, und hievte seine fünfundsechzig Kilo mit lautem Getrampel die Treppe hinunter. »Guter Junge!«, lobte Tracy. »Du kriegst was von mir vererbt. Rex nicht, der bekommt nur Kohle.«

Woraufhin Rex leise jammernd ins Schlafzimmer zurücktrottete.

Die beiden Hunde hatten Tracy von Anfang an gemocht und sie fühlte sich in ihrer Gegenwart sicher, ein sehr beruhigendes Gefühl besonders jetzt, da sie ein Kind hatte. Sie dachte an Anita Childress, die gerade einmal zwei Jahre alt gewesen war, als ihre Mutter verschwand. Es war auf so vielen verschiedenen Ebenen eine Tragödie, ohne Mutter aufwachsen zu müssen, auch ohne das zusätzliche Schreckensbild im Kopf, ihr Vater könnte dafür die Verantwortung tragen.

Tracy hatte den Rest des Nachmittags mit der Durchsicht der Fallakte verbracht. Lisa Childress hatte als vermisst gegolten, bis ein Gericht sie für tot erklärt hatte und ihr Fall an die Mordkommission weitergegeben worden war. Wie Anita Childress ganz richtig bemerkt hatte, hatten sich die beiden mit dem Fall betrauten Ermittler schnell auf den Vater als Täter eingeschossen und sich nie weit von dieser Theorie entfernt. Soweit Tracy es beurteilen konnte, hatten sie sich auch nie eingehender mit den Artikeln befasst, an denen Childress laut Aussagen ihrer Tochter gearbeitet hatte.

»Sind Sie das, Mrs O?«, rief Therese, die Dans Nachnamen grundsätzlich verkürzte. »Wir sind hier oben auf dem Bett!«

Tracy stieg die Treppe hinauf ins Schlafzimmer, wo Therese neben dem Bett kniete und Daniella, die mit einer Windel und einem T-Shirt bekleidet auf der Tagesdecke saß und stolz ihr Bäuchlein präsentierte, etwas zuflüsterte. »Wer ist das? Wer ist da gekommen?«

»Mama. Mama!« Daniella streckte strahlend die Arme aus. Ihr Vokabular bestand aus drei Worten: Mama, Dada und etwas, das sich annähernd wie »Hund« anhörte.

Tracy küsste ihre Tochter schmatzend auf beide Wangen. Daniella kicherte. »Wir haben mit den Hunden gespielt«, erklärte Therese. »Die springen aufs Bett, Daniella kippt um und lacht sich halb tot.«

Rex warf Tracy einen Blick zu: *Ich habe keine Ahnung, wovon sie da spricht!*, während Sherlock sie gar nicht ansehen mochte und den Kopf auf die Pfoten senkte.

»Die Hunde sollen doch nicht aufs Bett, Therese!«, mahnte Tracy. »Sie bringen Ihnen ganz schlechte Angewohnheiten bei.«

»Sie passen auf jeden Fall prima auf die Kleine auf.« Thereses irischer Akzent war nicht zu überhören. »Mit den beiden Hunden an ihrer Seite – den Kerl möchte ich mal sehen, der ihr zu nahe kommt. Schade eigentlich, dass wir nicht mehr auf sie zählen können, wenn Daniella anfängt auszugehen.«

Richtig. Bis es so weit war, würde es diese beiden Hunde schon lange nicht mehr geben. Wieder musste Tracy an Anita Childress denken, die ihr den ganzen Nachmittag über nicht aus dem Kopf gegangen war. Wie viele Augenblicke in Anitas Leben, die sie nicht mit ihrer Mutter hatte teilen können, Augenblicke mit Daniella, auf die Tracy sich freute: die erste Periode, das erste Date, der erste Liebeskummer, Schulbälle, vielleicht Sportereignisse, die Feier zum Schulabschluss. Jemand hatte Anita all diese potenziellen Erinnerungen geraubt und genauso auch ihrer Mutter. Diese Lücke konnte kein Vater ausfüllen, egal, wie liebevoll er auch sein mochte. Sie war einfach zu groß.

Vielleicht war das der Grund dafür, dass Anita Childress bereit war, wenn nötig auch das Verhältnis zu ihrem Vater zu opfern. Vielleicht war ihr klar geworden, dass in ihrem Leben ein Loch klaffte, das sich nie stopfen ließ, und dass sie dann ebenso gut versuchen konnte herauszufinden, was sich damals wirklich zugetragen hatte. Vielleicht hatte ihr Vater das Verschwinden der Mutter ja gar nicht geplant gehabt. Vielleicht war ein Streit außer Kontrolle geraten, ein einziger Schlag gefallen, den Anitas Vater nicht mehr hatte zurücknehmen können.

»Es tut mir leid, Mrs O«, sagte Therese.

Sherlock senkte den Kopf zwischen die Pfoten. Rex saß weiterhin aufrecht, ohne mit der Wimper zu zucken, kompromisslos, unnachgiebig.

Tracy seufzte. »Eigentlich ist es ja auch nicht Ihre Schuld«, sagte sie. »Mr O'Leary hat den beiden diese schlechte Angewohnheit beigebracht, lange vor meiner Zeit. Wo ist er denn, ist er zu Hause? Ich habe in der Einfahrt seinen Wagen gesehen.«

»Ist gekommen und gleich wieder los. Er läuft eine Runde.«

Tracy warf einen Blick auf ihr Fitbit und die Uhrzeit, die es anzeigte. »Ohne mich? Und ohne die beiden da?« Wer lief, hatte die Hunde mitzunehmen, so war es ausgemacht. Damit die sich austoben konnten und alle im Haus eine ruhige Nacht hatten.

»Ich habe ihn kaum zu Gesicht bekommen. Er kam kurz ins Haus und war gleich wieder verschwunden. Ich glaube, er ist nicht gut drauf. Irgendetwas heute bei Gericht, wenn Sie mich fragen. Vielleicht holen Sie ihn ja noch ein? Kommt darauf an, wie schnell Sie rennen möchten. Unsere beiden hier können ihn bestimmt aufspüren.«

Nein, wenn Dan sich Ärger aus dem Leib rennen wollte, dann ließ man ihn lieber allein. »Ich übernehme hier«, sagte Tracy. »Sie können Feierabend machen. Hat sie gegessen?«

»Wie ein kleines Ferkel, die ganze Küche war hinterher voller Makkaroni und Brokkoli. Die zwei Riesen waren im siebten Hundehimmel.«

»Dann werde ich sie wohl baden. Sie haben heute Abend einen Kurs, nicht wahr?«

»Ja.« Therese war eine talentierte Malerin und besuchte Kurse an einer Kunstschule. »Im Kühlschrank liegt Hackfleisch. Ich richte schnell ein paar Hamburger und einen Salat, das können Sie dann fertig machen, wenn Mr O wieder da ist.«

Tracy trug Daniella ins Bad, drehte die Hähne auf, prüfte die Wassertemperatur und ließ so viel Wasser ein, dass Daniella darin spielen und sauber werden konnte.

Eine halbe Stunde später, sie hatte ihre protestierende Tochter gerade aus der Wanne gehoben und in ein weiches Handtuch gehüllt, fiel unten mit einem Knall die Hintertür zu und beide Hunde polterten aufgescheucht laut kläffend die Treppe hinunter.

»Tracy?«, rief Dan.

»Hier oben.«

Dan kam die Treppe hinauf und sah zu, wie Tracy Daniella aus dem Bad hinüber ins Schlafzimmer trug. »Hallo«, begrüßte sie ihn. »Warum hast du denn die Hunde nicht mitgenommen?«

»Ich wollte einfach nur raus und laufen.«

»Was ist los?«

Dan ließ sich auf die Bettkante fallen. Seine Laufschuhe hatte er gleich draußen auf der Veranda gelassen, um keinen Dreck ins Haus zu schleppen. Jetzt wischte er sich mit seinem Hemd den Schweiß von der Stirn und Tracy erkannte an den dunklen Flecken am Halsbereich und unter den Achseln, dass er keinen gemütlichen Dauerlauf absolviert hatte. »Hast du den Fall noch vor Augen, bei dem ich mich gerade auf die Gerichtsverhandlung vorbereite? Ted Simmons, der junge Mann, der von seinem Pflegevater sexuell missbraucht wurde?«

Ja, Tracy erinnerte sich an diesen Fall. Dan hatte Beschwerde gegen das Jugendamt eingereicht, dem das System der Vergabe von Kindern an Pflegestellen unterstand. »Hat der Richter eine ungünstige Entscheidung getroffen?«

Dan schüttelte den Kopf. »Damit könnte ich klarkommen. Simmons hat mich vor zwei Tagen angerufen und mich gebeten, in der Sache einen Vergleich anzustreben. Er wollte nicht vor Gericht aussagen. Seine beiden Söhne sollten nicht hören müssen, was er durchgemacht hatte.«

»Er hat kalte Füße bekommen. Das ist verständlich.«

»Der Anwalt, der die Behörde vertrat, den Staat also, wollte über einen Vergleich nicht einmal diskutieren. Das arrogante Schwein wusste genau, was mein Mandant durchmachte, wie er litt. Das hatte er sich schon bei der Aufnahme der eidesstattlichen Erklärung zunutze gemacht. Als er sah, wie unwohl Ted sich fühlte, hat er ihn schikaniert und durchblicken lassen, dass er das in der Verhandlung genauso machen wird. Dass er sämtliche privaten Demütigungen, die Ted erleiden musste, vor Gericht öffentlich machen wird.« Dan schüttelte verzweifelt den Kopf – das war noch nicht alles. »Ich habe Simmons am Telefon versichert, dass wir es dem Arschloch vor Gericht heimzahlen werden. Ich dachte, ich hätte ihm seine Angst nehmen, ihn beruhigen können.«

»Und dann?« Tracy beschlich eine ganz üble Vorahnung.

»Er hat sich erschossen. Seine Frau hat ihn in ihrer Garage gefunden.«

»Nein!« Tracy konnte sehen, wie aufgewühlt Dan war, wie sehr den Tränen nahe.

»Ich fühle mich fürchterlich, Tracy. Seine Frau und die Kinder tun mir so leid. Was ihm widerfahren ist, muss ihn viel stärker mitgenommen haben, als er nach außen hin zeigte.« Jetzt liefen ihm die Tränen die Wangen hinunter.

»Wie geht es der Frau?«

Dan schüttelte den Kopf. »Sie und ihre Kinder werden diese Narbe ihr ganzes restliches Leben mit sich herumtragen müssen.«

»Es ist schrecklich, sie tun mir so leid.« Tracy wusste, wie recht Dan hatte: Ihr Vater hatte Selbstmord begangen.

»Also …« Dan bemühte sich um ein fröhlicheres Gesicht. »Wie war dein Tag?«

Sie legte ihren freien Arm um ihn und drückte ihn an sich, Daniella zwischen den beiden. »Ich habe wieder die Familie eines der Opfer aus dem Curry Canyon besucht und ihr die Nachricht überbracht, dass wir ihre Tochter gefunden haben.«

Dan löste sich von ihr. »Und jetzt komme ich auch noch mit meinen traurigen Geschichten.«

»Nein, das ist schon okay«, versicherte Tracy. »Natürlich sind diese Treffen immer schwer, aber immerhin hat diese Familie für sich einen Abschluss finden können und sie waren dafür sehr dankbar und mir gegenüber ungeheuer liebenswürdig.«

»Ich bin mir nicht sicher, wie ich jetzt der Familie Simmons zu einem Abschluss verhelfen kann.«

»Das ist nicht dein Job, Dan. Ich weiß, das klingt in diesem Zusammenhang gemein, aber es ist wirklich nicht dein Job.«

»Das macht die Sache nicht leichter.«

»Ich weiß.« Noch einmal umarmte sie ihn einarmig und unbeholfen. »Geh doch schnell duschen. Ich ziehe inzwischen Daniella an, bringe sie runter und richte uns das Abendessen. Und dann machen wir uns einen schönen, ruhigen Abend.«

Dan ging aus dem Zimmer und Tracy musste sofort wieder an Anita Childress denken. Hoffentlich konnte sie der jungen Frau helfen, für sich eine Art Abschluss zu finden. Leider bezweifelte sie das. Wahrscheinlich brachte sie ihr nur noch größeren Kummer.

Kapitel 4

Am nächsten Morgen steuerte Tracy als Erstes den Parkplatz des Glendale Country Club in Bellevue an, wo sie staunend die weiten, üppig grünen Flächen mit makellos gepflegtem Rasen bestaunte, die grün-weiß karierten Fähnchen, mit denen die Löcher markiert waren. Sie ging ein paar Treppenstufen hinunter und fand auf dem gepflasterten Streifen zwischen Pro Shop und den Umkleidekabinen jede Menge mit Schlägern beladene Golf Trolleys und Carts. Über allem wölbte sich ein azurblauer, wolkenloser Himmel und die Temperatur schwankte irgendwie zwischen ein bisschen zu frisch und gerade noch behaglich.

Moss Gunderson war vor fast fünfzehn Jahren mit sechzig aus dem Polizeidienst der Stadt Seattle ausgeschieden und hatte Tracy bei einem Telefonat am Vorabend erklärt, er spiele jeden Mittwochvormittag in einer festen Gruppe Golf, wovon er sich von nichts und niemandem abhalten ließe, es sei denn, seine eigene Beerdigung stünde an. Er spiele bei Regen, Graupel, Hagel und sogar Schnee, bei Schnee eben mit orangefarbenen Bällen, und die Vierergruppe, in der er unterwegs sei, nenne sich die Postboten.

Tracy hatte angeboten, sich nach dem Spiel mit ihm zu treffen, aber laut Moss folgte auf das Golfspiel ein gemeinsames

Mittagessen, bei dem im Laufe des Spiels geschlossene Wetten geregelt und die Wettschulden bezahlt wurden und sich alle ein paar Cocktails genehmigten. Tracy könne aber gern auf seinem Cart mitfahren und ihm ihre Fragen zu Lisa Childress zwischen den einzelnen Schlägen stellen. »Entweder das oder wir unterhalten uns am Telefon.«

Tracy führte solche Gespräche generell nicht am Telefon, wenn es sich irgend vermeiden ließ. Sie wollte den Gesichtsausdruck ihres Gesprächspartners und seine Körperhaltung bei der Beantwortung ihrer Fragen mitbekommen und einschätzen können, wobei sie davon ausging, dass dies im Fall von Moss Gunderson, der die Ermittlungen im Vermisstenfall Lisa Childress geleitet hatte, kein Problem sein dürfte.

Moss hatte Tracy erklärt, wie sie zu seinem Club kam, und hinzugefügt: »Sie können mich nicht verfehlen, ich leuchte.«

Was immer das heißen mochte.

Tracy beobachtete das Kommen und Gehen von Golfspielern, die sich von Angestellten des Clubs beim Zusammenstellen ihrer Schläger helfen ließen und alle sehr freundschaftlich miteinander umgingen. Dan hatte früher ein Handicap von elf gehabt und Tracy gleich zu Beginn ihrer Beziehung einen Satz Schläger geschenkt, um ihr Interesse zu wecken. Sie spielte eigentlich auch gern, hatte nur leider im Moment keine Zeit zum Üben, weswegen jede Golfrunde für sie eher im Frust endete. An diesem Morgen im Club den freundlichen Umgang der Spieler miteinander zu erleben, stimmte sie nachdenklich. Wie schön wäre es für Dan, jetzt auf diese Art Dampf ablassen zu können.

Gerade ging die breite Glastür des Golfladens auf und ein wahrhaft leuchtender, großer, untersetzter Mann kam heraus. Er trug eine helle, orangefarbene Hose, einen weißen Gürtel und ein teilweise unter einer schwarzen Windjacke verborgenes neongrünes Hemd, dazu eine schwarze Basecap mit dem Wappen des Glendale Clubs, einem von zwei gekreuzten Golfschlägern gekröntes G. In der Hand hielt er zwei kleine Schläuche mit Golfbällen und insgesamt wirkte er irgendwie wie eine norwegische Version von Faz und Del: Tracy schätzte Gunderson auf einen Meter fünfundneunzig und mehr als hundertzehn Kilo.

»Wenn du achtzehn Löcher spielen willst, kauf dir doch lieber gleich eine Schachtel«, rief ihm ein älterer Mann im Vorübergehen zu. »Mit den sechs Bällen da kommst du doch gerade mal über die ersten drei Löcher.«

»Darüber brauchst du dir mit deinen Hundert-Meter-Schlägen ja keine Sorgen zu machen, Stan. Spielt bei dir heute dein Mann oder schlägst du immer noch vom Tee für Damen ab?« Lachend wandte er sich an Tracy. »Detective Crosswhite?«

»Das wäre dann wohl ich«, sagte Tracy.

»Tut mir leid, der Spruch eben.«

»Ist schon in Ordnung. Sie haben nicht gelogen, Sie leuchten wirklich.«

»Wenn man ein Statement abgeben will, dann am besten laut und deutlich, habe ich mir gedacht. Hey Lou!« Moss wandte sich einem Mann zu, der im selben Alter zu sein schien wie er und gerade seine Schläger in einen Cart lud, in dem schon ein anderer Satz wartete. »Du fährst heute solo, ich hab meine Freundin dabei. Nicht Frieda weitersagen!«

»Was in Glendale passiert, bleibt in Glendale, Moss. Außerdem – welche gut aussehende Frau fährt schon mit deiner hässlichen Visage durch die Gegend? Es sei denn, du kettest sie am Cart fest. Womit ich Frieda wahrlich nicht zu nahe treten will.«

Moss dirigierte Tracy lachend zu einem Wagen, in dem ein einziger Satz Schläger mit bunten Köpfen wartete. »Da wären wir.« Sie stiegen ein, Moss trat aufs Pedal, und der Wagen raste einen Hügel hinauf auf den ersten Abschlag zu, begleitet von den freundlichen Scherzen von mindestens vier Leuten, die den pensionierten Polizisten gut zu kennen schienen. Der Fahrtwind war kalt und Tracy froh, eine Jacke angezogen zu haben.

»Sie sind hier gut bekannt«, meinte sie.

»Das will ich doch hoffen. Ich bin seit fünfundzwanzig Jahren Mitglied, spiele an fünf Tagen die Woche und esse ein paarmal die Woche im Club.«

»Da müssen Sie ja inzwischen ziemlich gut sein.«

»Ich verrate Ihnen jetzt mal ein Golfgeheimnis: Hier im Club spielen zwei Männer und eine Frau richtig gut, alle drei Mitte zwanzig. Wir anderen sind grottenschlecht, nur eben jeder auf seine Weise. Mein Handicap ist vierzehn. War mal sieben, aber ich bin alt geworden und weigere mich, von den Abschlägen für alte Männer aus zu spielen.« Er parkte den Wagen neben dem ersten Abschlag und wandte sich an Tracy. »Okay. Erste Frage und erste Antwort: Moss ist ein Spitzname. Anscheinend konnte ich noch nie still sitzen, war immer unterwegs, wie ein rollender Fels. Verstanden?«

»Ein rollender Fels setzt kein Moos an.«

»Der Name blieb an mir hängen. Warten Sie kurz, ich bin dran.«

Er stieg aus dem Wagen und holte sich den ersten Schläger. Tracy hatte sich wirklich gefragt, was es mit dem Namen Moss auf sich hatte, obgleich das heute bestimmt nicht ihre erste Frage gewesen wäre. Anscheinend erzählte Moss diese Geschichte sehr gern und da fragte sie sich unwillkürlich, ob er nicht vielleicht selbst dafür gesorgt hatte, dass der Name nicht in Vergessenheit geriet. Schließlich konnte man ja seiner Meinung nach gar nicht laut und deutlich genug sein, wenn man ein Statement abgeben wollte.

Moss trat an den Abschlag und platzierte Ball und Tee im Gras. Tracy wartete auf die üblichen Rituale, die oft mehr Zeit in Anspruch nahmen als das eigentliche Spiel, doch Moss schien darauf keinen Wert zu legen und schickte einfach nur den Ball auf den Fairway hinaus.

»Irgendjemand staubt heute Morgen ab, Jungs!«, rief er seinen drei Gefährten zu und nahm sein Tee auf.

Als er zum Wagen zurückkehrte, erkundigte sich Tracy: »Ist das Speed Golf?«

»Nicht nötig, endlos über den Abschlag zu grübeln, so wie die Typen da das gleich tun werden. Wir haben jetzt ein wenig Zeit. Am Telefon fragten Sie nach Lisa Childress?«

Tracy hatte am Abend zuvor nicht noch weiter in der Fallakte gelesen, weil sie, nachdem sie Daniella zu Bett gebracht hatte, lieber mit Dan zusammen sein wollte, der Trost und Gesellschaft zu brauchen schien. »Sie erinnern sich noch an den Fall?«

»Reporterin beim *PI.* Verschwand am 27. Februar 1996. Der Ehemann sagte, sie sei mitten in der Nacht losgezogen, um sich mit einer Quelle zu treffen, nicht mehr nach Hause gekommen und auch nicht bei der Arbeit aufgetaucht. Ihren Wagen fanden wir letztendlich in einer Parkgarage. Der Schlüssel steckte, auf dem Lenkrad und der Kopfstütze befand sich Blut und ansonsten war der Wagen voller Müll. Die Detectives der Rufbereitschaft haben einen ganzen Tag gebraucht, den Wagen auszuräumen und den Inhalt zu inventarisieren und zu überprüfen. Wir fanden einen Kassenzettel von einem Supermarkt am Denny Way, der bestätigte, dass sie wirklich in der Nacht, in der sie verschwand, so gegen zwei Uhr morgens unterwegs gewesen war. Sie hat einen Liter Cola gekauft – laut Ehemann und Kollegen war der Genuss von Coca-Cola eine schlechte Angewohnheit von ihr. Keine Überwachungskamera und der Angestellte, der an dem Morgen gearbeitet hat, erinnerte sich nicht direkt daran, gesehen zu haben, wie Childress in den Laden kam, erinnerte sich aber an sie als an jemanden, der oft kam und immer einen Liter Cola kaufte. Danach wurde sie nie mehr gesehen und niemand hat von ihr gehört.«

»Sie haben ein gutes Gedächtnis.«

»Und eine Akte. Ich habe sie mir gestern Abend angesehen.« Er drehte sich um und sah hinüber zum Abschlag. »Hey Johnson, ist das ein Driver oder hast du deinen Putter genommen?«

Der so Angesprochene schüttelte wortlos den Kopf und verdrehte die Augen.

»Sie haben eine Akte behalten?«, hakte Tracy nach. Es war für einen Detective ungewöhnlich, Akten zu Hause aufzubewahren.

»Keine vollständige Akte, nur meinen Bericht und bestimmte Updates. Der einzige Fall, den ich nie gelöst habe. Eine Frage des Stolzes, wie Sie sicher verstehen werden. Ich dachte, vielleicht habe ich als Rentner Zeit, mir die Sache noch einmal vorzuknöpfen. Aber wollen Sie die Wahrheit wissen? Als es so weit war, ging ich, ohne je einen Blick zurückzuwerfen. Nicht ein einziges Mal. Anfangs hat es mir noch zu schaffen gemacht, nicht mit einer perfekten Aufklärungsrate in den Ruhestand zu gehen. Aber das lag ja nicht mehr in meiner Hand. Zum ersten Mal habe ich die Akte vor ein paar Jahren wieder aufgeschlagen, als die Tochter der Vermissten zu mir kam und mit mir sprechen wollte. Das zweite Mal habe ich sie mir gestern nach Ihrem Anruf rausgesucht. Was ist denn los? Haben Sie einen neuen Hinweis oder einen neuen Zeugen? Hat der Ehemann ein Geständnis abgelegt?«

»Nein. Nichts in der Art.«

»Woher dann das plötzliche Interesse?«

»Die Tochter hat mich gebeten, mir die Sache noch einmal anzusehen.«

»Himmel! Sie müssen doch an die zweihundert Cold Cases haben!«

»Dreihundert.«

»Dreihundert. Wäre es da nicht besser, sich auf die Fälle zu konzentrieren, wo am Tatort DNA-Spuren waren? Bei den Fortschritten, die in dem Bereich in den letzten Jahren gemacht wurden?«

»So ein Vorgehen liegt eindeutig im Trend.«

»Wir haben die Sache aus jedem nur denkbaren Blickwinkel durchleuchtet und kamen zu dem Ergebnis, dass entweder der Ehemann sie umgebracht hat oder sie einfach abgehauen ist.«

»Sie waren der leitende Ermittler?«, fragte Tracy.

»Ich habe bei dem Fall mit Keith Ellis zusammengearbeitet. Er ist vor zwei Jahren gestorben. Da lässt sich einer pensionieren, um mit seiner Frau und den Enkelkindern zusammen sein zu können, und dann geht er hin und kriegt einen schlimmen Krebs. Hat gekämpft, konnte ihn aber nicht besiegen. Okay, weiter geht's.« Moss trat aufs Pedal und sie rasten einen Pfad hinunter, dorthin, wo sein Ball am Fuß eines abschüssigen Fairways liegen geblieben war. »Geht ganz schnell, Detective!« Er sprang vom Wagen, schnappte sich einen Schläger, ging zum Ball und schlug ihn ohne lange Vorbereitung ins Grün. Gleich darauf war er wieder eingestiegen. »Und? Was wollten Sie nun von mir wissen?«

»Wer waren die Verdächtigen? Mal abgesehen vom Ehemann.«

Moss lachte leise. »Es gab keine, weswegen ich sicher bin, dass es der Ehemann war. Sie hatten finanzielle Probleme. Besser gesagt hatte *er* finanzielle Probleme.« Moss wiederholte, was Tracy schon von Anita wusste. »Kleines Kind, Schulden und eine Ehefrau, die ein bisschen seltsam war. Also? Was macht er?«

»Überzeugt sie davon, dass es gut ist, eine gegenseitige Lebensversicherung abzuschließen.«

»Bingo! Die Frau verschwindet. Er kriegt das Geld – nachdem er die Versicherungsgesellschaft überzeugen konnte, dass sie wirklich tot ist –, zahlt seine Schulden ab und startet neu.«

»Nur dass er eine kleine Tochter hat.«

»Stimmt.«

»Ich will niemandem zu nahe treten, aber ich treffe nicht gerade viele Männer, die erpicht darauf sind, ihre Töchter allein, ohne die Mutter, großzuziehen. Einen Neustart kann man das nicht gerade nennen.«

»Vielleicht nicht. Vielleicht hatte er eine Freundin.«

»Hatte er die?« Tracy dachte an die Schulfreundin, die Jugendliebe, die inzwischen mit Larry Childress zusammenwohnte.

»Wenn, dann haben wir es nie herausfinden können. Vielleicht wollte er einfach nur die Mutter aus dem Weg haben oder er brauchte das Geld und sah keine andere Alternative. Vielleicht hatten sie auch eine Auseinandersetzung, die aus dem Ruder lief. Wir wissen es nicht.«

»In der Akte steht kein Hinweis auf eine aus dem Ruder gelaufene Auseinandersetzung.«

»Ich sage ja nur …«

»Der Supermarktbon hat bestätigt, dass Lisa Childress in der Nacht wirklich unterwegs war?«

»Ja, unterwegs war sie. Aber hat sie das Haus verlassen, um von ihrem Mann wegzukommen, oder um eine Quelle zu treffen? Ihr Redakteur wusste nichts von einem Treffen mit einem Informanten. Was bleibt da noch?«

»Die Tochter meint, sie hätte ihrem Redakteur nicht immer mitgeteilt, was sie macht.«

»Ich erinnere mich daran, dass sich der Herausgeber ähnlich geäußert hat. Ich will doch nur sagen, wir wissen nicht, warum sie das Haus verlassen hat. Nicht eindeutig. Die einzige Person, die uns das offenbaren könnte, ist verschwunden, und eine vertrauliche Quelle ist nie aufgetaucht. Also, was ist wahrscheinlicher: dass sie mitten in der Nacht einen Informanten getroffen, der sie dann umgebracht hat, oder dass sie und ihr Mann einen Streit hatten und sie das Haus verließ, um ein bisschen frische Luft zu schnappen? Der Ehemann bleibt wütend zurück, sie kommt nach Hause, es gibt Streit, er bringt sie um. Schafft ihre Leiche irgendwohin und ruft uns erst um sechs Uhr am folgenden Abend an.«

»So lange hat er gebraucht?«

»So lange.« Moss zog die Brauen hoch. »Was, wie Sie wissen, bedeuten könnte, dass er die Leiche irgendwohin geschafft und auf eine von zahlreichen möglichen Arten hat verschwinden lassen. Hatten Sie nicht mal einen Fall, wo die Leiche einer Frau in einer kommerziellen Krebsfalle gefunden wurde?«

»Das stimmt.«

»Sehen Sie!«

»Hat der Mann gesagt, warum er so lange gewartet hat, bis er sie als vermisst meldete?«

»Er sagte, sie traf sich zu jeder Tages- und Nachtzeit mit Quellen und er wusste erst, dass irgendetwas nicht stimmte, als sie gar nicht nach Hause kam und auch nicht an ihr Telefon bei der Zeitung ging. Da hat er sich die Privatnummer ihres Redakteurs besorgt und von dem erfahren, dass sie gar nicht zur Arbeit erschienen war. Moment, ich muss abschlagen.«

Moss raste hinten um das erste Grün herum und stieg aus. Er hatte einen Putt von ungefähr drei Metern zu bewältigen und versenkte den Ball beim ersten Versuch. »Zwitscher, Zwitscher!«, rief er den anderen fröhlich zu. »Holt schon mal den guten Tropfen raus!« Er kehrte zum Cart zurück. »Wenn einer von uns einen Birdie hinlegt, normalerweise bin ich das, gönnen wir uns einen kleinen, feinen Schluck Whiskey. Möchten Sie auch einen?«

Tracy lachte. »Nein danke! Nicht, solange ich im Dienst bin.« Abgesehen davon war es gerade einmal acht Uhr morgens. »Ich gehe davon aus, dass das Auto der Vermissten genau untersucht worden ist und man außer dem Kassenbon und dem Blut nichts weiter fand?«

»Ich erinnere mich daran, dass wir den Wagen auf den Kopf gestellt haben und eine Woche dazu brauchten, weil er so vollgemüllt war. Wir haben das Blut untersucht und es stimmte mit ihrer Blutgruppe überein und später dann auch mit der DNA.«

»Blutete sie, als sie im Supermarkt die Cola kaufte?«

Moss nickte Tracy anerkennend zu. »Das hatte ich mich auch gefragt. Der Angestellte konnte sich nicht daran erinnern, dass in der Nacht jemand blutend in den Laden gekommen war.«

»Fingerabdrücke?«

»Nur ihre. Im ganzen Auto verteilt.«

»Keine vom Ehemann?«

»Er sagte, er wäre ihren Wagen nie gefahren. Hatte seinen eigenen. Nichts deutete darauf hin, dass er in dem Wagen gewesen war.«

»Wie ist denn dann ihr Blut in ihr Auto gekommen?«

»Keine Ahnung, wir haben es nicht herausfinden können. Wir hatten einen Durchsuchungsbeschluss für ihre Wohnung, haben dort aber keine Blutspuren gefunden und auch keine Hinweise auf eine körperliche Auseinandersetzung. Nichts. Okay, es geht weiter.« Moss fuhr einen weiteren Hügel hinauf zum zweiten Abschlag, verschwendete wie auch vorher keine Zeit, schlug den Ball hoch, ließ ihn auf dem Grün landen und kam zum Cart zurück, während seine drei Partner noch abschlugen.

»Ich nehme an, Sie haben auch den Wagen des Ehemanns durchsucht?«, fragte Tracy.

»Von oben bis unten. Kein Blut. Haben einen Satz oder zwei ihrer Fingerabdrücke gefunden und auch Haare von ihr, aber nichts, was darauf hindeutete, dass er eine Leiche irgendwohin geschafft hatte.«

In der Akte befand sich ein Bericht, demzufolge der Mitarbeiter eines Sicherheitsdienstes Lisa Childress' Auto in einer Parkgarage an der Eighth Avenue zwischen Pine und Olive gefunden hatte, aber erst drei Wochen nach ihrem Verschwinden.

»Irgendwelche Hinweise darauf, dass sie sich in dieser Parkgarage mit der Quelle getroffen hat?«, fragte Tracy.

»Vielleicht hat sie das, aber das erklärt dennoch nicht ihr Blut in ihrem Wagen.«

»Sie könnten sich dadrin unterhalten haben.«

»Nee, auf keinen Fall, nicht bei dem ganzen Zeug, was in der Karre rumlag. Haben Sie sich die Fotos besorgt?«

»Ich habe sie beantragt.«

»Wenn Sie sie sehen, wissen Sie, was ich meine. Wir haben uns ihre Bankbelege besorgt und festgestellt, dass sie sich, bevor sie in den Laden ging, bei der Wells Fargo einhundert Dollar besorgt hat.«

Viel war das nicht, fand Tracy. Andererseits war man mit einhundert Dollar damals wohl viel weiter gekommen als heute.

»Was noch?«, fragte Moss. »Wir haben die Fluggesellschaften überprüft und die Autoverleiher. Haben nichts gefunden.«

»Dann gab es 1996 schon Geldautomaten?«

»Ja, aber ohne Kameraüberwachung, die tauchte erst später in dem Jahr auf. Also kein Video.«

»Irgendwelche Hinweise auf Alkohol- oder Drogenmissbrauch?«

»Der Mann sagt, seine Frau hätte ab und an mal ein Glas Wein getrunken oder auch schon mal ein Bier. Drogen hat sie seines Wissens nie genommen, wenn man vom Koffein absieht.«

»Irgendwelche Ideen, wie der Wagen in die Parkgarage kam, wenn sie ihn da nicht selbst hingefahren hatte?«

»Sie hätte ihn durchaus dorthin gefahren haben können, aber wollen Sie wissen, was ich glaube? Ich glaube, der Mann hat dafür gesorgt, dass das Blut in den Wagen kam, ebenfalls die Umhängetasche seiner Frau, hat sich Handschuhe angezogen, den Wagen in die Garage gefahren und mit dem Schlüssel in der Zündung abgestellt. Wahrscheinlich wollte er das Auto so verstecken. Vielleicht wollte er aber auch von sich ablenken, uns glauben machen, seine Frau wäre mit dem Bus irgendwohin gefahren. Die Parkgarage ist gleich um die Ecke. Auch auf den Straßen, der Parkgarage und dem Busbahnhof gab es damals noch keine Kameraüberwachung. Also können wir nicht mit Sicherheit sagen, wie es abgelaufen ist.«

»Gibt es sonst noch etwas Interessantes?«

»Nichts, was mir auf die Schnelle einfällt, aber Sie werden sich die Liste der Beweismittel ansehen müssen. Wie ich schon sagte, die Kriminaltechnik ist den Wagen mit Lupe und Pinzette durchgegangen.«

Tracy hatte hier besonders das Bärenspray im Sinn, das ihr Vater laut Anita Childress seiner Frau in die Umhängetasche zu stecken pflegte, wenn sie spät am Abend oder in den frühen Morgenstunden zu einem Treffen aufbrach. Das war ziemlich einmalig und wäre doch bestimmt aufgefallen … falls die Beamten es gefunden hatten. »Was ist mit engen Freunden?«

»Es gab so gut wie keine.«

»Keine?«

»Der Ehemann, die Eltern, der Redakteur und ihre Arbeitskollegen sagten übereinstimmend aus, sie wäre Einzelgängerin gewesen. Die Kollegen mochten sie, aber sagten, es sei schwierig gewesen, sie richtig kennenzulernen, sie blieb lieber für sich. Hatte nur selten mit einem von ihnen auch mal außerhalb des Büros etwas zu tun.«

»Die Tochter sagt, Childress hätte an mehreren Artikeln gearbeitet, von denen jeder das Potenzial gehabt hätte, einige Leute ernsthaft zu verärgern.«

»Ach, die Sache mit der vertraulichen Quelle, mit der sie angeblich verabredet war.« Moss nickte. »Wie ich schon sagte, da waren die von der Zeitung uns keine große Hilfe. Wir haben Rechtsmittel eingelegt und bekamen schließlich die Themen genannt, an denen Childress wahrscheinlich saß, aber sonst nichts und schon gar keine Namen von Quellen, vertraulich oder nicht.«

»Haben Sie sich diese Themen näher angesehen?«

»Soweit wir das konnten und soweit wir glaubten, es würde uns weiterhelfen. Ich erinnere mich, dass es bei einer Story um die Bestechlichkeit des Bürgermeisters ging, was für eine Überraschung!« Moss lachte. »Bürgermeister Edwards war so korrupt, der wusste doch schon gar nicht mehr, wie man auch ohne Bestechung lebt, aber erwischt hat ihn nie jemand. Weder das FBI noch die Leute vom Justizministerium. Bei einer anderen Geschichte ging es angeblich um den Route-99-Killer. Ihr Redakteur hielt es für unwahrscheinlich, dass Childress abgetaucht ist, um verdeckt als Lockvogel zu arbeiten, aber er sagte auch, dass sie ein bisschen seltsam war, also …« Moss zuckte die Achseln. »Wir haben den Route-99-Killer nie erwischt, also konnten wir auch nicht feststellen, ob Childress eins seiner Opfer war.«

»Sie fanden also nichts, was die These stützen könnte, dass jemand sie am Schreiben eines Artikel hindern wollte?«

»Wir haben uns die Telefonunterlagen ihres Anschlusses zu Hause besorgt, an die von der Arbeit kamen wir nicht ran. Soweit ich mich erinnere, konnten wir alle eingehenden und ausgehenden Anrufe zuordnen, bis auf einen. Der war am Nachmittag vor ihrem Verschwinden vom Münztelefon auf einer Tankstelle aus geführt worden.«

»Um ein Treffen für die betreffende Nacht zu vereinbaren?«

»Wer weiß? Auf der Tankstelle erinnerte sich keiner an jemanden, der den Münzfernsprecher benutzt hat und damals …«

»… gab es noch keine Überwachungskameras.«

»Lassen Sie mich eben rasch den Ball versenken.«

Moss kletterte aus dem Cart. Tracy wusste nicht genau, was sie von dem Gespräch bisher halten sollte. Es war sicherlich nicht ungewöhnlich für einen Detective, sich auf einen Verdächtigen festzulegen und Hinweise, die auf einen anderen Sachverhalt deuteten, einfach nicht zu bemerken. Allerdings hörte es sich bei diesem Fall so an, als sei Moss zudem noch mehrfach auf rechtliche Hindernisse gestoßen, die seine Ermittlung bremsten.

Moss stieg wieder in den Wagen und sie fuhren zum dritten Abschlag, der hoch erhoben über dem Fairway lag. Tracy wartete, bis Moss seinen Ball abgeschlagen hatte, der nach links abdriftete und zwischen den Bäumen zu liegen kam, was dem pensionierten Polizisten allerdings nichts auszumachen schien. Wieder im Cart sagte er: »Wo waren wir? Ach ja! Ich erinnere mich daran, dass ein Fotograf der Zeitung angab, Childress habe eine Drohung erhalten. Von jemandem, der unter der Knute des Bürgermeisters stand.«

»Und was kam heraus, als Sie dem nachgingen?«

»Nichts. Der Typ hat das mit der Drohung abgestritten. Er hätte Childress lediglich zu verstehen gegeben, falls sie vorhätte, eine Story zu veröffentlichen, die seine Firma in Misskredit bringt, hätte er gern Gelegenheit, zu den Anschuldigungen Stellung zu nehmen.«

»Was ist mit den Nachbarn? Hat irgendjemand mitbekommen, wie ein Wagen früh am Morgen startete und wegfuhr? Oder gesehen, wie er gegen Mittag wiederkam?«

»Wir haben mit den Nachbarn gesprochen, aber niemand erinnert sich an so etwas.«

»Und auch den Ehemann hat niemand an dem Morgen in seinem Auto wegfahren sehen?«

»Doch, den schon. Jemand hat gesehen, wie er kurz vor Mittag wegfuhr.«

»Wohin wollte er?«

»Sagte, er wäre mit seiner Tochter im Park gewesen.«

»Konnten Sie das bestätigen?«

Moss zuckte die Achseln. »Wir fanden Sand in seinem Wagen.«

»Den er dort hineingetan haben könnte, damit es so aussieht, als wäre er im Park gewesen. Haben Sie ihn untersucht?«

Moss warf ihr ein herablassendes Grinsen zu. »Es war Sand.«

Na ja, das hatte sie jetzt wahrscheinlich verdient. »Konnte irgendeiner der Nachbarn etwas über die Beziehung der beiden Childress sagen?«

Moss schüttelte den Kopf. »Da müssten Sie in der Akte nachsehen. Ich erinnere mich an nichts.«

Sie fuhren den Hügel hinunter und auf den Fairway. Moss schlug seinen zweiten Schlag zwischen den Bäumen heraus. Er landete in einer Sandfalle.

»Hast du es heute nicht so mit der Konzentration, Moss?«, rief jemand aus der Vierergruppe.

»Ja, ich denk zu viel an all das Geld, das du mir bald schuldest!«

»Ich glaube, du denkst an was ganz anderes. Besser gesagt: an jemand anderen.«

Moss kletterte wieder in der Wagen. »Ich nehme mal an, Sie müssen sich solchen Mist ständig anhören. Tut mir leid, wenn das jetzt genervt hat.«

»Mir macht es nichts aus.«

»Als ich bei der Mordermittlung war, hatten wir dort keine Frauen. Nicht eine, in all den fünfundzwanzig Jahren.«

»Ich war die erste.«

»Ernsthaft?«

»Ernsthaft. Wenn Sie ich wären, Moss, wie würden Sie an diesen Fall herangehen?«

Moss atmete vernehmlich aus. »Ich habe mir jahrelang den Kopf zerbrochen und mich gefragt, was wir hätten tun können. Habe ich Ihnen schon erzählt, dass mein Partner und ich ein Bulletin an sämtliche Medien und Polizeidienststellen des Landes verschicken wollten, aber sowohl der Ehemann als auch die Eltern dagegen waren?«

Das schien allerdings sehr seltsam. »Warum das denn?«

»Der Ehemann wurde von den Medien gejagt. Er und seine Tochter wurden allgemein gemieden. Er sagte, wir hätten dafür gesorgt, dass sein Leben unerträglich geworden war, und er hätte wirklich keine Lust, die Geschichte noch weiter auf Kosten seiner Tochter in den Medien breittreten zu lassen. Das wäre das Letzte, was er gerade brauchte.«

»Und die Eltern? Was hatten sie dagegen?«

»Sie weigerten sich zu glauben, dass die Childress ihre Tochter verlassen haben könnte, und befürchteten – weil sie ja in der Nacht ihres Verschwindens Geld abgehoben hatte –, sie könnte verdeckt arbeiten und an die Öffentlichkeit zu gehen hätte ihr Leben in Gefahr bringen können.«

Tracy schüttelte ungläubig den Kopf.

»Bizarr, was? Nach ein paar Wochen hat uns der Ehemann erlaubt, eine Erklärung abzugeben, aber nur intern an die Polizeikräfte, nicht als Pressemeldung an die Medien. Wir haben ein paar Hinweise erhalten, sind ihnen nachgegangen, haben aber letztendlich nichts von Interesse gefunden. Die Wochen vergingen und mein Partner und ich kamen zu dem Schluss, dass wir in einer Sackgasse angelangt waren, es sei denn, der Ehemann legte ein Geständnis ab oder irgendwer, den wir eines anderen Verbrechens wegen verhafteten, gestand auch gleich noch den Mord an Childress. Ich habe mir den Fall im Laufe der Jahre immer mal wieder vorgenommen, aber als ich in Rente ging, blieb mir keine andere Wahl, als ihn an die Cold-Case-Einheit zu übergeben.«

»Dann hat also entweder der Ehemann sie umgebracht oder sie ist in einen Überlandbus gestiegen und verschwunden. Was Sie allerdings nicht glauben«, fasste Tracy zusammen.

»Wir haben keinerlei Hinweise darauf gefunden, dass sie freiwillig verschwunden ist, keine Kreditkartenabrechnung, niemanden, der am Busbahnhof eine blutende Frau gesehen haben wollte – und daran würde man sich erinnern, da war ich mir sicher. Obwohl wir ihren Wagen ja erst drei Wochen nach ihrem Verschwinden gefunden haben. Trotzdem glaube ich nicht, dass sie einfach so aus freien Stücken abgehauen ist.«

»Und warum nicht?«

»Wie Sie schon sagten: Ich kann mir nicht vorstellen, dass eine Mutter einfach so geht und ihr Kind zurücklässt. Egal, aus welchem Grund, schlechte Ehe hin oder her. Sie hätte ihr Kind doch mitgenommen, wenn sie abhauen wollte, oder nicht?«

Tracy dachte an Anita Childress und deren Aussage, ihr Vater hätte seinen Job aufgegeben und wäre zu Hause geblieben, um sie zu versorgen, weil es Gelegenheiten gegeben hatte, an denen ihre Mutter sie allein gelassen hatte, um einer Geschichte nachzugehen.

»Ja, das sollte man meinen«, stimmte Tracy zu. »Normalerweise schon.« Nur schien ihr dieser Fall von »normal« weit entfernt zu sein.

Kapitel 5

Als die Gruppe der Golfspieler beim fünften Fairway angekommen war, setzte Moss Tracy bei ihrem Auto ab. Sie bedankte sich dafür, dass er sich Zeit für sie genommen hatte, und er gab ihr seine Handynummer und versprach, gern weiter alle Fragen zu beantworten, die ihr noch in den Kopf kommen mochten.

»Ich würde diesen Fall zu gern aus den Büchern streichen«, sagte er. »Ich denke nicht oft daran, aber wenn ich es tue … Es fühlt sich wie eine unerledigte Aufgabe an, wenn Sie verstehen, was ich meine.«

Ja, das verstand Tracy.

Sie verließ den Country Club und fuhr Richtung Westen, über die Brücke 520, die sich über den heute stahlgrauen Lake Washington spannte. Vor einem mit weißen Wölkchen übersäten Himmel tauchte die Skyline der Innenstadt von Seattle auf. Tracy war mit Bill Jorgensen verabredet, der beim *Post-Intelligencer* Lisa Childress' Redakteur gewesen war und jetzt als technischer Produktionschef für die *Seattle Times* arbeitete.

Tracy wusste nicht, was sie von Moss Gunderson halten sollte. Auf jeden Fall wurde er der Werbung gerecht, die er für sich selbst machte, und leuchtete – nicht nur, was die Kleidung betraf. Wie er als Mordermittler gewesen war, konnte sie nicht einschätzen. Dass er behauptete, außer dem Fall Childress alle seine Fälle aufgeklärt zu haben, musste nicht unbedingt viel heißen. Zu seiner Zeit hatte sich laut Faz und Del kein Detective bei der Vergabe von Fällen die Rosinen aus dem Kuchen picken können, aber man konnte sich hinter seinen Sergeant klemmen, besonders, wenn man mit ihm befreundet war, und wurde dann vielleicht bevorzugt behandelt. Außerdem waren neunzig Prozent aller Morde das, was Tracy und ihre Kollegen als »Grounder« bezeichneten – einfache Fälle, die sich schnell aufklären ließen. Die geheimnisvollen waren eher rar. Moss hatte einen davon erwischt. Er hatte ihn nicht aufgeklärt. Wobei er sich zugegebenermaßen von Anfang an auf den Ehemann konzentriert hatte – wie man es eben tat, wenn man Grounder gewohnt war. Und als er den Ehemann nicht verhaften konnte, weil er keine Beweise gegen ihn hatte, schien er nicht in der Lage gewesen zu sein, die Ermittlungen in eine andere Richtung zu lenken. Nicht in der Lage, nicht willens oder vielleicht auch einfach zu faul. Nach dem, was Tracy bei der raschen Durchsicht der Akte und in dem Gespräch eben mitbekommen hatte, schien Moss trotz seines bombastischen Auftretens bei dieser Ermittlung nicht gerade unkonventionell gedacht oder über den Tellerrand geschaut zu haben.

Vielleicht ließ sie sich in ihren Überlegungen aber auch zu sehr von der Hose beeinflussen, die Moss an diesem Morgen getragen hatte. Diese Hose war übertrieben auf Aufmerksamkeit aus. Weder Faz noch Del würden so etwas tragen. Zu Faz und Del fühlten sich die Menschen ganz selbstverständlich hingezogen, wie Italiener zu Antipasti, und genau darin lag der Unterschied zwischen Charisma und Unsicherheit. Irgendetwas an der jovialen Fassade von Moss schrie Unsicherheit. Natürlich konnte es aber durchaus auch so sein, dass sie nur deswegen zu viel in dieses Kleidungsstück hineininterpretierte, weil sie so gern glauben wollte, sie könnte erfolgreich sein, wo Moss versagt hatte. Dass sie den Mörder von Lisa Childress finden würde.

Tracy verließ den Freeway an der Stewart Street und suchte sich den Weg zum Denny Way, wo sie am Straßenrand einen Parkplatz fand, was einem kleinen Wunder gleichkam. Hier in der Gegend wurde laufend gebaut und entsprechend viele Bereiche waren abgesperrt. Die *Seattle Times* hatte ihre Redaktion in einem der wenigen noch verbliebenen dreistöckigen, verputzten, nach Gewerbe aussehenden Gebäude, einem Haus, das sich wahrscheinlich auch nicht mehr lange würde behaupten können, wenn man sich die rundum aus dem Boden wachsenden Hochhäuser so betrachtete.

Am Tresen im Erdgeschoss meldete Tracy sich an, heftete sich den Besucherausweis ans Revers und nahm den Fahrstuhl hoch in den dritten Stock. Oben wartete Jorgensen schon auf sie und begrüßte sie mit einem liebenswürdigen Lächeln im freundlichen Gesicht. Er wurde langsam kahl, nur ein Rest seiner braunen Haare umgab noch hufeisenförmig den Kopf, von grauen Strähnen durchzogen und perfekt zum kleinen Schnurrbart passend. Er trug Jeans und ein kurzärmliges kariertes Hemd.

»Detective Crosswhite!«, begrüßte er sie.

»Vielen Dank, dass Sie sich Zeit für mich nehmen.«

Jorgensen bot Tee oder Kaffee an, was Tracy dankend ablehnte, dann forderte er sie mit einer Handbewegung auf, ihm zu folgen, und unterhielt sich über seine Schulter hinweg mit ihr, während sie an den abgetrennten Arbeitsbereichen der Mitarbeiter vorbei durch die Redaktion gingen. Überall wurde telefoniert, überall klapperten Tastaturen. »Ihr Anruf hat mich überrascht«, erklärte Jorgensen über den Geräuschpegel hinweg.

»Warum?«

»Weil ich mich ziemlich ausführlich mit Anita Childress unterhalten hatte.«

»Vor Kurzem?«

Jorgensen betrat einen mit Glaswänden abgeteilten Konferenzraum und schloss die Tür hinter Tracy, womit der Lärm des Redaktionssaals ausgesperrt war. Sie gingen zum Konferenztisch, um den sich cremefarbene Lederstühle reihten. »Im Laufe der Jahre immer mal wieder«, beantwortete Jorgensen Tracys Frage. »Bei verschiedenen Gelegenheiten.« Er wählte für sich den Stuhl am Kopfende des Tisches, Tracy setzte sich links von ihm, mit einem leeren Stuhl dazwischen. »Sie tut mir sehr leid. Ewig so im Ungewissen zu leben, muss schlimm sein. Ich weiß, was Anitas Motive sind.« Er lächelte. »Aber was bringt die Polizei von Seattle dazu, sich ausgerechnet diesen Fall nach so vielen Jahren noch einmal vorzunehmen?«

»Ich bin bei der Cold-Case-Einheit«, erklärte Tracy beiläufig.

»Ich kenne Sie und Ihre Aufklärungsrate, Detective Crosswhite. Wir haben über die Ermittlungen im Curry Canyon und North Seattle berichtet. Ich bin einfach nur neugierig und wüsste gern, ob irgendetwas Spezielles Sie dazu bewogen hat, sich dieses Falles anzunehmen.«

Jorgensen war ein Zeitungsmensch mit einem ständigen Interesse an Nachrichtenmaterial. Er wollte gern wissen, ob hier vielleicht eine Geschichte für seine Zeitung lauerte, die Geschichte einer seit fast fünfundzwanzig Jahren verschwundenen Journalistin aus Seattle.

»Nein, eigentlich nicht«, sagte Tracy.

»Ich habe mich gefragt, ob vielleicht ein Zusammenhang zu den im Curry Canyon gefundenen Leichen besteht, ob wohl auch Lisas Leiche dort gefunden wurde.«

»Nein, nein, nichts in der Art.«

»Lisas Verschwinden – für mich ist das so, als hätten wir eine der Unseren verloren«, erklärte Jorgensen.

»Das kann ich verstehen.« Tracy nickte.

Jorgensen lehnte sich zurück. »Also? Wie kann ich Ihnen helfen?«

»Ich würde erst einmal gern mehr über Lisa Childress erfahren. Was können Sie mir erzählen? Was für eine Reporterin war sie?«

Jorgensen grinste bis über beide Ohren. »Sie war eine Granate.«

»In welcher Beziehung?«

»Wie erkläre ich das jetzt? Ihre Reportagen haben dem *PI* drei Pulitzerpreise eingetragen, aber solche Auszeichnungen haben sie einen Dreck interessiert.«

Damit konnte Tracy etwas anfangen. »Ach ja?«

»Lisa hatte den richtigen Riecher für Nachrichten. Sie roch eine gute Geschichte einfach und hängte sich so hartnäckig und fest entschlossen daran wie ein Spürhund. Sie ließ erst locker, wenn der Artikel in Druck gegangen war.«

Tracy spürte ein gewisses Zögern in Jorgensens Stimme. »Aber …?«

Jorgensen faltete seine Hände auf dem Tisch. »Aber … sie zu irgendeiner zivilisierten Zusammenarbeit zu bewegen, war fast unmöglich, und das wiederum war ziemlich frustrierend.«

»In welcher Weise?«

»In jeder Weise.« Jorgensen wiederholte viel von dem, was auch Anita Childress erzählt hatte: Lisa hatte Abgabetermine gehasst und ihren Redakteuren selten genau verraten, woran sie gerade arbeitete oder wer ihre Quellen waren.

»Wie oft musste ich ihretwegen entweder noch hastig Platz auf der Titelseite schaffen oder in letzter Sekunde ein Loch stopfen! Ich wusste, Lisa würde auf jeden Fall eine großartige Story abliefern, darauf konnte ich mich verlassen. Ich wusste bloß nie, wann ich die kriegen würde.«

»Ihre Tochter glaubt, sie ging in der Nacht, in der sie verschwand, einem Hinweis nach.«

»Ich weiß. Sie bekommen von mir jetzt genau dasselbe zu hören wie auch Anita. Ich erinnere mich besser an die Zeit von Lisas Verschwinden, als ich es normalerweise tun würde, weil ich damals mehrmals von den ermittelnden Detectives befragt wurde und dann vor Kurzem erst Anita Rede und Antwort stand. Sie verstehen, was ich damit sagen will?«

»Ich glaube schon.«

»Ich weiß nicht, ob sich Lisa in der Nacht mit einem Informanten, einer Quelle, traf oder nicht. Ich erinnere mich daran, dass mir auch der leitende Ermittler diese Frage gestellt hat. So ein großer Typ mit einem ungewöhnlichen Namen.«

»Moss Gunderson.«

»Genau. Ich habe ihm erzählt, was ich jetzt auch Ihnen erzählen werde: Lisa hat mir die Namen ihrer vertraulichen Quellen nie genannt.«

»Ich frage mich nur, ob sie jemandem so sehr in die Quere gekommen sein könnte, dass der sie ermordete.«

»Spekulationen überlasse ich Ihnen, Detective.«

»Hat sie Ihnen gesagt, an welchen Storys sie damals arbeitete?« Tracys Tonfall deutete an, dass sie die Geschichte von der Journalistin nicht ganz glauben mochte, deren Redakteur keine Ahnung hatte, woran sie gerade arbeitete.

»Das eine oder andere habe ich schon aus ihr herausbekommen, Detective. Lisa recherchierte damals zu mehreren Artikeln gleichzeitig. Woran sie im Einzelnen arbeitete, hat Anita Ihnen doch bestimmt schon erzählt. Und ich kann Ihnen sagen, sie weiß verdammt viel mehr, als ich je wusste.«

»Was wussten Sie denn? Woran erinnern Sie sich?«

Auch hier wiederholte Jorgensen im Grunde das, was Anita Tracy erzählt hatte.

»Anita meinte, es sei denkbar, dass Lisa verdeckt auf dem Aurora Strip arbeitete, um den Route-99-Killer anzulocken.«

Tracy wollte gern hören, welche Meinung Jorgensen zu diesem Thema hatte.

»Lisa war eine furchtlose Reporterin, aber leichtsinnig ist sie mir eigentlich nie vorgekommen. Ich kann mir nicht vorstellen, dass sie diesen Weg eingeschlagen hätte.«

»Was ist mit den anderen Geschichten?«

»Was Gerüchte und Spekulationen zu Bürgermeister Edward betrifft, da haben wir eine ganze Kammer voller Unterlagen zu diversen Themen. Zu viel Material, als dass alles nur erfunden sein kann.«

»Wo Rauch ist, da ist auch Feuer?«

»Ein ziemlich großes sogar. Aber wir sind eine Zeitung, wir drucken Fakten, keine Andeutungen. Etwas ist dann aber doch aufgetaucht, eine Woche oder so nach Lisas Verschwinden. Ihr Fotograf – ein Typ, den ich beauftragt hatte, mit ihr zu arbeiten, weil er älter war und mehr Geduld hatte als die Jüngeren – erzählte, aufgrund eines Berichts über eine Stadtratssitzung sei Mike Greenhold zu Lisa gekommen und habe ihr gedroht: Falls sie vorhätte, eine Geschichte über die Geschäftsbeziehungen des Bürgermeisters zu schreiben, dann hätte er wohl gern ein Wörtchen mitgeredet.«

Das musste die von Moss erwähnte Drohung gewesen sein. »Wer ist Mike Greenhold?«

»Greenhold Construction. Seine Firma hatte zu der Zeit in Seattle eine Menge Projekte laufen und er war gerüchteweise eng mit Bürgermeister Edwards befreundet.«

»Wissen Sie, was daraus wurde?«

»Ich gab die Information an die Polizei weiter und auch den Namen des Fotografen, damit man direkt mit ihm sprechen konnte.«

»Haben Sie je wieder etwas davon gehört?«

»Nein. Nichts. Wahrscheinlich hat Greenhold abgestritten, je irgendetwas in dieser Richtung gesagt zu haben, und damit stand seine Aussage gegen Lisas und Lisa gab es nicht mehr.«

»Was ist mit den anderen beiden Storys?«

»Was Rivers betraf, so erinnere ich mich an drei erwachsene Männer, die bemerkenswert gleichlautende Geschichten darüber erzählten, wie sie von Rivers sexuell missbraucht worden waren. Alle drei waren zum angegebenen Zeitpunkt noch keine sechzehn Jahre alt.«

Tracy ließ sich von Jorgensen bestätigen, dass das Mindestalter für einvernehmlichen Geschlechtsverkehr im Staat Washington damals bei sechzehn Jahren gelegen hatte. Jeder dieser Fälle wäre von daher, falls sich die Beschuldigungen als wahr erwiesen, nach den Gesetzen des Staates Kindesmissbrauch gewesen, für den Rivers möglicherweise ins Gefängnis gewandert wäre.

»Waren die Männer glaubwürdig?«

»Das beantworte ich mal so: Jeder der drei konnte ziemlich genau Lage und Schnitt der Wohnung beschreiben, in der Rivers damals wohnte, und sie nannten alle gewisse körperliche Merkmale, von denen sie nur wissen konnten, wenn sie Rivers nackt gesehen hatten. Allerdings hatten sie alle ein ganzes Strafregister an Vergehen vorzuweisen: Prostitution, Drogenmissbrauch, Raub und Diebstahl.« Jorgensen zählte die einzelnen Punkte an den Fingern ab. »Ein Register, das stetig gewachsen war, je älter sie wurden.«

»In Schieflage geratene junge Männer also.«

»Glaubwürdigkeit haben sie nicht gerade ausgestrahlt. Zwei von ihnen kannten sich zudem noch aus ihrer Zeit als Jugendliche in einer Einrichtung der Drogenhilfe, in der Rivers gearbeitet hatte.«

»Sie hätten ihre Geschichten aufeinander abstimmen können. Und der dritte?«

»Ein Nachbar. Er wohnte in derselben Straße wie Rivers, ein paar Häuser weiter.«

»Dann haben sie alle zusammen …«

»Wir haben uns damals entschieden, Rivers nach den drei Männern zu fragen. Er hat die Anschuldigungen abgestritten. Sagte, sie würden lügen und wenn wir die Anschuldigungen druckten, würde er uns verklagen.«

»Und? Haben Sie sie gedruckt?«

»Nein. Aber nicht, weil er uns mit Klage gedroht hatte. Wir beschlossen abzuwarten, ob einer oder mehrere der Männer, die Rivers beschuldigten, ein Gerichtsverfahren anstrebten. Dann hätten wir über das Verfahren berichtet. Weitere, bisher unbelegte Anschuldigungen hätten wir nicht erwähnt, es sei denn, sie wurden Teil des Verfahrens, denn dann hätten wir diese Anschuldigungen als Teil der öffentlichen Aussagen vor Gericht drucken können. Ohne Verfahren hätten wir nichts unternommen. Wir mochten nicht ungewollt Teil einer politischen Säuberungsaktion werden, ganz zu schweigen davon, dass hier ein Mann und seine Familie ruiniert werden konnten.« Jorgensen lächelte. »Zumindest wollten wir nichts veröffentlichen, was nicht eindeutig belegt war.«

»Aber dann war da ein Körnchen Wahrheit an dem, was Childress entdeckt hatte?«

»Wollen Sie meine persönliche Meinung? Ich glaube, ja.«

»Was für einen Mann sehr beunruhigend gewesen wäre, der im Blickfeld der Öffentlichkeit stand und mit dem Gedanken spielte, sich für das Amt des Bürgermeisters zu bewerben.«

»Solche Schlussfolgerungen und Andeutungen überlasse ich der Polizei.«

»Hatte Childress Ihre Erlaubnis, diesen Behauptungen nachzugehen?«

»Wie ich schon sagte, für uns war das Ende offen.«

»Also hatte sie die Erlaubnis.«

»Ja, die hatte sie.«

»Und die Polizisten, die Drogen und Drogengelder beiseiteschafften? Was wurde aus der Geschichte?«

»Auch hier gab es jede Menge Rauch.«

»Aber kein Feuer.«

»Nicht, dass ich mich an eins erinnere.«

»Irgendetwas an Childress in der Zeit vor ihrem Verschwinden, das Ihnen anders vorkam? Außerhalb ihrer Routine lag?«

»Wenn Sie mit Anita geredet haben, wissen Sie ja auch, dass Lisa ihre Eigenheiten hatte.«

»Anita erwähnte so etwas. Wann haben Sie Lisa Childress zum letzten Mal gesehen?«

»Im Büro, am Tag bevor sie verschwand.«

»Wie kam sie Ihnen da vor?«

»Irgendetwas kam mir anders vor an ihr. Ich erinnere mich daran, das den Detectives und später auch Anita erzählt zu haben, aber was genau das gewesen sein soll, das weiß ich nicht.«

»Fällt Ihnen noch etwas ein?«, wollte Tracy wissen.

»Sie hatte zugenommen. Nicht extrem, aber so vier, fünf Kilo dürften es schon gewesen sein. Kein Wunder, wenn man bedenkt, wie sie sich ernährt hat.«

Tracy stellte noch ungefähr eine Viertelstunde lang Fragen, bekam aber kaum mehr Informationen als die, die sie bereits von Moss Gunderson und Anita Childress erhalten hatte.

»Was glauben Sie?«, fragte sie zum Schluss. »Was ist ihr zugestoßen?«

Jorgensen hob abwehrend beide Hände. »Das zu sagen ist nicht an mir, Detective.«

»Nein, aber Sie kannten sie. Hätte sie es fertiggebracht, einfach zu verschwinden? Zu gehen?«

Jorgensen war diese Frage sichtlich unangenehm. »Ob sie dazu in der Lage war? Ja, ich würde sagen, das war sie. Aber ich glaube nicht, dass sie es getan hat.«

»Weil sie eine Tochter hatte.«

Er schüttelte den Kopf. »Weil sie *Storys* hatte, an denen sie arbeitete. Ich kann mir nicht vorstellen, dass sie diese Storys einfach so nicht zu Ende gebracht hätte. Ich weiß, wie sich das anhört, aber es hätte Lisa wahnsinnig gemacht, eine Story nicht zum Abschluss zu bringen, geschweige denn gleich mehrere.«

»War sie obsessiv?«

»Was ihre Storys betraf schon.«

»Also halten Sie es für wahrscheinlicher, dass etwas Schlimmes passiert ist.«

»Ich wünschte, es wäre anders, aber …« Jorgensen zuckte die Achseln. »Ja, das wäre meine Schlussfolgerung.«

Kapitel 6

Hatte sie sich diesmal zu viel vorgenommen? Das war die Frage, über die Tracy nachdachte, während sie ins Polizeipräsidium zurückfuhr. Hatte sie sich aus Mitgefühl für Anita Childress in einen Fall verbissen, der nirgendwo hinführen konnte? Wenn junge Frauen vermisst wurden, dann standen die Chancen, sie lebend wiederzufinden, statistisch gesehen von Anfang an überwältigend schlecht und wurden immer schlechter, je mehr Zeit verstrich. Das galt natürlich besonders für jemanden wie Lisa Childress, die ihre Nase in gefährliche Dinge gesteckt hatte.

Und so fand sich Tracy schon früh an einem Scheideweg.

Sie musste entweder, wie Moss es getan hatte, davon ausgehen, dass Larry Childress seine Frau umgebracht und ihre Leiche fortgeschafft hatte, in welchem Fall jede Ermittlung in einer Sackgasse festsaß, solange Childress die Tat nicht gestand und Einzelheiten nannte. Wenn sie jedoch von der Unschuld des Ehemanns ausging und davon, dass seine Frau von jemandem ermordet worden war, der nicht wollte, dass sie seine illegalen Aktivitäten aufdeckte, dann musste sie sich weit ausführlicher als bisher mit den vier Storys befassen, an denen Childress gearbeitet hatte. Sie musste irgendwie in Erfahrung bringen, wie weit Childress in die jeweiligen Geschichten eingedrungen war, mit wem sie gesprochen hatte, ob es außer der einen von Greenhold noch weitere Drohungen gegeben hatte und ob man diese Drohungen als ernst gemeint ansehen musste.

Vielleicht war Moss gar nicht faul gewesen. Vielleicht hatte er einfach nur pragmatisch gehandelt.

Anita Childress hatte Tracy einiges an Laufarbeit bereits abgenommen. Tracy musste sich einfach nur die Zeit nehmen, Anitas Material durchzusehen, und sich dann für ein Vorgehen entscheiden.

In ihrem Büro bat sie die Zentrale, keine Anrufe zu ihr durchzustellen, verschaffte sich ein wenig Platz auf dem Schreibtisch, indem sie die Ordner der aufgeklärten Fälle in einem Karton verstaute, den sie später schließen wollte, um ihn ins Lager überstellen zu lassen, und nahm sich die vier Mappen vor, die Anita Childress ihr überlassen hatte. Sie würde mit den Recherchen zu dem Thema anfangen, das sie am meisten interessierte, denen zur Korruption innerhalb der Polizei. Die Vorstellung von korrupten Polizeibeamten, die die Hand aufhielten, war schwer zu ertragen, aber Tracy hatte im Laufe ihrer Karriere auch eine Weile im Drogendezernat gearbeitet und wusste daher, dass der Staat Washington ein Knotenpunkt des Drogenhandels war. Die Nähe zu Kanada bot vielfältige Möglichkeiten, Drogen in den Staat zu schmuggeln, sei es mit dem Auto, dem Boot, dem Zug oder einem Flugzeug, wobei es für diese Flugzeuge genügend Landemöglichkeiten in wilden einsamen Gegenden gab, unter anderem auf Seen und Flüssen.

Sie hatte von Drogenermittlern in Städten wie Los Angeles oder Miami gehört und auch gelesen, die der Korruption anheimgefallen waren, besonders in den Achtzigerjahren, als die Verteilung von Kokain drastisch zunahm. Zu Tracys Ausbildung bei der Drogenfahndung hatten Unterrichtseinheiten zu Korruption gehört, wo es unter anderem um Polizisten gegangen war, die Drogenhändlern ihre Ware abgenommen und diese an andere Drogenhändler weiterverkauft hatten, was als »trading licks« bezeichnet wurde. Es war auch vorgekommen, dass Beamte über einen verdeckt ermittelnden Kollegen einen größeren Drogeneinkauf organisiert hatten, den sie dann auffliegen ließen, um die Beute anschließend an einem diskreten Ort unter sich aufzuteilen.

Korrupt wurde man nicht über Nacht, das ließ sich manchmal ganz unschuldig an. Da kommt ein idealistischer junger Polizist mit allerbesten Absichten frisch von der Akademie und für ihn ist alles ganz klar schwarz oder weiß, richtig oder falsch. Bis er mitbekommt, wie Kollegen gegen Regeln verstoßen. Vielleicht geht es bei einer körperlichen Durchsuchung gewalttätig zu. Nur ein wenig, damit es später zu einer Verurteilung kommt. Dem jungen Polizisten wird versichert, das käme ständig vor, und weil er ein Team Player sein und akzeptiert werden will, sagt er nichts. Das ist sein erster Fehler. Dann soll er einen Bericht über die fragliche Durchsuchung verfassen und die unnötige Gewaltanwendung dabei natürlich verschweigen. Der betreffende Fall geht vor Gericht und unser junger Polizist schwört einen Meineid, damit der gefälschte Bericht nicht auffliegt, in dem die aus dem Ruder gelaufene Durchsuchung gerechtfertigt wird.

Und es funktioniert.

Der Verbrecher wird verurteilt. Das Fehlverhalten der Beamten fliegt nicht auf. Nichts ist passiert, nichts war falsch.

Und mit jedem Mal wird es einfacher, die Regeln zurechtzubiegen. Bis der ehemals so unschuldige Polizist vor sich rechtfertigen kann, dass es in Ordnung ist, unsauberes Geld anzunehmen und Drogen weiterzuverkaufen.

Tracy blätterte durch Childress' Unterlagen und kam zur Kopie eines Polizeiberichts, der sich mit zwei Leichen befasste, die am Lake Union ans Ufer getrieben worden waren. Nichts in diesem Bericht schien etwas mit Drogen oder einer

Drogenrazzia zu tun zu haben. Interessant. Tracy las sich den Bericht durch. Im November des Jahres 1995 war die Polizei in den Jachthafen Diamond Marina am Lake Union gerufen worden, wo zwei Leichen angetrieben worden waren. Die anschließenden Ermittlungen hatte Del Castigliano geleitet, als sein Partner wurde Moss Gunderson genannt. Del dürfte 1995 im Morddezernat noch ziemlich neu gewesen sein, er hatte sich damals gerade von Madison im Staat Wisconsin nach Seattle versetzen lassen.

Tracy las sich den Bericht durch. Die beiden Toten waren mexikanischer Herkunft gewesen, man hatte sie auf Ende zwanzig, Anfang dreißig geschätzt. Die Grenzbehörden hatten sie schließlich identifizieren können: Es handelte sich um Ayax Florez Navarro und Juvenal Lucio Ibarra, beide aus Mexiko, beide vorbestraft wegen Drogenschmuggels. Es gab eine Verbindung zu einem Drogenkartell in Oaxaca.

Okay, dann ging es bei dem Fall also doch um Drogen. Sie sah sich den Bericht der Rechtsmedizin an. Die Männer waren ertrunken, beide mit Kokain und Alkohol im Blut.

Tracy las weiter, fand aber keinen Verweis auf ein Boot, auf dem die beiden Männer gearbeitet hatten, und auch keinen Hinweis darauf, wie es sonst hatte passieren können, dass sie im Lake Union ertranken. Laut Dels Bericht waren die beiden von einem Boot oder Pier aus ins Wasser gefallen. Mehr hatte er nicht herausgefunden und den Fall abgeschlossen. Diese Schlussfolgerung kam Tracy allzu bequem vor, bestenfalls einfach schlampig, selbst für einen Detective, der seinen ersten Mordfall bearbeitet.

Lisa Childress hatte das Informationsfreiheitsgesetz geltend gemacht und Einsicht in sämtliche relevanten Polizeiberichte angefordert, darunter auch einen der Wasserschutzpolizei mit Angaben über ein Boot namens *Egregious.* Einen solchen Bericht gäbe es nicht, war ihr mitgeteilt worden. Childress hatte die

Egregious offenbar für das Boot gehalten, von dem aus Navarro und Ibarra über Bord gegangen waren. Vielleicht hatte dieses Boot Drogen an Bord gehabt, wobei allerdings nichts in den Aufzeichnungen der Reporterin oder in Dels Bericht stand, was diese Annahme untermauerte.

Tracy blätterte weiter und stieß nach mehreren Seiten auf die Kopie handgeschriebener Notizen, die wohl ursprünglich auf einem der gängigen kleinen Notizblocks notiert worden waren, wie Journalisten sie gerne verwendeten. Ganz oben standen, doppelt unterstrichen, die Worte: The Last Line.

Es war nicht einfach, das weitere Gekritzel zu entziffern, aber schließlich meinte Tracy, es geschafft zu haben:

Diamond Marina
Egregious/Kanadisch
HM D.S.

Wieder dieser Bootsname. Und der Name des Jachthafens. Was The Last Line oder HM D.S. bedeuteten, da hatte sie keine Ahnung, notierte sich aber, dem nachzugehen. Sie wandte sich ihrem Computer zu, gab »Seattle« und »The Last Line« in eine Suchmaschine ein und landete verschiedene Treffer bei einem Online-Schmuckhandel, einer Online-Zeitschrift und einem Buch mit diesem Titel. Sie dachte ein wenig über die Suche nach und fügte »Neunzigerjahre« hinzu. Sie scrollte weiter, bis sie auf einen Artikel aus dem *Post-Intelligencer* stieß, der allerdings nicht von Lisa Childress geschrieben worden war.

Der Artikel beschäftigte sich mit den vierundzwanzig Sondereinheiten der Polizei, die im Staat Washington eingerichtet worden waren, nachdem im Zuge eines drastischen Anstiegs des Konsums von Kokain und Marihuana im Land auch der Zustrom an Drogen in den Puget Sound zugenommen hatte. Die Sondereinheiten deckten fünfundsiebzig Prozent des Staates ab. Eine dieser Einheiten innerhalb der Polizei von Seattle war unter dem Namen The Last

Line bekannt geworden und der Artikel gab an, die Mitglieder der Einheit seien mit Ausnahme des Sergeants Rick Tombs anonym und trügen bei Razzien Masken, damit ihre Identität geschützt blieb. Laut einer nicht genannten Quelle stellte die Einheit die letzte Verteidigungslinie der Öffentlichkeit dar, daher auch der Name. Die Truppe setzte sich aus allen möglichen Bereichen der Polizei zusammen, von neu rekrutierten Beamten bis hin zu Veteranen der Eingreiftruppe SWAT. Manche von ihnen stammten laut Quelle aus Familien, in denen man schon seit Generationen zur Polizei ging, und waren Veteranen des Golfkrieges. Jeder Einzelne von ihnen war gründlich durchleuchtet worden.

Sergeant Rick Tombs, Drogenfahnder mit fünfzehn Jahren Erfahrung, erklärt, dass es Wochen dauern kann, bis es verdeckt arbeitenden Ermittlern gelingt, einen Kauf zu arrangieren. Ist der Handel abgeschlossen, dann greifen die Beamten der Last Line zu, schnell und schwer bewaffnet. Das sichergestellte Geld wird in einem Safe der Polizeibehörde verwahrt, bis eine Gruppe von speziell mit Beschlagnahmungen betrauten Beamten eine genaue Zählung vornehmen kann. Die Drogen werden verzeichnet und in der Asservatenkammer verschlossen aufbewahrt, um später gewogen zu werden.

Tombs sagte, die Beamten seien maskiert, um ihre Identität zu verbergen. »Niemand soll mit einem Bestechungsversuch oder Drohungen gegenüber unseren Familien an meine Leute herantreten können.«

Tracy las sich den Artikel bis zum Ende durch, sah sich die weiteren Treffer an und nahm sich auch noch einen Artikel aus dem Jahr 2002 vor, in dem berichtet wurde, The Last Line sei im Rahmen einer generellen Umorganisation in die Abteilung Drogenbekämpfung integriert worden. Dann sah sie sich an, was sie sich bei der Durchsicht der Mappe bisher notiert hatte.

Zwei Leichen im Jachthafen.

Keine Ausweise.

Ein Bootsname, aber keine weiteren Angaben zum Boot.

Die Sondereinheit Drogen in Seattle.

Tracy legte die Mappe beiseite, richtete sich auf und reckte sich ein wenig. Als sie zum Kaffeebecher »Beste Mom der Welt« griff, war der Kaffee darin leider längst kalt geworden, doch sie brauchte jetzt dringend Koffein, sonst drohte die nachmittägliche Müdigkeit ihr das Hirn zu vernebeln. Bevor sie sich an die nächste Mappe wagte, musste frischer Nachschub her.

In der Teeküche der Abteilung lehnten Faz und Del am Tresen und plauderten miteinander. Beide hatten die Hemdsärmel hochgerollt und die Krawatten gelockert.

»Na, sieh mal an, wer kommt denn da!«, meinte Faz. »Wenn das nicht die viel gerühmte Tracy Crosswhite ist!«

»Du kannst mich auch mal, Faz. Hängt ihr zwei hier ganz allein rum? Wo ist Kins?«

»Bei Gericht, der Mordfall oben im Norden. Kins sitzt die nächsten fünf Wochen neben dem Ankläger am Tisch der Staatsanwaltschaft, was ihn gar nicht glücklich stimmt«, antwortete Faz. »Rosa hat im Canyon noch mehr Leichen identifiziert, höre ich?«

»Und ich habe gehört, die Chefin bekreuzigt sich inzwischen, wenn sie runter zu dir ins Büro kommt!« Del verneigte sich tief, die Hände hoch erhoben.

»Auch du kannst mich mal, Del!«

»Natürlich kommt die Chefin zu Tracy, wenn sie was will«, lachte Faz. »Mit Tracy allein könnte sie doch glatt das ganze Polizeibudget begründen.« Auch er verneigte sich tief.

»Wie gesagt: Ihr könnt mich mal.«

»Über all diesen Leichen zu schlafen!« Faz schüttelte sich. Er bezog sich auf das Haus in North Seattle, in dessen Keller sieben vergrabene Leichen entdeckt worden waren. »Das ist echt unheimlich. Ich krieg schon eine Gänsehaut, wenn ich bloß dran denke.«

»Deswegen nennt man sie Psychopathen, Faz. Die kriegen keine Gänsehaut«, erklärte Del.

»Wie geht's meinem Patenkind?«, wollte Faz wissen.

Tracy gönnte sich einen kurzen Bericht über Daniellas Vokabular und alles, was die Kleine sonst bereits auf Lager hatte. So brennend wie sie selbst beschäftigte das Thema ihre Kollegen bestimmt nicht, das wusste sie ja, aber die beiden waren immer sehr höflich. Tracy revanchierte sich, indem sie nach Faz und dessen Familie fragte, sobald sie ihren mütterlichen Enthusiasmus hatte zügeln können. »Wie macht sich Antonios Restaurant?« Der einzige Sohn ihres Kollegen war Koch und hatte vor nicht allzu langer Zeit ein italienisches Restaurant eröffnet, das begeisterte Besprechungen bekam und sich eines regen Zulaufs erfreute.

»Einfach prima!« Faz langte hinter sich und klopfte zur Sicherheit auf die hölzerne Platte des Küchentresens. »Das Außer-Haus-Geschäft explodiert förmlich, besonders an den Wochenenden.«

»Und da siehst du den Lieferboten!« Del deutete mit dem Daumen auf seinen Partner. »Faz, der allseits geschätzte Lieferdienst.«

»Ich helfe bloß aus und auch nur abends. Wieso auch nicht, solange Vera jetzt abends immer weg ist?«

»Wo ist Vera denn?«, erkundigte sich Tracy.

»Sie hilft auch, ist ein … wie nennt man das? Die Köche, die die einfachen Sachen machen, also Ravioli und Nudeln kochen und die Vorbereitungen treffen? Das macht sie.« Faz kippte den Rest Kaffee aus seinem Becher in die Spüle. »Okay, das reicht an Kaffee. Alle Systeme sind in Gang gebracht und schon läuft es durch.«

Tracy schüttelte den Kopf und rief ihm nach, da war er schon halb aus dem Raum: »So genau will das echt keiner wissen, Faz!«

»Kurz vorm Mittagessen sind solche Sprüche am schlimmsten«, fand Del.

»Hast du kurz Zeit?«, fragte Tracy ihn.

»Kurz? Wenn Faz auf dem Klo sitzt, habe ich alle Zeit der Welt.«

»Ich habe heute Morgen mit Moss Gunderson gesprochen.«

»Das tut mir leid!« Del legte den Kopf schräg, erst nach rechts, dann nach links, als suche er etwas.

»Was ist?«, wollte Tracy wissen. »Habe ich mich irgendwie bekleckert?«

»Ich wollte nur nachsehen, ob bei dir noch beide Ohren dran sind.«

Tracy lachte. »Er redet wirklich ganz schön viel.«

»Hat er dir erzählt, wie er zu dem Namen Moss kam?«

»Ein rollender Fels setzt kein Moos an.«

»Dann hat er sich ja nicht verändert.« Del lehnte sich mit verschränkten Armen gegen den Tresen. »Weswegen warst du denn bei ihm?«

»Ein ungelöster Fall. Lisa Childress.« Del blinzelte und seine Miene wurde ganz kurz undurchdringlich. Er hatte sich sofort wieder im Griff und die Veränderung war fast unmerklich vonstatten gegangen, aber Tracy hatte sie durchaus mitbekommen. »Kommt dir der Name bekannt vor?«

»Nein. Sollte er?«

»Reporterin für den *Post-Intelligencer.* Verschwand vor fast fünfundzwanzig Jahren. Der einzige Fall, den Moss nie aufgeklärt hat.«

»Ich erinnere mich vage an eine Reporterin, die verschwand, aber da habe ich nicht mit Moss zusammengearbeitet.«

»Nein. Keith Ellis war sein Partner.«

»Möge er in Frieden ruhen. Soweit ich mich erinnere, hat Moss überall herumerzählt, der Ehemann hätte sie umgebracht, er könnte das bloß nicht beweisen. Er wollte wohl einfach nicht mit einem offenen Fall in seiner sonst so makellosen Aufklärungsrate dastehen.«

»Das fasst es so ziemlich zusammen.«

»Warum beschäftigst du dich mit dem Fall? Hast du neue Informationen?«

»Nein, nichts in der Art. Die Tochter der Vermissten ist inzwischen erwachsen und Reporterin bei der *Seattle Times.* Sie hat mich gebeten, einen Blick in die Akte ihrer Mutter zu werfen.«

»Lebt der Vater noch?«

»Ja, und ich habe sie gefragt, wie es für sie wäre, wenn sich herausstellte, dass er es war.«

»Und? Was hat sie gesagt?«

»Sie will die Wahrheit wissen. Mag nicht mehr mit dieser Ungewissheit leben.«

»Aber etwas Neues hat sie nicht?«

»Sie hat ein paar Mappen mit Unterlagen zusammengestellt. Geschichten, an denen ihre Mutter damals gearbeitet hat.«

»Was für Unterlagen?«

»Materialien zu investigativen Storys, denen ihre Mutter nachging. In einer dieser Mappen tauchte dein Name auf.« Tracy hatte überlegt, wie sie sich dem Thema nähern sollte, weil sie ihrem Freund ungern auf den Kopf zusagen mochte, dass er ihrer Meinung nach verdammt schlampig gearbeitet hatte.

»Mein Name?«, fragte Del, ohne dabei überrascht zu wirken. »In welchem Zusammenhang?«

»Du hast mit Moss zusammen den Fall von zwei Leichen bearbeitet, die im Lake Union ans Ufer trieben.«

»Ja, daran erinnere ich mich noch am Rande.«

»Du warst leitender Ermittler.«

»Das dürfte in meinem ersten Jahr hier im Morddezernat gewesen sein.«

Tracy fand es seltsam, dass Del sich nur noch vage erinnern wollte. Sie selbst hatte ihren ersten Mordfall noch sehr lebhaft und in allen Einzelheiten im Gedächtnis.

»Damals hieß die Abteilung noch nicht Gewaltverbrechen. Nur Morddezernat. Mexikaner. Richtig? Illegale, wenn das der Fall ist, an den ich mich erinnere?«

»Genau.«

»Moss hatte mir die Leitung übertragen. Ich dachte, er hätte das getan, weil er mir vertraute, aber wahrscheinlich lag es eher daran, dass er damals mitten in einer sehr hässlichen Scheidung steckte. Was ist mit dem Fall?«

»Habt ihr je feststellen können, wie die beiden Männer im See landen konnten?«

»Himmel, Tracy, das muss doch fast fünfundzwanzig Jahre her sein. Ich müsste mir die Akte anschauen, nachlesen, was da steht. Ist es wichtig?«

»Ich weiß nicht. Aber ich habe mir die Fallakte geholt. Da steht im Grunde gar nichts drin, außer, dass beide Männer keine Papiere bei sich hatten und wahrscheinlich aus einem Boot fielen.«

»Na, dann wird da auch nicht mehr festzustellen gewesen sein.«

»Lisa Childress arbeitete an einer Story über ein Boot mit dem Namen *Egregious.*«

»Ach ja?«

»Wusstest du davon?«

»Nein.«

»Sie hat einen Antrag auf Akteneinsicht im Rahmen der Informationsfreiheit gestellt, aber nichts in die Hände bekommen.«

Del verzog kopfschüttelnd das Gesicht.

»Weißt du noch, wer den Leichenfund gemeldet hat?«, hakte Tracy nach.

»Nein.«

»Oder wen du damals befragt hast?«

»Die Protokolle der Zeugenbefragungen befinden sich doch sicher in der Akte und dürften wesentlich akkurater sein als meine Erinnerung.«

»Ich habe mich nur gefragt, ob Moss und du vielleicht untersucht habt, inwieweit die beiden Leichen etwas mit einem Boot zu tun haben könnten, auf dem Drogen geschmuggelt wurden.«

»Das ist bestimmt ein guter Ansatz. Was hatte Moss dazu zu sagen?«

»Ich habe die Unterlagen von Childress im Detail erst durchgehen können, nachdem ich mit ihm gesprochen hatte.«

»Dann solltest du ihn vielleicht noch einmal besuchen und danach fragen.«

»Klar. Das mache ich dann wohl. Ich dachte nur, wo du schon mal hier bist und ja auch die Leitung hattest …«

»Kein Problem.« Del machte Anstalten, die Küche zu verlassen.

»Hast du je von einem Drogenermittlerteam mit dem Namen The Last Line gehört?«

Del blieb stehen und drehte sich noch einmal um. »Ich wusste davon. Eine von den Spezialtrupps, die Ende der Achtzigerjahre im gesamten Staat aufgebaut wurden. Manche arbeiteten abteilungsübergreifend. Bei der von der Polizeidirektion Seattle waren nur Leute aus der Drogenfahndung dabei. Warum fragst du?«

»Childress schien sich auch diese Einheit angesehen zu haben. Was wusstest du darüber?«

»Nicht viel. Ich glaube, der Name sollte bedeuten, dass sie die letzte Verteidigungslinie zwischen den Drogen und unseren Bürgern darstellen. Gerüchteweise bezog sich der Name aber auch auf Kokain.«

»Kokain?«

»Die letzte Linie, du weißt schon.«

Jetzt verstand Tracy, was er meinte. »Hast du je von irgendwelchen Kontroversen um die Einheit gehört?«

»In welcher Hinsicht?«

»Keine Ahnung, aber Childress scheint geglaubt zu haben, dass die Geschichte mit den Toten im Hafenbecken und diese Sondereinheit irgendwie zusammenhängen.«

»Sie war Investigativjournalistin, Tracy. Wann berichten die schon mal über irgendetwas Positives? Kontroversen verkaufen sich gut. Aber um deine Fragen zu beantworten: Nein. Ich habe nie Gerüchte über die Einheit gehört.« Del wollte erneut gehen, blieb dann aber plötzlich stehen und drehte sich nach kurzem Zögern noch einmal um. »Moss übertreibt gern«, sagte er. »Um zu beeindrucken.«

Kapitel 7

In ihrem Büro dachte Tracy über alles nach, was Del gesagt hatte, mehr noch jedoch über seine Reaktion, als sie zum ersten Mal den Namen Lisa Childress erwähnt hatte. Sie kannte sich mit Dels Mimik aus, immerhin hatten sie zehn Jahre lang zusammengearbeitet, und wusste, wie sie den Gesichtsausdruck vorhin zu deuten hatte. Sie alle, auch Faz und Kins, hatten diese kleinen Eigenheiten, diese Hinweise, die jemandem, der sie gut kannte, etwas verrieten. Tracy selbst stellte da keine Ausnahme dar: Laut Faz bekam sie, wenn bei ihr der Groschen fiel, so einen gewissen Ausdruck im Gesicht, als hätte bei ihr gerade der Blitz eingeschlagen. Del eben hatte so ausgesehen und sich auch so angehört, als hätte Tracy ein Thema angesprochen, über das er nicht reden wollte, was er ihr aber nicht so direkt sagen mochte.

Moss übertreibt gern. Um zu beeindrucken.

Sie war sich nicht ganz sicher, wie Del das gemeint hatte, obwohl sie mit der Aussage an sich seit ihrer Begegnung mit Moss Gunderson viel anfangen konnte. Mit der orangefarbenen Hose zielte er eindeutig auf Eindruck ab, vielleicht galt das ja auch für seine überschäumende Persönlichkeit. Erzählte er Geschichten, die zu dieser Persönlichkeit und zu seiner Kleidung passten? Um damit im Mittelpunkt der Party zu stehen? Mittelpunkt seiner Vierergruppe auf dem Golfplatz war er ganz bestimmt.

Tracy dachte über den Namen The Last Line nach und dessen Doppelbedeutung als Verteidigungslinie oder aber eine Linie Kokain, die man sich reinzog. Der Name konnte, genau wie die bunte Kleidung von Moss Gunderson, Tarnung gewesen sein, um zu verbergen, worum es sich bei dieser Spezialeinheit wirklich handelte.

Jetzt waren die Unterlagen über Stadtrat Peter Rivers an der Reihe. Und Tracy las rasch die Aussagen der drei Männer durch, die behauptet hatten, als Teenager von Rivers missbraucht worden zu sein. Wie Bill Jorgensen ihr schon am Morgen erzählt hatte, ähnelten sich die Geschichten auffallend und man wäre wohl kaum zu dem Schluss gekommen, dass alle drei Männer logen, wären da nicht deren Strafregister gewesen. Strafregister von der Art, dass sie Schatten auf ihre Aussagen warfen und die ein guter Anwalt mühelos nutzen konnte, um einen Ankläger aussehen zu lassen wie einen Dieb auf der Suche nach einer günstigen Gelegenheit.

Da war ganz sicher Rauch, vielleicht auch noch ein bisschen Glut in der Asche, aber hatte das Feuer je wirklich lodernd gebrannt? Hatte Childress einen weiteren ehemaligen Jugendlichen getroffen, der Benzin in die Glut schütten und dafür sorgen konnte, dass alles in die Luft flog? Und wenn, hatte sie mit dessen Anschuldigungen zu viel Druck auf einen Mann ausgeübt, der ohnehin schon unter Beschuss geraten war, der mit dem Rücken zur Wand stand und sich nur mit Gewalt befreien, sich und seine Familie nur mit Gewalt schützen konnte?

Sie legte die Mappe Rivers beiseite und griff nach dem dünnsten Ordner, einer schmalen Aktenmappe, bei dem es sich um Childress' Unterlagen zum Route-99-Killer handeln musste, der jedoch mit dem Titel »Todesengel« beschriftet war. Dieser Name ließ sie kurz stutzen, sie hatte ihn nie zuvor gehört. Tracys Kindheit war sehr behütet gewesen, darauf hatten ihre Eltern so großen Wert gelegt, dass sie ihr Leben darauf ausgerichtet hatten. Sie waren vor Tracys Geburt nach Cedar Grove gezogen, eine winzige Stadt in den North Cascades, aber Tracy hätte genauso gut auch auf dem Mond aufwachsen können: Überregionale Nachrichten schafften es nur selten bis nach Cedar Grove und sie brauchten lange dafür. Noch dazu waren die meisten von ihnen für das Leben in der ruhigen, kleinen Stadt völlig irrelevant. Die Bewohner redeten nicht darüber. Tracys Eltern waren einmal im Jahr, in den Weihnachtsferien, mit ihren beiden Töchtern nach Seattle gefahren, um schick essen zu gehen und sich das Weihnachtsstück anzusehen, das im 5th Avenue Theatre gespielt wurde. Aber einmal hatten die Nachrichten aus der großen Welt auch die Bewohner von Cedar Grove nachhaltig verstört. Sämtliche Mädchen und jungen Frauen der Stadt hatten vom Route-99-Killer und seinen Opfern gewusst, und das sogar schon bevor im Jahre 1993, sechs Monate vor dem Verschwinden von Tracys Schwester Sarah, Heather Johansen verschwand. Damals hatten sich Paranoia und Hysterie in der Stadt breitgemacht, aber weder Heather noch Sarah waren dem Route-99-Killer zum Opfer gefallen. Tracy, die zur Sondereinheit gehört hatte, der es gelungen war, einen Serienmörder mit dem Beinamen »Cowboy« zu überführen, ahnte, was der Name »Todesengel« bedeuten mochte. In der entsprechenden Mappe fand sie Zeitungsausschnitte und wieder Kopien der Seiten eines Notizblocks in einer Handschrift, die sie inzwischen als die von Lisa Childress erkannte. Die Notizen schienen auf einer Pressekonferenz gemacht worden zu sein, die die mit der Fahndung nach dem Serienmörder beauftragte Sondereinheit abgehalten hatte. Leiter der Sondereinheit war kein anderer gewesen als Tracys aktueller Captain und jahrelanger Erzfeind Johnny Nolasco. Die Sondereinheit hatte die

Öffentlichkeit umfassend über ihre Ermittlungsergebnisse informiert, einerseits, um sie zu schützen, aber auch in der Hoffnung auf Hinweise. Sie war auf die Art der Morde eingegangen, auf die Opfer, und hatte auch weitergegeben, wie der hinzugezogene Profiler des FBI den Mörder sah, seine Hautfarbe und ethnische Herkunft, Größe und möglicherweise Hintergrund.

Auf der letzten fotokopierten Seite standen fünf Namen, von denen Childress drei ausgestrichen hatte. Unter die Namen hatte sie etwas gemalt, das aussah wie zwei einander gegenüberstehende Fragezeichen. Darunter fanden sich noch drei weitere hingekritzelte Zeilen:

Engelsflügel
Eingeritzt. Linke Schulter
Todesengel

Die beiden Fragezeichen sahen wirklich aus wie Engelsflügel. Tracy kehrte wieder zu den Zeitungsartikeln vorn in der Mappe zurück und las sich noch einmal durch, was der *Post-Intelligencer* zu den Morden geschrieben hatte. Dann nahm sie sich erneut die Notizen vor, die Childress während der Polizeipressekonferenz gemacht hatte, aber weder in der Zeitung noch auf den Notizzetteln war von dem Symbol der Flügel oder dem Beinamen »Todesengel« die Rede. Tracy wusste nicht, ob es sich bei den Flügeln um ein Tattoo des Killers oder aber Schlimmeres handelte, aber die Notiz *eingeritzt* ließ ihr schon Schauder über den Rücken laufen. Noch einmal las sie die Artikel durch, aber die Sondereinheit hatte dieses Detail wirklich an keiner Stelle an die allgemeine Öffentlichkeit oder die Medien weitergegeben. Sondereinheiten waren paranoid in Bezug auf die Veröffentlichung bestimmter Details. Man wollte sicher sein, die richtige Person zu verhaften und keinen Nachahmungstäter. Um an Informationen zu kommen, die nicht an die allgemeine Öffentlichkeit und anscheinend auch nicht an die Presse weitergegeben worden waren, soweit Tracy die Notizen von der Pressekonferenz hatte entziffern können, musste Childress in der Sondereinheit oder bei den Rechtsmedizinern eine Quelle gehabt oder jemanden gekannt haben, der genau wusste, wie die Sondereinheit arbeitete. Tracy wandte sich ihrem Computer zu, loggte sich in das Verzeichnis der Cold Cases ein und lud die Akte über den Serienmörder an der Route 99 hoch. Die Ermittlungen hatten nie abgeschlossen werden können, aber als der Killer nicht mehr mordete und lange Zeit inaktiv geblieben war, hatte man die Sondereinheit aufgelöst und die Akten der Opfer wurden zu ungelösten Fällen. Die Task Force war zu dem Schluss gekommen, dass der Mörder entweder gestorben oder wegen eines anderen Verbrechens verhaftet und verurteilt worden war und nun den Rest seines Lebens im Gefängnis verbringen würde.

Beides war möglich, jedoch reine Spekulation, was Tracy nicht gefiel. Die dreizehn Familien der Opfer des Route-99-Killers hatten genau wie die der Familien der im Curry Canyon gefundenen Mordopfer jahrzehntelang leben müssen, ohne mit ihrem Verlust auf die eine oder andere Art abschließen zu können. Sie würde die entsprechenden Akten markieren und ganz oben auf ihren Stapel legen.

Wer hatte damals außer Johnny Nolasco noch zur Sondereinheit gehört? Tracy erkannte zwei weitere ihr bekannte Namen: Vic Fazzio und Moss Gunderson. Sie lud die Akten von drei Opfern hoch und las sich die Autopsieberichte durch. Es war genau, wie sie vermutet hatte. Bei allen drei Opfern hatte der Rechtsmediziner dicht über dem linken Schulterblatt Engelsflügel entdeckt. Es gab eine schriftliche Notiz sowie Fotos dazu.

Was war mit den fünf Namen, die Childress notiert und von denen sie drei wieder ausgestrichen hatte? Konnten das

Verdächtige gewesen sein? Wenn ja, dann ließ sich auch erahnen, warum drei dieser Namen wieder durchgestrichen worden waren. Wahrscheinlich hatten die Sondereinheit oder Childress festgestellt, dass sie als Mörder nicht infrage kamen.

Sie gab die Namen der drei Männer in vier landesweite Datenbanken ein: das National Crime Investigation Center NCIC, das Combined DNA Index System CODIS, das Integrated Automated Fingerprint Identification System IAFIS und das Violent Crime Apprehension Program ViCAP.

Innerhalb weniger Minuten hatte sie festgestellt, dass zwei der drei Männer eine Zeit lang in Gefängnissen des Staates Washington eingesessen hatten. Bei ihnen machte sie sich nicht die Mühe, sich die Profile durchzulesen. Sie prüfte lediglich die Daten ihrer Inhaftierung und verglich sie mit den Daten der jüngsten Morde an der Route 99. Beide Männer hatten im Gefängnis gesessen, als das dreizehnte Opfer getötet worden war – einer von ihnen war auch beim elften und zwölften Opfer nicht auf freiem Fuß gewesen. Keiner von ihnen hätte der Route-99-Killer sein können.

Sie suchte nach dem dritten Namen und fand eine Kopie eines Führerscheins aus Georgia mit einer Adresse in Pierce County, Georgia. Der Führerschein war kurz vor den zwölften und dreizehnten Morden erworben worden, von daher war es auch hier unwahrscheinlich, dass es sich bei diesem Mann um den Route-99-Mörder handelte.

War es denkbar, dass Childress versucht hatte, einen der beiden verbleibenden Verdächtigen zu einem Treffen zu locken? Jorgensen hatte Childress als ein wenig seltsam, aber nicht leichtsinnig beschrieben. Hatte sie sich durch das Bärenspray ausreichend geschützt gefühlt? Tracy ließ auch noch die beiden letzten Namen durch die Datenbanken laufen und erzielte für den ersten, Dwight McDonnel, keinen Treffer. Er war also nie wegen eines Verbrechens verhaftet worden, konnte jedoch trotzdem ein Mörder sein. Der zweite Mann, Levi Bishop, hatte nicht lange nach dem dreizehnten Mord des Route-99-Killers im Staat Washington wegen häuslicher Gewalt im Gefängnis gesessen. Häusliche Gewalt war ein Schwerverbrechen. Er hatte sechs Jahre im Monrow Correctional Complex verbracht, war 1999 auf Bewährung freigekommen und nach Idaho verzogen, nachdem die Bewährungsfrist abgelaufen war. Tracy würde auch noch im National Crime Information Center nachsehen, aber die Sondereinheit Todesengel wäre bestimmt wieder ins Leben gerufen worden, wäre es im Staat Idaho zu einer plötzlichen Flut von ermordeten jungen Frauen mit eingeritztem Engelsflügel in der linken Schulter gekommen.

Sie gab den Namen Dwight Thomas McDonnel in eine allgemeine Suchmaschine ein, erzielte jedoch keinen Treffer. Sie würde auch nach ihm noch in anderen Datenbanken suchen, um herauszufinden, wo er die letzten dreißig Jahre gelebt hatte, und dann nachsehen, ob dort junge Frauen entführt oder ermordet worden waren, ohne dass man die Fälle bisher hatte aufklären können.

Tracy legte die Mappe beiseite und wollte sich gerade den Unterlagen zu Bürgermeister Edwards widmen, als ihr Blick auf die Uhrzeit an der rechten unteren Ecke ihres Bildschirms fiel. Der Tag näherte sich dem Ende und sie hatte sich fest vorgenommen, zu einer halbwegs vernünftigen Uhrzeit zu Hause zu sein. Eigentlich stand für heute nur noch eine Sache auf ihrer Liste. Sie griff nach ihrem Telefon und wählte einen wohlvertrauten Anschluss hier im Haus an.

Faz antwortete nach dem zweiten Klingeln. »Gewaltverbrechen. Sie verpacken, wir beschriften.«

»Sehr witzig!«

»Welchem Umstand verdiene ich das unerwartete Vergnügen deines Anrufs?«

»Hast du kurz Zeit?«

Faz antwortete nicht sofort und Tracy sah ihn im Geiste einen Blick auf seine Armbanduhr werfen.

»Ein Sekündchen könnte ich schon erübrigen«, meinte er dann. »Hätte allerdings nichts dagegen, hier heute mal ein bisschen früher rauszukommen. Was schwebt dir vor?«

»High Bar?«

Eine weitere Pause. Faz entschied sich bei der Wahl der Bars, in denen er verkehrte, nach deren fußläufiger Entfernung von seinem jeweiligen Aufenthaltsort und den dort verlangten Preisen. Die High Bar befand sich in dreihundert Metern Höhe hoch oben auf dem Columbia Center und das Columbia Center lag schräg gegenüber vom Polizeipräsidium. Tracy und Dan waren Mitglieder. Dan, weil er die Bar benutzte, wenn er Mandanten um den Bart gehen wollte, was sich von der Steuer absetzen ließ, Tracy, weil ihr die Vorteile einer Mitgliedschaft zusammen mit dem Ehering in den Schoß gefallen waren. »Ich zahle«, sagte sie.

»Ich trinke! Bin in einer Minute bei dir.«

Kapitel 8

Auf dem Weg vom Polizeipräsidium zum Columbia Center unterhielten sich Tracy und Faz über ihre Familien, die Fälle, an denen sie gerade arbeiteten, und Kinsington Rowes Marathonsitzungen in einem Gerichtssaal des King County. Dieser Aspekt der Arbeit im A-Team fehlte Tracy sehr, der freundschaftliche Austausch mit den Kollegen, mit denen sie mehr als nur die Arbeit verband, die Möglichkeit, auch mal über etwas anderes als den Job zu reden. Ein Fahrstuhl trug sie hinauf in die hoch auf dem sechsundsiebzig Stockwerke hohen schwarzen Monolithen thronende High Bar. Nach wie vor war das Wetter himmlisch und der Blick aus luftiger Höhe nicht weniger. Der Himmel war klar und blau, nur ein paar winzige weiße Wölkchen schwebten über der smaragdgrünen Stadt. Wer aus Seattle war oder schon lange hier lebte, fragte nicht lang nach dem Wetter, sondern genoss es einfach. Es würde schon früh genug wieder regnen.

Tracy und Faz setzten sich an einen Tisch an der Westseite des Turms und sahen hinunter auf die glitzernde Elliott Bay und die Wellen, die die auf dem Wasser kreuzenden Fähren und Schnellboote hinter sich herzogen. Am Horizont hing orangefarbener Nebel, den es noch nicht gegeben hatte, als Tracy zwanzig Jahre zuvor in die Stadt gezogen war. Hoffentlich würde der nächste aufkommende Wind ihn hinaus aufs Meer pusten.

Faz bestellte sich einen Manhattan und griff sich ein paar Cashewnüsse aus der auf dem Tisch bereitstehenden Schale. Tracy entschied sich für einen Cosmopolitan.

»Also?«, fragte Faz, nachdem sie noch ein Weilchen geplaudert hatten. »Welchem Umstand verdanke ich dieses Vergnügen? Oder habe ich dir einfach nur gefehlt?«

»Natürlich fehlst du mir.« Für Tracy war Faz wie ein großer Bruder, der sie aufzog und der sie gernhatte, dem etwas an ihr lag. »Und Del und Kins fehlen mir auch.«

»Wird dir wohl langsam einsam, da so ganz allein mit deinen Akten? Ich persönlich würde ja durchdrehen. Ich muss mit Leuten reden, Probleme gemeinsam durchkauen.«

»Manchmal ist es schon einsam«, gestand Tracy. »Aber im Moment hat die Cold-Case-Einheit Vorteile für mich. Im Wesentlichen den, zu einer vernünftigen Zeit Feierabend machen zu können und mehr Zeit für die Familie zu haben.«

Faz hob mahnend den Zeigefinger. »Das ist wichtig, das gib bloß so schnell nicht wieder auf. Immer wenn ich Antonio sehe, kann ich nicht fassen, dass er ein erwachsener Mann ist. Es geht so schnell.«

»Irgendwelche neuen Heiratspläne?« Antonio hatte heiraten wollen, das Fest aber erst einmal abgeblasen, weil die Gründung des Restaurants dazwischengekommen war. Sie wollten warten, bis sie Luft hatten, um richtig feiern zu können.

»Nicht, dass seiner Mutter oder mir irgendetwas darüber bekannt wäre, und Vera wüsste Bescheid. Die bringt jeden zum Singen, selbst Spione, die den Kalten Krieg überlebt haben. Sie würde zu gern bald Nonna werden. In der Beziehung geht es mir anders.«

»Warum?«

»Ich als Großvater? Da fühle ich mich ja noch älter! Pate reicht mir im Moment völlig.«

Die Kellnerin brachte ihre Getränke und weitere Nüsse, fragte, ob sie die Speisekarte haben wollten, und ging wieder, als die beiden dankend ablehnten.

»*Salute!*« Faz hob sein Glas.

Tracy erwiderte die Geste. »*Salute.*« Der Cosmopolitan war stark, mit einem Hauch Magenbitter. »Ich muss dich zu etwas befragen.«

Faz schnappte sich noch eine Handvoll Cashewnüsse. »Schieß los.«

»Ich arbeite an einem Cold Case, Lisa Childress.«

»Die Reporterin.«

»Du hast ein gutes Gedächtnis.«

»So gut nun auch wieder nicht. Del hat erwähnt, dass du daran arbeitest.«

»Wann?«

»Gestern oder heute. Sagte, die Tochter hätte sich an dich gewandt.«

»Wie kamt ihr auf das Thema?«

»Einfach so, beim Plaudern. Er hat erzählt, dass du ihn nach Moss Gunderson gefragt hast.«

»Das habe ich. Was für einen Eindruck hattest du von Moss?«

»Ein Angeber.«

»Du hast mit ihm in der Sondereinheit Todesengel zusammengearbeitet.«

Faz pausierte mitten im Kauen. »Todesengel?«

»Der Route-99-Killer.«

»Ich wusste schon, wen du meinst. Ich habe mich gefragt, woher du den Namen kennst. Wir haben den Fall nur in der Sondereinheit so genannt.«

Das bestätigte Tracys Vermutungen: Die Sondereinheit hatte den Namen nicht an die Öffentlichkeit weitergegeben. »Er stand in den Notizen von Childress.«

»Ich kann dir nicht folgen, Tracy. Wie zum Teufel konnte eine Journalistin ihn kennen?«

»Das frage ich mich auch.« Sie erzählte Faz von den Unterlagen zu den Storys, denen Childress zur Zeit ihres Verschwindens nachgegangen war. »Anscheinend hatte sie eine Quelle.«

»Sieht ganz danach aus«, knurrte Faz.

»Irgendeine Idee, wer das gewesen sein könnte?«

»Ich jedenfalls nicht. Ich war damals noch ein halber Junge. Ich habe einfach nur getan, was mir gesagt wurde, und mich bemüht, bloß keinen Scheiß zu bauen.«

»Fällt dir irgendjemand ein?«

»Ich erinnere mich nicht einmal mehr an sämtliche Mitglieder der Einheit, Tracy. Moss hat ja gern und viel geredet, wie du bereits weißt, aber ich kann mir nicht vorstellen, dass er Informationen weitergab, die nur für die Einheit bestimmt waren. Was hatte er damit zu gewinnen?«

»Vielleicht war er gern der tolle Hecht, der alle Antworten kennt? Vielleicht wollte er so tun, als stünde er im Zentrum des Geschehens?«

»Nee.« Faz dachte kurz nach, um dann kopfschüttelnd das Gesicht zu verziehen. »Das kommt mir ziemlich weit hergeholt vor.«

»Und warum dann eben die kurze Pause?«

»Moss hat sich mit der Scheidung verändert.«

»In welcher Beziehung?«

»Seine Frau hatte ihn verlassen. Wegen eines jüngeren Mannes mit einer Menge Geld. Er wurde bitter, es hat nicht gerade viel Spaß gemacht, mit ihm zu tun zu haben. War aber verständlich.«

»Wann war das?«

»Als Del und er zusammenarbeiteten. Dann fand er eine junge Frau, er und seine Ex waren quitt, und er wurde wieder der alte, nervige Moss, den wir alle so gut kannten.«

»Was ist mit Nolasco? Der steht gern im Rampenlicht, besonders wenn das seine Chancen erhöht, einer Journalistin an die Wäsche zu gehen.« Sie erinnerte sich noch gut an Maria Vanpelt, Reporterin beim Channel 8, mit der Nolasco eine Beziehung gehabt hatte. Allerdings Jahre nach der Sondereinheit Todesengel.

»Möglich wäre es und ich sehe auch, was er sich von einer solchen Verbindung versprochen hätte, aber glaubst du wirklich, er wäre so leichtsinnig gewesen?«

»Wieso hat er die Einheit eigentlich geleitet?«

»Er hatte in den ersten beiden Mordfällen der Serie ermittelt und herausgefunden, dass sie zusammengehören. Keine Verbrechensaufklärung ohne Strafe, sag ich doch immer.« Er warf sich noch eine Nuss ein. »Del sagt, du hast dich nach The Last Line erkundigt?«

Wieder fragte sich Tracy, wieso Del das Thema Faz gegenüber zur Sprache gebracht hatte. »Childress hat sich mit der Frage befasst, ob die Einheit bei Drogenrazzien Geld abgezweigt haben könnte.«

»Und? Was hat sie herausgefunden?«

»Ich weiß es nicht genau, aber ich fand in ihrer Mappe eine Notiz über zwei Leichen im Lake Union. Moss und Del haben den Fall untersucht, Del leitete die Ermittlung. Als ich ihn danach gefragt habe, schien er nicht gern darüber reden zu wollen.« Faz nippte an seinem Drink und wieder hatte Tracy das Gefühl, er wolle sie hinhalten. »Was ist denn los, Faz? Ich sehe doch, dass du irgendetwas zurückhältst!«

»Nein. Eigentlich nicht. Nur gab es immer einiges an Bühnennebel um die Last Line. Sie hatte ziemliche Erfolge zu verbuchen. Zu viele, könnte mancher wohl finden.«

»Jemand hat ihnen Hinweise gegeben?«

»Vielleicht.«

»Oder sie haben einfach gute Polizeiarbeit geleistet.«

»Könnte so gewesen sein.« Faz klang nicht gerade überzeugt.

»Aus den Notizen von Childress geht hervor, dass sie auch bei dieser Sache eine Quelle hatte, ebenso wie beim Fall Todesengel.«

»Wie ich schon sagte, Tracy, da waren Gerüchte. Mit letzter Gewissheit habe ich nie etwas gewusst.«

»Del hat nie etwas darüber gesagt?«

»Du solltest mit ihm reden.«

»Er schien aber nicht reden zu wollen.« Als Faz darauf nicht reagierte, fuhr Tracy fort: »Weißt du, warum The Last Line aufgelöst wurde?«

»Ich glaube, das Drogendezernat wurde erweitert und hat die Arbeit übernommen.«

»Und die Gerüchte hatten sich erübrigt?«

»Warum fragst du? Ist noch etwas aufgekommen?«

»Nein, ich bin bloß neugierig.«

Faz sah sie an, als wolle er durch sie hindurchschauen. »Hör mal, ich weiß, dass du deine Arbeit machen willst, aber pass auf, welche Steine du da umdrehst. Du hast jetzt einen Mann und eine Tochter, um die du dich kümmern und auf die du aufpassen musst.«

»Was soll das heißen, Faz?«

Er trank einen Schluck und setzte sein Glas ab. »The Last Line … wenn die wirklich gemacht haben, was ihnen gerüchteweise unterstellt wurde, dann waren sie auch bereit, sich zu schützen. Dann haben sie dafür gesorgt, dass sie nicht erwischt werden und in den Knast wandern. Verstehst du, worauf ich hinauswill?«

»Sagst du das jetzt, weil du etwas Bestimmtes weißt, Faz?«

Faz warf sich noch ein paar Cashewnüsse in den Mund und kaute. »Nein«, sagte er dann. »Das sage ich, weil ich seit dreißig Jahren die Natur des Menschen studiere. Der stärkste menschliche Drang mag ja der zur Fortpflanzung sein, aber meiner Meinung nach kommt gleich danach das Bedürfnis nach Selbstschutz.«

Kapitel 9

Nachdem sie die High Bar verlassen hatte, dachte Tracy noch lange über Moss Gunderson und all die glühende Asche nach, die um den Mann herum qualmte. Wieso war nichts davon je kollektiv oder einzeln implodiert? Moss war im Fall Lisa Childress der ermittelnde Beamte gewesen, ein Fall, der nie aufgeklärt worden war. Er hatte der Sondereinheit zur Erfassung des Route-99-Killers angehört und auch die Arbeit dieser Einheit war nicht von Erfolg gekrönt gewesen. Und er war im Fall der beiden im Jachthafen Diamond Marina an Land getriebenen Leichen Dels Partner gewesen, ein Fall, der bestenfalls schlampig bearbeitet worden war. Warum? Und warum hatte sich Childress mit Ertrunkenen befasst? Das konnte doch eigentlich nur heißen, dass diese Ertrunkenen etwas mit Drogen und The Last Line zu tun gehabt hatten.

Aber was genau?

Zu Hause duftete es nach Knoblauch, Zwiebeln, würziger italienischer Sauce und Tomaten. Dans Nudelsoße köchelte auf dem Herd vor sich hin und an diese Soße gehörte genügend Knoblauch, um mindestens drei Vampire in Schach zu halten. Daniella saß auf ihrem Hochstuhl und mühte sich mit einer Mischung aus Erbsen und Cheerios ab, die sie versuchte, sich in den Mund zu stecken. Nicht besonders erfolgreich, wenn man sich ansah, was sich alles um ihren Stuhl herum angesammelt hatte. Dass dort Reste lagen, deutete wiederum darauf hin, dass man die Hunde ausgesperrt hatte, die sich im Garten herumtrieben. Daniella sollte üben, allein zu essen, hatte die Kinderärztin Tracy geraten. Es war eine gute Übung in Sachen Geschicklichkeit.

Daniella begrüßte Tracy strahlend und aufgeregt mit Armen und Beinen strampelnd. »Mama!« Sie streckte beide Hände aus, immer noch Erbsen zwischen den dicken Fingerchen.

»Wie geht es meinem kleinen Engel?«, fragte Tracy.

»Dein kleiner Engel wirft sein Essen seitlich über den Stuhl runter zu Sherlock und Rex und amüsiert sich dabei prima«, antwortete Dan.

Tracy küsste Daniella auf beide Wangen, woraufhin die Kleine noch begeisterter strahlte und strampelte. »Dachte ich mir doch schon, dass die Hunde deswegen nicht hier sind.«

»Die haben sich benommen, als hätte sie bei den Spielautomaten in Las Vegas den Jackpot geknackt«, erklärte Dan. »Und sie hat, wie Therese das so treffend formuliert, brüllend gelacht.«

Tracy holte sich ein paar Papierhandtücher, die sie kurz unter den Wasserhahn hielt, um ihre Tochter ein bisschen zu säubern. »Du bist früh zu Hause«, sagte sie.

»Ich habe heute gar nicht richtig gearbeitet. Bloß ein paar Stunden im Homeoffice.«

Tracy warf die Papiertücher in den Abfall, hob Daniella aus dem Stuhl und küsste Dan. »Alles in Ordnung?«

»Ich fühle mich immer noch ein wenig benommen. Ted Simmons' Selbstmord.«

»Und?«

Dan seufzte. »Das wird schon wieder. Nur …«

Er schüttelte den Kopf. Tracy wartete, während Daniella ihr beide Hände gegen die Wangen drückte und Tracy so tat, als würde sie an den Fingern ihrer Tochter knabbern.

»Ich frage mich nur, ob ich die Sache nicht anders hätte angehen sollen«, fuhr Dan fort. »Vielleicht hätte ich ihn nicht zum Weitermachen drängen dürfen. Wenn ich mir mehr Zeit genommen hätte, mir seine Bedenken anzuhören …« Erneut schüttelte er den Kopf. »Ich war so fixiert darauf, das kleine Arschloch von einem Gegenanwalt fertigzumachen, und jetzt denke ich, ich habe vielleicht Anzeichen übersehen, die Ted hätten retten können.«

Tracy wusste aus Erfahrung, dass man mit Bedauern unendlich viel schwerer fertig wurde als mit Versagen. Wenn man etwas bedauerte, dann grübelte man ständig über alles nach, was man nicht getan hatte und hätte tun können. »Damit lädst du dir eine schreckliche Last auf die Schultern, Dan.«

»Ich weiß.«

»Lass es dir von einer gesagt sein, die sich jahrelang gefragt hat, ob sie ihren Vater hätte retten können. Leute, die Selbstmord begehen, besonders Männer, haben sich dazu entschlossen, und es gibt wenig, was man sagen oder tun kann, um sie davon abzubringen.«

Dan sah in den Topf mit kochendem Wasser und wechselte das Thema. »Ich dachte, wir kochen meine berühmte Pasta …«

»Berüchtigt!«, warf Tracy ein in dem Versuch, ihm ein Lächeln zu entlocken.

»… meine berühmte Pastasoße, öffnen dazu eine gute Flasche Wein, legen Daniella früh schlafen und sehen uns einen Film an.«

»Puh!«, flüsterte sie und fuhr sich dramatisch mit dem Handrücken über die Stirn. »Und ich dachte schon, der letzte Satz endet mit Sex.«

»Auch keine schlechte Option.«

»Leider braucht unsere kleine Hundefreundin hier ein Bad und nachdem wir beide deine berüchtigte Soße gegessen haben, werden wir uns nicht mehr im selben Raum aufhalten wollen.«

»Der Knoblauchduft ist wohl ein bisschen umwerfend?«

»Wie ein Pfahl durch das Herz von Dracula.«

»Na, es bleibt uns immer noch Option A.«

»Ich bade Daniella und mache die Hintertür auf, damit die Hunde die Schweinerei hier beseitigen können«, entschied Tracy, der in diesem Moment auffiel, dass auch ihre kleine Tochter einen bestimmten Duft verströmte. Sie schnupperte an Daniellas Windel. »Wo wir gerade von Gerüchen sprechen …«

* * *

Vierzig Minuten später lag Daniella in ihrem Bettchen und Tracy tunkte das, was von der Soße auf ihrem Teller noch verblieben war, mit einem Stück Knoblauchbrot auf. »Es geht doch nichts über Knoblauch mit Knoblauch«, seufzte sie zufrieden.

Dan schenkte ihr Wein nach. »Wie war dein Tag?«

»Willst du noch deprimierter werden?«

Dan lächelte. »Ein Themenwechsel wäre gut für mich.«

»Okay.« Tracy stellte ihren Teller beiseite und griff zu ihrem Weinglas. Sie tranken an diesem Abend einen Barolo aus dem italienischen Piemont, einen Wein, der allgemein als einer der besten Italiens galt. Dan sprach davon, im Keller ihres Hauses ein Weinlager einzurichten, und probierte schon einmal aus, welche Weine er dafür auswählen wollte. Sie erzählte ihm von Anita Childress und was sie bisher über deren vermisste Mutter herausgefunden hatte. »Anfangs wurde ihr Verschwinden als Vermisstenfall behandelt, nicht als Mordsache.«

»Und wie schätzt du es ein?«

»Als Mord. Ich zweifele nicht daran, dass sie tot ist.«

»Sieht irgendwer es anders?«

»Wie denn? Rein statistisch gesehen muss sie einfach tot sein. Wenn eine vermisste Frau nicht innerhalb von achtundvierzig Stunden gefunden wird, sinken die Chancen, sie noch lebend zu finden, drastisch. Nach fast fünfundzwanzig Jahren …«

»Und was, wenn es weder noch wäre?«

»Weder was oder noch was?«

»Okay, das war mir jetzt ein bisschen zu viel. Vielleicht sollten wir es mit dem Wein langsamer angehen lassen.« Dan schob die Flasche beiseite. »Ich meine, was, wenn Childress nicht entführt wurde? Dann ist sie vielleicht auch nicht tot.«

»Die Chancen stehen überwältigend dafür, dass sie tot ist.«

»Wobei man aber doch nur von Chancen redet, wenn mögliche Alternativen zur Debatte stehen.«

»War nicht gerade von zu viel Wein die Rede …? Ist das hier nicht deine erste Flasche heute Abend, Dan O'Leary? Die Möglichkeit, dass Lisa Childress lebt, ist wirklich extrem gering.«

»Wenn sie entführt wurde. Was, wenn sie einfach nur weggegangen ist?«

»Und ihr Kind verlassen hat? Ihre Tochter? Gut, das ging mir auch kurz durch den Kopf, aber ich kann es einfach nicht glauben.«

»Was ihre Chancen erhöht, damit durchzukommen, oder nicht?«

»Wie das denn?«

»Weil die Leute denken würden, was du auch denkst – dass eine Mutter ihre Tochter nie verlassen würde.«

Tracy dachte über Dans Schlussfolgerungen nach – ein Zirkelschluss, das schon, aber es ließ sich nur schwer etwas dagegen vorbringen. »Vielleicht. Aber die Hinweislage deutet stark darauf hin, dass Larry Childress sie umgebracht hat.«

»Vielleicht hast du recht. Ich sage ja nur: Es gibt auch noch die Möglichkeit, dass sie einfach weggegangen ist, und das muss man im Auge behalten. Was allerdings nach dem, was du so erzählst, bisher niemand getan hat.«

Tracy musste dies als eine Möglichkeit in Betracht ziehen, besonders für den Fall, dass Childress aufgrund ihres Autismus eine andere Einstellung zum Muttersein hatte als andere Frauen. Autismus – allzu genau kannte sich Tracy mit dieser Wesensart nicht aus, aber sie fragte sich nun, ob Childress geglaubt haben könnte, ihrer Tochter würde es auch ohne sie gut gehen. Der Meinung schien sie laut Anitas Andeutungen ja durchaus gewesen zu sein, wenn sie eine Story verfolgt hatte. Trotzdem hielt Tracy ein solches Szenario für wenig wahrscheinlich.

»Es ist eine Möglichkeit«, gestand sie ein, »aber keine große.«

»Warum befasst du dich dann überhaupt noch mit ihren Recherchen? Wenn du denkst, ihr Mann hat sie umgebracht?«

Tracy wusste genau, warum sie das tat. »Ganz ehrlich? Weil ich einer Frau, die ihre Mutter verloren hat, nur ungern sagen möchte, dass sie auch noch den Vater verlieren wird. Ich glaube nicht, dass sie wirklich begreift, was das bedeutet.«

»Du beschützt sie.«

»Ich möchte ihr keine falschen Hoffnungen machen, ihre Mutter könnte noch am Leben sein. Wenn es mir gelingt, genügend Hinweise dafür zu finden, dass auch jemand anderes als Anitas Vater für den Tod der Mutter verantwortlich sein könnte, dann wäre das ein gewisser Trost.«

»Falsche Hoffnungen macht sich auch jeder, der ein Lotterielos kauft, Tracy. Auch der, der letztendlich gewinnt. Man sagt sich: Was ist denn so schlimm daran, mir dieses Los zu kaufen und mir falsche Hoffnungen zu machen?«

»Auf die Gefahr hin, mich zu wiederholen: Es mag am Wein liegen, aber ich kann dir nicht folgen.«

»Was kann es Anita Childress schaden, wenn du, rein als Versuchsballon, so tust, als könnte ihre Mutter auch einfach abgehauen sein?«

»Du bist und bleibst ein unverbesserlicher Optimist, Dan O'Leary. Aber ich verstehe, worauf du hinauswillst.«

»Vielleicht bin ich ja gnadenlos optimistisch. Lieber wäre ich allerdings der Typ mit dem Gewinnlos in der Hand, aber so optimistisch bin selbst ich nicht.«

Kapitel 10

Am nächsten Morgen nieselte es leicht. Tracy hatte sich noch einmal in der Macrina Bakery mit Anita Childress verabredet, die Jeans, Turnschuhe und eine grün-schwarze Goretexjacke trug und aussah wie ein junges Mädchen. Was sie natürlich nicht war, aber bei Tracy waren die Beschützerinstinkte geweckt, weil Anita so viel durchgemacht hatte. Sie hatte in derselben hinten im Raum gelegenen Nische wie letztes Mal auf Anita gewartet, die sie mit besorgter, aber auch neugieriger Miene musterte, als sie sich jetzt auf den Stuhl ihr gegenüber setzte.

»Tut mir leid, ich bin ein paar Minuten zu spät«, entschuldigte sie sich. »Ich musste auf der Arbeit noch schnell etwas erledigen.«

»Kein Problem.«

»Sie haben mit Bill Jorgensen gesprochen?«

Tracy nickte. »Ja.«

»Heißt das, Sie gehen den Sachen in den Unterlagen meiner Mutter nach?«

Tracy kam ohne Umwege auf den Grund zu sprechen, weswegen sie Childress angerufen und um dieses Treffen gebeten hatte. »Mein Mann hat gestern Abend etwas gesagt, das mich nachdenklich gestimmt hat. Vielleicht untersuche ich den Fall Ihrer Mutter gar nicht so umfassend, wie ich es tun sollte.«

»Was hat er denn gesagt?«

»Er fragte mich, was wäre, wenn Ihre Mutter nicht verschwunden wäre, weil man sie entführt hatte, sondern sie einfach fortgegangen wäre.« Tracy beobachtete Childress, wartete auf eine Reaktion. »Ich weiß, dass Sie diese Möglichkeit in Betracht gezogen haben«, fuhr sie fort, als die junge Frau kurz nickte und mit den Schultern zuckte.

»Viele Male«, gestand Childress ein. »Wie schon gesagt, ich habe sogar meine Großmutter danach gefragt, aber sie reagierte darauf sehr zurückhaltend.«

»Wie würde es Ihnen damit gehen, wenn es sich so verhielte?«

»Ich wäre wohl überglücklich, wenn ich erführe, dass sie noch lebt. Natürlich wäre ich auch in einem emotionalen Konflikt, weil das ja bedeuten würde, sie hätte mich verlassen. Ich kann wirklich nicht sagen, wie ich reagieren würde.«

»Sie sind also immer eher von der Annahme ausgegangen, dass Ihre Mutter nicht mehr lebt.«

»Ich weiß, die Chancen stehen nicht gut, und ich habe mich mit dem abgefunden, was mich wahrscheinlich erwartet. Ich glaube nicht, dass es schlimmer sein könnte als dieses Leben in Ungewissheit. Wissen Sie, es ist, als würde ich jeden Tag an derselben Stelle starten. Ich durchlebe den Tag, glaube, voranzukommen – aber dann denke ich plötzlich an sie und bin genau wieder an dem Punkt, an dem ich angefangen habe.«

Und ewig grüßt das Murmeltier, dachte Tracy. Die meisten Leute hielten Bill Murrays Film mit Andie MacDowell für eine Komödie – die Geschichte eines Mannes, der immer und immer wieder auf dieselbe Art den Murmeltiertag in einer kleinen Stadt erlebt. Tracy sah ihn eher als einen traurigen Kommentar zu dem Leben, das sie viele Jahre lang geführt hatte. Sie war aus ihrer Schleife erst herausgekommen, als sie aufgedeckt hatte, was ihrer Schwester zugestoßen war. So schwierig und traurig das auch gewesen sein mochte.

»Ich bin es leid«, fuhr Childress fort. »Ich bin die Spekulationen so leid und die Andeutungen und das Geflüster. Ich bin mich selbst leid und meinen Vater bin ich auch leid. Wie ich Ihnen schon sagte: Ich will einfach nur die Wahrheit erfahren.«

»Ich verstehe«, meinte Tracy.

»Das hatte ich gehofft.«

»Dann sage ich Ihnen jetzt, wie ich weiter fortfahren möchte. Ich würde gern den Hinweisen in den Unterlagen nachgehen, die Sie mir überlassen haben, und mich in diesem Zusammenhang mit Ihrem Vater unterhalten. Und ich würde gern mit den sozialen Medien arbeiten, um herauszufinden, ob jemand 1996 oder auch danach Ihre Mutter gesehen hat, vielleicht sogar erst vor Kurzem. Ich nehme an, Sie haben Fotos von ihr aus der Zeit damals?«

»Ja, aber wie wollen Sie …«

»Außerdem brauche ich Bilder Ihrer Großeltern mütterlicherseits aus der Zeit, als sie zwischen fünfzig und sechzig waren. Ich habe mit einer forensischen Zeichnerin gesprochen, einer Frau, mit der wir zusammenarbeiten, wenn es darum geht, den Alterungsprozess entführter Kinder darzustellen. Ich habe sie gefragt, ob sie uns eine Zeichnung liefern könnte, auf der man sehen kann, wie Ihre Mutter höchstwahrscheinlich jetzt aussieht und noch einmal fünf Jahre älter.«

»Ich kann Ihnen diese Fotos heute Nachmittag vorbeibringen. Was brauchen Sie sonst noch?«

»Ich hätte gern Fotos von Ihnen und Ihren Eltern aus der Zeit vor dem Verschwinden Ihrer Mutter. Allerdings sagte mir der Detective, der den Fall damals bearbeitet hat, dass Ihr Vater nicht an die Öffentlichkeit gehen wollte. Er könnte es nicht gern sehen, wenn wir uns an die sozialen Medien wenden.«

»Was genau haben Sie vor?«

»Eine Reihe von Facebookseiten befassen sich mit der Suche nach landesweit gesuchten Personen. Auf diesen Seiten möchte ich die Bilder Ihrer Mutter posten.«

»In den USA verschwinden jedes Jahr sechshunderttausend Menschen.« Childress klang skeptisch.

Das war Tracy auch schon durch den Kopf gegangen, doch sie hatte sich etwas einfallen lassen: »Außerdem möchte ich eine allein Ihrer Mutter gewidmete Seite vorbereiten. Das soll keine offizielle Polizeiseite werden, sondern eine sehr persönliche, in der ersten Person aus Sicht Ihrer Mutter geschriebene. Ich werde die letzten Stunden vor ihrem Verschwinden rekonstruieren, so gut es nach allem, was wir wissen, geht, und fragen, ob sich jemand daran erinnert, sie damals oder aber in der heutigen Zeit gesehen zu haben. Ich werde ein Hinweistelefon einrichten, auch wenn das bedeutet, dass dort jede Menge Sonderlinge, Durchgeknallte und auch richtig üble Menschen anrufen werden, aber vielleicht erhalten wir so auch ein Bröckchen verwertbarer Information.«

Childress wischte sich Tränen aus den Augenwinkeln.

»Dabei wäre allerdings eine sehr schwierige Sache zu berücksichtigen, Anita. Ich kann all diese Dinge mit Ihrer Erlaubnis veranlassen, Sie sind erwachsen.«

»Mein Vater wird sich mir nicht in den Weg stellen«, versicherte Childress, die wusste, worauf Tracy hinauswollte. »Und er wird mit Ihnen sprechen. Nicht, weil er selbst es will, aber für mich. Ich habe ihn bereits darüber informiert, dass ich mich mit Ihnen getroffen habe und dass Sie sich wahrscheinlich mit ihm unterhalten wollen.«

»Okay.« Tracy nickte. »Das würde ich gern so schnell wie möglich tun.«

Childress zog ihr Handy aus der Tasche. »Was du heute kannst besorgen, das verschiebe nicht auf morgen, was? Ich glaube, das verstehen wir beide wohl besser als die meisten anderen.«

Kapitel 11

Anita Childress schickte Tracy per E-Mail Bilder von ihrer Mutter, ihrem Vater und sich selbst aus der Zeit kurz vor dem Verschwinden ihrer Mutter und auch Fotos ihrer Großeltern mütterlicherseits im Alter von rund sechzig Jahren. Tracy leitete die Informationen weiter an Katie Pryor in der Vermisstenstelle, die die forensische Zeichnerin damit beauftragte, Bilder von Childress anzufertigen, wie sie in unterschiedlichen Lebensphasen ausgesehen haben mochte und wie sie jetzt wohl aussah. Dann machte sich Tracy an den aus Sicht von Lisa Childress verfassten Bericht für die speziell Childress gewidmete Facebookseite. Sie begann mit den ihr bekannten Fakten: dass Childress als Reporterin gearbeitet hatte, was sie am Tag vor ihrem Verschwinden getan hatte, wann sie früh am folgenden Morgen das Haus verlassen hatte, wie sie in einem rund um die Uhr geöffneten Supermarkt auf dem Capitol Hill eine Literflasche Cola gekauft hatte und wie drei Wochen nach ihrem Verschwinden in der Nähe des Busbahnhofs ihr Wagen gefunden worden war. Sie fügte hinzu, Childress könnte einen Überlandbus genommen haben.

Um dem Ganzen einen emotionalen Anstrich zu verleihen, erwähnte sie Lisas Tochter, die zwei Jahre alt gewesen war, als ihre Mutter verschwand, und die inzwischen vierundzwanzig Jahre in Ungewissheit hatte leben müssen. Sie postete ein Foto von Childress mit Anita auf dem Arm und ließ auch nicht unerwähnt, dass alle, die Childress näher gekannt hatten, sie als manchmal etwas eigenartig beschrieben. Sie habe sich so sehr auf eine Sache konzentrieren können, dass sie alles andere vergaß, doch ansonsten oft eher zerstreut gewirkt habe. Dazu kamen ihre soziale Unbeholfenheit und ihr mangelndes Organisationstalent sowie der Konsum von literweise Coca-Cola. Es konnte ja sein, dass sich jemand an eine Frau mit eben diesen Eigenarten erinnerte. Sie schickte das Geschriebene an Anita Childress, die ihre Zustimmung zur Veröffentlichung geben und alles noch einmal professionell überarbeiten sollte. Während sie auf Anitas Antwort wartete, rief sie Billy Williams an, der lange in der Abteilung für Gewaltverbrechen ihr Sergeant gewesen und inzwischen zum Lieutenant befördert worden war. Sie erkundigte sich, ob er jemanden entbehren könnte, der für sie ein Hinweistelefon einrichtete und betreute, also mehrmals am Tag die Anrufe prüfte und per Rückruf klärte, wer aussortiert werden konnte. Darunter fielen alle Arten von Sonderlingen, Menschen, die auch jemanden verloren hatten und meinten, Tracys Hilfe zu brauchen, Möchtegerndetektive und arme, verlorene Seelen, die einfach nur jemanden zum Reden brauchten.

Williams versprach, sich darum zu kümmern.

Der nächste Anruf war wesentlich schwieriger. Tracy meldete sich bei Larry Childress, um einen Termin zu vereinbaren. Childress zeigte sich am Telefon höflich, aber kalt. Seine Tochter hatte zwar mit ihm gesprochen, doch auch wenn er Anita gegenüber betont haben mochte, mit ihrem Vorgehen einverstanden zu sein, ließ sein Ton jetzt keinen Zweifel an der Tatsache, dass ihn dieses Vorgehen nicht gerade froh stimmte. Vielleicht hatte er etwas zu verbergen, vielleicht mochte er nur nicht noch einmal zurück in seine düstere Vergangenheit geschleppt werden. Tracy versicherte ihm, sie habe nicht vor, in irgendeinem Zusammenhang seinen Namen zu benutzen oder an die Presse zu gehen, aber falls ihn das beruhigt haben sollte, so ließ er es sich nicht anmerken. Tracy bot sogar an, sich mit ihm irgendwo in einem Café zu treffen, was er jedoch ablehnte. Sie solle bitte an diesem Nachmittag in sein Haus in Medina kommen, seine Partnerin sei dann nicht da, sondern beim Treffen ihres Buchclubs.

Also setzte sich Tracy in ihren Wagen und fuhr nach Osten, über die Brücke 520. Sie wusste von der exklusiven, wohlhabenden Enklave Medina am Ufer des Lake Washington, zu deren rund dreitausend Bewohnern so mancher Milliardär und Multimillionär gehörte, unter anderem Firmenchefs von Microsoft, Google, Amazon und andere Industriebosse, die in der Techlotterie das große Los gezogen hatten. Im Jahr 2009 hatten die Bewohner selbst für die Aufstellung von Kameras an sämtlichen Kreuzungen entlang der in ihren Bezirk führenden Straßen bezahlt. So wurde jedes Fahrzeug registriert, das auf diesen Straßen unterwegs war, und sollte der Halter eins dieser Fahrzeuge auch in der Datenbank für Straftäter auftauchen, wurde über ein Sicherheitssystem automatisch die örtliche Polizei benachrichtigt. Seit Installation dieser Kameras hatte es in Medina keinen einzigen Einbruch mehr gegeben, kein Auto war gestohlen worden und auch kein ausgeliefertes Paket oder Post aus den Briefkästen.

Bei der Adresse, die Larry Childress ihr genannt hatte, fuhr Tracy an eine in eine Säule aus Flusssteinen eingelassene Gegensprechanlage und nannte ihren Namen. Das schmiedeeiserne Tor schwang auf und sie fuhr ihren Subaru die Auffahrt entlang zu einem Haus, das für die Verhältnisse von Medina bescheiden anmutete, dafür aber in einem recht großen, gut gepflegten Garten lag, in dem sogar Obstbäume wuchsen. Vor dem Haus parkte sie auf einer gepflasterten Auffahrt neben einem BMW, wobei ihr als Erstes die oben auf der Garage thronende Kamera ins Auge fiel. Das Haus an sich dürfte ihrer Schätzung nach irgendwo zwischen zweihundertfünfzig und dreihundertfünfzig Quadratmeter groß gewesen sein, auf einem Grundstück von zweitausend Quadratmetern, wodurch es mindestens fünf Millionen Dollar wert sein müsste. Ja, ja, ausschlaggebend war wieder einmal die Lage.

Die Haustür lag unter einer Laube aus weiß blühendem, duftendem Knöterich und ging auf, bevor Tracy klopfen konnte. Larry Childress sah aus wie auf dem Foto, das Anita Tracy geschickt hatte, die Haare vielleicht ein bisschen dünner und inzwischen schon ziemlich grau, darunter ein schmales Gesicht mit auffälliger Nase und einer dicken, schwarzen Brille. Er musterte Tracy mit einem Ausdruck, den sie bestenfalls als zurückhaltend beschreiben konnte. »Knöterich!«, sagte Tracy, nachdem sie sich vorgestellt hatte. »Wunderschön, ein herrlicher Duft.«

Childress, der einen Zentimeter größer sein mochte als Tracy, legte den Kopf zur Seite, als nähme er die Laube zum ersten Mal wahr, reagierte jedoch sonst nicht auf das freundlich gemeinte Lob. Er führte seine Besucherin in ein geschmackvoll eingerichtetes Haus, das an keiner Stelle überladen wirkte. Von der Haustür aus hatte man einen Blick auf ein tiefer gelegenes Wohnzimmer mit großen Panoramafenstern, dahinter lag ein üppiger, grüner Rasen, umrandet von Blumenbeeten, die sanft zu einem Felsendamm hinunterführten. Über dem Wasser schwebte an einer Hebevorrichtung ein glitzerndes rotweißes Schnellboot und ein Pier erstreckte sich in eine Bucht des Lake Washington, dessen blaugrünes Wasser an diesem Tag von einem leichten Wind ein wenig aufgewühlt wurde. Auf der anderen Seite erkannte Tracy die Gärten, privaten Anleger und Boote weiterer großer Häuser.

Okay, dann hatte sie mit ihrer ersten Schätzung wohl falschgelegen: Haus und Grundstück würden auf dem Markt keine fünf Millionen bringen, sondern eher sieben oder acht.

»Sind Sie für den Garten zuständig?«, fragte Tracy.

Childress sah in den Garten, als nähme er auch ihn zum ersten Mal wahr. »Kann ich Ihnen etwas zu trinken anbieten?«

»Nein danke.«

Er deutete auf einen von zwei roten Ledersesseln an einem Couchtisch aus Glas und setzte sich auf ein weißes Sofa auf der anderen Seite des Tisches. »Ich beantworte Ihre Fragen, weil mich meine Tochter darum gebeten hat«, stellte er gleich zu Anfang mit einer tiefen, gutturalen Stimme klar.

»Ich kann mir vorstellen, dass Sie im Laufe der Jahre eine Menge Fragen beantworten mussten.«

»Zu viele«, sagte Childress. »Und es ist mir durchaus bewusst, dass der Ehemann immer der erste Verdächtige ist, wenn eine Ehefrau verschwindet.«

»Wo haben Sie das gelernt?«, erkundigte sich Tracy.

»Das haben die ermittelnden Detectives unmissverständlich klargestellt.«

»Keith Ellis?«

»Nein, Moss Gunderson. Das ist ein Name, den man so schnell nicht vergisst.«

»Oh ja.« Tracy nickte. »Wie ich Ihrer Tochter schon sagte, möchte ich mir den Fall Ihrer Frau aus drei Blickwinkeln heraus noch einmal anschauen, wobei einer davon in der Tat der ist, dass Sie etwas mit ihrem Verschwinden zu tun haben könnten.«

»Und die anderen beiden Ansätze?«

»Dass ihr Verschwinden mit den Recherchen zusammenhing, mit denen sie beschäftigt war, oder dass sie einfach fortgegangen ist.«

»Das sind schon mal zwei Ansätze mehr, als die letzten beiden Detectives in Betracht gezogen haben. Herzlichen Dank!« Der Sarkasmus war kaum zu überhören.

»Warum betonen Sie das so?«

»Die beiden haben nicht gerade viel unternommen, um an Lisas Unterlagen zu kommen. Ich habe ihnen gesagt, dass sie Investigativjournalistin war und an dem Morgen sehr früh zu einem Treffen mit einer vertraulichen Quelle wollte. Das hat sie mir zumindest so gesagt. Ich konnte sehen, dass mir die Detectives nicht geglaubt haben. Auch nicht, nachdem sie den Kassenbon aus dem Supermarkt gefunden hatten, der doch bestätigte, dass sie um zwei Uhr morgens unterwegs gewesen war und einen Liter Cola gekauft hatte. Ihnen ist anscheinend nie in den Sinn gekommen, dass sie von jemandem umgebracht worden sein könnte, mit dem sie sich an dem Morgen treffen wollte.«

»Haben Sie den beiden ein wenig Dampf gemacht?«

Childress grinste verächtlich. »Ich habe die Zeitung gebeten, mit den Detectives zu kooperieren. Ich habe verschiedene Male bei Lisas Chef vom Dienst angerufen, aber der behauptete, sie würde ihm generell nur wenig über die Storys erzählen, an denen sie saß, und noch weniger über ihre Quellen. Ich glaube, in der Frage ist Anita weiter gekommen als sonst jemand.«

»Wer war der Chef vom Dienst, mit dem Sie gesprochen haben?«

»Bill Jorgensen.«

Tracy wechselte das Thema. »Kannten Sie irgendeine ihrer Quellen oder hatten Sie einen Verdacht, wer eine sein könnte?«

»Nein.«

»Hat Lisa zu Hause Anrufe bekommen, die Ihnen Sorgen bereiteten?«

»Sie hat nie mit mir über diese Anrufe gesprochen. Also: nein.«

»Glauben Sie, dass Ihre Frau einfach fortgegangen sein könnte?«

Childress nahm sich einen Moment Zeit und Tracy beobachtete, wie sich seine Brust hob und senkte. »Ich würde lieber glauben, dass sie es nicht getan hat. Um Anitas willen.«

»Aber?«

»Aber Lisa war anders«, erklärte Childress. »Ich weiß nicht, inwieweit Anita Sie informiert hat.«

»Ich würde gern Ihre Meinung dazu hören.«

Childress wiederholte im Wesentlichen das, was Anita Tracy über ihre Mutter erzählt hatte. »Sie konnte sich außerdem unglaubliche Mengen an Informationen merken – fast neunzig Prozent von allem, was sie gelesen hatte, manchmal wörtlich. Aber diese Fähigkeit hatte auch ihren Preis. Sie filterte andere Informationen heraus, wie zum Beispiel die, dass sie eine Tochter hatte, um die sie sich kümmern musste.«

»Anita sagte, Sie wären zu Hause geblieben, um sie zu versorgen.«

»Das stimmt.«

»Was war mit Arbeit?«

»Was sollte damit sein?«

»Wie haben Sie gearbeitet, wenn Sie sich gleichzeitig zu Hause um ein Kleinkind kümmern mussten?«

Childress schwieg kurz. Er beantwortete diese Art von Fragen nicht zum ersten Mal. »Ich habe in der Zeit nicht gearbeitet. Ich war vorübergehend erwerbslos.«

»Was haben Sie vorher gemacht, bevor Sie zu Hause blieben?«

Childress erzählte ihr von seinem Betrieb, der Bankrott gegangen war.

»Sie hatten Schulden?«

»Fragen Sie mich das oder teilen Sie es mir mit?«

»Ich habe in der Akte gelesen, dass einhundertfünfzigtausend Dollar als nicht ablösbar deklariert wurden, als Sie Konkurs anmeldeten.«

»Dann wissen Sie es ja. Einige Schulden wollte ich auch von mir aus bedienen, Geld, das Familie und Freunde in meine Firma investiert hatten.«

»Haben Sie diese Schulden abgetragen?«

»Nach einer gewissen Zeit, ja.«

»Wie?«

»Ich habe Immobilien verkauft. Aber erst einmal konnte ich schlecht ein Immobiliengeschäft aus dem Boden stampfen und gleichzeitig ein Kleinkind versorgen. Ich machte mir Sorgen um die Kleine. Falls mir etwas zugestoßen wäre, hätte es Lisa dann schaffen können, sich allein um sie zu kümmern? Deswegen habe ich diese Lebensversicherung abgeschlossen.«

»Nicht lange vor dem Verschwinden Ihrer Frau.«

Childress funkelte sie an. »Dann sind wir also wieder bei der ersten Option angekommen?«

»Es ist eine Tatsache, die ich berücksichtigen muss.«

»Ich hielt es für eine weise Maßnahme. Für mich hatte sich klar erwiesen, wie unzuverlässig Lisa sein konnte. Ich fragte mich, wer sich um meine Tochter kümmern würde, wenn mir etwas zustieße, und wollte, dass meine Frau und meine Schwiegereltern wussten, dass ich für Anita Vorsorge getroffen hatte.«

»Aber die Versicherung hat nicht sofort gezahlt. Wie sind Sie über die Runden gekommen?«

»So gut ich konnte. Wenn es nicht anders ging, haben sich meine Schwiegereltern um Anita gekümmert oder ich habe sie in eine Kindertagesstätte gebracht, wenn ich ein Haus zeigen musste.«

»Sie wollten nicht, dass die Detectives mit der Geschichte über das Verschwinden Ihrer Frau an die Medien gehen. Warum nicht?«

»Anita«, sagte Childress.

»Können Sie das erklären?«

Childress ließ genervt den Kopf sinken, und als er Tracys Frage beantwortete, geschah das mit einer gewissen Schärfe. »Sie war ein kleines Kind, das seine Mutter verloren hatte und mit dem Stigma leben musste, dass sein Vater irgendwie dafür verantwortlich war. Ja, sie war damals noch ein Kind, aber sie würde größer werden und feststellen, dass wir in vielen gesellschaftlichen Kreisen nicht willkommen waren. Dass ich dort nicht willkommen war, sollte ich vielleicht sagen. Ich wollte nicht noch mehr in die Welt hinausposaunen, als die Medien ohnehin schon wussten. Ich dachte, das würde Anita das Leben nur noch schwerer machen.«

Er hatte sich also um seine Tochter gesorgt, eine gute Antwort. Allerdings eine, die Tracy nicht ganz einleuchtete, denn Anita war damals zu jung gewesen, um sich selbst als soziale Außenseiterin wahrzunehmen. Wobei es Tracy natürlich das Herz brechen würde, sollte Daniella je in solch eine Lage geraten. Sie beschloss, Childress ein bisschen unter Druck zu setzen. »Wofür haben Sie das Versicherungsgeld verwendet?«

Childress sah kurz zur Seite, bevor er den Blick wieder auf Tracy richtete. »Für die Versorgung und den Unterhalt meiner Tochter.«

»Und um ein Haus zu kaufen.«

»In West Seattle«, ergänzte er rasch. »Ich wollte einen Tapetenwechsel und einen Neuanfang für uns beide, ein stabileres Umfeld für Anita. Sie sollte ein Zuhause mit einem Garten haben, eine neue Schule besuchen können. Wir haben uns einen Hund angeschafft.«

»Sie haben nicht wieder geheiratet?«

»Nein.«

»Warum nicht?«

»Anita hatte ihre Mutter verloren. Sie sollte nicht das Gefühl haben, auch noch ihren Vater hergeben zu müssen. Ich wollte ein gutes Zuhause für sie schaffen und dort keine Stiefmutter hineinbringen, solange Anita nicht alt genug war, um das zu verstehen. Ich habe mit einer neuen Beziehung gewartet, bis Anita mit der Schule fertig war und auf die Uni wechselte.«

»Sie waren mit der Frau, mit der Sie jetzt zusammenleben, auch schon während Ihrer Schulzeit zusammen?«

»Genau.«

»Darf ich fragen, warum Sie beide nie geheiratet haben?«

»Annabelle kommt aus einer wohlhabenden Familie hier in Seattle, altes Geld. Ihr Vater hat sein Vermögen mit dem Besitz von Immobilien gemacht, mit Wohn- und Geschäftshäusern. Und er hat klug investiert.«

»Die altmodische Art.« Tracy lächelte. Childress nicht.

»Er hatte mitansehen müssen«, fuhr er fort, »wie seine Tochter bei ihrer Scheidung die Hälfte von allem verlor, was er ihr gegeben hatte. Das wollte er nicht noch einmal erleben.«

»Ihr Vater ist gegen eine Heirat.«

»Ja.«

»Hat das etwas mit Lisas Verschwinden zu tun?«

»Das dürfte der Fall sein, da bin ich mir sicher.«

»Und hat sich seine Haltung Ihnen gegenüber im Laufe der Jahre geändert?«

»Er und seine Frau glauben nicht, dass ich ihre Tochter ermorden und versuchen könnte, mir ihr Geld anzueignen – wenn Sie darauf hinauswollen.« Er machte eine Pause. »Ansonsten werden Sie ihn wohl selbst fragen müssen.«

»Handeln Sie immer noch mit Immobilien?«

»Nein.«

»Wann haben Sie damit aufgehört?«

»Als ich hierherzog.«

»Das scheint mir angesichts der Befürchtungen der Eltern Ihrer Partnerin nicht sehr weise.«

»Die waren im Gegenteil eher begeistert. Je weniger ich im Blickfeld der Öffentlichkeit unterwegs bin, desto besser.« Wieder reiner Sarkasmus.

»Verstehe.«

»Nein. Das verstehen Sie nicht.« In Childress' Augen glomm plötzlich ein Feuer und sein Ton änderte sich noch einmal, wurde herausfordernd. Genau darauf hatte Tracy es angelegt, sie wollte sehen, ob Childress so sehr in Wut geraten konnte, dass ihm tatsächlich zuzutrauen wäre, seine Frau umzubringen.

»Die beiden anderen Detectives haben es auch nicht verstanden. Und jetzt kommen Sie und behaupten, Sie würden es verstehen. Sie tun so, als hätten Sie Mitgefühl, aber wenn Sie nicht durchgemacht haben, was ich durchmachen musste … wenn Sie nie mitbekommen haben, wie man Sie im Supermarkt anstarrt oder im Restaurant, wenn Sie nie erlebt haben, wie andere Eltern bei einem Fußballspiel von ihnen abrücken und Ihre Tochter nie zu den Geburtstagsfeiern ihrer Klassenkameraden, nie zu irgendjemandem nach Hause eingeladen wird, dann verstehen Sie es nicht und werden es auch nie verstehen.«

»Es muss sehr schmerzlich gewesen sein.«

»Weil ich wusste, es tut meiner Tochter weh. Haben Sie Kinder, Detective?«

Es klang wie eine Herausforderung. Tracy nahm sie an. »Eine Tochter, sechzehn Monate alt.«

Die Antwort überraschte Childress. Fast schien er zusammenzuzucken.

»Dann verstehen Sie es also vielleicht wirklich«, lenkte er ein. »Ich entschuldige mich.«

»Das ist nicht notwendig.«

Als könne er ihre Gedanken lesen, fuhr Childress fort: »Ich habe meine Frau nicht umgebracht, Detective. Ich weiß nicht, wie ich das noch deutlicher ausdrücken soll. Ich habe sie geliebt. Ich habe mir Sorgen um sie gemacht.«

»Erzählen Sie mir von der Nacht, in der sie verschwunden ist.«

Childress seufzte, als erfordere es eine große Anstrengung, sich zu erinnern. Aber Tracy hatte diese Reaktion schon oft erlebt. Sie wusste, Grund dafür waren Frust und Aufgebrachtheit darüber, dieselben Fragen immer wieder beantworten zu müssen.

»Sie hat mir die Namen ihrer Quellen nie genannt, was einen ziemlich wütend machen konnte, wenn sie mitten in der Nacht das Haus verließ, um sich mit einer zu treffen.«

»Hatten Sie Angst, sie könnte eine Affäre haben?«

»Lisa?« Er lachte leise. »Nein. Mir gefiel bloß die Vorstellung nicht, dass meine Frau sich um zwei Uhr morgens alleine irgendwo da draußen mit Leuten traf, die über Informationen verfügten, mit denen sich die Karrieren anderer Leute ruinieren ließen. Ich sorgte mich um ihre Sicherheit.«

»Hat Lisa selbst sich je um ihre Sicherheit gesorgt?«

»Nie. Meine Frau hatte vor gar nichts Angst. Aus dem Grund hat sie sich auch nie Pfefferspray gekauft, obwohl ich sie mehrfach darum gebeten hatte. Ihre Sicherheit kam ihr nicht einmal in den Sinn. Bei mir führte das irgendwann dazu, dass ich anfing, ihr eine Dose Bärenspray in die Handtasche zu stecken, bevor sie ging. Groß genug, dass sie sie nicht verfehlen konnte, dass sie sie problemlos finden und benutzen konnte, wenn es nötig war.«

»Sie haben keine Idee, wen sie in jener Nacht getroffen haben könnte?«

»Keine.«

»Keine Idee, wohin sie wollte?«

»Nein.«

»Sagen Ihnen die Namen Dwight McDonnel oder Levi Bishop etwas?«

»Nein. Haben sie irgendetwas mit dieser Sache zu tun?«

»Was ist mit Rick Tombs?«, fragte Tracy. Rick Tombs war der Sergeant der Last-Line-Sondereinheit gewesen.

Childress schüttelte den Kopf.

»Delmo Castigliano?«

Kopfschütteln.

»Eine Polizeieinheit mit dem Namen The Last Line?«

»Nein.«

Tracy wechselte das Thema. Sie brauchte Larry Childress' Erlaubnis nicht, um sich an die sozialen Medien zu wenden, immerhin hatte sie die Erlaubnis von Anita, aber auch hier wollte sie seine Reaktion testen. »Ich würde gern die sozialen Medien einsetzen, um zu sehen, ob wir Hinweise darauf bekommen, was mit Ihrer Frau passiert ist, wo sie sein könnte, wenn sie noch am Leben ist.«

»Bitten Sie mich um meine Erlaubnis oder teilen Sie mir mit, dass Sie es tun werden?«

Childress war schlau. »Anita ist erwachsen«, sagte Tracy.

»Dann haben Sie Ihre Antwort. Anita ist alt genug, sich über die Konsequenzen ihrer Handlungen im Klaren zu sein … wie immer diese Konsequenzen auch ausfallen mögen.«

»Und Sie?«

Wieder grinste er verächtlich. »Ich verstehe sehr gut, was die Konsequenzen sein könnten, Detective, und das schon seit vielen Jahren.«

Kapitel 12

Während Tracy Medina verließ, dachte sie darüber nach, was Larry Childress wohl gemeint haben könnte, als er sagte, er verstünde durchaus, welche Konsequenzen es haben könnte, wenn seine Tochter so auf eine neue Ermittlung hinsichtlich des Verschwindens ihrer Mutter drängte. Wollte er damit sagen, dass er mit diesen Konsequenzen bereits gelebt hatte? Oder meinte er, er wüsste, was enthüllt werden könnte, und ebenso um die Konsequenzen einer solchen Enthüllung?

Da es Nachmittag war und Tracy sich bereits an der Ostseite des Lake Washington befand, sah sie keine Notwendigkeit darin, jetzt noch den Weg in die Stadt einzuschlagen, nur um wenig später in mehr oder weniger dieselbe Richtung wieder nach Hause zu fahren. Sie hatte die Unterlagen von Lisa Childress im Auto, sie konnte einfach noch ein paar Stunden zu Hause arbeiten.

Dort angekommen, fand sie Thereses Auto nicht in der runden Auffahrt vor. Daniella und sie waren tagsüber oft unterwegs. Sie hatten Dauerkarten für den Zoo, das Pacific Science Center, das Aquarium und für sonst so ungefähr alles von Interesse in der Umgebung. Außerdem war Therese statt Tracy im Lesekreis für Mütter in der Bücherei von Redmond und in einer Elterngruppe für Eltern und Kleinkinder. An schönen Tagen wie heute allerdings wollte Therese immer an die frische Luft. Dann ging sie mit Daniella in der Kinderkarre auf den Spielplatz oder steckte sie in einen Rucksack und unternahm eine Wanderung. Rex und Sherlock waren am Morgen mit Dan in sein Büro aufgebrochen, in dem Hunde gern gesehen waren.

»Dann wären wir zur Abwechslung ja mal zu zweit, Roger«, begrüßte Tracy ihren Kater, der auf die Marmorplatte der halbhohen Trennwand im Eingangsbereich gesprungen war, jetzt aber wieder herunterglitt und sich an ihren Beinen rieb. Schwer zu sagen, ob das Zuneigung signalisieren sollte oder den Wunsch nach Futter, der Roger ab vierzehn Uhr praktisch jederzeit überkommen konnte.

»Dinner gibt es erst in ein paar Stunden«, vertröstete Tracy ihn. »Aber du darfst dich gern im Arbeitszimmer zu mir setzen.«

Seine Antwort klang nicht gerade begeistert.

Tracy und Dan hatten bei der Umgestaltung ihres ursprünglich winzigen Hauses in Redmond auch ein helles Arbeitszimmer eingerichtet, mit großem Panoramafenster, Glasschiebetür und Oberlichtern. Dan nutzte den Raum auch wirklich zum Arbeiten, Tracy jedoch machte es sich hier eigentlich eher mit einer dicken Wolldecke in einem gemütlichen braunen Ledersessel bequem, um zu lesen oder ein Nickerchen zu halten.

Jetzt goss sie sich einen Becher Kamillentee auf, bat Alexa um Musik von Jack Johnson und breitete sich mit ihren Sachen auf dem Schreibtisch aus. Nachdem sie den Computer hochgefahren und die Passwörter für den Zugang zur verschlüsselten Verbindung mit dem Computer auf ihrem Schreibtisch im Präsidium eingegeben hatte, ging sie ihre E-Mails durch. Sie fand nicht, wonach sie suchte, und fragte per E-Mail bei Katie Pryor nach, wie weit die forensische Zeichnerin mit der Darstellung einer gealterten Lisa Childress gekommen war. Während sie auf

Pryors Antwort wartete, rief sie eine Mail von Billy Williams auf, der ihr die Einrichtung eines Hinweistelefons bestätigte. Er hatte auch eine Detective abgestellt, die ein Auge darauf halten und eingehende Anrufe überwachen würde. Tracy wollte sich bei dieser Kollegin melden, sobald sie sich um die Inhalte der Website gekümmert hatte.

Pryor antwortete per E-Mail und fügte zwei Bilder der gealterten Lisa Childress an. Sie waren gelungen und ähnelten der Mutter von Childress in erheblichem Maße. Als Nächstes widmete sich Tracy den Änderungen am Bericht für Facebook, die Anita Childress ihr gemailt hatte, arbeitete die Vorschläge in den Text ein und rief beim Arbeitsbereich Öffentlichkeitsarbeit des Präsidiums an. Dort teilte man ihr mit, sie habe grünes Licht bekommen und die Nummer des eingerichteten Hinweistelefons werde an die fertigen Seiten in den sozialen Netzwerken angehängt, sobald diese online waren, was wahrscheinlich gleich früh am nächsten Morgen der Fall wäre.

Als das alles erledigt war, widmete sich Tracy der vierten Materialmappe, der mit Lisa Childress' Recherchen zu den Geschäftsbeziehungen von Michael Edwards. Edwards war unglaublich populär gewesen, besonders bei Businessleuten. Die sorgten für Jobs, für Einkommen und anderes Kapital, und das wiederum bedeutete Wachstum in Seattle und am Puget Sound, und zwar in allen Bereichen.

Um das hinzubekommen, hatte Edwards Leute um sich geschart, die als sein »Kohle-Klientel« bekannt wurden: Anwälte, Lobbyisten, Leute, die für seine Kampagnen spendeten, und politische Akteure, die Einfluss beim Bürgermeister und seinem Team anstrebten, die Jahr für Jahr Millionen an Dollar für Bauverträge und Landverkäufe zu vergeben hatten und für behördliche Auflagen zuständig waren, die so oder so ausfallen konnten. Gerüchte über Bestechungen und Direktzahlungen hatten massenweise die

Runde gemacht, eine direkte Verbindung zum Bürgermeister konnte jedoch an keinem Punkt hergestellt werden. Edwards war ursprünglich Anwalt gewesen und kannte sich aus. Er wusste, was eine Beweisführung war, und kannte den Begriff »Beweismittelkette«. Er telefonierte nur selten, schrieb nie eine E-Mail und arbeitete mit so vielen Mittelsmännern, dass kein Glied irgendeiner Kette je mit ihm direkt in Verbindung gebracht werden konnte.

Diese Dynamik hatte verschiedentlich zu Ermittlungen von FBI und Bundesanwaltschaft geführt, ohne dass es zu einer Verurteilung gekommen wäre.

Tracy blätterte weiter und fand in der Mappe Artikel und handgeschriebene Notizen über ein Projekt zur Flughafenerweiterung, für das eine Firma namens Greenhold Construction zuständig gewesen war, und zwar in dem Jahr von Childress' Verschwinden. Bingo. Sie entdeckte Fotokopien zu Verträgen und Angebote von verschiedenen Baufirmen, aus denen hervorging, dass sich die Größenordnung des Vorhabens auf Hunderte Millionen Dollar belief. Greenhold hatte nicht das niedrigste Gebot abgegeben und trotzdem den Zuschlag erhalten.

Wenn man dies in Zusammenhang mit der angeblich von Greenhold gegen Lisa Childress vorgebrachten Drohung sah, ließ sich das nicht ignorieren. Tracy notierte sich, dass sie prüfen wollte, ob Greenhold noch lebte, und, wenn ja, dass sie mit ihm zu reden hatte.

Inzwischen gab es einige Richtungen, in denen sie weitermitteln konnte, was in der Regel ein gutes Zeichen war. Trotzdem fühlte sie sich nicht beschwingt. Im Gegenteil. Sie fühlte sich, wie sich wohl auch Moss Gunderson und Keith Ellis gefühlt haben mochten – als täten sich vor ihr nichts als Sackgassen auf. Bestimmte Dinge unterlagen nicht ihrer

Kontrolle. Sie hatte keinen Einfluss darauf, ob jemand die von ihr im Netz geposteten Bilder erkannt hatte oder ob neue Informationen auftauchten, die unmissverständlich bewiesen, dass Larry Childress seine Frau umgebracht hatte.

Und Tracy mochte es nicht, wenn sie die Dinge nicht unter Kontrolle hatte.

Kapitel 13

Am nächsten Morgen verließ Tracy schon früh ihr Haus und fuhr gen Westen über den See, danach jedoch nicht weiter in die Innenstadt, sondern auf die Interstate 5 und dort in Richtung Norden und um den Lake Union herum, über die Fremont Bridge und den Fremont Cut hinüber zur Westlake Avenue. Dabei folgte sie den Anweisungen ihres Navis, die sie zu der Shell-Tankstelle führten, die 1996 über einen Münzfernsprecher verfügt hatte, von dem aus bei Lisa Childress zu Hause angerufen worden war. Die Tankstelle gab es immer noch, den Münzfernsprecher schon lange nicht mehr. Interessant allerdings war, wo er damals gestanden hatte, nämlich etwa dreihundert Meter vom Jachthafen Diamond Marina entfernt, wo drei Monate vor Childress' Verschwinden zwei tote Seeleute an Land gespült worden waren.

Also fuhr Tracy von der Tankstelle aus gleich weiter zum Jachthafen, einem aus drei zweistöckigen, braun verputzten Häusern bestehenden Komplex. Die Lücken zwischen den Häusern waren durch schmiedeeiserne Tore versperrt, an denen Schilder verkündeten, der Zugang zum eigentlichen Hafenbecken sei nur Bootseignern und ihren Gästen gestattet. Auf den Zugängen zum mittleren und zum linken Gebäude warben Plakate des Jachthafens für Sonderangebote bei den Liegegebühren. Hier, beim Haus ganz links, würde Tracy anfangen. Sie stieg eine Holztreppe hoch und zog eine rote Tür auf. Dahinter empfing sie an einem Tresen ein junger Mann, dem sie ihren Ausweis zeigte und dann erklärte, sie hätte gern den Besitzer der Anlage gesprochen, den Manager oder wer sonst hier das Sagen haben mochte. Der junge Mann ging, um wenig später mit einem anderen Mann zurückzukehren, der sich als Manager der Anlage vorstellte.

Auf Tracys Frage hin, ob er kurz Zeit für sie hätte, wirkte der Mann etwas besorgt, führte sie aber hoch in sein Büro im ersten Stock, von dem aus man einen herrlichen Blick auf den Union Lake hatte, heute unter einem bewölkten Himmel, der das Wasser schiefergrau erscheinen ließ. Unten lagen Boote aller Größen, Farben und Formen auf Slip gelegt oder im Schutz eines großen scheunenartigen, hölzernen Bootshauses. Auch auf der anderen Seite des Sees lagen Boote, außerdem konnte man dort einige Industriegebäude und den grünen Rasen des Gas Works Parks erkennen.

Der Manager stellte sich als Pete Welsh vor. »Was kann ich für Sie tun, Detective?«

»Wie lange arbeiten Sie schon hier?«

»Ungefähr sechs Jahre.«

»Ich untersuche einen alten Fall, der weit vor Ihrer Zeit passiert ist, es geht um den November 1995 und die ersten Monate 1996. Aber ich habe auch ein paar generelle Fragen in Bezug auf Jachthäfen, bei denen Sie mir bestimmt weiterhelfen können.«

Welsh wirkte gleich viel entspannter. »Ich kann es auf jeden Fall versuchen.«

Tracy zog eine Kopie der von Lisa Childress verfassten handschriftlichen Notizen hervor, in denen der Jachtclub erwähnt wurde. »Genauer gesagt hoffe ich, Sie können mir beim Entziffern dieser Notizen helfen.«

Welsh setzte sich die an einer dünnen Kette um seinen Hals baumelnde Lesebrille auf, griff nach dem Papier, sah es sich an und blickte dann fragend auf.

»Diamond Marina, das bezieht sich wohl eindeutig auf diesen Jachthafen«, erklärte Tracy. »Und ich bin sicher, dass *Egregious* der Name eines Bootes ist. Was das *kanadisch* dahinter bedeutet, weiß ich nicht genau, nehme aber an, es soll heißen, dass die *Egregious* ein kanadisches Boot war?«

»Das hier sind die Notizen einer Journalistin, sagten Sie?«, wollte Welsh wissen.

»Genau.«

»Nicht die eines Hafenmeisters?«

»Warum fragen Sie das?«

»Ich interpretiere *HM D.S.* so, dass *HM* Hafenmeister bedeutet und es sich bei *D.S.* um die Initialen eines Hafenmeisters handelt.«

»Was ist ein Hafenmeister?«

»Wie genau wollen Sie das wissen, wie fachmännisch darf ich werden?«

Tracy lächelte. »Ich sage Bescheid, wenn es mir zu hoch wird.«

»Ein Hafenmeister ist dafür verantwortlich, die Vorschriften eines bestimmten Hafens durchzusetzen und die Sicherheit dieses Hafens und des Hafengebiets zu gewährleisten.«

»Das klingt offiziell. Was ist mit inoffiziell?«

»Eigentlich könnte man sagen, sie sind so eine Art Parkwächter mit schickem Namen. Sie sammeln die Liegegebühren ein, sagen den Bootseignern, wo sie anlegen dürfen, an welchem Steg und Liegeplatz, und weisen sie auf die Regeln des Jachthafens hin.«

»Für wie lange kann jemand einen Liegeplatz mieten?«

»Manche mieten monatsweise, manche gleich ein halbes Jahr. Manche legen auch nur für eine Nacht an, weil sie unterwegs sind, auf dem Weg nach Osten zum Lake Washington oder nach Westen zu den Schleusen, die in den Elliott Bay und Puget Sound führen. Vielleicht wollen sie gleich ganz durch bis zum Pazifik oder die innere, nördliche Passage nach Kanada nehmen.«

»Also könnte *kanadisch* neben *Egregious* auch bedeuten, dass das Boot nach Kanada unterwegs war?«

»Möglich wäre es«, meinte Welsh. »Oder es war ein kanadisches Boot, also in Kanada registriert. Die kriegen wir hier auch.«

»Wie kann ich feststellen, ob ein Boot in Kanada registriert ist?«

Welsh drehte sich zu seinem Computer um und gab etwas ein. »Sie gehen auf die Seite von Transport Canada.« Er drehte den Bildschirm so, dass Tracy mitlesen konnte. »Das ist die kanadische Behörde, die für die Registrierung von Wasserfahrzeugen zuständig ist. Sie dokumentiert das Besitzrecht an Booten, so wie die Kraftfahrzeugzulassungsstelle Besitzrechte an Autos registriert. Wissen Sie, was für eine Art Boot das war?«

»Nein.«

»Das macht die Sache schwieriger, weil mehr als ein Boot denselben Namen haben kann und der Fall so lange zurückliegt, dass das Boot inzwischen auch verkauft worden sein könnte.«

»Und damit den Namen gewechselt hat?«

»Möglich, aber nicht wahrscheinlich. Es gibt jede Menge Aberglauben, was die Umbenennung von Schiffen betrifft.«

»Ich nehme an, die kanadische Behörde hätte Unterlagen der einen oder anderen Art, wenn ein Boot den Eigentümer gewechselt hat?«

»Das könnte sein, aber es muss auch nicht jedes Boot registriert werden. Die Kanadier haben da Regeln und Vorschriften, die all das ganz genau erklären und zu denen es auch Ausnahmen gibt. Auch bei uns kann es vorkommen, dass mehrere Boote denselben Namen haben.«

»Wie könnte ich das Boot finden, wenn es wirklich in Kanada registriert war und hier heruntergekommen ist?«

Über diese Frage dachte Welsh eine Weile nach. »Über ein Schnellboot reden wir hier wahrscheinlich nicht, nicht im November. Auch eher nicht über ein Segelboot.«

»Warum nicht?«

»In der inneren Passage kann es ziemlich stürmisch werden, mit entsprechend rauem Seegang«, erklärte Welsh, wobei er mit der inneren Passage die Strecke meinte, auf der man von Seattle aus in nordwestlicher Richtung entlang der kanadischen Küste nach Skagway in Alaska gelangen konnte, wenn man den offenen Pazifik meiden wollte. »Besonders im Winter. Das Boot dürfte groß genug gewesen sein, um es mit den Wellen und der Strömung aufnehmen zu können, und es musste auch genügend Benzin bunkern können, damit es von einem Jachthafen bis zum nächsten reichte. Ich würde nach einem kommerziellen Boot suchen – einem Krabbenfischer oder Lachsfischer, etwas mit zwanzig, fünfundzwanzig Metern Länge oder mehr.«

»Wenn ein Schiff die Ballard-Schleusen passiert, müssen dafür Papiere ausgefüllt werden?« Die Ballard-Schleusen musste passieren, wer vom Salzwasser des Pazifiks in die Süßwassergewässer des Lake Union und Lake Washington fahren wollte. »Schreibt an den Schleusen dort irgendwer jedes Boot auf, das kommt oder geht?«

»Nicht, dass ich wüsste. Jetzt jedenfalls nicht. Ich weiß nicht, wie das damals gehandhabt wurde, vermute aber, dass sie 1995 und 1996 genauso wie heute keine Aufzeichnungen gemacht haben. Aber sicher bin ich mir da nicht, ich nehme das nur an. Sie müssen sich die Schleusen wie Stoppschilder denken, an denen Boote kurz halten, bevor sie nach Osten oder Westen weiterfahren.«

»Wen könnte ich bei den Ballard-Schleusen danach fragen?«

»Fragen Sie den Schleusenwärter. Das ist die Person, die den Wasserstand hebt oder senkt, um Booten die Durchfahrt zu ermöglichen.«

»Was ist, wenn ein Boot hier im Jachthafen ankommt und anlegen möchte? Bewahren Sie da Unterlagen auf?«

Welsh verzog das Gesicht. »Heutzutage haben wir diese Unterlagen im Computer, auf jeden Fall, schon aus steuerrechtlichen Gründen. Damals? Ich weiß es nicht genau, gehe aber davon aus, dass es auch damals aus steuerrechtlichen Gründen Standardvorgehen war, solche Unterlagen aufzubewahren.« Er schwieg kurz.

»Aber?«, hakte Tracy nach.

»Aber ich kann Ihnen sagen, dass die Leute, die nur eine Nacht bleiben wollen, oft bar bezahlen und es keine Garantie dafür gibt, dass der Hafenmeister wirklich jedes dieser Boote registriert. Natürlich sähen wir es gern, wenn alle Menschen ehrlich sind, aber wenn es ums Geld geht, gibt es keine Garantien.«

Das wusste Tracy nur zu gut. Sie deutete auf die Initialen unter der Notiz *Diamond Marina*. »Das *HM* hier heißt also Hafenmeister, glauben Sie.«

»Genau.«

»Und angenommen, dass es sich bei *D.S.* wirklich um Initialen handelt – haben Sie Unterlagen, aus denen hervorgeht, wer damals hier Hafenmeister war?«

»Nicht hier vor Ort. Ich kann im Büro des Jachthafenbesitzers anrufen und die Buchhalterin bitten, ihre Unterlagen durchzusehen. Falls sie die über solch einen langen Zeitraum aufbewahrt hat. Vielleicht findet sie einen Namen, der mit diesen Initialen beginnt.«

»Wenn Sie das tun könnten, wäre ich Ihnen sehr dankbar. Und auch, wenn Sie nach Unterlagen suchen könnten, aus denen hervorgeht, ob die *Egregious* hier an einem bestimmten Tag oder Abend angelegt hat.«

Welsh hatte sich einen Stift genommen und schrieb mit. »Ich werde es versuchen, mehr kann ich Ihnen leider nicht versprechen. Um welche Tage geht es?«

Die beiden Leichen waren am Morgen des 20. Novembers 1995 im Jachthafen entdeckt worden. »Sagen wir, der 18. und der 19. November 1995.« Ihr fiel noch etwas ein. »Sollte die Buchhalterin Unterlagen haben, wäre ich generell an den Daten aller Tage interessiert, an denen die *Egregious* 1995 hier ankerte.«

Welsh verzog das Gesicht. »Ich kann mir beim besten Willen nicht vorstellen, warum wir so weit zurückreichende Unterlagen aufbewahren sollten. Die Steuerbehörde verlangt lediglich fünf Jahre. Aber ich kann es herausfinden. Falls es Unterlagen gibt, könnte es allerdings eine Weile dauern, sie alle durchzusehen.«

»Ich nehme, was ich kriegen kann. Eine Frage habe ich noch. Liegt hier zurzeit vielleicht ein Boot, das damals auch schon hier lag?«

Welsh schüttelte den Kopf. »Da müsste ich mich umhören, Detective, herausfinden, ob jemand mehr weiß als ich. Darf ich fragen, worum es eigentlich geht?«

»Am 20. November 1995 wurden hier im Jachthafen zwei im Wasser treibende Leichen entdeckt. Zwei Männer, beide ertrunken. Ich versuche herauszufinden, wieso ihr Leben im Lake Union endete. Fällt Ihnen dazu irgendetwas ein?«

Wieder dachte Welsh nach, bevor er antwortete. »Sie könnten über Bord gefallen sein. Das käme mir am wahrscheinlichsten vor. Aber wenn sie schwimmen konnten – der See ist ja nicht sehr groß … Trotzdem ertrinken hier Menschen. Sie sagten, es war im November?«

»Ja.«

»Im Herbst kann die Wassertemperatur auf etwa zwei Grad runtergehen. Wenn das Wasser so kalt ist, dauert es nicht lange, bis jemand ertrunken ist. Besonders jemand, der nicht schwimmen kann. Und selbst wer schwimmen kann, muss gegen den Wind und den Wellengang ankämpfen. Innerhalb von fünfzehn Minuten ist man unterkühlt. Oder wenn die Männer in irgendeiner Weise behindert waren … Ich sehe mir auf jeden Fall die Wetteraufzeichnungen für die betreffenden Tage an.«

Tracy zog eine Visitenkarte aus der Tasche und reichte sie Welsh über den Tisch hinweg zu. »Am stärksten bin ich daran interessiert, *D.S.* zu finden. Wenn es in der Buchhaltung auch noch Unterlagen über die *Egregious* und etwaige Liegezeiten hier im Jahr 1995 gibt, wäre auch das sehr hilfreich.«

Welsh legte die Karte vor sich auf den Tisch. »Ich rufe die Buchhalterin gleich an.«

Tracy verließ den Jachthafen und fuhr zur Ballard-Schleuse, die in der Nähe war. Sie traf auf den Schleusenwärter Kevin Lohman, der ihr erklärte, die Schleusen seien mit sechshundertfünfundvierzigtausend jährlich passierenden Schiffen die geschäftigsten der Vereinigten Staaten. An manchen Tagen kämen hier zweihundertfünfzig Wasserfahrzeuge durch. Da hatte niemand Zeit, jede einzelne Passage zu dokumentieren.

Wieder eine Sackgasse.

* * *

Nachdem sie die Schleuse verlassen hatte, rief Tracy Mike Greenhold an, der noch am Leben war und auf Mercer Island wohnte.

Sie hatte beschlossen, nicht einfach überraschend bei Greenhold zu Hause aufzutauchen, immerhin ging es hier um eine vierundzwanzig Jahre zurückliegende Sache, da war ihr Anruf an sich überraschend genug. Und überrascht klang

Greenhold durchaus, als Tracy sich bei ihm meldete. Sie hatte ihm offen heraus erklärt, noch einmal im Fall Lisa Childress zu ermitteln.

Wie alle anderen wollte Greenhold nach dem ersten verdutzten Schweigen wissen, ob sich irgendetwas Neues ergeben hätte.

»Nein, nichts Konkretes.« Immer, wenn Tracy diese Antwort gab, fragte sie sich unwillkürlich, was ihr Gesprächspartner verbergen wollte.

»Ich habe schon damals Fragen beantwortet, Detective. Meine Antworten dürften doch bestimmt irgendwo in den Akten zu finden sein.«

»Sind sie auch«, bestätigte Tracy, wobei die Zusammenfassung von Moss denkbar knapp und nicht besonders hilfreich zu nennen war. »Könnten wir uns kurz unterhalten?«

»Ich bin in Rente«, erwiderte Greenhold. »Ich habe wirklich genug über diese Sache geredet. Genauer gesagt viel zu oft. Mehr gibt es beim besten Willen nicht zu sagen. Außerdem sind an diesem Wochenende meine Enkel bei mir und die Zeit mit ihnen ist meiner Frau und mir kostbar.«

Greenhold überzeugen zu wollen, erwies sich als vergeblich, und da Tracy kaum die Möglichkeit hatte, ihn zu einem Gespräch zu zwingen, und sie ihn auch nicht ins Präsidium vorladen konnte, war diese Schiene, zumindest im Moment, ebenfalls zur Sackgasse geworden.

Tracy hatte das Gespräch mit Greenhold gerade beendet, als ein neuer Anruf hereinkam. Das Display nannte ihr keinen Namen dazu und sie erkannte die Nummer auch nicht.

»Detective Crosswhite?«

»Am Apparat.«

»Hier spricht Pete Welsh vom Jachthafen Diamond.« Tracy hatte nicht damit gerechnet, schon so schnell von dem Mann zu hören. »Wir suchen immer noch nach diesen Unterlagen, aber ich glaube, ich habe herausgefunden, wer D.S. war, und kann auch ein bisschen mehr zu diesem Boot sagen, der *Egregious.*«

»Lassen Sie mich rasch an den Straßenrand fahren, damit ich mitschreiben kann.«

»Ich wollte eigentlich fragen, ob Sie morgen hier in der Gegend sein können. Hier ist jemand, mit dem Sie meiner Meinung nach gern reden würden.«

Samstag, Familientag!, dachte Tracy, während ihr Puls vor Aufregung schneller ging.

»Wann soll ich da sein?«, fragte sie.

Kapitel 14

Am Samstagmorgen traf sich Tracy mit Pete Welsh in der Eingangshalle des Hauses, in dem sich sein Büro befand. Sie bereute bereits, sich auf das Treffen eingelassen zu haben, denn das Wochenende war von einem wunderbaren Sonnenaufgang eingeläutet worden und sie wäre liebend gern bei Dan und Daniella zu Haus geblieben. Dan hatte versucht, sie aufzuheitern, indem er verkündete, er werde mit Daniella einen Spaziergang im Marymoor Park unternehmen, nur hatte das bei ihr zu einem noch schlimmeren Anfall von »FV«, Furcht vor dem Verpassen, wie er das gern nannte, geführt.

»Wir sehen uns dann heute Nachmittag zu Hause wieder«, hatte Dan beim Abschied versprochen.

Was schön war, klar, nur schlief Daniella am Nachmittag. Tracy würde ihre Kleine wieder einmal nur in ihrem Bettchen bewundern können.

Welsh begrüßte sie und bedankte sich dafür, dass sie sich so rasch Zeit für einen weiteren Besuch genommen hatte. Warum er diesen Besuch sinnvoll fand, hatte er ihr bereits am Nachmittag zuvor am Telefon erklärt. Es ging um einen der Bootseigner im Jachthafen, einen Dennis Hopper junior, der seit 1990 immer mal wieder hier gewohnt hatte. »Er sagt, er kannte Ihren D.S.

gut. Die Buchstaben stehen für David Slocum und Slocum war damals hier im Jachthafen der Hafenmeister.«

»Ich bin sehr gespannt auf das, was Mr Hopper zu sagen hat«, meinte Tracy.

Laut Welsh war Hopper so etwas wie ein Unikum und eine Dauereinrichtung im Jachthafen. Er hatte sein Hausboot auch immer mal wieder vermietet, wenn er aufgebrochen war, um als Bohrarbeiter auf einer der Bohrinseln im Golf von Mexiko zu arbeiten oder sich als Greenhorn auf einem der Fischerboote oben in Alaska zu verdingen oder als Koch auf einem kleinen, zwischen Florida und den Cayman-Inseln verkehrenden Kreuzfahrtschiff … was immer sich gerade an interessanten Jobs finden ließ. Welsh hatte er erzählt, er wäre sogar einmal angestellt gewesen, um Heißluftballons zu fahren.

Sie gingen hinaus zu den Anlegern im Hafen, an denen mehr als zweihundertfünfzig Hausboote festgemacht hatten. »Soweit ich verstanden habe, war Hopper hier auch einmal kurz Hafenmeister, aber leider konnte man sich auf Dauer nicht auf ihn verlassen. Er neigte dazu, alles hinzuschmeißen und abzuhauen, ohne halbwegs rechtzeitig Bescheid zu geben, und konnte nie sagen, wann er zurück sein würde.«

Hier unten genoss man denselben umwerfenden Blick wie vorher aus dem Fenster des Managerbüros, noch dazu bei strahlendem Sonnenschein. Überall waren Bootseigner unterwegs und schoben kleine blaue Schubkarren mit Bootszubehör, Kühltaschen und Spielzeug die Stege hinunter zu ihren Liegeplätzen. Manche von ihnen riefen Welsh einen Gruß zu. Welsh hielt vor einem der Zugangstore zu den diversen langen Stegen und gab einen Code ein. An diesen Toren ragten seitlich und oben Eisenspitzen heraus, um zu verhindern, dass jemand darüberkletterte oder sich seitwärts daran vorbeischob.

Einige der hier liegenden Hausboote waren aufwendig gestaltet und machten einen wunderbar gepflegten Eindruck.

Hoppers Boot fiel eher in die Kategorie bunt zusammengewürfelt. Neben der gelben, zum See zeigenden Eingangstür befand sich ein Rolltor wie bei einer Garage und es gab eine Art Aufsatz, einen zweiten Stock, der über den ersten hinausragte und aussah wie nachträglich hinzugefügt. Als Welsh klingelte, meldete sich prompt von oben her eine Stimme.

»Bist du das, Pete?«

Welsh sah Tracy an und lächelte. Beide traten einen Schritt zurück und sahen hoch zu einem spindeldürren Mann mit silbernem Pferdeschwanz, der sich über das Geländer des zweiten Stockwerks beugte. Er trug kein Hemd und seine Haut zeigte die Farbe eines ausgebleichten, gut geölten Baseballhandschuhs. »Wie geht's dir, Dennis?«, rief Welsh zu ihm hoch.

»Prima. Tanke hier gerade ein bisschen Vitamin D. Habe heute Morgen die Pflanzen rausgeholt, und was für die gut ist, dürfte mir wohl auch nicht schaden.«

»Das sind die legalen Pflanzen?«, hakte Welsh nach.

»Natürlich!« Hopper sah Tracy an. »Sie müssen die Detective sein.«

»Richtig«, sagte Tracy.

»Pete hat nicht gesagt, wie gut Sie aussehen!« Hopper kicherte vergnügt. »Er ist übrigens verheiratet. Ich fliege solo.«

Tracy lächelte. »Ich schon lange nicht mehr, ich bin auch verheiratet.«

»Glücklich?«, erkundigte sich Hopper immer noch lächelnd.

»Sehr. Mit einer kleinen Tochter, zwei Hunden und einem Kater.«

»Die klassische amerikanische Idylle also, ein reines Norman-Rockwell-Gemälde. Aber fragen darf man doch, oder nehmen Sie das übel?«

»Bestimmt nicht.«

»Dann kommen Sie rein. Die Tür ist offen.«

»Ich lasse Sie dann mal allein«, verabschiedete sich Welsh. »Ach ja: Die Buchhalterin hat ein wenig gegrummelt, sucht aber nach den Unterlagen. Könnte allerdings sein, dass Sie sie gar nicht brauchen. Dennis ist ein wandelndes Archiv, was Ereignisse hier im Jachthafen angeht. Und wenn Sie vor Ende der nächsten Woche nach Hause wollen, dann fragen Sie ihn bloß nicht nach einem seiner zahlreichen Jobs.«

»Verstanden.« Tracy drückte die Tür auf. Innen war das Hausboot überraschend gut ausgestattet, die Einrichtung ebenso zusammengewürfelt wie das Äußere des Bootes, aber irgendwie passte alles gut zusammen. Von der Decke baumelte ein Kronleuchter aus Radkappen, darunter ein Esstisch, dessen geschnitzte Beine afrikanische Tiere darstellten. Der süßliche Duft von Marihuana hing im Raum. Tracy sah sich um, entdeckte die nach oben führende Wendeltreppe und kletterte ein Deck höher und hinaus in die Sonne, wo ein Ensemble aus weiß und blau gestreiften Strandsofas aussah, als hätte es schon bessere Zeiten gesehen. Hopper führte sie kurz herum und stellte ihr seine Pflanzen vor, die überall an Deck in großen Töpfen wucherten: Rosen, Bambus, ein Zitronen- und ein Orangenbaum, eine Avocadopflanze und verschiedene Stauden.

»Beeindruckend.« Auch Tracy hatte einmal versucht, einen Zitronenbaum zu züchten, aber leider vergeblich. Von einer Avocadopflanze solle sie lieber gleich die Finger lassen, war ihr geraten worden. »Sie haben einen grünen Daumen.«

»Das richtige Grün steht unten unter Growlampen, aber ich hielt es für besser, diesen Aspekt meines Lebens nicht gleich einer Polizeibeamtin unter die Nase zu reiben.«

Tracy lachte. »Ich weiß von nichts.«

»Es geht ums nackte Überleben. Das Zeug, das sie in diesen Läden verkaufen, ist einfach Scheiße und total überteuert. Außerdem habe ich noch nie gern für etwas bezahlt, das man auch selbst anbauen kann.«

»Klingt vernünftig«, sagte Tracy.

»Rauchen Sie?«

»Nein. Ich sehe, Sie haben einen Zitronenbaum und einen Orangenbaum am Leben erhalten, darum beneide ich Sie. Ich habe es auch versucht und bin gescheitert.«

»Ist auch hart hier am Puget Sound bei all dem schlechten Wetter. Die Growlampen helfen. Was tat die Frau, auf deren Katze ein Zitronenbaum fiel?«

»Ich weiß es nicht. Was tat sie denn?«

»Nichts. Lebte von da an mit einer ziemlich sauren Katze.« Hopper strahlte Tracy an. »Kann ich Ihnen etwas zu trinken anbieten?«, fuhr er fort. »Ich habe ein paar kalte Flaschen Bier im Kühlschrank.«

»Nein danke, ich brauche nichts.« Tracy sah hinaus auf die rechts und links liegenden Boote und auf weitere draußen auf dem See. »Schön haben Sie es hier oben.«

»Mein Nirwana.« Hopper breitete beide Arme aus. »Ich liebe es.«

»Pete Welsh sagt, Sie wohnen schon sehr lange hier im Jachthafen?«

»Seit 1990. Zog auf das Boot, als meine Frau mich rausgeschmissen hat. Stellte sich heraus, dass das mein Glückstag war. Habe erst einmal ein halbes Jahr gemietet und konnte mir das Boot dann mit dem Geld aus meiner Scheidungsvereinbarung kaufen. Seitdem bin ich hier, wenn ich nicht gerade woanders arbeite. Ich habe oft daran gedacht, von hier wegzuziehen, aber dann hat mich das Wasser immer wieder nach Hause gerufen.«

»Sie scheinen das Boot selbst ausgebaut zu haben?«

»Ich habe das Deck hier dazugebaut. Für meine Pflanzen und um Platz für meinen Neffen zu schaffen, der ein paar Jahre bei mir gelebt hat. Zu Hause hatte er es nicht gerade schön.«

»Wie geht es ihm jetzt?«

»Er arbeitet in L.A. in einem von diesen Filmstudios, baut eine Menge der Kulissen, die Sie in Filmen sehen. Hat auch welche für einen Film mit Dennis Hopper gebaut. Das hat bestimmt die Vorsehung so eingerichtet, denn immerhin haben mich meine Eltern Dennis genannt, nachdem sie *Easy Rider* gesehen hatten. Vielleicht liegt es ja an dem Film, dass ich nie lange am selben Ort bleibe.«

»Im Jahr 1995 waren Sie hier, habe ich mir sagen lassen? Und Sie kannten den Hafenmeister?«

»Sie müssten schon genauer werden, um welchen Monat es geht, aber im Prinzip war ich hier und ich kannte David. Er hat ein paar Boote weiter gewohnt und uns verbanden gemeinsame Interessen. Wir haben uns Ableger geteilt und versucht, das beste Gras des pazifischen Nordwestens zu züchten.«

»Und? Ist es Ihnen gelungen?«

»Wir haben ziemlich oft gedacht, wir hätten es geschafft, aber dann waren wir meistens high … Was wussten wir denn schon?«

Wieder musste Tracy grinsen. »Und Sie erinnern sich an ein Boot mit dem Namen *Egregious?«*

»Ein Ringwadennetz-Fischer aus Vancouver, British Columbia. Erinnere mich gut daran.«

»Ich kenne mich mit Schiffen nicht aus«, bekannte Tracy. »Was für ein Boot war das?«

»Zwanzig, zweiundzwanzig Meter lang, himmelblau, mit weißen Masten. Ein kommerzielles Fischerboot. Aber das war Tarnung. Die *Egregious* hat Drogen transportiert. Das kann ich Ihnen sagen.«

Tracy horchte auf. »Ja? Woher wussten Sie, dass sie Drogen beförderte?«

Hopper lachte, als fände er die Frage naiv. »Nun, zum einen habe ich mehr als einmal versucht, dort anzuheuern. Ich habe in Alaska auf Fischfangschiffen gearbeitet und dachte mir, auf der *Egregious* wäre ich ein ganzes Stück näher an zu Hause, aber der Kapitän hat mich jedes Mal einfach weggeschickt. Sagte, er brauche keine Hilfe, und dabei habe ich nie eine Crew entdecken können, wenn er in den Jachthafen kam. Fisch habe ich auch keinen gesehen. Und dann ist die *Egregious* nur einmal im Monat hierhergekommen und immer nur eine Nacht geblieben. Ist nach Dunkelwerden eingetroffen, immer. Also wenn die Leute aus der Verwaltung schon nach Hause gegangen waren.«

»Dann hätte er eine Mannschaft haben können, die Sie einfach nur nie zu Gesicht bekommen haben?«

»Möglich wäre es. Der Kapitän hieß … Moment, ich hab da gerade einen kleinen altersbedingten Aussetzer. Jack irgendwas. Hatte was mit Feuer zu tun … Es fällt mir bestimmt wieder ein. Wie dem auch sei, er legte nach Dunkelwerden an, suchte nach David und bezahlte die Liegegebühren, immer in bar.«

Bar bedeutete schwarz. »Hat David über die Barzahlungen Buch geführt?«

Wieder ein Lächeln. »Vielleicht ab und an mal, damit nach außen hin alles korrekt aussah.« Hopper schnippte mit den Fingern. »Flint! Der Kapitän hieß Flint – wie Feuerstein. Hab doch gesagt, es fällt mir wieder ein. Noch bin ich nicht ganz hirntot. Ich habe ein gutes Namensgedächtnis, ich erinnere mich noch an sämtliche Namen aus meiner Grundschulklasse. Das geht bei mir über Eselsbrücken – wie bei Flint und Feuer.«

»Sie sagten, es gäbe vielleicht auch noch ein paar Unterlagen, die ich finden könnte? Nur, um nach außen hin ehrlich zu wirken?«

»Sie doch nicht, Sie sind bestimmt grundehrlich. David, der hat nicht jeden Besuch aufgeschrieben. Sie verstehen, wie ich das meine?«

»Erklären Sie es mir.«

»Flint hat cash bezahlt, kam, wenn die Leute aus der Verwaltung schon nach Hause gegangen waren, und war verschwunden, bevor sie am nächsten Morgen zur Arbeit erschienen. Für David eine coole Art, ein bisschen was dazuzuverdienen, und es hat nie jemand etwas mitbekommen.«

»Das wissen Sie mit Bestimmtheit?«

»Wenn man lange genug am Hafen herumhängt, fängt man an, Sachen mitzubekommen.«

»Dieser Jack Flint hat sich das Schweigen von David Slocum erkauft?«

»Nicht in dem Sinne, als wäre David Teil des Drogengeschäfts gewesen, das Flint laufen hatte! So nicht, nichts in der Art. David hat sich bloß ein bisschen was dazuverdient. Das können wir doch alle gebrauchen.«

»Aber Ihrer Ansicht nach wurden auf diesem Boot Drogen befördert?«

»Erst dachte ich mir das nur.« Hopper grinste. »Aber dann wusste ich es. David hat mir erzählt, die Polizei hätte das Boot durchsucht und Captain Jack hopsgenommen.«

Bingo! Da war es. »Waren Sie hier, als das geschah?«

»Nein.« Hopper schüttelte den Kopf und streckte die Beine aus. »Ich war im Golf von Mexiko auf einer Ölbohrinsel. Hab die ganze Aufregung verpasst. David hat es mir erzählt, als ich zurückkam.«

»Was hat er gesagt?«

»Dass sie die *Egregious* durchsucht hätten. Sie hätten den Pier gestürmt, schwer bewaffnet, alle maskiert.«

»Maskiert?«

»Das hat David behauptet.«

»Haben sie angegeben, wer sie sind?«

»Wenn ja, dann hat David es nicht gehört. Er wusste es jedenfalls nicht.« *The Last Line.* Tracy hatte Lisa Childress' handschriftliche Notiz deutlich vor Augen. »David dachte natürlich sofort an die Drogenfahndung oder das FBI«, fuhr Hopper fort. »Er hatte ja seine eigene kleine Plantage. Dachte, sie wären seinetwegen da. Hat ihn zu Tode erschreckt. Als klar war, es hat nichts mit ihm zu tun, hatte er nicht gerade das Bedürfnis, seine große Nase in Dinge zu stecken, wo sie nicht hingehörte. Und ich auch nicht!«

»Was hat David gesagt? Haben die Leute, die die Razzia durchführten, mit ihm gesprochen?«

»Sie sind blitzschnell aufgetaucht, hat er erzählt, und waren, wie gesagt, schwer bewaffnet. Haben Captain Jack Handschellen angelegt und das Boot mit ihm drauf weggeschleppt. David, da er nun mal Hafenmeister war, wurde notgedrungen mit reingezogen. Mir hat er anvertraut, er hätte dann entsprechende Einträge im Logbuch gefälscht und notiert, die *Egregious* hätte bar bezahlt, damit er seinen Job nicht verliert. Aber alle Zahlungen konnte er schlecht zurückdatieren, dann hätten ja die monatlichen Einnahmen nicht mehr gestimmt und der Verwalter hätte mitbekommen, dass sich David aus der Portokasse bedient.«

»War David irgendwie in der Lage zu beziffern, welche Drogenmenge Captain Jack an Bord hatte?«

»Den Geldwert?«

»Ja.«

»Keine Ahnung, aber ich kann Ihnen sagen, falls Captain Jack Kokain an Bord hatte, dann ging das in die Millionen. Marihuana nimmt mehr Platz in Anspruch, aber Platz hatte er im Bauch der *Egregious* ja mehr als genug.«

»Sagen Sie mir einfach, auf welchen Wert Sie so eine Ladung schätzen«, bat Tracy.

»Wenn ich schätzen soll …« Hopper richtete den Blick gen Himmel und schien im Kopf mit Zahlen und Berechnungen zu jonglieren. »Die Ladung dürfte ziemlich groß gewesen sein, sonst hätte sich der Transport von Vancouver nicht gelohnt. Für ein paar Tausender oder auch eine Million macht man einen solchen Trip nicht. Ich würde sagen, wir reden hier von einer Größenordnung von zehn bis zwanzig Millionen, vielleicht auch mehr.«

Das hörte sich wirklich nach einer ganzen Menge an. Konnte es sein, dass Hopper übertrieb, um Eindruck zu schinden?

»Wie viele Leute braucht man auf einem Boot von dieser Größe?«

»Nicht allzu viele. Ich würde sagen, außer Captain Jack waren es nur noch die beiden mexikanischen Crewmitglieder.«

Tracy horchte auf. »An Bord waren zwei Mexikaner?«

»Genau weiß ich das nicht, weil ich ja zu der Zeit nicht hier war, aber David erzählte, zwei Tage nach der Razzia wären im Jachthafen zwei Leichen an Land getrieben, und wenn die nicht von der *Egregious* stammten, woher denn dann? Vom Himmel wären sie bestimmt nicht gefallen, hat er gesagt.«

»Vielleicht gingen sie bei einem anderen Schiff über Bord?«

»Und vielleicht können Schweine fliegen, aber das bezweifle ich.«

»Hat David das gemeldet?«

»Musste er ja.«

Das war der Fall, an dem Moss Gunderson und Del gearbeitet hatten. »Ist die Polizei aufgetaucht?«

»David sagte Ja. Zweimal sogar. Er sagte, einer der Bullen hätte ihm eine Menge Fragen zur *Egregious* gestellt, wie oft sie käme und welche Art von Aufzeichnungen David führte. Er war sich sicher, aufzufliegen, rechnete fest damit, dass die Polizei seine Unterlagen anfordern würde.«

»Sie sagten, die Polizei sei zweimal gekommen?«

»Nach Davids Schilderung ja.«

»Erinnern Sie sich noch an die Namen der Beamten?«

Hopper lachte leise. »Ich habe ein gutes Gedächtnis für Einzelheiten, Detective Tracy. Aber so gut nun auch wieder nicht. Das ist jetzt fast fünfundzwanzig Jahre her. Ich weiß nur noch, dass David sagte, die Polizei sei gekommen und hätte sich mit ihm unterhalten.«

»Sagt Ihnen der Name Moss Gunderson etwas?«

»Nein.«

»Was ist mit Del Castigliano?«

»Nichts.«

»Wissen Sie ob David Slocum die Polizei über die Razzia auf der *Egregious* informiert hat? Zwei Tage bevor die Ertrunkenen an Land gespült wurden?«

»Ja, so hat er es mir zumindest erzählt. Aber für ihn war die ganze Sache ein bisschen heikel, müssen Sie wissen.«

»Weil er sich unter der Hand bezahlen ließ?«

»Ja. Und wegen der Marihuanapflanzen auf seinem Hausboot!« Hoppers Stimme ging hoch und wurde zu einem Kichern. »David wäre gefeuert worden, wenn der Verwalter das herausgefunden hätte. Er hat es wohl ganz beiläufig erwähnt. So in etwa: Was wurde eigentlich aus der Razzia auf der *Egregious* neulich?«

»Und wie haben die Beamten reagiert, als David sie nach der Razzia fragte? Hat er Ihnen das auch mitgeteilt?«

»Genau erinnere ich mich da nicht mehr. Ich glaube, er sagte, sie hätten gemeint, das wäre eine Sache der Drogenfahndung und sie wüssten nichts davon. Danach hat David lieber nichts mehr gesagt und die Sache auf sich beruhen lassen.«

»Und die Polizei war zweimal bei ihm, hat David erzählt?«

Hopper schnippte mit den Fingern. »Oh ja. Hier wird es nämlich seltsam. David meinte, einer der beiden Detectives wäre ein zweites Mal gekommen und hätte überrascht reagiert, als die Razzia auf der *Egregious* zur Sprache kam.«

»In welcher Hinsicht überrascht?«

»Er schien nichts davon gewusst zu haben. Mehr weiß ich wirklich nicht, weil ich damals, wie gesagt, nicht hier war.«

»Haben Sie die *Egregious* nach dieser Razzia je wiedergesehen?«

»Nein, nie. Habe mir gedacht, dass sie bestimmt beschlagnahmt worden ist und Captain Jack im Knast sitzt.«

»Und Sie sind sich ganz sicher, dass die beiden Leichen zwei Tage nach der Razzia gefunden wurden?«

»Das hat David so gesagt. Zwei Tage oder einer – die Razzia fand nach Mitternacht statt, es war also genau genommen der nächste Morgen, aber ich glaube, er hat es mir so geschildert, wie es vorgefallen ist.«

»Wieso sind Sie da so sicher?«

»Weil hier nur selten mal was Aufregendes passiert, Detective. Da erinnert man sich an die Nächte, in denen mehr zu hören war als zirpende Grillen. Und dann gleich zwei solcher Zwischenfälle hintereinander … für die Gegend ist das wie eine Nachricht, die die Nation erschüttert.«

»Wie könnte ich die *Egregious* finden? Glauben Sie, es gibt sie noch?«

»1995 war sie noch nicht so alt, vielleicht fünf Jahre, und diese Boote halten eigentlich eine Ewigkeit.«

»Wie könnte ich sie ausfindig machen?«

»Wenn ich Sie wäre, dann würde ich erst mal bei meinem eigenen Abschleppdienst anrufen, der US-Zollbehörde. Die müssten wissen, ob der Anspruch auf das Schiff verfiel und es verkauft wurde. Wahrscheinlich war das so. Dann arbeitet man sich durch die verschiedenen Kaufurkunden.«

»Sie sagten doch aber, das Boot sei aus Vancouver gewesen.«

»Ja, das stimmt. Sie könnten das nachschlagen, herausfinden, welche Behörde in Kanada Schiffe registriert, und so wahrscheinlich den Heimathafen finden.«

»Was ist ein Heimathafen?«

»Das ist dort, wo ein Boot seinen Liegeplatz hat. In welchem Hafen.«

»Wann haben Sie das letzte Mal mit David Slocum gesprochen?«

»Zum letzten Mal? Ungefähr eine Woche vor seinem Tod.«

»Er ist tot?« Tracy spürte, wie ihr rasch der Wind aus den Segeln wich.

»Ich dachte, deswegen stellen Sie mir all diese Fragen. Ja, David hat sich erschossen.«

Jetzt gingen bei Tracy Warnleuchten an. »Wo?«

»In seinem Auto.«

»Hier im Jachthafen?«

»Nein. Irgendwo in Seattle.«

»Wissen Sie, warum?«

»Keinen blassen Schimmer.«

»Hat er auf Sie irgendwie den Eindruck gemacht, als leide er unter Depressionen oder sei selbstmordgefährdet?«

»Nichts, was ich so genau benennen könnte. Aber wie ich schon sagte, ich war ja damals oft gar nicht hier.«

»Wie lange nach der Razzia und dem Fund der beiden Leichen ist das passiert?«

»Nicht lange. Drei oder vier Monate, würde ich sagen, aber nageln Sie mich nicht darauf fest, Detective Tracy. Ich bin ein alter Mann, der eine Menge Gras raucht, mein Kopf ist wirklich nicht mehr das, was er mal war.«

»Kam Ihnen David vor wie jemand, der sich umbringt?«

»Und wie müsste ich mir so jemanden vorstellen?«, fragte Hopper. »Das wissen wir doch gar nicht, oder? Meiner Meinung nach jedenfalls nicht.«

»Ihr Gedächtnis ist hervorragend. Ich bin Ihnen für all die Informationen sehr dankbar.«

Hopper breitete die Arme aus. »Jederzeit gern wieder. Und wenn Sie mal nach etwas Aufregenderem suchen – bei mir sind Sie immer willkommen.«

Tracy lächelte. »Meine Hunde wiegen jeder siebzig Kilo, Dennis. Da geht doch Ihr Boot unter.«

Kapitel 15

Nach dem Gespräch mit Dennis Hopper hielt Tracy Wort und fuhr nach Hause, um das restliche Wochenende mit Dan und Daniella zu verbringen. Allerdings war sie teilweise nur körperlich anwesend, denn inzwischen wirbelten in ihrem Kopf tausend neue Fragen herum, angeführt von der, was aus der *Egregious* geworden sein mochte. Und aus David Slocum. Und was wusste Del davon? Gut, sie würde sich gleich Montagmorgen an die Arbeit machen und sehen, was sich herausfinden ließ, aber dieses Wissen half ihr nicht, den Springbrunnen in ihrem Kopf abzustellen und ihre Fragen vorläufig in den Hintergrund zu schieben. Dan entging nicht, wie abgelenkt seine Frau wirkte, und er erkundigte sich, ob sie darüber reden wolle. Nein, antwortete Tracy. Es ging um ihre Arbeit und sie wollte keine wertvolle Familienzeit daran verschwenden. Warum auch? Es gab schließlich keine Eile. Lisa Childress war seit über vierundzwanzig Jahren verschwunden. Wenn dieser Fall jetzt erst einmal sechsunddreißig Stunden warten musste, wäre damit nichts gefährdet.

Am Montagmorgen, der grau und düster und mit Aussicht auf Regen begonnen hatte, konnte Tracy es kaum erwarten, zur Arbeit zu kommen. Unmittelbar nachdem sie im Präsidium angekommen war, holte sie sich auch schon die Fallakte über die beiden am 20. November 1995 ertrunkenen Mexikaner aus dem Lager. Sie las sich die Akte gründlich durch, aber von einer Razzia im Jachthafen Diamond Marina am 18. oder 19. November war an keiner Stelle die Rede. Dabei hätten sich Moss und Del logischerweise erkundigt haben müssen, ob diese Razzia etwas mit ihren beiden Ertrunkenen zu tun gehabt haben könnte.

Sie rief bei der für den Hafen von Seattle zuständigen Zoll- und Grenzschutzbehörde an, im Drogendezernat und beim FBI, nannte die Informationen, die sie erhalten hatte, und bat um etwaig vorhandene Dokumente. Sie rief Bennett Lee an, der im Präsidium für die Öffentlichkeitsarbeit zuständig war und zu dem sie eine gute Arbeitsbeziehung unterhielt, und erkundigte sich, ob es in seinen Unterlagen irgendwelche Hinweise auf diese Razzia gab. Ein Drogenfund dieses Ausmaßes – falls Hopper mit seinen Einschätzungen richtiglag –, entdeckt von der genau zu diesem Zweck aufgebauten Sondereinheit, das wäre damals in den Medien eine große, eine wichtige Nachricht gewesen. Nicht nur damals, auch heute würde ein solcher Fund erhebliche mediale Wellen schlagen. Lee meldete sich eine halbe Stunde nach Tracys Anruf bei ihm. Er hatte nichts gefunden.

Zoll und Grenzschutz riefen später am Tag ebenfalls zurück. Auch bei ihnen hatten sich keine Unterlagen über eine Razzia an den von Tracy genannten Tagen gefunden, genauso wenig wie über das Boot. Vom Drogendezernat und dem FBI kamen dieselben Antworten.

Tracy kontaktierte das Archiv der Asservatenkammer der Polizei von Seattle. Damals hatten sie hier noch nicht mit Computern gearbeitet, um aufzuzeichnen, was mit beschlagnahmten und wieder freigegebenen Beweismitteln geschehen war, wodurch Material einfacher hatte verloren gehen können. Zwar beschwerte sich der Detective in der Asservatenkammer über die zusätzliche Arbeit und behauptete, mehr zu tun zu haben als ein einarmiger Tapezierer, aber auch er kam Tracys Bitte nach und meldete sich bald wieder bei ihr. In der Nacht des achtzehnten oder neunzehnten Novembers waren weder Drogen noch Drogengelder von der Asservatenkammer aufgenommen worden, auch nicht am Morgen des zwanzigsten Novembers.

Tracy ließ den Namen *Egregious* und Hoppers Beschreibung des Bootes durch die Datenbank der Zulassungsstelle des Staates Washington und auch durch die der Behörde für Fischereiwesen und Wildtiere laufen. Sie fand diverse Boote mit demselben Namen, aber keins davon war ein mehr als zwanzig Meter langes Ringwadenfischereiboot.

Erst als sie bei der kanadischen Behörde für die Zulassung von Wasserfahrzeugen anrief und sie bat, nach Rechtstiteln eben dieses Ringwadenfischereiboots zu suchen, konnte sie einen Treffer verbuchen und erhielt sogar Fotos zugesandt. Die *Egregious,* ein kommerzieller Fischtrawler, war 1985 in Auftrag gegeben und laut Unterlagen der Behörde schließlich an einen Jack Flint verkauft worden, der es im September 1989 auf seinen Namen registrieren ließ. Aus den Unterlagen ging hervor, dass Flint das Boot besessen hatte, bis es am zehnten März des Jahres 2002 in amerikanischen Gewässern beschlagnahmt worden war, und zwar rund zehn Meilen westlich von Cape Alava, knapp unterhalb der Einfahrt in die Meerenge von Juan de Fuca. Auf dem Boot hatten sich fünfzehnhundert Kilo Kokain mit einem Straßenverkaufswert von mehr als dreißig Millionen Dollar befunden.

Hopper hatte nicht übertrieben.

Tracy rief den Ermittlungsdienst der Küstenwache an, fragte, ob diese Behörde 1995 oder 2002 auch schon bestanden hätte und, wenn ja, ob irgendwelche Unterlagen über ein Ringwadenfischereiboot vorhanden wären, insbesondere dessen Beschlagnahme betreffend. Die Küstenwache schickte per E-Mail Unterlagen, die mit den Informationen der kanadischen Zulassungsstelle für Wasserfahrzeuge übereinstimmten. Die *Egregious* war wirklich am 10. März des Jahres 2002 beschlagnahmt worden.

Also hatte Hopper mit seiner Vermutung recht gehabt, dass auf der *Egregious* Drogen transportiert worden waren. Konnte es sein, dass er sich in den Daten geirrt hatte? Hatte er sich an einen Vorfall erinnert, der sich im März 2002 zugetragen hatte und nicht im November 1995? Konnte er irgendwie in seinem Kopf eine Verbindung zwischen den beiden Ertrunkenen, Navarro und Ibarra, und der Beschlagnahmung der *Egregious* erfunden haben? Immerhin bezeichnete er sich selbst als alternden Hippie, der eine Menge Gras rauchte. Nein, entschied Tracy. Hoppers Erinnerung an David Slocums Erzählung vom Leichenfund im Jachthafen war korrekt gewesen, er hatte das richtige Datum genannt. Und Slocum hätte wohl weder Gelegenheit noch einen Grund gehabt, Moss oder Del nach der Razzia zu befragen, wären sie nicht in den Jachthafen gekommen, um den Tod der beiden Mexikaner zu untersuchen. Solche Ereignisse vergaß man nicht, da hatte Hopper völlig recht. Besonders dann nicht, wenn sie so dicht hintereinander stattfanden.

Was also war 1995 aus der *Egregious* und ihren Drogen geworden? Und warum hatte Del in seiner Akte nichts von der Razzia erwähnt?

Tracy ließ den Namen Jack Flint durch diverse Datenbanken laufen, fand aber keinerlei Unterlagen darüber, dass Flint je in den USA wegen irgendetwas angeklagt worden wäre. Weitere Nachfragen bei der Zollbehörde ergaben, dass die Beschlagnahmung von 2002 an die kanadischen Strafverfolgungsbehörden weitergegeben worden war, da Jack Flint kanadischer Staatsbürger war und die *Egregious* ein kanadisches Schiff. Bis zur Fertigstellung des Einziehungsverfahrens durch die US-Zollbehörden hatte die *Egregious* in Port Angeles im Trockendock gelegen.

Als Nächstes meldete sich Tracy bei Staff Sergeant Tyner Gillies, Leiter der Drogeneinheit der Royal Canadian Mounted Police in Surrey, British Columbia. Tracy kannte Gillies, sie hatte ihm einmal bei einem Fall hier in Washington assistiert, bei dem es um einen kanadischen Staatsbürger ging, und in diesem Zusammenhang eine Menge bürokratischer Hürden aus dem Weg geräumt, über die Gillies sonst hätte springen müssen. Nun hoffte sie, Gillies würde sich revanchieren. Sie bat ihn, den Namen Jack Flint durch die Datenbanken der kanadischen Strafverfolgungsbehörden laufen zu lassen und sich zu melden, wenn er fündig wurde.

Eine Stunde später rief Gillies zurück. Flint hatte sich schuldig bekannt, im März 2002 Kokain und Marihuana in die Vereinigten Staaten geschmuggelt zu haben, und war zu einer zwölfjährigen Haftstrafe verurteilt worden, hatte davon aber gerade einmal fünf Jahre abgesessen und für den Rest Bewährung erhalten. Nach der Entlassung aus dem Gefängnis im Jahr 2007 hatte er in Vancouver gelebt. Fünf Jahre, das kam Tracy sehr kurz vor angesichts der konfiszierten Drogen und der Länge der verhängten Strafe, aber vielleicht vergab man in Kanada schneller als in den USA. Gillies berichtete weiter, dass Flint vor nicht allzu langer Zeit erneut verhaftet worden war und zurzeit in British Columbia im Gefängnis saß, und zwar in der Mission Institution, eine Stunde von Surrey entfernt.

Tracy erklärte ihre Situation und erkundigte sich, ob Gillies ihr ein Gespräch mit Flint dort im Gefängnis ermöglichen könnte. Gillies versprach zu prüfen, was sich da machen ließ.

Sie hatte den Anruf beendet und wollte sich aus alter Gewohnheit zu Del umdrehen, um mit ihm zu sprechen, denn Del hatte im Arbeitsbereich der vier Detectives des A-Teams der Abteilung für Gewaltverbrechen jahrelang am Tisch hinter ihr gesessen. Sie wollte Del nach Navarro und Ibarra fragen und danach, ob David Slocum sich bei ihm nach einer Razzia erkundigt hätte. Sie wollte wissen, ob Del oder Moss Slocums Angaben zu dieser Razzia geprüft hatte, wobei es ja so aussah, als hätte das keiner der beiden getan. Aber dann musste sie wieder daran denken, wie ungenau sich Del neulich im Gespräch an diesen Fall erinnert hatte, obwohl es doch sein erster im Morddezernat gewesen war. Sie musste daran denken, wie sich ganz kurz sein Ausdruck verändert hatte, als sie den Namen Lisa Childress erwähnte. Noch hatte sie keine stichhaltigen Beweise dafür, dass damals wirklich eine Razzia stattgefunden hatte. Sie hatte nichts als Hörensagen, eine Geschichte, die David Slocum vor vielen Jahren angeblich einem inzwischen alternden, reichlich Gras rauchenden Vagabunden erzählt hatte, und so gern sie Dennis Hopper auch mochte, offiziell kam sie mit so etwas höchstwahrscheinlich nicht weit.

Sie wollte lieber etwas Konkreteres finden, bevor sie zu Del ging. In der Zwischenzeit wollte sie versuchen, die Vorstellung zu verdrängen, Del könnte in irgendwelche illegalen Aktivitäten verwickelt gewesen sein. Aber immer wieder schoss ihr durch den Kopf, dass ihr Kollege damals vor fünfundzwanzig Jahren neu in der Stadt, neu in der Polizeibehörde und neu im Morddezernat gewesen war. Könnte er über irgendetwas gestolpert und im Niemandsland gelandet sein? Hatte Del von der Razzia gewusst und es war ihm befohlen worden, den Mund zu halten? Hatte er später keinen anderen Weg aus dieser Lage gesehen, als weiter zu schweigen und das Beste zu hoffen, wohl wissend, dass er sich wahrscheinlich von seiner Karriere verabschieden konnte, wenn er etwas sagte? Dass man ihn möglicherweise sogar umbringen würde?

Sie gab den Namen David Slocum in die Suchmaschine ihres Computers ein und erzielte dreihundertneunundzwanzigtausend Treffer. Sie erweiterte die Anfrage um die Begriffe

»Seattle« und »Washington State«, baute noch ein paar weitere Filter ein und fand nach einigem Hin und Her einen Nachruf aus dem Jahr 1996 auf einen David Allen Slocum, zweiundvierzig Jahre alt. Der Nachruf enthielt Details darüber, wann und wo die Beerdigung stattfinden sollte und dass es anschließend eine Feier zur Würdigung von Slocums Leben geben würde. Dann folgte ein kurzer Lebenslauf, aus dem sich ergab, dass er unter anderem vier Jahre lang als ziviler Hafenmeister in einem Jachthafen in Seattle tätig gewesen war. Zur Todesursache wurden keine Angaben gemacht, Hinterbliebene waren seine Mutter, sein Vater, ein Bruder und eine Schwester.

Tracy schloss den Nachruf und scrollte sich weiter durch die Links, bis sie einen kurzen Bericht der *Seattle Times* fand. Man hatte den zweiundvierzig Jahre alten David Allen Slocum am 27. Februar 1996 mit einer einzelnen Schusswunde im Kopf tot in seinem hinter einem Gebäude im Industriegebiet abgestellten Auto gefunden.

Tracy spürte ihr Herz schneller schlagen. Sie sah sich das Datum noch einmal an.

Die Akte Childress brauchte sie nicht zu konsultieren. Sie wusste auch so, dass David Slocum an dem Tag gestorben war, an dem Lisa Childress verschwand. Das konnte einfach kein Zufall sein.

Dennis Hopper hatte gesagt, Slocum sei drei oder vier Monate nach den Leichenfunden im Jachthafen gestorben – ein weiterer Beweis dafür, dass mit Hoppers Gedächtnis alles in bester Ordnung war.

Tracy öffnete die Datenbank der Polizei von Seattle und suchte sich die Akte David Slocum heraus. Sie rief bei der für die Asservate zuständigen Einheit an und bat sie, die Asservatenliste und Fotos zu dieser Akte herauszusuchen, falls die noch nicht vernichtet worden waren. Dann ging sie ins Lager, um sich die Fallakte zu holen.

Eine Stunde später saß sie damit wieder an ihrem Schreibtisch. Die Kollegen hatten ihr auch schon die Asservatenliste und Fotos herausgesucht. Sie ging den Polizeibericht und die Checkliste der Untersuchung zur Todesursache durch. Der Vorarbeiter einer Plastik verarbeitenden Fabrik im Industriegebiet von Seattle hatte am 27. Februar 1996 bei der Polizei angerufen und einen schwarzen Ford gemeldet, der hinter seiner Fabrik parkte, und zwar in der Nähe der Ladebuchten. Der Wagen behinderte die Sattelschlepper der Firma, aber nicht deswegen hatte sich der Vorarbeiter gemeldet. Er wollte Bescheid sagen, dass der Mann hinter dem Steuer dieses Wagens zur Seite gesackt war, sodass sein Kopf sich unten, vor dem Beifahrersitz befand. Die Beifahrertür des Autos stand offen.

Die als Erste vor Ort eintreffenden Beamten stellten fest, dass der Fahrer tot war, und entdeckten auf dem Boden des Wagens vor dem Beifahrersitz eine Handfeuerwaffe. Sie riefen das Morddezernat an. Keith Ellis und Moss Gunderson hatten Rufbereitschaft und kamen umgehend, um den Tatort zu untersuchen.

Da waren sie wieder, die beiden Namen. Tracy spürte erneut ein Kribbeln im Bauch.

Im Moment ging die Ermittlung im Fall eines Gewaltverbrechens automatisch an das Team, das an der Reihe war. Hatte Moss damals um den Fall Slocum gebeten? Lange genug im Dienst wäre er gewesen, um eine solche Bitte äußern zu können.

Sie ging die Zeugenaussagen des Vorarbeiters durch und die des Lastwagenfahrers, der kurz nach fünf Uhr eingetroffen war, um seine Schicht anzutreten, und dabei den Wagen entdeckt hatte. Es folgte eine Reihe unschöner Fotos vom Auto und von David Slocum, der an einem Schuss in die linke Schläfe gestorben war. Der Bericht des Rechtsmediziners gab basierend auf Leichenstarre und Körpertemperatur an, der Tod sei ungefähr vier oder fünf Stunden vor dem Zeitpunkt der Untersuchung eingetreten, also irgendwann zwischen zwei und drei Uhr morgens. Abgesehen von der einzelnen Schusswunde an seiner linken Schläfe hatte der Rechtsmediziner keine weiteren Wunden feststellen können, auch keine blauen Flecken, Schnitte oder Kratzer, die auf einen Kampf hingedeutet hätten.

Tracy arbeitete sich weiter durch die Akte. Die Ballistiker stellten fest, die Waffe wäre vor Kurzem abgefeuert worden. Und nach dem Ausmaß an verbranntem Fleisch an der Schläfenwunde, dem in die Haut eingedrungenen Pulver und den Resten von menschlichem Gewebe in und auf dem Lauf zu urteilen, wäre die im Wagen gefundene Waffe diejenige, mit der Slocum erschossen wurde.

Man hatte aus der Beifahrertür eine Kugel entfernen können, die aber zu schwerwiegend beschädigt gewesen war. Die Ballistiker hatten nicht bestätigen können, dass sie aus der im Wagen gefundenen Pistole stammte, wobei man das allerdings als gegeben annehmen durfte, was wohl auch alle getan hatten. Auf dem Griff der Pistole hatten die Experten vom Erkennungsdienst Fingerabdrücke des Opfers gefunden.

Tracy las sich die Aufzählung der im Wagen einschließlich Handschuhfach gefundenen Gegenstände durch. Ein Abschiedsbrief war hier nicht aufgelistet. Den hatte man auch bei einer anschließenden Durchsuchung des von Slocum bewohnten Hausboots nicht gefunden, dafür aber einige Marihuanapflanzen. Erneut horchte Tracy kurz auf und dachte an den Anruf, den Childress am Tag vor ihrem Verschwinden erhalten hatte. Sie war von einem Münzfernsprecher an der Shell-Tankstelle aus angerufen worden, die sich nur einen Block vom Jachthafen Diamond Marina entfernt befand, David Slocums Zuhause.

Konnten sich Childress' Notizen zum Jachthafen auf diesen Anruf beziehen?

Sie wandte sich wieder der Akte zu. Man war Slocums Telefonunterlagen durchgegangen, hatte jede Nummer zuordnen können und festgestellt, dass sie nichts mit seinem Tod zu tun hatten. Befragungen von Menschen, die in der Hausboot-Community lebten oder im Jachthafen arbeiteten, darunter auch Dennis Hopper, förderten nichts zutage, was darauf hindeutete, dass Slocum unter Depressionen gelitten hatte oder anderweitig selbstmordgefährdet gewesen war. Es war niemandem bekannt, dass er eine Pistole besessen hatte.

Nach irgendwelchen Untersuchungen, wie Slocum in den Besitz der Neun-Millimeter-Pistole gekommen sein könnte, suchte Tracy vergeblich. Nirgendwo in der Akte fand sich die Seriennummer, die laut Vorschrift des Waffenkontrollgesetzes von 1968 in die Waffe eingestanzt sein musste, noch hatten Moss oder Ellis beantragt, dass das nationale Nachverfolgungszentrum der Behörde für Alkohol, Tabak, Feuerwaffen und Sprengstoff (ATF) die Ursprünge der Waffe feststellte. Es lagen keine Dokumente vor, die erklärten, wie David Slocum in deren Besitz gelangt war.

Tracy schloss die Akte und sah sich noch einmal die Zusammenstellung der Dinge an, die man außerhalb und innerhalb von Slocums Auto gefunden hatte: Zigarettenstummel, Aluminiumdosen, zerrissenes Papier und alles mögliche andere. Sie überflog die Liste rasch, dachte an den Todeszeitpunkt von Slocum, an den von der Shell-Tankstelle aus getätigten Anruf und fand, wenn das alles nicht im Zusammenhang mit dem Verschwinden von Lisa Childress stand, wäre das ein Riesenzufall, und an Zufälle glaubte sie nicht.

Dann tauchte auf der Liste ein Gegenstand auf, der Tracys Herz schneller schlagen ließ. Sie setzte sich aufrechter hin, nahm sich noch einmal die Tatortfotos vor, die zu den aufgelisteten Gegenständen gehörten und auf denen zu sehen war, wo sich jeder dieser Gegenstände in Bezug auf die Position des Wagens befunden hatte.

Rote Dose in Stoffummantelung, 230 g, 20 cm hoch, Bärenabwehrspray.

Die Dose war im Gebüsch zwischen dem gepflasterten Parkplatz und dem Duwamish gefunden worden. Ganz in der Nähe fand man dann auch den schwarzen Verschluss einer Spraydose, der zu der roten Dose Bärenspray passte. Die Dose schien im Vergleich zu anderen in der Gegend gefundenen und fotografierten Gegenständen relativ neu zu sein und es war festgestellt worden, dass sie, obwohl noch fast voll, einmal benutzt worden war. Das ließ sich anhand der auf dem Düsenkopf und der Sprühvorrichtung gefundenen Chemikalien feststellen.

Keith Ellis, der die Ermittlung leitete, hatte keine Verbindung zwischen dem Bärenspray und dem Selbstmord gesehen. Tracy fand nichts, woraus hervorgegangen wäre, dass man sie auf Fingerabdrücke untersucht hatte, und als sie sich den zur Fallakte gehörenden Karton aus der Asservatenkammer vornahm, fand sie die Dose darin nicht, genau, wie sie vermutet hatte. Das Bärenspray war eliminiert worden.

Wer nett sein wollte, konnte behaupten, Ellis hätte schlecht gearbeitet. Wenn man allerdings vom Schlimmsten ausging, dann lag hier ein beabsichtigtes Übersehen von Hinweisen vor, möglicherweise mit dem Vorsatz, die Ermittlung in eine falsche Richtung zu lenken. Slocums Tod sollte so schnell wie möglich zum Selbstmord erklärt und der Fall ohne weitere Nachforschungen abgeschlossen werden. Laut Akte hatte Moss Gunderson an keiner Stelle erwähnt, dass es sich bei Slocum um den für den Jachthafen Diamond Marina zuständigen Hafenmeister handelte, den er zu einem Leichenfund in eben diesem Jachthafen befragt hatte. Auch dass Slocum am selben Tag gestorben war, an dem Lisa Childress verschwand, stand nicht in der Akte, ebenso wenig, dass Larry Childress seiner Frau eine Dose Bärenspray mitgegeben hatte, damit sie sich notfalls verteidigen konnte. Sollte Slocum Moss nach der Razzia auf der *Egregious* befragt haben, was er laut Hopper getan hatte, dann warf das weitere Fragen zum Tod von Slocum auf. Eigentlich hätten bei Moss jede Menge roter Warnleuchten angehen müssen.

Er hatte sie nicht bemerkt oder absichtlich ignoriert.

Falls Slocum Moss nicht nach der Razzia gefragt hatte, dann könnte er zu seiner Verteidigung jetzt vorbringen, Tracy arbeite mit Informationen, die ihm und Ellis zur Zeit ihrer Ermittlung nicht zur Verfügung gestanden hatten. Nur hätte Moss in der Dose mit dem Bärenspray auf jeden Fall einen Gegenstand von Interesse erkennen müssen, als etwas, das man normalerweise nicht gerade in einem Gebüsch hinter einer Plastik verarbeitenden Fabrik erwarten würde. Er hätte eine weitere Untersuchung der Dose anordnen müssen, und es war schlicht unvorstellbar, dass ihm nach einer solchen Untersuchung die Verbindung zwischen der gefundenen Dose und Larry Childress' Aussage, er habe seiner Frau Bärenspray in die Umhängetasche gesteckt, nicht ins Auge gefallen wäre. Und dann hätte Moss auch die Tatsache nicht ignorieren können, dass der entscheidende Anruf bei Lisa Childress von einer Tankstelle aus geführt worden war, die nur einen Block vom Jachthafen Diamond Marina entfernt lag. Nur einen Block von dem Ort entfernt also, an dem David Slocum auf einem Hausboot gewohnt hatte.

Moss Gunderson, der Golfer in den auffallend leuchtenden Klamotten, schien sein Bestes gegeben zu haben, um für Tarnung zu sorgen. Warum? Hatte es etwas mit der Razzia zu tun, die nie gemeldet worden war? Konnte Del ebenfalls darin verwickelt sein und, falls ja, wie weit genau?

Tracy warf einen Blick auf die Uhr und meldete sich rasch bei der Beamtin, die das Hinweistelefon für Lisa Childress überwachte. Seit sich die Seite online befand, hatte es einhundertfünfzig Hinweise gegeben, davon etwa eine Handvoll interessant, der Rest kam von Spinnern, einsamen Menschen und jungen Möchtegern-Detektiven. Die Kollegin war gerade dabei, jedem einzelnen nachzugehen, und würde die, die sie für wichtig hielt, weiterleiten. Tracy bedankte sich und beendete den Anruf.

Als Nächstes stellte sie auf ihrem Computer eine Zeitschiene zusammen, daneben eine Liste der Leute, mit denen sie reden wollte.

18. November 1995, nicht bestätigt: Unbekannte Einheit führt auf der *Egregious* eine Razzia durch, während das Boot, ein Fischtrawler, auf dem Lake Union im Jachthafen Diamond Marina liegt. RCMP versucht, für mich ein Treffen mit **Jack Flint** zu arrangieren, Eigner und Kapitän des Bootes.

20. November 1995: Moss Gunderson und Delmo Castigliano kommen in den Jachthafen Diamond Marina, weil dort zwei Leichen angetrieben wurden.

20. November 1995, nicht bestätigt: Hafenmeister David Slocum erzählt den Detectives Moss Gunderson und Delmo Castigliano von der zwei Tage zuvor stattgefundenen Razzia auf der *Egregious.*

Bei Anfragen an die normalen Kanäle wird kein Bericht über eine Drogenrazzia an diesem Tag gefunden, auch nicht über die Beschlagnahme von Drogen oder einem Fischerboot.

26. Februar 1996, 19.37 Uhr: Anruf von einem Münztelefon auf der Tankstelle in der Nähe des Jachthafens Diamond Marina beim Privatanschluss von Lisa Childress.

27. Februar 1996, 2 Uhr: Lisa Childress verlässt ihre Wohnung, um sich mit einer vertraulichen Quelle zu treffen. Laut Ehemann hat sie eine Dose Bärenspray dabei, die er ihr in die Umhängetasche gesteckt hatte.

27. Februar 1996, 2.17 Uhr: Lisa Childress hält bei einem rund um die Uhr geöffneten Supermarkt und kauft einen Liter Coca-Cola. Wird danach nicht mehr gesehen. Moss Gunderson und Keith Ellis ermitteln später in diesem Vermisstenfall.

27. Februar 1996, 5.17 Uhr: Der Vorarbeiter einer Fabrik im Industriegebiet ruft die Polizei an und meldet den Fund einer Leiche in einem hinter der Fabrik geparkten Wagen. Die Leiche wird identifiziert als die von David Slocum, Hafenmeister im Jachthafen Diamond Marina. Ermittelnde Beamte sind Moss Gunderson und Keith Ellis. Sie scheinen nicht versucht zu haben festzustellen, woher die im Wagen gefundene Pistole stammt oder wie sie in Slocums Besitz gelangte.

27. Februar 1996: Tatortermittler im Fall David Slocum finden in der Nähe des Autos, in dem sich Slocums Leiche befindet, eine Dose Bärenspray ohne Deckel. Es wird festgestellt, dass sie vor Kurzem benutzt wurde. Nach Fingerabdrücken wird nicht gesucht.

10. März 2002: Die *Egregious* wird 10 Meilen westlich von Cape Alava, knapp unterhalb der Einfahrt in die Meerenge von Juan de Fuca, von der US-Küstenwache aufgegriffen. Im Boot befanden sich fast fünfzehnhundert Kilo Kokain und Marihuana mit einem Gesamtwert von mehr als dreißig Millionen Dollar. Captain Jack Flint bekennt sich schuldig und wird zu zwölf Jahren Haft in einem kanadischen Gefängnis verurteilt, von denen er nur fünf absitzt.

Tracy ließ kurz die Schultern kreisen, bevor sie zum Hörer griff und Tyner Gillies in Kanada anrief. »Noch habe ich nichts für Sie, Detective«, meldete sich Gillies.

»Dürfte ich eventuell um noch einen Gefallen bitten?«

»Schießen Sie los.«

»Ich hätte gern den Namen des Anwalts, der Jack Flint in der Drogensache verteidigt hat, und wüsste gern, ob der immer noch als Anwalt tätig ist.«

»Ich melde mich, sobald ich etwas für Sie habe«, versprach Gillies.

Kapitel 16

Die folgenden Tage verbrachte Tracy mit Gesprächen mit der forensischen Anthropologin Kelly Rosa und damit, die Familien der letzten im Curry Canyon gefundenen Opfer zu kontaktieren. Sie hatte auch die Bitte von Chief Weber nicht vergessen und sich bei einigen der Familien erkundigt, ob sie sich an einer Pressekonferenz zum Abschluss der langen Arbeit beteiligen würden. Alle, die sie gefragt hatte, waren damit einverstanden, und Tracy hatte angefangen, sich zu überlegen, was sie selbst auf dieser Konferenz sagen wollte.

Zwischendurch ging sie sämtlichen Hinweisen nach, die die Beamtin am Hinweistelefon für Lisa Childress interessant genug gefunden hatte, um sie weiterzuverfolgen. Leider hatten bisher alle entweder in eine Sackgasse geführt oder es hatte sich um Fälle von Verwechslung gehandelt, beides nicht überraschend. Nachdem sie auf der Asservatenliste gelesen hatte, dass im Gebüsch am Duwamish in der Nähe des Wagens, in dem sich David Slocum angeblich erschossen hatte, eine Dose Bärenspray aufgetaucht war, glaubte sie mehr denn je, dass Lisa Childress tot sein musste.

Tracy hatte Larry Childress angerufen, der sich nicht gerade darüber gefreut hatte, von ihr zu hören, ihm ein Foto der gefundenen Dose geschickt und ihn gefragt, ob dies das Bärenspray sei, das er in die Umhängetasche seiner Frau gesteckt hatte. Mit Sicherheit und zweifelsfrei konnte er das natürlich nicht beantworten, meinte aber, von der Größe her sähe sie aus wie die Dose, an die er sich erinnerte. »Sie war nicht klein, was ja auch genau Sinn der Sache war.«

Er fragte Tracy, wo sie die Dose gefunden hatte. Sie erklärte, das noch nicht sagen zu dürfen. Sie hoffe jedoch, Anita und ihn schon bald mit einem Update versorgen zu können.

»Der Fund bestätigt doch aber zumindest, dass ich mich um das Wohlergehen meiner Frau gesorgt habe, nicht wahr?«, hatte Childress wissen wollen.

Das war eine Sichtweise. Genauso gut könnte die Dose natürlich auch Tarnung sein, damit die Polizei glaubte, Larry habe seine Frau geliebt und sich um sie gesorgt. Das allerdings ließ Tracy unerwähnt. Für sie war die Frage wichtiger, warum Moss Gunderson und Keith Ellis die gefundene Dose nicht mit Lisa Childress' Verschwinden in Verbindung gebracht hatten. Falls Slocum wirklich Zeuge einer nie gemeldeten Razzia gewesen war und Del und Gunderson danach gefragt hatte, ohne dass die beiden dem nachgegangen wären, verdichtete sich der Plot damit weiterhin. Tracys Vater hatte einen Spruch parat gehabt, wenn jemand allzu Offensichtliches übersah: *Eine Radmutter hat mehr Verstand.* Auf Moss Gunderson traf dieser Spruch hier eindeutig zu, fand Tracy, vielleicht auch auf Keith Ellis. Er traf so sehr zu, dass sie nicht mehr glaubte, den beiden gegenüber im Vorteil zu sein, weil sie hier zwei Fälle in der Rückschau betrachtete und auf das von Anita Childress zusammengetragene Recherchematerial zurückgreifen konnte. Tracy ging inzwischen davon aus, dass Gunderson und Ellis ganz bewusst das Beweisstück eliminiert hatten, das beide Fälle miteinander verband, und dass die nicht dokumentierte Razzia auf der *Egregious* der Schlüssel zum Labyrinth dieser Ermittlung sein könnte.

Endlich meldete sich der kanadische Kollege wieder.

»Ich habe den Anwalt gefunden, der Jack Flint vertrat, als dessen Boot vor sieben Monaten beschlagnahmt wurde. Er hat Flint auch bei dessen Verhaftung im Jahr 2002 vertreten und beide Male einen Deal für ihn ausgehandelt. Das ist nicht ungewöhnlich. Drogenhändler haben in der Regel Geld und können sich einen guten Anwalt leisten. Den behalten sie dann auch, dessen Nummer ist bei ihnen im Handy unter den Schnellwahltasten gespeichert. Ich habe Ihnen einen Besucherschein für das Gefängnis besorgt, dann können Sie gleich mit beiden sprechen, mit Flint und dem Anwalt. Wann würden Sie denn gern kommen?«

»Warum sollte ich gleich mit beiden sprechen?«

»Flint wollte kein Gespräch ohne seinen Anwalt.«

»Hat er das begründet?«

»Nein. Kein Anwalt, kein Gespräch, mehr hat er nicht gesagt.«

»Kommt Ihnen das seltsam vor?«

»In welcher Beziehung?«

»Flint hat sich schuldig bekannt und seine Zeit für die Sache im Jahr 2002 abgesessen. Hier in den Vereinigten Staaten können wir ihn dafür nicht mehr belangen, die Verjährungsfrist ist abgelaufen. Und so ein Anwalt wird doch bestimmt nicht ohne Bezahlung tätig.«

»Der auf keinen Fall.«

»Sie kennen den Mann?«

»Wir hatten im Laufe der Jahre manchmal mit Kell J. Gordon zu tun. Er ist in der Hauptsache Strafverteidiger, macht eine Menge Drogensachen. Und er liebt es, wenn es ihm gelingt, Fälle aufgrund von Formsachen nicht zur Anklage kommen zu lassen, was ihn in unseren Kreisen nicht beliebter macht. Ich würde darauf tippen, dass Flint mit Gordon gesprochen hat und Gordon die Möglichkeit sah, ein paar Dollar zu verdienen. Was soll ich ihm sagen?«

»Sagen Sie ihm, ich werde hinkommen.«

Gillies vereinbarte für den kommenden Donnerstag einen Termin in der Mission Institution und Tracy und er kamen überein, sich in der Zentrale der RCMP in Surrey zu treffen. Er erinnerte sie daran, ihre Pistole vor Überqueren der Grenze in der Polizeidienststelle von Blaine zu hinterlegen.

* * *

Die zweistündige Fahrt nach Norden am Donnerstag führte Tracy durch das Skagit Valley mit all seinen Farmen, im Osten von niedrigen, rollenden Hügeln gesäumt, während in der Ferne der Gipfel des fast 3300 Meter hohen, schneebedeckten Mount Baker und die North Cascades aufragten. Über den brach liegenden Feldern hing der Nebel so tief und dicht, dass man die hier und dort auftauchenden Scheunen und Farmhäuser kaum sehen konnte. Tracy war immer schon gern Auto gefahren. Dann hatte sie Zeit zum Nachdenken, was ihr im Büro und zu Hause oft fehlte. Sie ging noch einmal die von ihr erstellte Zeitschiene durch und fragte sich, ob sich David Slocum bei Lisa Childress, einer Investigativjournalistin, gemeldet haben könnte, um ihr von der Razzia auf der *Egregious* zu erzählen. Das schien ihr allerdings wenig wahrscheinlich, denn immerhin hatte Slocum auf seinem Hausboot Marihuana angebaut, wahrscheinlich ja, um es zu verkaufen. Sich da mit einer Geschichte über eine Drogenrazzia an die Presse zu wenden, war doch ungefähr so, als würde eine Mücke darum bitten, die elektrische Insektenfalle einzuschalten.

Außerdem war ihr immer noch nicht klar, warum Jack Flint nur im Beisein seines Anwalts mit ihr reden wollte, und auch darüber dachte sie nach. Gillies meinte, Flint befürchte vielleicht eine weitere Anklage in einer anderen Drogensache, aber das glaubte Tracy eigentlich nicht. Sie hielt es für viel wahrscheinlicher, dass seine Vorsicht etwas mit der Razzia zu tun hatte, über die es nirgendwo einen Bericht gab, und mit der erstaunlichen Verkürzung von Flints ursprünglich zwölfjähriger Haftstrafe auf gerade einmal fünf Jahre. Wenn eine Haftstrafe bereits nach so kurzer Zeit zur Bewährung ausgesetzt wurde, dann war das bestimmt nicht auf gute Führung zurückzuführen, denn dazu hätte Flint ein Heiliger sein und nachweislich Wunder vollbringen oder von oberster Stelle begnadigt worden sein müssen. Nein, Tracy ging von einem Deal aus, der zur Verkürzung der Haftzeit geführt hatte. Einem Deal, den Flint mit der US-Staatsanwaltschaft und den kanadischen Behörden ausgehandelt hatte, wahrscheinlich im Austausch gegen Informationen. Informationen über den Drogenring vielleicht, für den er gearbeitet hatte, oder über andere Schmuggler und Dealer. Das schien wahrscheinlich, immerhin war Flint ja auch nach seiner frühzeitigen Entlassung weiter im Drogengeschäft tätig gewesen. Vielleicht als Informant? Diente die einjährige Haftstrafe, die er zurzeit im Regelvollzug absaß, nicht in einem Hochsicherheitsgefängnis, vielleicht seinem Schutz? Um andere davon zu überzeugen, dass er kein U-Boot der Regierung war? Tracy wusste, dass unter anderem die Hells Angels aktiv Drogen von Kanada in die USA brachten. Nicht gerade Leute, mit denen man es sich gern verdarb, sollte Flint mit ihnen zusammengearbeitet haben.

Bei Blaine überquerte Tracy die Grenze und fand anschließend problemlos die Zentrale der kanadischen Nationalpolizei an der Fifty-Seventh Avenue in Surrey, gleich hinter der Abfahrt vom British Columbia Highway. Dort war sie mit Gillies verabredet. Er war ein attraktiver Mann mit einem jung gebliebenen Gesicht, der gern und oft lächelte. Er hatte breite Schultern und die festen, fleischigen Arme eines Mannes, der Gewichte stemmt, und sein Schädel war bis auf ein Haarbüschel glatt rasiert. Er führte Tracy zu einem für den Polizeidienst umgerüsteten Ford aus dem Fuhrpark der RCMP.

Es sei besser, hatte er ihr erklärt, wenn er beim Besuch in der Bundesstrafanstalt anwesend war, für den Fall, dass Tracy trotz vorheriger Anmeldung Probleme hatte, dort eingelassen zu werden. »Im Gegensatz zu Ihnen spreche ich Kanadisch!«

»Wissen Sie, ob Jack Flint mit den Hells Angels hier oben in Verbindung steht?«

»In seiner Akte wird so etwas nicht erwähnt, aber er hatte ja eine ziemliche Menge Stoff dabei, als er 2002 hochgenommen wurde. Da vermutet man schon Zusammenhänge mit einer nicht allzu kleinen Organisation.«

»Was wissen Sie über den Deal, den er ausgehandelt hat?«

Gillies schüttelte den Kopf. »Nicht viel, nur, dass er wohl ziemlich schnell zustande kam. Er hat sich schuldig bekannt und seine Zeit abgesessen.«

»Konnten Sie die Bedingungen für den Deal einsehen?«

»Sowohl bei der US-Staatsanwaltschaft als auch bei den kanadischen Behörden wird in der Akte eine vertrauliche Übereinkunft erwähnt, ohne die genauen Bedingungen zu nennen.«

»Glauben Sie, Flint könnte sich dazu verpflichtet haben, nach seiner Haftentlassung als Informant zu arbeiten?«

Gillies dachte nach. »Vielleicht werden deswegen keine Bedingungen genannt. Zu seinem Schutz.«

»Ich frage mich, ob er wohl deswegen noch einmal angeklagt wurde und eine doch sehr leichte Strafe erhielt. Um ihn zu beschützen. Es soll so aussehen, als wäre er sauber.«

»Möglicherweise. Dazu wäre allerdings eine Zusammenarbeit zwischen amerikanischen und kanadischen Behörden notwendig und so etwas findet oberhalb meiner Gehaltsklasse statt.«

»Und meiner. Ich frage mich nur gerade, ob wir hier in sinnloser Mission unterwegs sind.«

»Das werden wir bald herausfinden.«

Die Fahrt dauerte knapp eine Stunde. Weitere zwanzig Minuten brauchten sie, um durch diverse Tore und Kontrollen zu gelangen, Gillies Pistole und andere Besitztümer in einem Spind zu verschließen, sich Besucherausweise ausstellen zu lassen und Metalldetektoren zu passieren. Während sie all dies über sich ergehen ließen, erzählte Gillies, dass dieses Bundesgefängnis knapp sechshundert Insassen Platz bot, die meisten im Regelvollzug, weil sie als wenig oder mittelmäßig gefährlich eingestuft worden waren. Ein paar von ihnen saßen auch wegen Mordes oder anderer Gewaltverbrechen, galten aber nicht als hohes Sicherheitsrisiko. Befand man sich erst einmal hinter mehreren fest verschlossenen Türen, erwies sich das Gefängnis als erstaunlich lauter Ort und die Besucher wurden von einer Kakophonie aus Stimmen und anderen Geräuschen empfangen. Viele Gefängnisinsassen, das hatte Tracy schon oft gehört, empfanden nicht das Eingesperrtsein als größtes Problem ihrer Existenz hinter Gittern, sondern den ständigen Lärmpegel, den Mangel an jeder Art von Privatsphäre oder auch nur Ruhe und Frieden.

Die Wache führte Gillies und Tracy in einen Raum mit Glaswänden. Tische und Plastikstühle waren zu einem Hufeisen angeordnet worden und vorn im Raum stand ein Flipchart mit farbigen Kugelschreibern auf der Ablage.

»Sieht aus wie ein Klassenzimmer«, fand Tracy.

»Ist es auch«, antwortete der Wachmann. »Vor zwei Wochen hat hier der Schriftsteller Jack Whyte einen Kurs in kreativem Schreiben abgehalten. Solche Kurse sind immer sehr beliebt.« Er warf einen Blick auf seine Uhr. »Flint und sein Anwalt haben sich gerade noch kurz beraten, sind aber auf dem Weg hierher, wie mir gesagt wurde.«

Minuten später kam ein spindeldürrer Jack Flint in den Raum. Er trug ein blaues, langärmliges Hemd und war laut seiner Akte achtundsechzig Jahre alt. Tracy brauchte eine Minute, bis ihr einfiel, an wen er sie erinnerte, nämlich an den sehr dünnen und abgerissenen Schauspieler, der im Film *The Green Mile* Toot-Toot gespielt hatte. Er wurde von seinem Anwalt Kell Gordon begleitet, einem untersetzten Mann in dunkelbraunem Anzug, gelbem Hemd und Krawatte im Paisleymuster. Gordon sah aus, als könnte er ein »Schwitzer« sein, so nannten Tracys Kollegen Anwälte, die sich im Gerichtssaal durch übermäßiges Schwitzen hervortaten.

Alle vier setzten sich und Gordon versuchte sofort klarzustellen, wer hier das Alphatier war. »Ich möchte sicher sein, dass Sie beide Folgendem zustimmen: Mein Mandant wird keine Fragen beantworten, in denen es um Drogenschmuggel in den Jahren nach 2002 geht, an dem er oder andere beteiligt gewesen sein könnten.«

Also hatte Gillies mit seiner Einschätzung von Gordons Besorgnis den Nagel auf den Kopf getroffen und der Anwalt hatte im Grunde bestätigt, dass sein Mandant auch nach 2002 noch Drogen geschmuggelt hatte. Das passte zu Tracys Verdacht, Flint könnte inzwischen als Informant arbeiten.

»Damit habe ich kein Problem«, sagte sie.

Gordon sah Gillies an. »Detective?«

»Ich bin nur hier, um für Detective Crosswhite zu dolmetschen.«

»Das verstehe ich dann mal als ein Ja«, meinte Gordon.

Tracy legte eine Mappe auf den Tisch. »Mr Flint, wie hieß das Boot, auf dem Sie im Jahr 1995 Kapitän waren?«, fragte sie.

»Das war die *Egregious.*« Flints Stimme klang höher, als Tracy erwartet hätte.

»Was für ein Schiff war das?«

»Ein dreiundzwanzig Meter langer Fischtrawler.«

»Ein Ringwadenfischereiboot?«

»Jawohl.«

»Sind Sie vor dem März 2002 mit der *Egregious* von Vancouver aus Touren zum Lake Union gefahren?«

»Ja, das stimmt.«

»Haben Sie manchmal mit der *Egregious* im Jachthafen Diamond Marina am Lake Union angelegt?«

»Ja, das tat ich gelegentlich.« Flint schien es sich bequem gemacht zu haben und sich bei der Befragung wohlzufühlen.

»Erinnern Sie sich an den Namen des dortigen Hafenmeisters?«

Flint starrte kurz mit gerunzelter Stirn an die Decke, bevor er den Kopf schüttelte. »Nein.«

»Kommt Ihnen der Name David Slocum bekannt vor?«

»War er der Hafenmeister?«

»Ungefähr einen Meter zweiundsiebzig, mit Pferdeschwanz.«

»Ja! Das war der Typ.«

»Haben Sie die Liegegebühren bei David Slocum bar bezahlt?«

Gordon beugte sich vor. »Da muss ich widersprechen, Detectives. Ich sehe keine Relevanz.«

»Ich wüsste gern, wie er bezahlt hat, damit ich weiß, ob ich mich im richtigen Universum befinde.« Tracy hatte oft genug mit Verdächtigen und Gefängnisinsassen im Beisein von deren Anwälten gesprochen, um mitzubekommen, wann ein Anwalt sich nur einmischte, um zu zeigen, dass er sein Geld wert war.

Gordon nickte Flint zu. »Ich habe immer bar bezahlt«, antwortete der.

»Wissen Sie noch, wie viel?«

Der Kapitän schüttelte leise lachend den Kopf. »Das ist schon ziemlich lange her.«

»Haben Sie Slocum mehr gezahlt, als allgemein als Liegegebühr verlangt wurde?«

Gordon schüttelte mahnend den Kopf. »Auch hier wüsste ich gern, worauf Sie mit der Frage eigentlich hinauswollen, Detective. Es ist nicht illegal, mehr zu bezahlen als die gerade geltende Gebühr.«

»Da stimme ich Ihnen zu.« Tracy nickte. »Es ist nicht illegal.«

Gordon stutzte kurz, ehe er Flint mit einer Handbewegung aufforderte, weiterzumachen.

Flint beantwortete Tracys Frage mit einem Ja.

»Wussten Sie, dass David Slocum die bei Ihren Aufenthalten im Jachthafen Diamond Marina eingenommenen Gebühren nicht als Einnahmen in den Büchern notierte?« Das wusste Tracy zwar nicht mit hundertprozentiger Sicherheit, ging aber aufgrund von Hoppers Erzählung stark davon aus.

»Nein«, sagte Flint.

»Vor 2002, haben Sie da Drogentransporte mit der *Egregious* unternommen und dabei von Zeit zu Zeit auch im Jachthafen Diamond Marina angelegt?«

»Diese Frage werde ich meinen Mandanten nicht beantworten lassen«, warf Gordon ein.

»Ich befrage ihn zu der Zeit vor 2002, eine Zeit, für die die Verjährungsfrist von sechs Jahren für Drogendelikte längst abgelaufen ist.«

Gordon dachte kurz nach und wies Flint dann an, Tracys Frage zu beantworten.

»Ich habe in der Tat vor 2002 auf der *Egregious* Drogen transportiert und von Zeit zu Zeit im Jachthafen Diamond Marina angelegt.«

Jede dieser Antworten verlieh Dennis Hoppers Aussage nach dem Hörensagen Glaubwürdigkeit, die darin gipfelte, dass David Slocum ihm von einer Razzia auf der *Egregious* erzählt hatte. Danach wollte Tracy allerdings jetzt noch nicht fragen. »Fuhren Sie mit Besatzung?«

»Normalerweise ja.«

»Wie groß war diese Mannschaft?«

»In der Regel außer mir nur ein oder zwei Mann. Mehr brauchte man nicht, um das Boot zu fahren.«

»Waren das immer dieselben Seeleute oder hat die Mannschaft öfter mal gewechselt?«

»Es wechselte.«

»Haben diejenigen, deren Produkte Sie transportierten, manchmal Seeleute an Bord beordert, um ein Auge auf eben diese Produkte zu halten?«

»Ja, das kam vor.«

»Zwei Mexikaner?«

»Auch hier: normalerweise ja.«

»Hat es auf Ihrem Boot je eine Razzia gegeben, während es sich auf dem Lake Union befand?«

»Nicht antworten!«, meldete sich Gordon.

»Gab es vor 2002 bei einem Ihrer Aufenthalte im Jachthafen Diamond Marina eine Razzia auf Ihrem Boot?«

»Mein Mandant wird diese Frage nicht beantworten.«

Tracy ahnte etwas. Sie beschloss, diesem Gefühl nachzugehen. »Nach den Bestimmungen der vertraulichen Verständigung im Strafverfahren?«

»Nach den Bestimmungen der vertraulichen Verständigung im Strafverfahren.«

Ah, jetzt ging Tracy ein Licht auf. Bei dem Deal war es nicht darum gegangen, Flint Informationen zu entlocken, vielmehr war er geschlossen worden, um Informationen zu unterdrücken! Tracy schlug ihre Mappe auf und entnahm ihr ein mehrseitiges, an einer Ecke zusammengeheftetes Dokument. Sie tat so, als würde sie sich eine Seite durchlesen, blätterte um und las weiter. Aus den Augenwinkeln nahm sie wahr, wie Gordon nervös auf seinem Stuhl hin und her rutschte.

»Nach den Bestimmungen dieser Verständigung, auf die man sich nach der Beschlagnahme der *Egregious* durch die US-Zollbehörde und die Küstenwache im März 2002 geeinigt hat, haben Sie, Mr Flint, sich einverstanden erklärt, eine Razzia nicht zu erwähnen, die am 18. November 1995 auf Ihrem Boot stattfand. Im Austausch wurde Ihre Haftstrafe wegen eines schweren Falles von Drogenschmuggel von zwölf Jahren auf fünf reduziert. Ist das korrekt?«

»Er wird die Bedingungen dieser Verständigung nicht mit Ihnen diskutieren«, schritt Gordon ein. »Dafür ist das schriftlich abgefasste Dokument ohnehin die beste Quelle.«

»Wie viel Ware befand sich auf der *Egregious* in der Nacht, in der die Razzia stattfand?«

»Nicht antworten«, mahnte Gordon.

»Wie hoch war der Verkaufswert dieses Produktes?«

»Nicht antworten!«

»Wohin hat man die *Egregious* in der Nacht, in der die Razzia stattfand, zum Entladen gebracht?«

»Shilshole …«

»Die Frage nicht beantworten!«

Okay. Tracy beschloss, zu den Fragen zurückzukehren, die Flint beantworten würde. »Sie waren von ungefähr 1989 bis zum Zeitpunkt ihrer Beschlagnahme am 10. März 2002 Kapitän der *Egregious.* Stimmt das?«

Flint sah Gordon an, der nickte. »Das ist richtig.«

»Vor 2002 wurde Ihr Boot nie beschlagnahmt? Weder von US-Behörden noch von kanadischen? Ist das richtig?«

Wieder nickte Gordon.

»Das ist korrekt«, bestätigte Flint.

»Sie haben die Gesichter der Beamten, die Ihr Boot in der Nacht des 18. Novembers 1995 zum Zweck einer Razzia aufsuchten, nicht gesehen, weil diese Beamten Masken trugen, richtig?«

»Nicht antworten«, sagte Gordon.

Wieder vermutete Tracy etwas und auch diesmal ging sie dieser Vermutung mit ihrer nächsten Frage nach. »In der Nacht des 18. Novembers 1995 wurden die beiden Männer Ihrer Mannschaft über Bord geworfen, und zwar von denen, die die Razzia auf Ihrem Boot durchführten. Die Seeleute sollten ihren Arbeitgebern gegenüber nicht bezeugen können, dass das Boot durchsucht worden war, ohne dass man Sie verhaftet oder die *Egregious* beschlagnahmt hätte, ist das richtig?«

»Nicht antworten«, mahnte Gordon.

»Sie haben Masken getragen«, sagte Flint, der daraufhin von Gordon beim Unterarm gepackt wurde. Er riss sich los. »Ich hätte sie also gar nicht identifizieren können, selbst wenn ich gewollt hätte.«

»Jack! Diese Frage nicht beantworten!«, rief Gordon.

Flint starrte Tracy an, wobei sein Gesichtsausdruck langsam weicher wurde. Dann grinste er. »Sie interessiert sich gar nicht für mich, Kell! Ich bin einfach nur ein Rädchen in einem Getriebe, das sie in Gang setzen möchte. Ist das so, Detective? Sie interessieren sich gar nicht für den Drogenhandel?«

»Jack!«, mahnte Gordon.

»Nein, ich interessiere mich nicht für den Drogenhandel«, antwortete Tracy. »Ich bin in der Cold-Case-Einheit, ich bearbeite ungelöste alte Fälle und versuche herauszufinden, wer David Slocum ermordet hat. Slocum war in der Nacht, in der die Razzia auf der *Egregious* stattfand, Hafenmeister im Jachthafen Diamond Marina.«

»Jack, als Ihr Anwalt informiere ich Sie darüber, dass Sie gegen die Bestimmungen der von Ihnen eingegangenen vertraulichen Vereinbarung verstoßen, wenn Sie jetzt hierauf eingehen. Sobald Sie das tun …«

»Ich weiß, Kell. Dann muss ich vielleicht den Rest meiner zur Bewährung ausgesetzten Haftstrafe absitzen. Aber ich will es ja gar nicht den Behörden unter die Nase reiben.« Er sah Tracy an. »Sie doch auch nicht, oder?«

»Nein«, sagte Tracy.

»Und ich bin nur hier, um zu übersetzen«, versicherte Gillies.

Flint wandte sich an seinen Anwalt. »Bleiben also nur noch Sie, Kell.«

Gordon schüttelte den Kopf.

»Dann wäre ja alles klar.« Flint sah Tracy an und sie verstand, worum es ihm ging: Endlich erhielt er Gelegenheit, in einer Sache für ausgleichende Gerechtigkeit zu sorgen, über die er aufgrund eines geschlossenen Deals im Austausch für eine verkürzte Haftstrafe so viele Jahre lang gezwungenermaßen Stillschweigen gewahrt hatte. »Das ist jetzt nicht fürs Protokoll bestimmt.«

»Jack!«, bat Gordon.

»Sicher doch.« Tracy legte ihren Kugelschreiber ab.

»Jack, ich kann nichts für Sie tun, wenn Sie gegen die vertrauliche …«

»Ich habe es Ihnen doch schon gesagt, sie interessiert sich nicht für die vertrauliche Absprache und sie ist nicht hier, um mich wegen irgendetwas festzunageln, was 1995 oder 2002 passiert ist. Und ich sage außer zu ihr zu niemandem auch nur ein Sterbenswörtchen.« Flint sah Tracy eindringlich an. »Sie wollen nur wissen, ob ich Ihnen sagen kann, wer damals in der Nacht die Razzia auf der *Egregious* durchgeführt hat.«

»Wissen Sie das denn?«

»Ich wünschte, ich wüsste es, Detective. Aber wie Sie selbst schon sagten, diese Leute waren maskiert. Sie trugen keine Uniform und nichts an ihrer Kleidung ließ erraten, für wen sie arbeiteten. Aber ich kann Ihnen sagen, es war kein anderer Drogenring und es waren auch keine Gangster. Die Leute waren Militär oder Polizei.«

»Woher wissen Sie das?«

»Zum einen, weil sie sich ziemlich viel Mühe gegeben hatten, dafür zu sorgen, dass ich sie nicht anhand ihrer Kleidung identifizieren konnte. Und dann war es ein perfekt organisierter, überfallartiger Angriff. Sie rückten blitzschnell an und sie waren schwer bewaffnet, und genauso schnell, wie sie gekommen waren, verließen wir den Jachthafen auch schon wieder. Und drittens habe ich während der Aktion etwas aufgeschnappt.«

»Was haben Sie gehört?«

»Einer der Männer wandte sich an den Typen, der das Kommando hatte, und nannte ihn Sergeant – nur einmal, er hatte sich schnell wieder im Griff.«

»Und Ihre Mannschaft?«

»Die beiden dachten, sie würden uns umbringen und unsere Leichen irgendwo über Bord werfen, wo die Flut uns dann aufs offene Meer treibt. Sie gerieten in Panik und sprangen über Bord.«

»Haben die Männer, die Ihr Boot überfallen hatten, irgendwelche Anstrengungen unternommen, die beiden zu retten?«

»Nicht die geringsten.« Flint schüttelte den Kopf. »Vielleicht dachten sie, sie könnten schwimmen. Ich erinnere mich, dass einer der Männer, die das Boot durchsuchten, meinte, die beiden würden sowieso nichts sagen können und wären wahrscheinlich glücklich, wieder nach Mexiko zu dürfen.«

»Wohin wurde Ihr Boot gebracht?«, wollte Tracy wissen.

»Zurück durch die Schleusen zum Jachthafen Shilshole. Da warteten Lastwagen. Die Drogen waren innerhalb weniger Minuten umgeladen.«

Flint erzählte ihr, dass das Kokain in Plastikziegeln verpackt gewesen war, die pro Ziegel ein Kilo wogen. »Diese Ziegel waren in Papier mit einem Drachenlogo gewickelt.«

»Wie viel ist ein Kilogramm Kokain wert?«

»1995? Fünfundsiebzigtausend Dollar und mehr. Aber der Verkaufswert auf der Straße lag irgendwo zwischen hundertsechzig- und zweihundertvierzigtausend Dollar.«

»Wie viele Kilo hatten Sie an Bord?«

»Fünfzig.«

»Von einem Gesamtwert?«

»Auf der Straße? Grob geschätzt acht bis zehn Millionen Dollar.«

»Die Männer, die Ihr Boot überfallen hatten, ließen Sie gehen?«

»Warum denn auch nicht?«, fragte Flint. »Mir ging es doch genauso wie meiner Besatzung. Wem hätte ich irgendetwas sagen können? Außerdem hatte ich ganz andere Probleme, jetzt, wo meine beiden Mexikaner weg waren. Ich musste mich meinen Bossen in Vancouver gegenüber verantworten und die waren bereit, mich umzubringen.«

»Was haben Sie gemacht? Wie konnten Sie denen vermitteln, dass Sie die Wahrheit sagen?«

»Ich habe da gar nichts gemacht«, sagte Flint. »Das tat der Hafenmeister.« Flint berichtete, was David Slocum seinen Bossen erzählt hatte. »Sie kamen ein paar Nächte nach der Razzia in den Hafen und der Hafenmeister hat ihnen erzählt, was passiert war. Er informierte sie über die Razzia und darüber, dass sie mich und das Boot mitgenommen hatten, dass ich mir die Geschichte also nicht ausgedacht hatte.«

»Der Hafenmeister hat Ihnen das Leben gerettet«, stellte Tracy fest.

»Das hat er dann wohl.« Flint nickte. »Ich wünschte, ich hätte seines auch retten können. Wünschte, ich wüsste, wer ihn umgebracht hat. Bei Mord gibt es keine Verjährungsfrist, oder?«

»Nein«, sagte Tracy.

Auf Flints Gesicht zeichnete sich erneut ein schwaches Lächeln ab. Als wisse er etwas, das sonst niemand wusste. »Sie kommen mir vor wie jemand, der nicht lockerlässt. Vertrauliche Verständigung hin oder her.«

»Das kann man so sagen«, meinte Tracy.

»Dann gibt es ja vielleicht doch einen Gott.«

Tracy runzelte fragend die Stirn. »Wie bitte?«

»›Der Gerechte freut sich, wenn Recht geschieht, doch den Übeltäter versetzt das in Schrecken.‹ Sprüche einundzwanzig, Vers fünfzehn.«

* * *

Tracy und Gillies holten sich ihre Wertsachen aus dem Spind und verließen das Gefängnis. Auf dem Weg zu ihrem Auto lobte Gillies: »Das war eine wahrhaft bühnenreife Vorstellung!«

»Ich hatte Glück«, wehrte Tracy ab.

»Von wegen! Sie wussten genau, was Sie tun. Hat nicht lange gedauert, bis Sie wussten, auf welche Knöpfe Sie drücken mussten. Wer kommt denn auf die Idee, dass ein Drogendealer auch ein Gewissen haben kann?«

Tracy lächelte. »Ganz zu schweigen von einem nicht gestillten Durst nach Gerechtigkeit.«

»Davon ganz zu schweigen.«

»Das Problem ist bloß, er wird nicht ein Wort davon offiziell aussagen. Er will keine weiteren sieben Jahre im Knast sitzen, weil er gegen die Vereinbarung verstoßen hat. Ich habe einen Toten, einen Gefangenen, der keine offizielle Aussage machen will, und einen Hippie, der von der Sache nur gehört hat, nachdem sie passiert war.«

»Ich wollte gerade sagen, für mich sieht es ganz so aus, als wüssten Sie, was passiert ist, hätten aber keinerlei handfeste, glaubhafte Beweise, um dies zu untermauern.«

»So kann man es auch zusammenfassen, aber davon habe ich mich noch nie aufhalten lassen.«

Gillies öffnete die Wagentür und rutschte hinter das Steuer. »An dieser Sache wäre ich gern weiter irgendwie beteiligt, Detective. Sieht ganz so aus, als braue sich hier ein netter kleiner Tumult zusammen, wie mein Dad immer zu sagen pflegte. Den einen oder anderen der Art habe ich schon hinter mir. So bleibt der Job immer interessant.«

»Sie sehen so aus, als hätten Sie den einen oder anderen Tumult beendet.«

Gillies lächelte schweigend. Zu antworten brauchte er nicht, das war nicht mehr nötig.

»Sorgen Sie dafür, dass Flint nichts passiert«, bat Tracy. »Niemand weiß, dass ich hier hochgefahren bin. Meine Einheit besteht aus einer Person, meiner. Und ich halte mich in dieser Sache äußerst bedeckt.«

»Was machen Sie denn normalerweise in Situationen wie dieser?«

»Normalerweise presche ich vor wie ein Elefant im Porzellanladen, bis einer von meinen Stoßzähnen gegen etwas Festes stößt.«

Gillies grinste. »Klingt ganz so, als hätten auch Sie eine Vorliebe für Tumult.«

»Ein bisschen was in der Art habe ich schon hinter mir«, gestand Tracy.

Kapitel 17

Tracy nutzte die Heimfahrt, um durchzugehen, was sie bis jetzt wusste und was sich daraus schließen ließ. All das Gras hatte dem Gedächtnis von Dennis Hopper keineswegs geschadet, die *Egregious* hatte in der Tat am 18. November 1995 im Jachthafen Diamond Marina gelegen. Nur ließ sich das leider nicht durch einen schriftlichen Eintrag bestätigen, da Captain Jack wirklich bar bezahlt hatte. Hoppers Aussage, David Slocum habe ihm von einer Razzia auf der *Egregious* erzählt, die zwei Nächte vor dem Leichenfund im Jachthafen stattgefunden hatte, war ebenfalls richtig, stellte aber keinen zulässigen Beweis dar. In der Nacht der Razzia war Hopper selbst nicht anwesend gewesen und alles, was Slocum ihm erzählt hatte, galt als Hörensagen. Gut, die Tatsache, dass Slocum selbst tot war und nichts mehr aussagen konnte, stellte unter Umständen vor Gericht eine Ausnahme dar, aber wie weit würde sie mit der Aussage eines Marihuana-Kettenrauchers kommen, ohne schriftliche Beweise oder Zeugen, die das von ihm Gesagte untermauern konnten? Jack Flint würde nicht offiziell aussagen und Tracy konnte ihm daraus keinen Vorwurf machen. Unter Umständen würde seine Aussage ihr auch nicht viel nützen, denn ein guter Anwalt konnte das Wort eines zweifach verurteilten Drogenhändlers durchaus glaubhaft infrage stellen.

Als Nächstes musste sie der Frage nachgehen, wer das Boot überfallen hatte.

Höchstwahrscheinlich ja die Sondereinheit Last Line, zu der Lisa Childress recherchiert hatte. Laut Flint war einem der Männer damals in der Nacht ein »Sergeant« rausgerutscht, als er sich an den Leiter der Aktion wandte. In den Artikeln in der von Anita Childress zusammengestellten Mappe wurde ein Sergeant Rick Tombs erwähnt. Der hatte auf einer Pressekonferenz erklärt, die Männer seiner Einheit seien bei Einsätzen maskiert, um ihre Identität zu schützen, angeblich vor den Drogenringen, wahrscheinlich aber, um ihre illegalen Aktivitäten zu schützen. Die Last Line war im April 2002 aufgelöst worden, kurz nach der Verhaftung von Flint und kurz nachdem er eine Vereinbarung in einem Strafverfahren, landläufig als Deal bezeichnet, geschlossen hatte. Bei den Strafverfolgungsbehörden, wo man weder von David Slocums Tod noch von den beiden toten mexikanischen Besatzungsmitgliedern etwas ahnte, war man den Deal mit Flint vielleicht eingegangen, um sich dessen Schweigen zu sichern. Denn weder ihn noch die Mitglieder der Sondereinheit konnte man wegen einer Drogensache aus dem Jahr 1995 drankriegen. Die Sondereinheit hatte man einfach aufgelöst, denn alles andere wäre eine Peinlichkeit von erheblichen Ausmaßen gewesen, ohne die Möglichkeit, die Delikte zur Anklage zu bringen. Sowohl auf bundesstaatlicher als auch auf nationaler Ebene betrug die Verjährungsfrist bei Drogendelikten sechs Jahre.

Deals dieser Größenordnung konnten nur mit dem Segen von höchster Stelle eingegangen werden.

Getrennt von all diesen Überlegungen war erst einmal die Frage, inwieweit der Tod von David Slocum mit dem Verschwinden von Lisa Childress zusammenhing. Bisher konnte sich Tracy noch nicht erklären, warum Slocum sich an

Childress gewandt hatte. Er hatte ja laut Dennis Hopper einiges zu verbergen. Warum hätte er sich einmischen und von sich aus Lisa Childress kontaktieren sollen?

Vielleicht hatte gar nicht Slocum Childress kontaktiert, sondern umgekehrt Childress Slocum, ohne zu erkennen, in welche Gefahr sie sich selbst und ihn damit brachte.

* * *

Am Freitagmorgen traf Tracy früh im Polizeipräsidium ein, holte sich einen Becher Kaffee, schaltete ihren Computer ein und wartete, bis ihre Nachrichten hochgeladen waren. Ebenso wie alle anderen Detectives unterhielt sie zwei E-Mail-Konten, ein persönliches und eins für die Arbeit, genauso auch zwei Handys. Ihr Computer im Präsidium lud nur E-Mails hoch, die mit ihrer Arbeit zusammenhingen. Tracy hatte für den heutigen Tag die Durchsicht der Anrufe eingeplant, die über das Hinweistelefon eingegangen und von der Kollegin dort als interessant eingestuft worden waren, wollte sich aber erst einmal ihre E-Mails ansehen. Sie scrollte sich durch die Liste der Absender. Die meisten Mails kamen hier aus dem Haus, von Absendern, die sie kannte, so auch eine von der Beamtin am Hinweistelefon. Sie leitete ein halbes Dutzend Hinweise an Tracy weiter. Direkt darunter befand sich eine Mail mit unbekanntem Absender.

No-reply@guerillamail.com

Tracy wollte die Nachricht schon löschen, die sie für Spam hielt und die ja möglicherweise auch einen Virus enthalten konnte, der ihren Computer zum Implodieren brachte, aber eigentlich kamen solche Mails bei ihr gar nicht an. Der Server der Abteilung sortierte sie aus und schützte vor Viren. Tracy beschloss, die Mail zu öffnen.

Autopsie David Slocum stand in der Betreffzeile.

Tracys Magen flatterte. An ihren Armen kroch Gänsehaut hoch, als wäre sie in einer dunklen Nacht ganz allein im Haus, die Vorhänge offen, und draußen stand jemand und beobachtete sie. Sie las sich die Mail durch.

* Minimale Schmauchspur an David Slocums rechter Hand, nicht an seiner linken.

* Slocum war Linkshänder.

* Kugeleintritt linke Schläfe.

* Kugellaufbahn leicht nach unten verlaufend.

* Slocum hatte keine Pistole.

* Kein Abschiedsbrief.

Tracy drückte auf Antwort und tippte: »Wer sind Sie?«

Wie erwartet, kam ihre Mail nur wenig später zurück. Sie hatte nicht zugestellt werden können, die angegebene Adresse existierte nicht.

Sie druckte sich die Zeilen sicherheitshalber aus, für den Fall, dass die Mail plötzlich verschwand oder sich selbst vernichtete wie früher in der alten Fernsehserie *Mission Impossible,* und saß dann eine Weile nachdenklich vor dem Blatt Papier. So spannend sie den Text auch fand, weit mehr interessierte sie der Absender. Also leitete sie die Mail an die Technikabteilung weiter und bat, so viel wie möglich über die Mail herauszufinden, unter anderem, woher sie kam.

Dann widmete sie sich den aufgelisteten sechs Punkten. Wenn Slocum Linkshänder gewesen war, schien es wahrscheinlich, dass er sich in die linke Schläfe geschossen hatte, aber dann hätte man doch an der linken, nicht der rechten Hand Schmauchspuren finden müssen. Tracy schloss die Augen und vergegenwärtigte sich die schrecklichen Fotos des völlig in sich zusammengesackten David Slocum, dessen linke Schläfe zum Fenster zeigte. Sollte ihn jemand erschossen haben, dann hatte der Täter gestanden und die Kugel wäre in einem leicht nach unten geneigten Winkel in die Schläfe eingedrungen. Die

Pistole war auf dem Boden vor dem Beifahrersitz gefunden worden, was kaum möglich schien, wenn Slocum sich mit der linken Hand erschossen hatte. Eigentlich hätte man die Pistole in der Nähe des Fahrersitzes finden müssen. Es sei denn, er hätte sich unglaublich verrenkt, um an seine Schläfe zu kommen.

Wer immer diese E-Mail geschickt hatte, wollte Tracy mitteilen, was sie bereits vermutete, aber noch nicht beweisen konnte: David Slocum hatte sich nicht selbst getötet. Sie wollte die E-Mail gerade an Kelly Rosa weiterleiten und sie bitten, den Autopsiebericht für sie durchzugehen, ohne dies an die große Glocke zu hängen, als sie zögerte. Nein, diese Bitte sollte nicht über den Polizeiserver laufen! Sie würde Rosa über ihr privates Konto anschreiben.

Sie hatte sich gerade an ihrem Computer abmelden wollen, als oben auf der Liste der E-Mails eine neue Nachricht auftauchte. Sie stammte von der Polizeichefin. Einen Moment später klingelte das Telefon auf Tracys Schreibtisch und die Anruferkennung meldete ebenfalls Chief Weber.

»Sie haben meine E-Mail bekommen?«, wollte sie ohne weitere Vorrede wissen.

»Ich bin gerade dabei, sie zu öffnen.«

»Sie sind auf die Pressekonferenz heute um zehn Uhr vorbereitet? Wo es um die letzten im Curry Canyon gefundenen Leichen und generell um den Abschluss dieser ganzen Sache gehen soll?«

Die Pressekonferenz hatte Tracy allerdings komplett vergessen. »Ich bin vorbereitet«, versicherte sie rasch, obwohl sie bisher noch keine zehn Minuten am Stück darüber nachgedacht hatte, was sie dort sagen wollte.

»Die Angelegenheit kann doch abgeschlossen werden, oder nicht?«, drängte Weber.

»Rosa hat bestätigt, dass keine weiteren Leichen aufgetaucht sind und auch mit dem Bodenradar keine gefunden wurden.«

Tracy warf einen kurzen Blick auf die Uhr in der rechten unteren Ecke ihres Bildschirms und fluchte lautlos. Sie hatte gerade noch eine halbe Stunde bis zum Beginn der Pressekonferenz.

»Ich möchte, dass Sie die Gesamtzahl der Opfer ansprechen, aber auch auf einzelne eingehen, wenn Sie danach befragt werden«, instruierte Weber sie. »Von den letzten beiden Opfern werden Familienangehörige da sein, und auch die Familien anderer Opfer haben sich angekündigt. Ich möchte uns als vereinigte Front präsentieren, als das Team, das diesen Familien dazu verhalf, mit den schrecklichen Ereignissen abschließen zu können.« Die reine öffentliche Selbstdarstellung, dachte Tracy, aber doch auch notwendig. »Rosa wird anwesend sein«, fuhr Weber fort, »und alle medizinischen und forensischen Fragen beantworten. Sie wird insbesondere erklären, warum wir sicher sind, dass dort oben keine weiteren Leichen begraben liegen, dass wir die Fundstelle also nicht einfach so aufgeben. Wir haben den Tatort gründlich untersucht, wir haben gut gearbeitet und sind der festen Überzeugung, dort keine Leiche hinterlassen zu haben.«

»Verstanden«, sagte Tracy.

»Gut. Woran arbeiten Sie gerade?«

Tracy hatte schon antworten wollen, als sie es sich anders überlegte. Vielleicht hatte Childress ja richtiggelegen, als sie ihren Chefs nie im Detail verriet, woran sie gerade saß. »Ich schließe die Akte Curry Canyon ab. Dann nehme ich mir weitere Akten vor und suche nach denen, bei denen die größte Aussicht auf Aufklärung besteht.«

»Vielleicht sollten Sie da auf der Pressekonferenz gleich etwas konkreter werden können. Ich werde betonen, dass wir so rasch und zügig an der Aufklärung alter Fälle arbeiten, wie es uns der wissenschaftliche Fortschritt ermöglicht. Diese Arbeit liegt ja jetzt in Ihrer Verantwortung und ich würde da gern mit etwas Konkretem aufwarten können.«

»Ich sehe mir ein paar der Akten an, die bei Nunzio ganz oben auf der Liste standen«, versprach Tracy.

»Dann bis gleich, um Viertel vor zehn im Konferenzraum.«

Womit Tracy gerade mal fünfzehn Minuten blieben. Das war ja, als würde man für ein Examen büffeln.

Sie legte auf und lud den Spickzettel mit ihren Notizen zu jedem der unter dem Wohnhaus in North Seattle und im Curry Canyon entdeckten Opfer hoch. Unter anderem hatte sie sich die Namen von Familienmitgliedern aufgeschrieben, und als sie jetzt zehn der ihr verbliebenen Minuten auf diese Notizen verwendete, kamen ihr alle Details rasch wieder in Erinnerung. Leider nicht schnell genug, die Zeit lief ihr einfach davon. Sie würde den Spickzettel mitnehmen müssen. Sie legte ihn sich zurecht und griff nach Nunzios Zusammenfassung der vielversprechendsten Fälle, die also, bei denen DNA-Spuren vorhanden waren. Ein rascher Blick auf die Uhr unten am Computer bestätigte ihr, dass sie keine Zeit mehr haben würde, sich diese Zusammenfassung genauer anzusehen. Sie würde sie mitnehmen und auf dem Weg zum Konferenzraum einen Blick darauf werfen.

Mit ihren beiden Spickzetteln bewaffnet eilte sie aus dem Büro und hastete, Nunzios Liste studierend, den Flur entlang.

* * *

Bald darauf wartete sie zusammen mit Chief Weber, Kelly Rosa und mehreren Mitarbeitern des forensischen Teams in dem an das Pressezentrum angrenzenden Konferenzraum. Weber hatte um zahlreiches Erscheinen gebeten und Tracy nutzte die Gelegenheit, um Kelly Rosa kurz zur Seite zu ziehen. »Ich habe hier einen Autopsiebericht«, sagte sie leise. »Könntest du dir den schnell mal durchsehen, ohne das an die große Glocke zu hängen? Ich brauche deine Einschätzung.«

»Wozu im Besonderen?«

»Todesursache.«

»Klar, schick das Zeug rüber.«

»Ich würde das ungern über den Server hier laufen lassen. Gibst du mir deine persönliche Mailadresse?« Kelly Rosa warf Tracy einen fragenden Blick zu, nannte ihr aber ihre private Adresse.

Um Punkt zehn öffnete Pressesprecher Bennett Lee die Türen zum großen Presseraum. »Sie warten auf euch.«

»Wie viele sind gekommen?«, wollte Chief Weber wissen.

»Volles Haus.« Lee sah Tracy an, nicht Weber, als er das verkündete. Er hatte ihr einmal anvertraut, dass sie, was die Aufmerksamkeit der Presse betraf, das beste Zugpferd der Abteilung geworden war. Worauf Tracy nicht stolz war und was sie auch nicht besonders freute. Nunzio hatte nämlich vergessen, ihr zu sagen, dass man sich jegliche Anonymität abschminken konnte, wenn man in einer nur aus einem selbst bestehenden Einheit arbeitete.

Chief Weber trat auf das Podium vor die versammelten Fernsehkameras, Reporter und Fotografen, Tracy und die anderen reihten sich hinter ihr auf, das Logo der Polizeitruppe von Seattle bildete das Hintergrundmotiv. Weber, ganz Profi, führte die Anwesenden gekonnt durch die Berichte über die Funde im Curry Canyon, lobte die Arbeit ihrer Detectives und ihres forensischen Teams, sprach den Familien der Opfer ihr Beileid aus und betonte, wie wichtig es war, dass diese Familien für sich nun eine Art Abschluss gefunden hatten. Die Polizei von Seattle, versicherte sie, würde nie einen Fall aufgeben, wie alt er auch sein mochte, denn hier wussten alle, dass sie für die Menschen des Staates Washington arbeiteten, und nahmen ihre Verantwortung sehr ernst. In diesem Zusammenhang stellte sie

Tracy vor, eine der am häufigsten ausgezeichneten Detectives der Abteilung für Gewaltverbrechen, die sich nun der Aufgabe verschrieben hatte, den Rückstau an nicht aufgeklärten Fällen abzubauen.

Tracy hatte an genügend Pressekonferenzen teilgenommen, um zu wissen, dass der Trick darin bestand, so wenig wie möglich zu sagen, während man sich gleichzeitig komplett transparent gab. Sie nannte den Anwesenden ein paar Details über die beiden letzten gefundenen Opfer, berichtete, dass sie beide Familien persönlich benachrichtigt hatte, wies auf deren Anwesenheit hin und bekannte, ihr Engagement aus der Stärke und dem Glauben zu ziehen, die ihr bei jeder einzelnen Opferfamilie begegnet waren. Sie schloss mit der Feststellung, dass das forensische Team mit absoluter Sicherheit keine weiteren Leichenfunde im Curry Canyon mehr vermutete. Dieser Teil ihrer Arbeit war beendet, die Akte konnte geschlossen werden.

»Ich übergebe jetzt an die forensische Anthropologin …«

Weiter kam sie nicht, denn nun meldeten sich mehrere Reporter lebhaft zu Wort, wobei eine Stimme alle anderen übertönte. Noch immer hatte Tracy beim Klang dieses Näselns das Gefühl, als fahre jemand mit einem langen Fingernagel über eine Schiefertafel. »Stimmt es, dass Sie sich nach Ihrem Erfolg im Curry Canyon nun mit dem Verschwinden der Investigativjournalistin Lisa Childress befassen?«

Maria Vanpelts Frage traf Tracy wie ein Schlag in die Magengrube und es überkam sie erneut das Gefühl, von irgendjemandem beobachtet zu werden. Vanpelt war die frühere Freundin von Tracys Captain Johnny Nolasco. Sie hatte für den Sender Channel 8 gearbeitet, war von dem aber kaltgestellt worden, nachdem sie im nationalen Fernsehen in einer Berichterstattung über die Suche nach einem Serienmörder den falschen Mann bloßgestellt hatte. Vanpelt gab Tracy die Schuld an diesem Fehler, aber die beiden hatten sich auch schon vor diesem Ereignis nicht leiden können.

»Wir reden nicht über laufende Ermittlungen.« Tracy hatte sich rasch wieder gefangen.

»Dann ist die Ermittlung also wieder aktiv?«, hakte Vanpelt nach. »Gibt es neue Erkenntnisse, die die Wiedereröffnung eines fast fünfundzwanzig Jahre alten Vermisstenfalles rechtfertigen?«

»Noch einmal: Ich werde weder abstreiten noch bestätigen, dass ich an einem bestimmten Fall arbeite.«

»Die Ermittlungen zu Lisa Childress' Verschwinden konzentrierten sich damals auf den Ehemann Larry Childress. Haben Sie neue Hinweise darauf, dass Childress in das Verschwinden seiner Frau verwickelt war?«

»Ich werde keinen Fall diskutieren, der noch nicht aufgeklärt ist, egal ob aktuell oder alt. Gibt es noch Fragen zum Curry Canyon?«

Es folgten weitere Fragen zum eigentlichen Thema der Pressekonferenz, von denen Tracy einige beantwortete, bevor sie das Mikrofon an Kelly Rosa weitergab. Sie selbst trat in den Hintergrund, innerlich vor Wut kochend.

Als die Pressekonferenz nach weiteren fünfzehn Minuten geendet hatte und man sich erneut im angrenzenden Konferenzraum versammelte, bedankte sich Weber bei den anderen und entließ sie, bat Tracy jedoch, kurz zu bleiben. »Ich würde mich gern noch mit Ihnen unterhalten.«

Sobald sie allein waren, ließ Weber die Fassade fallen, die sie der Öffentlichkeit bot. »Bei unserer Unterhaltung heute Morgen haben Sie behauptet, die Curry-Canyon-Sache abschließen und sich dann entscheiden zu wollen, welche Fälle Sie als Nächstes verfolgen. Haben Sie bereits mit einer anderen Ermittlung begonnen?«

»Bisher nur vorläufig. Die Tochter der vermissten Journalistin hat sich bei mir gemeldet und mich gebeten, mir die Sache einmal anzusehen.«

»Bei dem Opfer, um das es hier geht, ist das eine große Sache. Gibt es denn irgendwelche neuen Hinweise oder Erkenntnisse, die einen weiteren Blick rechtfertigen? Hat man DNA gefunden?«

»Nein. Nichts in der Art.« Fast hätte Tracy die am Fundort von David Slocums Leiche gefundene Dose Bärenspray erwähnt, aber in Anbetracht der geheimnisvollen E-Mail und dessen, was sich gerade auf der Pressekonferenz abgespielt hatte, wollte sie sich in dieser Sache lieber weiterhin sehr bedeckt halten. Von irgendwem hatte ja die Vanpelt ihre Informationen und eigentlich kam nur eine Handvoll Personen infrage. Wobei Chief Weber wohl kaum dazugehörte, aber trotzdem …

»Wie weit sind Sie gekommen?«, wollte Weber nun wissen.

»Nicht weit. Wie ich schon sagte, ich habe mir die Akte eben erst vorgenommen.«

»Und Spekulationen auf dem Ehemann der Vermissten abgeladen, ohne neue Beweise, die das rechtfertigen würden. Sie haben die Vanpelt doch gehört, die Presse wird sich auf den Mann stürzen.«

»Auf diese Möglichkeit habe ich die Tochter gleich bei unserer ersten Unterhaltung aufmerksam gemacht.«

»Ich möchte, dass Sie sich auf Fälle konzentrieren, bei denen DNA-Spuren vorliegen. Wir schulden es den Familien der Opfer, diejenigen Fälle aufzuklären, bei denen aufgrund neuer wissenschaftlicher Möglichkeiten Aussicht auf Aufklärung besteht. Wenn Ihnen also keine neuen Hinweise oder Beweise vorliegen, die ein Wiedereröffnen der Akte

Childress rechtfertigen, bei dem die Familie den ganzen beim ursprünglichen Verschwinden der Frau durchlittenen Kummer noch einmal mitmachen muss, dann lassen Sie diese Sache lieber liegen und priorisieren Ihre Fälle so, wie Nunzio es getan hat. Habe ich mich klar und verständlich ausgedrückt?«

»Sehr klar«, antwortete Tracy.

Weber schien sich zusammenzureißen. »Das eben, das war gute Arbeit. So eine Pressekonferenz hoffe ich schon sehr bald wieder abhalten zu können. Es ist wichtig, dass die Öffentlichkeit und der Stadtrat von unseren Erfolgen hören, und im Endeffekt ist es auch wichtig für uns.«

Tracy saß kaum wieder an ihrem Schreibtisch, als ihr Telefon klingelte. Laut Display kam der Anruf von außen und als der Beamte in der Zentrale erklärte, Anita Childress sei am Apparat, bat Tracy, sie zu verbinden.

»Anita?«

»Was ist da los, Detective?«

»Sie haben die Pressekonferenz gesehen?«

»Was für eine Pressekonferenz?«

»Wie war Ihre Frage denn sonst gemeint?«

»Ich habe gerade mit meinem Vater telefoniert. Das Haus in Medina wird von Kamerateams belagert und bei ihm rufen dauernd Leute an und fragen nach dem Fall meiner Mutter. Sie würden den wieder aufrollen. Er sagt, es ist ein Albtraum. Und jetzt erzählen Sie mir, Sie hätten eine Pressekonferenz abgehalten?«

»Nein. Bei der Konferenz ging es um einen völlig anderen Fall, der mit Ihrer Mutter überhaupt nichts zu tun hat. Aber eine Reporterin erkundigte sich nach dem Fall Ihrer Mutter.«

»Wie kam sie dazu? Was wusste sie?«

»Ich habe keine Ahnung, Anita. Es tut mir sehr leid, aber ich hatte nichts damit zu tun.«

»Ich hatte doch gesagt, dass wir eine Lösung haben müssen, bevor wir an die Öffentlichkeit gehen. Ich dachte, Ihre Arbeit würde meinen Vater entlasten, ihn freisprechen.«

Nun hatte Tracy Anita Childress ja gewarnt, eine Wiederaufnahme des Falles ihrer Mutter könnte Auswirkungen auf ihren Vater haben, aber jetzt war nicht der richtige Zeitpunkt, die junge Frau daran zu erinnern. Genauso wenig erzählte sie Childress, dass Chief Weber ihr gerade befohlen hatte, ihre Ermittlungen einzustellen, bis neue Beweise vorlagen.

»Ich weiß nicht, ob ich das meinem Vater noch einmal zumuten kann.« Anita Childress klang aufgewühlt. »Es ist ihm gegenüber nicht fair.«

»Es tut mir wirklich sehr leid, Anita. Ich kann versuchen herauszufinden, wie das passiert ist.«

»Ich glaube, ich muss mir das alles doch noch einmal überlegen. Ich brauche das Wochenende, um zu entscheiden, ob ich weitermachen will oder nicht.«

»Braucht Ihr Vater in irgendeiner Weise Hilfe?«

»Nein. Die Polizei von Medina ist da draußen und er sagt, das macht die Sache nur noch schlimmer. Er verschwindet eine Weile, die beiden haben ein Haus auf Whidbey Island. Ich melde mich Montag wieder bei Ihnen.«

Tracy legte den Hörer auf und atmete langsam die Luft aus, die sie ungewollt angehalten hatte. Inzwischen glaubte sie, dass jemand absichtlich Informationen hatte durchsickern lassen, um ihr die Arbeit zu erschweren. Wie sollte sie den Vorfall denn sonst interpretieren? Aber das hieß doch auch, dass sie auf dem richtigen Weg war, was einigen Leuten offensichtlich Angst einjagte. Genug, um sie und Anita Childress einschüchtern zu wollen.

Bei Tracy führte das nur zu noch festerer Entschlossenheit. Sie würde diesen Fall weiterverfolgen.

Chief Weber hatte angeordnet, die Akte zu schließen, es sei denn, neue Beweise lägen vor. Tracy blieb aber noch das Wochenende. Sie warf einen Blick auf ihren Computer und lud kurz entschlossen die Hinweise hoch, die die Kollegin am Infotelefon für sie herausgefiltert hatte.

Kapitel 18

Die vielversprechendsten Hinweise machten gerade einmal ein halbes Dutzend aus. Tracy griff zum Telefon, erreichte fünf der sechs Leute, die sie interessierten, und stellte ihnen eine Reihe von Fragen. Sie wollte feststellen, wie viel sie über Lisa Childress und deren Verschwinden wussten und ob sie wirklich neue Informationen beisteuern konnten. Zwei der fünf Befragten schienen einer weiteren Unterhaltung wert zu sein. Sie dachte noch über die von den beiden erhaltenen Informationen nach und fragte sich, wie sie sie nutzen könnte, als ihr Telefon erneut klingelte, wieder ein Anruf von außen.

»Detective Crosswhite?«, meldete sich eine Frauenstimme. »Sie baten um Rückruf. Es geht um den Hinweis, den ich in Bezug auf das Bild einer Frau auf Facebook hinterlassen habe.«

»Richtig! Sie sind dann ...?«

»Olga Holly.«

»Danke für Ihren Rückruf, Ms Holly. Ich würde sehr gern hören, was Sie wissen.«

»Eigentlich nur das, was ich schon in meiner ursprünglichen Nachricht beim Hinweistelefon sagte. Die Frau auf dem Foto, also auf dem, wo sie noch jünger ist, sieht wirklich sehr wie eine junge Frau aus, die früher einmal meine Buchhaltung gemacht hat.«

»Ihre Buchhaltung?« Das kam Tracy nicht gerade wahrscheinlich vor.

»Ja. Damals, 1996 und 1997, als mein Mann und ich in Escondido lebten.«

»Wo ist Escondido?«, erkundigte sich Tracy.

»Südkalifornien. Ungefähr fünfunddreißig Minuten nördlich von San Diego. Sie hatte einen anderen Namen – die Frau hatte einen anderen Namen als in dem Facebook-Post, aber sie sah ganz bestimmt so aus wie die Frau auf dem Foto. Mein Mann findet das auch. Wir haben, als wir dort lebten, mehrere Jahre lang mit diesem Steuerbüro zusammengearbeitet.«

»Wie hieß diese Frau denn?«

»Ich habe in unseren Papieren nachgesehen!«, erklärte Holly. »Weil sie mich wirklich so sehr an die Frau auf dem Foto bei Facebook erinnerte. Eine Steuererklärung von damals hatte ich nicht mehr, aber ich habe einen Brief gefunden. Die Frau hieß Melissa Childs.«

Melissa Childs. *Hm,* dachte Tracy.

Holly nannte Tracy den Namen des Steuerberaterbüros, mit dem sie zusammengearbeitet hatte. »Sie hat sich immer mit uns zusammengesetzt, um die Unterlagen für den Steuerberater durchzugehen, der unsere Erklärung dann einreichte.«

»Hat sie irgendetwas unterschrieben?«

»Ich glaube nicht. Der Buchhalter wird unsere Erklärungen unterschrieben haben, und die haben wir, wie ich schon sagte, nicht mehr. Ich fand es schon sehr erstaunlich, dass ich den Brief noch hatte.«

»Gibt es irgendetwas an ihr, woran Sie sich erinnern? Irgendetwas Bestimmtes?«

»Eine nette Frau. Ruhig. Hat nicht viel gesagt. Nicht unfreundlich, aber zurückhaltend. Ja, vielleicht ist das das richtige Wort, sehr zurückhaltend.«

»Als würde sie sich ein bisschen unbehaglich fühlen?«

»Ja, ich glaube, das könnte man sagen.«

»Sozial unbeholfen?«

»So weit würde ich nicht gehen. Das ist irgendwie grausam.«

»Haben Sie vielleicht noch die Telefonnummer des Büros, für das sie arbeitete?«

»Lassen Sie mich nachsehen.«

Wenig später war die Frau wieder am Apparat und hatte eine Telefonnummer gefunden. »Ich habe allerdings keine Ahnung, ob die noch aktuell ist.«

Tracy bedankte sich und legte auf. Es schien ihr sehr unwahrscheinlich, dass es sich bei dieser Buchhalterin um Lisa Childress gehandelt hatte, nur war da dieser Name, der in ihrem Kopf sofort Warnleuchten angehen ließ. Melissa Childs – das klang in der Tat sehr nach Lisa Childress, und auch Olga Hollys Beschreibung erinnerte an die verschwundene Reporterin.

Tracy wählte die Nummer, die Holly ihr gegeben hatte und die noch in Gebrauch war. Als am anderen Ende jemand abnahm, stellte sie sich vor und fragte, wer am Apparat sei.

»Chris. Chris Taylor.«

»Chris, wie lange gibt es diese Firma schon?«

»Ich habe sie 2004 von meinem Vater gekauft. Der hatte diese Filiale so um 1975 herum gegründet, glaube ich.«

»Lebt Ihr Vater noch?«

»Nein. Dad ist 2010 gestorben.«

»Das tut mir leid.«

»Danke, aber er war vierundachtzig und hatte ein gutes Leben. Womit kann ich Ihnen helfen?«

Tracy erklärte, sie suche nach jemandem, und fragte, ob er vielleicht Unterlagen besäße, aus denen hervorging, dass die Firma früher einmal eine Melissa Childs beschäftigt hatte.

»Wieso? Wird sie polizeilich gesucht?«, wollte Taylor wissen.

»Nein«, beruhigte Tracy ihn. »Nichts dergleichen.«

»Wenn sie hier gearbeitet hat, dann vor meiner Zeit. Ist es wichtig?«

Tracy verdrehte die Augen. *Nein, ich plaudere nur gern mit irgendwelchen Steuerberatern!* »Ja, das ist es, Chris. Sehr wichtig.«

»Es ist nur, dass wir mitten in der Steuersaison stecken und die Abgabetermine am 15. April immer näher rücken. Ich habe alle Hände voll zu tun.«

Das hatte Tracy nicht bedacht und sie verpasste sich mental eine Rüge. »Ich habe hier eine junge Frau, die ihre Mutter seit vierundzwanzig Jahren nicht mehr gesehen hat. Nun gibt es einen Hinweis, sie könnte unter dem Namen Melissa Childs in Ihrem Büro gearbeitet haben. Das halte ich zwar für unwahrscheinlich, ich bin aber trotzdem verpflichtet, dem Hinweis nachzugehen.« War sie nicht, aber es hörte sich gut an, fand sie.

»Okay«, seufzte Taylor. »Ich hole mir rasch einen Stift und dann sagen Sie mir, was Sie brauchen.«

Tracy fragte nach einem Führerschein oder einer Sozialversicherungsnummer, einer Adresse und Telefonnummer. Außerdem bat sie nachzusehen, ob Childs einen zweiten Vornamen oder eine Initiale angegeben hatte und ob es Fotos gab, was sie allerdings selbst sehr bezweifelte.

»Fotos haben wir wahrscheinlich keine«, meinte Taylor dann auch gleich. »Es sei denn, uns liegt die Kopie ihres Führerscheins vor. Ich setze jemanden dran und melde mich, sobald ich etwas weiß. Detective?«

»Ja?«

»Verstehen Sie das bitte nicht falsch, aber ich werde mich telefonisch erkundigen, ob Sie auch die sind, die Sie vorgeben zu sein.«

»Ein weises Vorgehen.«

»Ich würde wirklich nur ungern Informationen an irgendeine Verrückte weitergeben – Sie verstehen, wie ich das meine. Wenn die Frau, nach der Sie suchen, wirklich hier beschäftigt war, hat sie doch ein gewisses Recht auf Privatsphäre. Habe ich recht?«

»Sie haben recht. Melden Sie sich ruhig bei der zentralen Rufnummer des Präsidiums hier und stellen Sie Ihre Fragen.«

»In Ordnung. Sie hören von mir.«

»Hoffentlich bald, Chris.«

»Sobald ich kann.«

Tracy legte auf und überbrückte die nervige Wartezeit mit der Durchsicht von Nunzios Liste. Rasch hatte sie drei Fälle herausgesucht, bei der solide DNA-Spuren vorlagen. Inzwischen reichten dank des Fortschritts schon winzige DNA-Spuren, um einen DNA-»Fingerabdruck« zu gewinnen, es reichte praktisch schon ein Blutstropfen. Und die Wissenschaftler konnten nun mithilfe von Sequenzierung sogar aus gemischten DNA-Proben, wie sie zum Beispiel bei Vergewaltigungsopfern anfielen, die einzelnen DNA-Stränge herausfiltern und analysieren. Man gelangte viel schneller und kostengünstiger an Resultate, was der Abteilung zu rascheren Erfolgen verhalf und es dem Labor erlaubte, langsam, aber sicher den beträchtlichen Rückstau an Untersuchungen abzuarbeiten. Auch über den verwandtschaftlichen Datenabgleich hatte man neue Ermittlungserfolge erzielen können, hatte sich so doch die Datenbasis erheblich erweitert, auf der sich nach potenziellen Tätern forschen ließ. Wobei manche der auf Ahnenforschung spezialisierten Institute der Polizei den Zugang zu ihren Datenbanken verweigerten. Für sie stellte es eine Verletzung der Privatsphäre dar, einen Kriminellen aufgrund ihrer Daten aufspüren zu wollen.

Tracy bat darum, die Fallakten dieser drei vielversprechenden Fälle aus dem Lager zu holen. Sie würde sie schnell noch einmal durchgehen und die relevanten Beweismittel an Mike Melton weiterleiten, der allgemein Oz genannt wurde, weil er drüben im kriminaltechnischen Labor der Washington State Patrol als reiner Zauberkünstler wirkte. Vielleicht, dachte Tracy, gelang es ihr so, sich Chief Weber eine Weile vom Leibe zu halten, bis sie genügend neue Beweise hatte finden können, die ein weiteres Vorgehen in der Sache Lisa Childress rechtfertigte. Falls deren Tochter nicht doch noch einen Rückzieher machte.

Während sie auf die Unterlagen aus dem Lager wartete, suchte Tracy im Internet nach Zeitungsartikeln über Drogenrazzien in den Neunzigerjahren, über die Sondereinheit Last Line und ganz allgemein über Polizeikorruption in Seattle. Sie fand mehrere Artikel über Pressekonferenzen im damaligen Public Safety Building, bei denen sich Sergeant Rick Tombs an führender Stelle auf dem Podium präsentiert hatte. Eins der Fotos in diesem Zusammenhang zeigte Tombs neben einem strahlenden Bürgermeister Edwards. Im Artikel dazu ging es um die Verhaftung von gleich zweiundzwanzig mutmaßlichen Drogenhändlern, die überall in der Stadt gearbeitet hatten. Tombs wirkte auf dem Foto ein wenig gedrungen, mit kurzen Haaren und intensivem Blick. Er stand kerzengerade da und starrte in die Kamera, auf der breiten Brust, nicht zu übersehen, ein silbernes Abzeichen.

»Wir machen hier einfach nur unsere Arbeit«, wurde Tombs zitiert. »Und das werden wir auch weiterhin tun. Für die Menschen in Seattle und in diesem Staat. Ich hoffe, die Verhaftungen heute sprechen eine deutliche Sprache und senden ein Signal an alle Drogendealer dort draußen, dass sie in

Seattle lieber keine Geschäfte machen sollten. Wir werden euch alle finden, wir werden euch alle verhaften.«

Tracy blätterte sich durch weitere Artikel über diese zweiundzwanzig Verhaftungen und las einen davon durch. Mit einer Ausnahme hatten sich alle Verhafteten schuldig bekannt. Gegen Henderson Jones, der ein Schuldeingeständnis verweigert hatte, war Anklage erhoben worden, die allerdings am Vorabend der Gerichtsverhandlung von der Staatsanwaltschaft fallen gelassen wurde, womit Jones rehabilitiert war. Der damals neunundzwanzig Jahre alte Jones hatte stets behauptet, unschuldig zu sein. Die Anklage sei erfunden und er zum Zeitpunkt des angeblich von ihm durchgeführten Deals gar nicht in der Stadt und noch nicht einmal im Staat Washington gewesen, sondern zu Besuch bei seinem Bruder in Kalifornien. Er hatte das auch belegen können: Es gab Quittungen von Tankstellen und Restaurants aus der Stadt, in der sein Bruder lebte, einige Hundert Meilen von Seattle entfernt. Die Polizei hatte anfangs behauptet, Jones habe die Quittungen gefälscht. Jemand anderes habe sie ihm besorgt, um ihm zu einem Alibi zu verhelfen.

Tracy sah nach, wer den Artikel geschrieben hatte und ihr Herz schlug rascher: Lisa Childress.

»Ich verkaufe schon seit Jahren keine Drogen mehr und die Polizei weiß das auch«, hatte sich Jones Childress gegenüber geäußert. »Ich habe bei einer Baufirma gearbeitet und regelmäßig gutes Geld verdient, Steuern bezahlt. Ich habe mir etwas aufgebaut, für mich und meine Familie. Und dann kommt die Polizei und erfindet diese Anklage!«

Jones, der aus dem Rainier Valley stammte, hatte Childress des Weiteren erzählt, er habe aufgrund der Verhaftung und der sich über ein Jahr hinziehenden vorprozessualen Verhandlungen seinen Job verloren und sei nicht in der Lage gewesen, erneut eine Festanstellung zu finden. »Die Leute kriegen das mit der

Verhaftung mit und scheuen die Belastung, einen potenziellen Drogenhändler einzustellen.«

Jones gab an, die Last Line sei schon lange hinter ihm her gewesen, aus Gründen, die noch aus der Zeit stammten, als er im Rainier Valley mit Drogen gehandelt hatte. »Ich habe damals Sachen gemacht, auf die ich nicht stolz bin, und offenbar haben die Leute das nicht vergessen. Aber seit der Geburt meines Sohnes bin ich clean. Meine Kinder sollen ein stabiles Zuhause haben.«

Tracy druckte den Artikel aus, und während der Drucker geschäftig summte und klackte, rief sie im Büro der Staatsanwaltschaft von King County an und bat, mit Rick Cerrabone sprechen zu dürfen. Cerrabone war einer der leitenden Staatsanwälte im Most Dangerous Offender Project MDOP, das sich um die Strafverfolgung bei Schwerverbrechen kümmerte. Er war ein Mann von großer Erfahrung und arbeitete seit mehr als zwanzig Jahren im Büro der Staatsanwaltschaft.

»Cerrabone.«

»Sie hören sich an, als wären Sie schwer beschäftigt.« Tracy brauchte sich nicht vorzustellen, Cerrabone und sie hatten schon bei vielen Fällen zusammengearbeitet.

»Ich bin immer beschäftigt. Was liegt an?«

»Ich hatte gehofft, jemand könnte eine Akte für mich besorgen.«

»Sie arbeiten doch aber gar nicht mehr an aktiven Ermittlungen, habe ich mir sagen lassen. Hat man Ihnen nicht gerade erst wieder so einen schicken Orden verliehen?«

»Hier geht es um einen der alten Fälle.«

»Haben Sie ein Aktenzeichen?«

»Dann würde ich Sie nicht belästigen. Was ich habe, sind ein Name und ein Datum. Die Staatsanwaltschaft hat den

Fall nicht zur Anklage gebracht und ich wüsste gern, warum nicht.«

»Sagen Sie mir, was Sie haben. Heute wird das allerdings nichts mehr. Wahrscheinlich lasse ich die Akte Montag von einem Mitarbeiter holen.«

»Montag ist gut.« Tracy nannte Cerrabone den Namen, Henderson Jones, und das Datum seiner Verhaftung.

»Wie ist das Leben außerhalb des Dreckslochs?«, wollte Cerrabone wissen.

»Hell und leuchtend. Und selbst?«

»Kann mich nicht beklagen. Plane für diesen Sommer eine Familienreise nach Europa. Falls ich nicht sterbe, bevor das Flugzeug abheben kann. Ich sorge dafür, dass sich Montag jemand bei Ihnen meldet.«

Tracy legte auf und als es jetzt an der Tür klopfte, rief sie »Herein!«. Ein junger Mann öffnete die Tür und schob einen Rollwagen mit drei Kartons darauf herein, die drei Fallakten aus dem Lager, um die sie gebeten hatte. Die würde sie jetzt zu Melton hinüberbringen, ihn bitten, seinen Zauber zu wirken, und dann selbst früh nach Hause fahren.

Aber erst einmal klingelte ihr Telefon wieder. »Na klar«, seufzte sie und griff zum Hörer.

»Detective Crosswhite? Chris Taylor hier, aus Escondido. Ich habe Melissa Childs' Unterlagen gefunden. Ich scanne sie ein und schicke sie Ihnen per Mail, wenn Sie mir eine E-Mail-Adresse nennen.«

Tracy warf einen Blick auf die Uhr und nannte Taylor ihre private Adresse, aber nicht der Uhrzeit wegen. Die Erinnerung an Maria Vanpelt im Besitz von internen Informationen war noch zu frisch.

»Wie schnell können Sie die Unterlagen schicken?«

»Sobald ich hier Schluss gemacht habe. So gegen neunzehn Uhr? Wenn das in Ordnung ist.«

Tracy wusste ja jetzt, unter welchem Druck Taylor angesichts des 15. Aprils stand. »Perfekt! Herzlichen Dank für Ihre Unterstützung.«

»Ich hoffe, es hilft der Frau, ihre Mutter zu finden. Ich kann mir gar nicht vorstellen, wie so etwas ist! Wir haben meinen Dad vor zwölf Jahren verloren und er fehlt mir immer noch.«

Tracy wusste genau, wie so etwas war: Als wache man jeden Morgen mit einem dumpfen Schmerz in der Brust auf.

Jetzt gab es noch eine Sache, die sie überprüfen wollte. Sie rief in der Personalabteilung an und bat um die letzte dort bekannte Adresse und Telefonnummer von Sergeant Rick Tombs. Normalerweise hinterließ man diese Informationen nach der Pensionierung, man wollte ja schließlich die Rentenschecks erhalten. Es war auch nicht ungewöhnlich, dass aktive Beamte einen pensionierten Kollegen kontaktierten, um ihm zu einem bestimmten Fall Fragen zu stellen. Tracy hörte, wie die Frau in der Personalabteilung ihre Tastatur bearbeitete.

»Ich habe eine Adresse und Telefonnummer«, sagte sie. »Hier steht aber auch, dass die betreffende Person verstorben ist.«

Kapitel 19

Nachdem sie die Akten bei Park 90/5 vorbeigebracht und Mike Melton eine E-Mail geschickt hatte, in der sie erklärte, was sie brauchte, erhielt Tracy ihrerseits per E-Mail die Informationen zu Rick Tombs, um die sie die Personalabteilung gebeten hatte. Die Tatsache, dass Tombs verstorben war, hatte ihr Interesse nur gesteigert. Tombs hatte als Rentner eine Adresse in Scottsdale, Arizona, angegeben und dazu auch eine Handynummer. Tracy suchte sich die Adresse in einer Suchmaschine heraus. Das Haus befand sich in Desert Highlands, einer Golf-Community. Neugierig geworden suchte sie mithilfe einer anderen Suchmaschine nach weiteren Häusern in dieser Gemeinde und fand keins, das unter 2,5 Millionen zu haben gewesen wäre. Dazu kamen wahrscheinlich noch die Kosten für eine Mitgliedschaft im Golfclub und die monatlichen Gebühren dort. Tombs schien es als Rentner ja richtig gut gegangen zu sein. Als sie den Namen Rick Tombs zusammen mit »Scottsdale, Arizona« in die Suchmaschine eingab, erhielt sie als ersten Treffer einen Nachruf. Tombs war vor fast fünf Jahren verstorben. Die Todesursache wurde im Nachruf nicht genannt.

Ganz so gut war es ihm also doch nicht gegangen.

Kurz nach siebzehn Uhr traf Tracy zu Hause ein. Sie sehnte sich sehr nach Daniella, und als sie die Haustür aufschloss, setzte sie wie erwartet die Alarmglocken in Gang. Es klapperte wie Hagelkörner auf einem Blechdach, als Rex und Sherlock um die Küchenecke geschossen kamen, so schnell, dass sie auf dem gefliesten Boden seitlich wegrutschten. Rex knallte mit Sherlock zusammen, die beiden rutschten auf dem Läufer weiter, prallten gegen die Rückseite der Couch und bildeten kurz ein Durcheinander aus Pfoten und Beinen, bevor sie bei Tracy anlangten.

Tracy sagte sich zwar immer wieder, dass sie hier bedingungslose Liebe in Aktion sah, etwas, das man für alles Geld der Welt nicht kaufen konnte, war aber trotzdem froh, Dan zu Bodenfliesen sowohl in der Küche als auch im Eingangsbereich überredet zu haben. Diese Art von Behandlung hätte selbst der beste Hartholzboden nicht länger als eine Woche überstanden.

»Wo kommt ihr denn her?«, erkundigte sich Tracy bei dem enthusiastischen Begrüßungskomitee, während sie ihre Aktentasche abstellte, die Hunde kraulte und sich in Begleitung der beiden langsam zur Rückseite des Hauses vorarbeitete. »Dan?«

»Hier draußen.«

Tracy trat hinaus auf die hölzerne Veranda, wo Dan mitten in einem Riesenprojekt zu stecken schien. Drei Meter lange, feste Holzbalken markierten die Ecken der Veranda und ungefähr tausend weitere Teile, Vierkanthölzer, Schrauben und Muttern, lagen überall auf dem Boden verstreut oder waren zunächst noch in einem großen, geöffneten Karton verblieben. Weiter hinten im Garten, wo die Schaukel stand, schubste Therese Daniella in ihrem Körbchen an und winkte Tracy fröhlich zu. »Wage ich zu fragen, was das wird?«, erkundigte sich Tracy.

»Das ist ein offener Pavillon«, erklärte Dan, ohne mit der Wimper zu zucken. »Oder doch wenigstens der Grundstock zu einem.«

Tracy musterte die aufrecht stehenden Balken.

»Wenn er fertig ist, reicht er über die ganze Veranda und das Dach besteht aus zwei Etagen, mit Zwischenräumen, damit der Rauch vom Grill oder von der Feuerschale abziehen kann. Die Abstände sind ungefähr so.« Dan zeigte es ihr mit beiden Händen, der Abstand schien etwa zehn Zentimeter zu betragen.

»Hatten wir das abgesprochen?«, fragte Tracy.

»Wir haben darüber gesprochen, wie schön es wäre, das ganze Jahr über und bei jedem Wetter draußen sitzen zu können, und bei Cisco gab es ein Sonderangebot. Wir haben sechshundert Dollar gespart.«

Tracy trat näher heran und betrachtete die einzelnen Teile. »Und wie viel haben wir ausgegeben, um sechshundert Dollar zu sparen?«

»Zwölfhundert Dollar.«

»Zwölfhundert Dollar und du musst es selbst zusammenbauen? Das dauert doch bis nächsten Sommer.«

»Wenn wir den Pavillon am häufigsten nutzen werden.«

»Ich meinte nicht diesen Sommer, ich meinte den danach.«

»Oh, ihr Kleingläubigen!« Dan griff nach einer ziemlich umfangreichen Bauanleitung.

»Allein die Bauanleitung ist ja dicker als die Bibel«, sagte Tracy. »Bis zu welcher Seite bist du bis jetzt gekommen?«

»Seite acht.«

»Von wie vielen? Zweihundert?«

»Ohne eine skeptische Zweiflerin an meiner Seite ginge es bestimmt viel schneller. Zum Beispiel mit ein wenig Hilfe.«

»Zweifellos. Und wo gedenkst du diese Hilfe zu finden?« Tracy ging hinüber zu Therese und Daniella.

»Wer ist denn da?«, gurrte Therese. »Wer ist denn da gekommen, Daniella? Mama! Mama!«

»Mama!« Daniella strampelte begeistert mit Armen und Beinchen.

Tracy bückte sich und küsste sie. »Und was machst du, Schatz? Schaukelst du?« Sie hob Daniella aus dem Korbsitz und drückte sie an sich.

»Ich mache mir Sorgen um Mr O«, sagte Therese leise. »Er ist heute wieder nicht zur Arbeit gegangen, und als er nachmittags nach Hause kam, ragte da die Hälfte von dieser Kiste aus seinem Auto. Ich dachte schon, die kippt gleich raus.«

Auch Tracy machte sich Sorgen. Der Selbstmord seines Mandanten hatte Dan sehr mitgenommen. Er sagte in Gesprächen zwar, es sei nicht seine Schuld gewesen, aber Tracy wusste, es war einfacher, so etwas zu behaupten, als es auch wirklich zu glauben. »Mit dem Projekt da dürfte er ein paar Tage beschäftigt sein«, meinte sie, ebenfalls leise, zu Therese. »Vielleicht lenkt es ihn ja ab.«

»Sie zwei sollten mal für ein paar Tage wegfahren, woanders übernachten. Ich kümmere mich schon um Daniella.«

Das war eigentlich gar keine so schlechte Idee. Sie könnten Samstagmorgen nach Cedar Grove fahren und ein ganzes Wochenende lang nur in den Bergen wandern, es sich abends am Feuer gemütlich machen, lesen und Wein trinken. Nur verließ Tracy ihre Tochter sehr ungern und wusste, dass Dan genauso empfand. Sie musste Daniella die Woche über schon so viele Stunden entbehren, in denen die Kleine wach war, und versuchte, an den Wochenenden alles bis auf ihre Tochter hintanzustellen. Wenn Dan und sie wegfuhren, dann nur mit Daniella.

Sie zückte ihr Handy und sah sich die Wettervorhersage für die North Cascades an, wo für das Wochenende Regen mit Hagelschauern und stürmische Winde erwartet wurden. Damit wäre diese Idee also gestorben. Vielleicht sollten sie Golf spielen. Tracy trug Daniella zurück auf die Veranda, wo Dan immer noch ins Studium der Bauanleitung vertieft war. »Hast du schon raus, wie es geht?«

»Ich glaube, Mandarin zu verstehen wäre einfacher.«

»Es wird spät. Ruf Tim an und frag ihn, ob er Zeit hat, dir morgen oder Sonntag zu helfen.« Tim Berg, ein pensionierter Boeing-Ingenieur, war imstande, so gut wie jedes praktische Problem zu lösen. Tracy hatte seine Frau in einer Elterngruppe kennengelernt und inzwischen waren beide Ehepaare gut miteinander befreundet. »Ich kann Brenda fragen, ob sie auch vorbeikommen möchte. Wir gehen mit den Mädchen in den Park und wenn ihr fertig seid, kochen wir zusammen.«

»Fertig? Deiner Meinung nach dauert das doch bis nächsten Sommer.«

»Das war, bevor mir Tim einfiel.«

Dan runzelte die Stirn. »Sehr witzig.«

»Ich bring dir ein Bier raus und dann genießen wir, was vom Tageslicht noch übrig ist. Was möchtest du zum Abendessen?«

Sie hatten beide keine Lust zum Kochen, also gaben sie bei einem thailändischen Restaurant eine Bestellung auf, tranken Bier und schlugen die Zeit tot, bis es für Dan Zeit wurde, loszufahren und die Bestellung abzuholen. Daniella saß in ihrem Hochstuhl und wurde gerade von Tracy mit Süßkartoffeln gefüttert, als zwischen einem vollen Löffel und dem nächsten Tracys Handy klingelte. Chris Taylor schickte die versprochene E-Mail.

Sie enthielt vier Anhänge. Tracy öffnete die erste, die Kopie des kalifornischen Führerscheins von Melissa Childs, und vergrößerte mithilfe ihrer Finger das Foto darauf. Beim Anblick des Bildes blieb ihr kurz die Luft weg.

»Mein Gott«, sagte sie leise.

Wenn das nicht Lisa Childress war, so lag doch zumindest eine frappierende Ähnlichkeit vor.

Bei den anderen Dokumenten handelte es sich unter anderem um eine Sozialversicherungskarte. Tracy würde die Nummer darauf mit der Nummer auf der Karte aus Lisa Childress' Akte vergleichen und auch die beiden Unterschriften auf Ähnlichkeiten hin prüfen müssen.

Daniella quiekte protestierend. Tracy hatte ihrer Tochter den vollen Löffel zwar hingehalten, aber so, dass das arme Kind ihn nicht erreichen konnte. »Tut mir leid!« Sie fütterte ihre Tochter, wischte ihr den Mund ab und bot ihr den nächsten Löffel voll an, bevor sie zur Führerscheinkopie zurückkehrte. Als Adresse stand dort Escondido, Kalifornien, und als Geburtsdatum der 1. Juli 1967. Lisa Childress war im Juni 1965 zur Welt gekommen, trotzdem ließ irgendetwas an dem Foto Tracy keine Ruhe.

Als Daniella den nächsten Protestschrei ausstieß, schüttelte Tracy den Kopf und ließ ihr Handy sinken. »Tut mir echt leid, Schatz! Mommy soll sich um dich kümmern, was? Bist du fertig?« Sie kratzte noch einen letzten Löffel Süßkartoffeln zusammen, schob ihn ihrer Tochter in den Mund und wartete, bis diese gekaut und geschluckt hatte. Dann säuberte sie ihr mit einem angefeuchteten Blatt Küchenrolle Mund und Hände. Sie wollte Daniella gerade aus ihrem Stuhl heben, als draußen Dans SUV vorfuhr, was den üblichen Hundealarm auslöste. Daniella erschrak und fing an zu weinen. Tracy hob sie aus dem Stuhl und tröstete sie, während die Hunde ungestüm aus dem Zimmer stürzten und man mit anhören konnte, wie ihre Nägel über die Fliesen schabten, bevor Rex und Sherlock ausrutschten und wieder einmal in einem wilden Haufen übereinander landeten.

* * *

Tracy überfiel Dan nicht sofort mit der E-Mail, die sie erhalten hatte, und dem Foto von Melissa Childs. Nachdem sie gegessen hatten, brachte sie Daniella zu Bett und sie und Dan machten es sich im Whirlpool gemütlich, eine Flasche Syrah und das Babyphon auf einem Tischchen in Reichweite.

»Himmel, was hat sich unser Leben verändert!«, sagte Dan. »Rotwein und Babyphon, was für eine Mischung!«

Tracy lachte. Sie wollte das Thema Selbstmord nicht zur Sprache bringen, wahrscheinlich konnte Dan eine Pause gut gebrauchen. Also redeten sie über sein Projekt mit der überdachten Veranda und darüber, was ihn auf die Idee gebracht hatte.

»Ich glaube, mein Gehirn brauchte einfach mal eine Pause«, gestand Dan, womit er nun selbst das Thema anschnitt, das Tracy hatte vermeiden wollen.

»Eine Pause für dein Hirn? Das Ding da draußen könnte selbst Einstein nicht bauen.«

Dan lachte. »Tim wird eine große Hilfe sein. Wahrscheinlich stellt er das ganze Konzept um und macht es um Längen besser. Wie war die Arbeit?«

Aha, Themenwechsel. »Willst du etwas absolut Unglaubliches hören?«

»Gut oder schlecht?«

»Das lässt sich noch nicht genau sagen, aber ich glaube, ich habe Lisa Childress gefunden.«

»Die verschollene Journalistin?«, fragte Dan skeptisch.

»Ich glaube, ja.« Sie erzählte Dan von dem Hinweis, der über die Website reingekommen war, nahm ihr Handy vom Beistelltisch und hielt es ihm über das sprudelnde Wasser hinweg hin. »Sieh dir das an.« Sie zeigte ihm ein Foto von Lisa Childress und das Bild im Führerschein von Melissa Childs.

»Ach du Scheiße!« Dan riss die Augen auf. »Das sieht ja wirklich so aus, als wäre sie es.«

»Dann bilde ich mir das nicht bloß ein?«

»Was hast du jetzt vor?«

»Kontakt herstellen, wenn möglich.«

»Was ist mit Chief Weber? Ich dachte, sie hätte gesagt, du sollst damit aufhören.«

»So genau hat sie das nicht gesagt. Ich soll Fälle untersuchen, bei denen die Hoffnung auf Aufklärung besteht. Ich würde mal sagen, hier besteht jetzt solche Hoffnung. Ich nehme mir einen Krankentag oder einen Tag unbezahlten Urlaub und fliege am Montag nach Escondido.«

»Hast du mit der Tochter oder dem Ehemann gesprochen?«

»Nein. Und das habe ich auch nicht vor, solange ich nicht weiß, ob sie es wirklich ist und sie mit ihrer Tochter in Kontakt gebracht werden möchte.« Tracy konnte sich nichts Schlimmeres vorstellen, als Anita Childress mitzuteilen, ihre Mutter sei unter Umständen lebend gefunden worden, nur um ihr dann sagen zu müssen, dass sie sie nicht sehen wollte.

»Wenn sie es ist, führt das allerdings zu einem weiteren Problem, nicht wahr?«

Tracy nickte. »Wenn sie es ist, dann hat sie ihren Mann, ihr Kind und ihre Eltern verlassen und sie in dem Glauben gelassen, sie wäre tot.«

»Wie kann man so etwas Menschen antun, die einen lieben?«

»Ich weiß es nicht.«

Ein Mensch konnte verschwinden, sich freiwillig aus dem Staub machen. Daran war nichts Illegales. Falls Childress denn freiwillig verschwunden war. Frauen, die in Gewaltbeziehungen lebten, flohen oft, manchmal mithilfe von Organisationen, die ihnen einen neuen Platz zum Leben und eine neue Identität verschafften, in der Hoffnung, der gewalttätige Partner werde sie daraufhin nie wiederfinden.

»Hast du seit der Pressekonferenz mit der Tochter gesprochen?«, wollte Dan wissen.

»Nur einmal, am Telefon.«

»Was machst du, wenn sie nicht möchte, dass du weitermachst?«

»Ich fliege trotzdem runter. Ich bin jetzt so weit gekommen, ich werde die Sache zu einem Ende bringen.«

»Gut, das kann ich verstehen. Aber bist du wirklich in der Lage, Stillschweigen zu wahren, wenn es Childress ist und sie dich bittet, ihrer Tochter nicht zu sagen, dass sie noch lebt?«

»Ich werde schweigen müssen.«

»Aber kannst du es auch? Das wäre eine ziemliche Belastung.«

»Ich gehe es langsam an, immer einen Schritt nach dem anderen. Was ist, wollen wir uns einen Film anschauen und früh zu Bett gehen?«

»Hört sich gut an«, sagte Dan leise.

»Kling bloß nicht zu begeistert.«

Er lächelte. »Es wird eine Weile dauern.«

»Ich weiß«, sagte Tracy.

»Danke für dein Verständnis, und was noch wichtiger ist …«

»Was?«, erkundigte sich Tracy besorgt.

»Danke, dass du Tim angerufen hast. Ich war nämlich kurz davor, das ganze Zeug wegzuschmeißen.«

Sie spritzte mit Wasser nach ihm.

* * *

Während Dan duschte, widmete sich Tracy noch einmal der E-Mail von Chris Taylor. Sie nahm ihr Handy mit hinunter ins Arbeitszimmer, wo ihre Aktentasche mit den Unterlagen zu Lisa Childress stand, schaltete die Schreibtischlampe an, zog die Papiere aus der Tasche und sah sich Childress' im Staat

Washington ausgestellten Führerschein an. Er stammte aus dem Jahr 1990 und war wahrscheinlich der zweite, wenn Childress ihren ersten mit sechzehn Jahren bekommen hatte.

Der kalifornische Führerschein, den Chris Taylor geschickt hatte, war am 15. Juni 1996 ausgestellt worden, nicht lange nachdem Childress verschwunden war. Tracy öffnete das dritte der mit der E-Mail gekommenen Dokumente, eine Bewerbung. Melissa Childs, kein zweiter Vorname, aber die mittlere Initiale A., bewarb sich um eine Teilzeitstelle bei H&R Block. Dort, wo im Formular nach ihrer Ausbildung gefragt wurde, hatte sie *Palomar College – Escondido* eingetragen, Beginn der Ausbildung September 1996. Sie hatte nicht angegeben, wann sie fertig sein würde, und die Zeilen, in denen nach Abschlüssen gefragt wurde, durchgestrichen. Ihre Schwerpunktfächer waren Buchhaltung und Brandbekämpfung gewesen, eine interessante Kombination, und als besondere Fähigkeiten hatte sie angegeben, sie lerne schnell. Frühere Arbeitsstellen oder Berufserfahrung blieben unerwähnt.

Es war fast so, als wäre Melissa Childs im Jahr 1996 vom Himmel gefallen. Alles ging von diesem Datum aus. Tracy dachte nach. Konnte es wahr sein? Sollte Dan mit seinen Spekulationen recht behalten? War Childress einfach weggegangen, ohne ihre Tochter? Hatte sie noch einmal neu angefangen?

Tracy dachte an Daniella. Nein, das konnte sie sich nicht vorstellen.

Es würde auch die Dose Bärenspray nicht erklären. Oder David Slocum.

Kapitel 20

Am Montagmorgen rief Tracy im Polizeipräsidium an und teilte der Personalabteilung mit, sie fühle sich nicht wohl und nähme einen ihrer Krankentage. Das war eine Notlüge, die niemandem wehtat, diese Krankentage standen ihr zu.

Sie hatte das Haus für sich, denn Therese war mit Daniella bei einer Veranstaltung in einer Kindertagesstätte, wo Daniella mit anderen Kindern spielen und unter anderem lernen sollte zu teilen. Tracy hielt nicht allzu viel von solcher Art Unternehmungen, aber für Daniella und Therese war es eine Gelegenheit, aus dem Haus zu kommen und mit gleichaltrigen Kindern beziehungsweise Erwachsenen zusammen zu sein. Dan war an diesem Morgen ins Büro aufgebrochen, es schien ihm besser zu gehen. Das Projekt überdachte Veranda hatte sich als reine Therapie erwiesen: Tim und Dan hatten den gesamten Samstag und auch noch den Sonntag gebraucht, um den Pavillon zusammenzubauen. Es war nicht einfach gewesen, aber sie hatten es geschafft, und am Sonntagabend hatten sie alle vier unter dem neuen Dach gesessen und gegessen.

Tracy schloss die Tür des Arbeitszimmers, bat Alexa um klassische Musik und suchte sich im Internet die Telefonnummer der Polizeizentrale von Escondido heraus, rief dort an und bat, mit jemandem von der Vermisstenstelle sprechen zu dürfen. Für Vermisste sei die Abteilung allgemeine Ermittlungen zuständig, wurde ihr gesagt, und nach einigem Hin und Her landete sie bei einem Lieutenant einer Sondereinheit der allgemeinen Ermittlungsabteilung, dem sie erklären durfte, wer sie war und warum sie anrief.

»Können Sie mir den Namen und das Geburtsdatum der betreffenden Person nennen?«, fragte der Lieutenant.

Ja, das konnte Tracy. »Und was sollen wir jetzt also für Sie tun?«, erkundigte er sich daraufhin alles andere als begeistert. Wahrscheinlich fand er Tracys Suche nach vierundzwanzig Jahren reichlich hoffnungslos und war sich sicher, dass er sie mit leeren Händen würde fortschicken müssen.

»Ich wüsste gern, ob sie immer noch an der Adresse lebt, die ich Ihnen genannt habe, und ob sie überhaupt noch in Escondido ist. Ich habe ihren Namen durch alle mir von hier aus zur Verfügung stehenden Datenbanken laufen lassen, ohne etwas zu finden.«

»Sie versuchen festzustellen, ob sie eine Person sein könnte, die vor vierundzwanzig Jahren verschwand?«

»Das ist korrekt.«

»Und Sie sagen, sie hätte als Buchhalterin gearbeitet, vielleicht aber auch bei der Feuerwehr?«

»Buchhaltung und Brandbekämpfung scheinen auf dem örtlichen College ihre beiden Hauptinteressen gewesen zu sein.«

»Haben Sie bei der Feuerwehr angerufen? Vielleicht hat sie für die gearbeitet.«

Er wollte den schwarzen Peter gern weitergeben, aber immerhin schien es in die richtige Richtung zu gehen. »Haben Sie eine Nummer?«

»Das Verwaltungsbüro der Feuerwehr befindet sich hier in diesem Gebäude. Es wäre am Gescheitesten, dort anzufangen, statt jede einzelne Feuerwache in der Stadt anzurufen.« Tracy wusste zwar nicht, wie viele Feuerwachen Escondido hatte, ahnte aber, nachdem sie in den vergangenen Jahren in den Nachrichten immer wieder Bilder von den verheerenden sommerlichen Waldbränden in Südkalifornien hatte sehen müssen, dass es hier gar nicht genügend Feuerwehrleute geben konnte. Der Lieutenant nannte ihr die Nummer der Verwaltungszentrale und erklärte Tracy, sie solle sich, falls sie dort erfolgreich war, gern wieder bei ihm melden. Er würde versuchen, über die kalifornische Kraftfahrzeugzulassungsstelle und das Katasteramt eine aktuelle Adresse der Gesuchten herauszufinden.

Tracy bedankte sich und arbeitete sich schon wenige Minuten später durch die verschiedenen Büros der Feuerwehr von Escondido.

»Um welches Jahr geht es?«, wollte eine Frau wissen.

»1996 oder später.«

»Moment.« Und wieder hing Tracy in einer Warteschleife, bis sich mehrere Minuten später eine Männerstimme meldete. Tracy seufzte. Bestimmt wieder jemand, der den schwarzen Peter weitergeben würde.

»Hier spricht Brandmeister Mark Davis. Wie kann ich Ihnen helfen?«

Mit dem Chef der Feuerwehr hatte Tracy nicht gerechnet. Womit mochte sie es verdient haben, dass man sie gleich an die oberste Etage weiterreichte? Sie fasste noch einmal ihre Geschichte zusammen und rechnete fest damit, dass Davis sie zurück zur Polizei schicken würde. Aber als sie fertig war, hörte sie erst einmal nur Schweigen. »Hallo?«, hakte sie nach. »Chief Davis?«

»Ja, ich bin noch hier.« Das kam in einem leicht singenden Tonfall, als könne der Chief nicht fassen, was er gerade gehört hatte. Tracy konnte es dem Mann nicht verdenken.

»Ich dachte, wir wären unterbrochen worden«, sagte sie.

»Nein. Nein, wurden wir nicht. Es ist bloß … wissen Sie, Detective, hier gibt es Leute, die warten seit vierundzwanzig Jahren auf genau diesen Anruf.«

* * *

Noch am selben Nachmittag stieg Tracy auf dem internationalen Flughafen von San Diego aus einem Flugzeug hinaus in strahlenden Sonnenschein und eine warme Brise, die durch Palmen raschelte und den Geruch des Pazifiks mit sich brachte. Vor dem Flughafengebäude wartete ein Mann mit dichten, silbernen Haaren auf sie, der ungefähr so groß war wie Tracy selbst. Er trug eine dunkelblaue Hose und ein kurzärmliges hellblaues Hemd mit dem Emblem der Feuerwehr von Escondido auf der Schulter. Chief Mark Davis begrüßte Tracy mit einem warmen, wenn auch zögerlichen Lächeln und sah ganz so aus, wie man sich einen Feuerwehrmann vorstellt, auch wenn man damit bestimmt einem Klischee anhängt: Er war schlank, muskulös und offensichtlich in exzellenter körperlicher Verfassung. Und seine Haut strahlte diesen feinen, bronzefarbenen Schimmer aus, der typisch für San Diego und für Menschen ist, die hier viel Zeit an der frischen Luft verbringen.

»Tut mir leid«, entschuldigte er sich, kaum hatten sie sich vorgestellt, »ich sehe wahrscheinlich aus wie ein Dorftrottel, wenn ich so grinse, aber das hier ist so ungefähr die seltsamste Situation, die ich persönlich je erlebt habe.«

»Das geht mir genauso«, gestand Tracy. »Ich habe wirklich nicht damit gerechnet, Lisa Childress lebend vorzufinden – wenn es denn Lisa Childress ist.«

»Ich überlasse es dem Polizeichef, Sie in die entsprechenden Details einzuweihen, und dann können Sie entscheiden.«

»Haben Sie mit ihr gesprochen und möchte sie sich mit mir treffen?« Tracy hatte Davis gebeten, herauszufinden, ob Melissa Childs zu einem Treffen bereit war.

»Ja, das möchte sie. Das möchte sie eindeutig.« Davis ließ wieder das helle Lächeln aufblitzen, das ebenso permanent schien wie seine südkalifornische Bräune. »Sie ist nervös. Nein, verwirrt trifft es wohl eher. Gleichzeitig fasziniert, wie wir anderen auch. Ich erzähle Ihnen auf der Fahrt nach Escondido gern alles, was ich weiß. In einer Stunde dürften wir ankommen. Um diese Uhrzeit muss man mit Verkehr rechnen, aber allzu schlimm wird es hoffentlich nicht werden.«

Davis führte Tracy zu einem knallroten Pick-up mit dem Emblem der Feuerwehr von Escondido auf beiden Wagentüren, darüber in Goldlettern das Wort »Brandmeister«.

Innen roch es nach frischem Leder und, dank eines zur Luftverbesserung am Rückspiegel baumelnden Bäumchens, nach Vanille. Das Radio war auf einen Nachrichtensender eingestellt. Davis schaltete es aus.

Nachdem sie die üblichen Höflichkeiten ausgetauscht und ein bisschen geplaudert hatten, fing Davis an zu erzählen: »Melissa kam aus dem Palomar College zur Feuerwehr. Viele von uns haben dort Brandwissenschaften studiert. Sie hatte als zweites Fach Buchhaltung belegt und einen Teilzeitjob bei H&R Block in der Stadt. Damals gab es nur ein oder zwei Filialen dieser Kette. Und sie arbeitete als Freiwillige bei der Feuerwehr. Sie ist klug. Begreift schnell. Es hat niemanden überrascht, dass aus dem Teilzeitjob in der Buchhaltung eine ganze Stelle wurde. Danach musste sie ihre Stunden bei der Feuerwehr auf die Wochenenden beschränken. In der Stadt wusste so gut wie jeder über ihre Situation Bescheid, wusste, wie sie im Einkaufszentrum aufgetaucht war und sich an nichts mehr erinnern konnte, nicht wusste, wer sie war. Sie hat sich bei uns gut eingelebt und irgendwann gehörte sie einfach nur dazu.«

»Wie haben Sie sie kennengelernt?«

»Ich hatte gerade angefangen, bei der Feuerwehr zu arbeiten, als sie als Freiwillige dort einstieg. Ich weiß nicht mehr, wer von uns zuerst da war, sie oder ich, aber sie ist bei verschiedenen Wachen als Freiwillige eingesprungen.«

»Was wussten Sie von ihr, abgesehen von der Arbeit?«

»Nicht viel. Sie hat eigentlich nicht über sich geredet und ich habe ihre Privatsphäre respektiert. Die meisten Leute haben das getan.«

»Wie war sie?«

»Als sie anfing?« Davis lächelte weiterhin, dieses Lächeln gehörte wohl einfach zu ihm dazu. Tracy kannte Leute wie ihn, die immer und ewig glücklich zu sein schienen, und manchmal wünschte sie sich, auch so zu sein. »Sie war wie eine verlorene Seele. Ruhig, höflich, respektvoll. Ein bisschen anders als andere.« Davis schien Mühe zu haben, die richtigen Worte zu finden.

»Was meinen Sie mit anders?«

»Sie ist ein wenig seltsam«, gestand er schließlich ein, was zu der Lisa Childress passte, die Anita beschrieben hatte. »Sie geht nicht viel unter Leute, ist lieber für sich. Aber sie ist sehr freundlich, wenn man sie anspricht!«, fügte er rasch hinzu. »Sie arbeitet hart, auf den Feuerwachen war sie überall gern gesehen.«

»Dann arbeitet sie nicht mehr für die Feuerwehr?«

»Nein. Schon seit geraumer Zeit nicht mehr. Ihr Chef bei H&R Block hat sie ermutigt, weiter aufs College zu gehen und die Prüfung als Buch- und Rechnungsprüferin abzulegen. Sie hat sich dann als Buchhalterin selbstständig gemacht. Eine Menge Leute arbeiten mit ihr, sie ist unglaublich intelligent. Hat mir mehr als einmal einen Haufen Steuern erspart.«

»Dann arbeitet sie weiterhin als Buchhalterin?«

»Hat immer noch ihr Büro in der Stadt.«

»Verheiratet?«

»Nein. Auch keine Kinder. Jedenfalls soweit ich das mitbekommen habe. Ich sollte das nicht sagen, es ist irgendwie nicht nett, aber wir haben uns manchmal gefragt, ob sie eine Außerirdische sein könnte. Einfach so vom Himmel gefallen, wissen Sie? Wie Jeff Bridges in dem Film vor *True Grit* … und bevor er anfing, jede Rolle so zu spielen, als wäre er Rooster Cogburn.«

»*Starman*«, sagte Tracy. Dan und sie waren eines Abends per Zufall über diesen Film gestolpert und hatten ihn niedlich gefunden, ein echter Schmachtfetzen.

»Genau, *Starman*. Melissa hat keine Geschichte. Keine Vergangenheit. Sie war einfach eines Tages hier. Die Polizei hat sogar bei den Behörden in Irland nachgefragt. Hat nie auch nur das Geringste über sie herausfinden können.«

»Irland?«, fragte Tracy erstaunt. »Warum Irland?«

Davis sah sie an und verlor zum ersten Mal auf dieser Fahrt sein Lächeln. Er warf ihr einen fragenden Blick zu. »Sie ist Irin.«

»Sind Sie sicher?«

»Ist das Ihre Gesuchte denn nicht?«

»Vielleicht von der Herkunft ihrer Familie her, aber Lisa Childress ist im pazifischen Nordwesten geboren und aufgewachsen.«

Davis schüttelte den Kopf. »Das tut mir leid, Detective. Ich hoffe, das ist jetzt hier kein aussichtsloses Unterfangen. Die Melissa Childs, die ich kenne, hat einen irischen Akzent. Nicht mehr so markant wie gleich nach ihrer Ankunft hier, aber nicht zu überhören. Auch nach fünfundzwanzig Jahren nicht.«

* * *

Keine Stunde später fuhr Davis von der Interstate ab und durch ein idyllisches, von felsigen Hügeln mit niedrigem Buschbestand gesäumtes Tal. Entlang der Straße wuchsen Palmen, die Blätter von einer sanften Brise bewegt. Was Tracy an Wohnhäusern und anderen Gebäuden sehen konnte, zeigte den für ganz Südkalifornien nah der mexikanischen Grenze typischen starken Einfluss spanischer Architektur, der sich vor allem in farbigem Verputz und roten Ziegeldächern ausdrückte.

»Eine schöne Stadt«, meinte Tracy.

»Sie hätten sie vor dreißig Jahren sehen sollen. Sie hat sich seit damals enorm ausgedehnt. Um uns herum sind ganze Städte aus dem Boden geschossen.«

Am City Center Parkway, einer der Hauptdurchgangsstraßen, bog Davis auf einen Parkplatz ein, wo er eine mit seinem Rang und Namen gekennzeichnete Parkbucht ansteuerte und Tracy zu einem in Creme und Lachsrosa gehaltenen Gebäude führte. Es erinnerte an eine Konzerthalle, mit einer breiten Treppe, die zu einem von zweistöckigen Säulen gerahmten gläsernen Eingangsportal führte. Davis erklärte, das Haus beheimate sowohl die Polizeizentrale der Stadt mit ihren hundertsiebzig unter Eid stehenden Beamten als auch die Verwaltungsbüros der Feuerwehr.

»Das Haus sieht funkelnagelneu aus«, meinte Tracy, die sich gerade die Sonnenbrille aufgesetzt hatte, die sie in Seattle nur selten brauchte.

»Es ist jetzt zehn Jahre alt. Uns gefällt es.«

Der Brandmeister führte Tracy durch die Sicherheitskontrolle und zu den Fahrstühlen, die sie in den zweiten Stock hinauftrugen, wo sie von einer Empfangsdame erwartet wurden. Die brachte sie in ein Konferenzzimmer, bot Tee oder Kaffee an, was beide ablehnten, und verkündete, Polizeichef Rafael Beltrán wäre gleich bei ihnen. Während Davis sich und seiner Besucherin Wasser einschenkte, ging Tracy hinüber zur

Fensterfront des Zimmers und warf einen Blick hinaus auf den angrenzenden Stadtpark mit weiteren Palmen und einer ausgedehnten Grünfläche. Dahinter erstreckten sich Hügel in der Farbe von Klapperschlangen und Ziegeldächer, die im Glanz der nachmittäglichen Sonne badeten.

Anders als Davis lächelte Polizeichef Beltrán nicht, als er jetzt den Raum betrat, grüßte und die Tür hinter sich schloss. Er wirkte skeptisch, schien sich mit seinem Urteil noch zurückhalten zu wollen, was Tracy ihm nicht verdenken konnte. Der Chief hatte eine breite Brust, stämmige Gliedmaßen und kurzes, graues Haar. Davis hatte Tracy auf der Fahrt vom Flughafen in die Stadt erzählt, dass er früher einmal in der mexikanischen Oberliga Baseball gespielt hatte, bevor er in die USA ausgewandert und Polizist und Profigolfer geworden war.

Davis stellte Tracy vor und Beltrán lud sie ein, am Tisch Platz zu nehmen. »Ich dachte, wir unterhalten uns erst einmal ein bisschen, bevor Melissa kommt«, sagte er mit kaum wahrnehmbarem spanischen Akzent. »Sie können sich vorstellen, dass niemand von uns mehr mit einem Anruf wie dem Ihren gerechnet hatte.«

»Detective Crosswhite ist gerade etwas verunsichert, Rafa«, ergriff Davis das Wort. »Die Person, nach der sie sucht, ist in den USA aufgewachsen, im pazifischen Nordwesten, und spricht eindeutig nicht mit irischem Akzent.«

Beltráns Blick wanderte zwischen Davis und Tracy hin und her.

»Alles andere scheint zu der Zeitschiene von Lisa Childress' Verschwinden zu passen«, fügte Tracy hinzu. »Und das Foto trifft genau ins Schwarze. Wenn sie nicht Lisa Childress ist, dann auf jeden Fall deren Doppelgängerin.«

»Ich gehe davon aus, dass Sie Fotos von Lisa Childress mitgebracht haben?«, erkundigte sich Beltrán.

Tracy zog eine Mappe aus ihrer Aktentasche und breitete die Fotos aus, die Anita ihr überlassen hatte, dazu die Bilder, auf denen die forensische Zeichnerin festgehalten hatte, wie sich Lisa Childress im Laufe der Jahre verändert haben würde.

Beltrán nahm die Fotos eins nach dem anderen hoch und Davis stellte sich hinter ihn. Beide Männer sahen sich die Bilder ganz genau an. Davis lächelte. »Sie sieht auf jeden Fall so aus wie Melissa.«

»Könnte zumindest ihre Zwillingsschwester sein, wenn sie es nicht selbst ist«, fand auch Beltrán.

»Vielleicht erzählen Sie mir erst einmal, was Sie über Childs wissen. Wie kam sie nach Escondido?«, bat Tracy.

»Ich war damals noch nicht hier«, sagte Beltrán, »aber ich kenne die Geschichte und habe mir, während ich auf Sie wartete, die Akte holen lassen. Vor vierundzwanzig Jahren, ich glaube, es war im Februar oder März, fand ein Mitarbeiter des Sicherheitsdienstes im örtlichen Einkaufszentrum kurz vor dem Schließen der Läden eine ziellos umherwandernde junge Frau. Da sie einen verwirrten Eindruck auf ihn machte, bot er ihr seine Hilfe an. Die Frau sagte, sie hätte sich verirrt. Er fragte sie nach ihrem Namen, sie sagte, den wüsste sie nicht. Er bat um einen Ausweis, aber sie hatte keinen dabei.«

Lisa Childress' Umhängetasche mit ihrem Portemonnaie und sämtlichen Ausweisen war von der Polizei in Seattle in ihrem Auto gefunden worden.

»Alles, was sie dabeihatte, war ein Buch. *Der Graf von Monte Christo.* Wenn Sie die Klassiker gelesen haben, werden Sie zugeben, dass das wirklich eigenartig ist.«

Tracy kannte die Geschichte von Edmond Dantès, der von einem eifersüchtigen Rivalen, den er für seinen Freund hält, fälschlicherweise des Verrats bezichtigt wird. Zu einer langen Gefängnisstrafe verurteilt und in Einzelhaft sitzend nimmt er

Kontakt zum Gefangenen in der Nachbarzelle auf und erfährt von einem riesigen verborgenen Schatz. Es folgen eine wagemutige Flucht, eine erfolgreiche Schatzsuche und die Rückkehr des nun Schwerreichen, der sich inzwischen Graf von Monte Christo nennt und sich daranmacht, sich an allen zu rächen, die ihn verraten und im Stich gelassen haben.

»Sie hatte außerdem einen Autoschlüssel dabei, eine zerrissene Busfahrkarte und Bargeld«, fuhr Beltrán fort.

Man hatte das Auto von Lisa Childress nicht weit vom Busbahnhof entfernt gefunden und die junge Frau hatte kurz vor ihrem Verschwinden einhundert Dollar von ihrem Konto abgehoben.

»Der Wachmann ging mit Childs zu sämtlichen Autos auf dem Parkplatz des Einkaufszentrums, aber der Schlüssel passte nirgendwo«, erzählte Beltrán weiter. »Also brachte er sie schließlich in die Polizeizentrale, die sich damals noch nicht hier befand, und die Polizei fuhr mit ihr ins Palomar Medical Center, das über eine psychiatrische Abteilung verfügt. Dort blieb sie, während man versuchte herauszufinden, wer sie war und woher sie kam. Ich weiß nicht genau, an welcher Stelle etwas versäumt wurde – ich war damals, wie gesagt, noch nicht hier –, aber die Polizei hat nie einen Treffer erzielt.«

»Wissen Sie, an wen ihr Foto insgesamt verschickt wurde?«

»Ich habe es so verstanden, dass sämtliche Polizeidienststellen in Kalifornien es erhielten und auch das FBI und Interpol, weil Childs mit irischem Akzent sprach.«

»Aber nicht die Polizeibehörden außerhalb von Kalifornien?«

»Ich glaube nicht, nein.«

»Sprach sie auch Gälisch?«

»Diese Frage kann ich nicht beantworten. Nach dem, was ich in der Akte gelesen habe, sagten wohl alle, der Akzent wäre nicht zu überhören gewesen. Ob er echt war oder nicht, darüber steht nichts in den Papieren. Die Polizei hat sich den Flugverkehr zwischen Irland und Südkalifornien angeschaut und nach einer allein reisenden Frau im Alter zwischen zwanzig und fünfundzwanzig gesucht, aber nie jemanden gefunden.«

»Wie lange war sie im Krankenhaus?«

»Ungefähr vier Monate. Dann fanden die Ärzte, sie hätten alles in ihrer Macht Stehende versucht, um ihr zu helfen.«

»Wie soll ich das verstehen? Gab es Verletzungen?«

»Sie hatte eine Kopfwunde, als sie gefunden wurde, und konnte nicht sagen, wie es dazu gekommen war. Aber die meinte ich nicht. Die Ärzte sind wohl zu dem Schluss gekommen, dass Childs unter Amnesie litt. Sie sagten, ihre Erinnerungen könnten zurückkommen oder aber auch nicht.«

»Die Ärzte stellten also die Diagnose Amnesie?«

»Genau.« Beltrán zuckte mit den Schultern. »Nachdem sie vier Monate lang versucht hatten, ihr Erinnerungsvermögen wiederherzustellen, halfen sie ihr beim Einstieg in ein neues Leben. Sie erwarb einen Führerschein und eine Sozialversicherungskarte und bekam einen Platz in einem Wohnheim, bis sie auf eigenen Füßen stehen konnte.«

»Schließlich ging sie dann aufs Palomar College«, warf Davis ein. »Sie war intelligent. Von der kognitiven Seite her fehlt ihr nichts.«

»Dann weiß sie, dass sie Amnesie hat?«

Beltrán schüttelte den Kopf. »Da müssten Sie sie selbst fragen. Oder jemanden im Krankenhaus.«

»Irgendwie muss sie es einfach sein«, sagte Tracy. »Es wäre sonst ein zu großer Zufall. Auch der Name.« So einen Namen würde man wählen, wenn man die eigene Identität verbergen, sich verstecken wollte. Er war ihrem eigentlichen Namen sehr ähnlich und von daher leicht zu merken. Lisa Childress. Melissa

Childs. »Laut ihren Papieren schreibt sie sich mit einer mittleren Initiale, A. Wissen Sie, wofür das A steht?«

Beltrán und Davis schüttelten den Kopf.

Das Telefon auf dem Konferenztisch klingelte. Beltrán nahm den Hörer ab, bedankte sich beim Anrufer und legte wieder auf. Er sah Tracy an. »Fragen Sie sie selbst, sie ist jetzt hier. Ich gehe sie holen.«

Kapitel 21

Die Frau, die Beltrán in den Konferenzraum führte, wirkte zögerlich, ein wenig verwirrt und ganz so, als sei ihr nicht allzu wohl in ihrer Haut, was alles sicherlich nur zu verständlich war. Tracy musste erneut daran denken, dass Anita Childress ihre Mutter als autistisch bezeichnet hatte, und sie fragte sich, ob sich damit das Verhalten von Melissa Childs erklären ließ. Oder sah sie hier jemanden, der sich jahrzehntelang erfolgreich hatte verstecken können und nun entdeckt worden war? Wie dem auch sein mochte, Tracy musste sich immer noch erst an den Gedanken gewöhnen, dass Lisa Childress anscheinend wirklich lebte. Noch auf der Fahrt vom Flughafen hierher war ihr das nicht eigentlich wahrscheinlich erschienen, und als Davis dann noch den irischen Akzent zur Sprache brachte, hatte sich Tracy schon damit abgefunden, höchstwahrscheinlich die falsche Person entdeckt zu haben. Selbst jetzt, da Childs direkt vor ihr stand, mochte ein Teil von Tracy es nicht glauben. Dabei sah die Frau ganz genauso aus wie auf den vor Jahrzehnten aufgenommenen Fotos und noch mehr wie die auf den Porträts der forensischen Zeichnerin. Aber nicht das hatte Tracy letztendlich überzeugt. Was sie wirklich umstimmte, das war die Ähnlichkeit zwischen Melissa Childs und Anita Childress.

Die beiden sahen sich unglaublich ähnlich, grobknochig, mit dunklem Haar, rundem, jugendlich wirkendem Gesicht und dunklen Augen. Im Fall von Melissa Childs richteten sich diese Augen jetzt als Erstes mit fragendem Blick auf Mark Davis, ein vertrautes Gesicht hier im Raum.

»Hi Mark«, sagte Childs mit leiser, unsicherer Stimme.

»Hallo Melissa. Wie ist es dir ergangen?«

»Mir geht es gut. Nur im Moment stehe ich ein bisschen unter Schock.« Ihr Akzent erinnerte Tracy sehr an den von Therese, der ihr inzwischen durch und durch vertraut war. Sie hörte genau zu, achtete auf Versprecher, auf ein Wort, das nicht ganz richtig klang.

»Es dürfte wohl für uns alle ein Schock sein«, sagte Davis.

Childs sah Tracy an, die auf der anderen Seite des Konferenztisches saß. »Dann sind Sie die Detective aus Seattle?«

»Genau!«, antwortete Tracy mit einem leisen Lächeln.

»Na dann … sollten wir wohl anfangen.«

Sie setzte sich und wiederholte, was Beltrán und Davis bereits erzählt hatten. Tracy ließ sie reden, unterbrach sie nicht, wollte sich einfach anhören, wie sie ihre Geschichte erzählte. Childs sollte sich entspannen. Damals im Einkaufszentrum von Escondido, erzählte Childs, sei es ihr vorgekommen, als erwache sie aus tiefem Schlaf. Sie wusste nicht, wo sie war, sie wusste nicht, wie sie dorthin gekommen war. Nichts von dem, was sie bei sich hatte, weder die Busfahrkarte noch *Der Graf von Monte Christo,* sagten ihr irgendetwas. Sie konnte sich nicht daran erinnern, in einem Bus gesessen zu haben, und der Rest einer Fahrkarte, die sie bei sich hatte, nannte lediglich das Ziel ihrer Reise, nicht deren Anfang.

»Irgendwann später, ich weiß nicht, wann, erinnerte ich mich vage daran, dass eine Frau mich ins Einkaufszentrum gebracht hatte.«

»Die Situation muss doch unglaublich beängstigend gewesen sein«, meinte Tracy, die immer noch damit beschäftigt war, Childs einzuschätzen und nach Widersprüchen in ihrem Akzent oder einzelnen Aspekten ihrer Geschichte zu suchen.

»Oh ja. Es war ja, als wäre ich vom Himmel gefallen und hier gelandet.« Tracy warf Davis einen raschen Blick zu, der Childs anlächelte. »Ich war wie ein Buch, das man aufschlägt und alle Seiten sind leer. Ich konnte mich an nichts erinnern. An absolut gar nichts.«

Childs sprach über den Mitarbeiter des Sicherheitsdienstes und darüber, wie sie schließlich im Krankenhaus gelandet war. »Das war hart. Aus meiner Verwirrtheit wurde eine tiefe Depression. Ich sah all die Leute um mich herum, die Krankenschwestern und Pfleger, die Ärzte und die Leute, die kamen, um andere Patienten zu besuchen, und ich konnte mir vom Verstand her sagen, dass ich mich doch zumindest an einen Vater und eine Mutter erinnern müsste. Ich war schließlich nicht irgendwo ausgebrütet worden, ich war geboren worden und aufgezogen wie all diese anderen Leute auch. Ich wusste intuitiv, dass ich von irgendwoher gekommen sein musste. Wie hätte es denn auch anders sein sollen?« Childs holte tief Luft. Eine Träne lief ihr die Wange hinunter.

Davis stand auf, holte einen Karton mit Papiertaschentüchern von einer Anrichte und schob ihn über den Tisch. Childs bedankte sich, zupfte ein paar Tücher heraus und putzte sich die Nase. Davis goss ihr ein Glas Wasser ein und stellte es ihr hin.

»Es war ein so tiefes Gefühl der Verlorenheit, nicht zu wissen, wer ich bin oder wie ich in diese Welt passe«, fuhr sie fort. »Ich hatte keine andere Wahl, als nach vorne zu blicken, Kopf hoch, Brust raus, tapfer sein und so weiter. Aber von wo aus sollte ich nach vorn schauen? Ich hatte kein Zentrum, nichts erdete mich. Ich hatte überhaupt keine Vorstellung von meiner Vergangenheit. War ich verheiratet? Hatte ich Kinder? Hatte ich eine Ausbildung, war ich auf dem College gewesen? Und wenn ja, mit welchem Schwerpunkt? Ich habe im Krankenhaus ferngesehen und musste auch da neu anfangen, kannte mich überhaupt nicht aus, kannte weder Schauspieler noch Nachrichtensprecher noch Politiker. Ich erkannte nichts von dem wieder, was sich in der Welt abspielte, hatte keine Ahnung von der jeweiligen Bedeutung von Ereignissen.« Sie tupfte sich weitere Tränen von den Wangen. »Ihr Anruf, das war wie ein elektrischer Schock. Es hat mich in einen Schockzustand versetzt. Ist es wirklich wahr? Sie wissen, wer ich bin? Sie können es mir sagen?«

Tracy hatte Fotos von Childress' Familie dabei, von ihrer Mutter, ihrem Vater, ihrem Ehemann und natürlich von Anita. Außerdem Zeitungsartikel, die sich mit dem Verschwinden von Lisa Childress beschäftigten, und Artikel, an denen die Journalistin zuletzt beim *Seattle Post-Intelligencer* gearbeitet hatte. Aber wie viel konnte sie einer Frau erzählen, die sich an nichts von alldem mehr erinnerte? Wie viel Schmerz konnte Melissa Childs noch ertragen und hatte sie nicht schon genug gelitten? War Tracy womöglich der Impuls, der das Herz oder das Gehirn dieser Frau so angriff, dass irreversibler Schaden entstand? *Langsam!*, sagte sie sich. *Fang langsam an und beobachte, wie sie mit den Informationen fertigwird, die du ihr nennst.*

»Das kann ich«, sagte sie. »Zum Teil jedenfalls. Die wichtigere Frage ist jedoch, Melissa, wie viel wollen Sie wissen und wie rasch wollen Sie es erfahren? Ich frage mich – und jetzt frage ich Sie –, wie viel Sie wohl nach all den Jahren verkraften können.«

Childs schien über die Frage nachdenken zu müssen. Ihr Blick wanderte zwischen Tracy und der Tischoberfläche vor sich hin und her. »Sie müssen verstehen … ich habe keinen Begriff davon, wer ich bin … von daher habe ich auch keinen Begriff davon, was meine Träume, meine Hoffnungen waren oder meine Ziele. Ich verstehe ja nicht einmal die Feiertage. Ich hatte nie ein Halloween oder Weihnachten. Ich hatte nie eine Kürbismaske geschnitzt und wusste nicht, wer Santa Claus war. Ich bin wissentlich nie zur Messe gegangen oder in einen Gottesdienst, ich wusste nicht, was das war und ob ich religiös war. Meinen ersten Bissen Truthahn aß ich hier, an meinem ersten Thanksgiving.« Sie schüttelte den Kopf. »Ich kann mich an eine dieser ersten Nächte im Krankenhaus erinnern, wie ich aus dem Fenster gesehen habe, und da waren all diese Lichter am Himmel und ich wusste nicht, was sie waren. Ich sah den Mond, hatte aber keine Idee, was ich da sah. Wenn ich es geschafft habe, diese Tage zu überleben, dann kann ich auch alles durchstehen, was Sie mir zu sagen haben. Ich glaube nicht, dass ich noch verängstigter sein kann, als ich damals war. Ich glaube, Sie sollten einfach anfangen, Detective, und ich sage Ihnen dann, wann es mir zu viel wird.«

Tracy legte die Bilder zurecht, die Childress in verschiedenen Altersstufen zeigte. Dazu gehörten auch der alte Führerschein und ihre Kopie der von Childress unterschriebenen Sozialversicherungskarte. Das alles schob sie nacheinander über den Tisch. »Ihr Mädchenname ist Lisa Janet Siegler«, sagte sie. »Sie wurden am 18. Januar 1965 geboren.«

»Sagten Sie 1965?« Childs sah hoch, schien nachzurechnen. »Dann bin ich fünfundfünfzig? Nicht dreiundfünfzig?« Sie sah Davis an. »Wie findest du das, Mark? Ich hocke hier einfach nur so am Tisch und werde schlagartig zwei Jähre älter.«

Davis schenkte ihr ein schwermütiges Lächeln.

Tracy schob zwei Fotos von Childress' Eltern über den Tisch, wie sie im Jahr 1995 ausgesehen hatten. »Das ist Ihre Mutter, Beverly Siegler.«

Childs nahm das Foto. Tracy hatte eine Träne oder zwei erwartet, aber Childs sah sich das Foto an, als betrachtete sie das Album von jemand anderem, höflich, aber nicht besonders engagiert. »Das ist meine Mutter?«

»Ja.« Tracy reichte ihr ein aktuelleres Bild.

»Ich sehe ihr ähnlich, nicht? Um die Augen, meine ich. Lebt sie noch, meine Mom?«

»Ja. Sie ist jetzt in den Achtzigern. Sie war eine der ersten Herzchirurginnen der Vereinigten Staaten.«

Childs Augen wurden größer und sie zeigte die Andeutung eines Lächelns. »Ach ja?«

»Ja«, bestätigte Tracy, aber mehr wollte Childs dann nicht wissen. Sie sah sich die Fotos an, als betrachte sie eine Fremde. Tracy reichte ihr ein Bild ihres Vaters. »Das ist Ihr Vaters. Archibald Siegler.«

Childs schaute auf das Bild. »Was hat er gemacht?«

»Er hat Romane geschrieben.«

»Wirklich? Irgendetwas, was ich gelesen haben könnte?«

»Das weiß ich nicht.« Tracy spürte Traurigkeit in sich aufsteigen. Sie fragte sich, ob sie hier gerade dabei war, dafür zu sorgen, dass Anita und Beverly noch mehr Leid erfuhren. Sie würde ihnen eine Frau nach Hause bringen, die sich nicht an sie als Mutter und Tochter erinnerte. Für Childs waren sie einfach nur Leute.

»Dann scheine ich von seinen Genen nicht viel mitbekommen zu haben. Schreiben kann ich nämlich nicht die Spur. Ich bin viel besser im Umgang mit Zahlen.«

»Dazu komme ich dann gleich noch.«

Tracy zeigte auf ein aktuelleres Foto von Childress' Vater. »Das war Ihr Vater später im Leben. Leider ist er gestorben.«

»Wissen Sie, woran?«, fragte Childs, auch diesmal anscheinend ohne emotionale Beteiligung.

»Nein, das weiß ich nicht.« Tracy dachte an die vielen Nächte, die sie in ihrer Einzimmerwohnung vor der Akte ihrer Schwester Sarah verbracht hatte, nachdem sich ihr Vater das Leben genommen hatte und ihre Mutter zur Einsiedlerin geworden war. Sie hatte geglaubt, wenn sie Sarah fände, könnte sie damit vielleicht auch die junge Frau finden, die sie selbst einmal gewesen war, könnte so das Gefühl zurückgewinnen, irgendwohin zu gehören. Ihr war niemand geblieben, den sie lieben konnte, sie hatte keine richtige Familie mehr gehabt, jedenfalls keine, die sie gekannt hätte. Sie hatte lediglich ihren Job und ihre Besessenheit gehabt und mehr oder weniger einfach nur überlebt, ohne richtig zu leben, bis sie Dan wiedergetroffen, sich in ihn verliebt hatte und Daniella zur Welt gekommen war. Hatte Childs überlebt, weil sie gar nicht gewusst hatte, was ihr alles fehlte? Wie würde sie reagieren, wenn sie erfuhr, dass sie nicht nur eine Mutter, sondern auch eine Tochter hatte?

»Sie hatten aber mehr mit Ihrem Vater gemein, als Sie glauben«, sagte Tracy jetzt.

»Ach ja?«

Sie reichte Childs die Artikel aus dem *Seattle Post-Intelligencer.* Die Frau nahm sie ihr vorsichtig aus der Hand. Tracy registrierte keine Reaktion, als sie die Überschriften überflog, keinen Ausdruck des Wiedererkennens, auch nicht bei der Zeile mit dem Namen der Verfasserin. Childs sah sich die Artikel flüchtig an, bevor sie erneut Tracy fixierte. »Lisa Childress. Bin ich das?«

»Sie waren Reporterin bei dieser Zeitung.«

»Ach, kommen Sie!« Childs' Stimme wurde höher.

»Investigativjournalistin. Eine sehr gute.« Wieder achtete Tracy auf jede Form der Reaktion, auf irgendetwas, das ihr verraten würde … ihr irgendetwas verraten würde. Vielleicht, dass Childs mehr wusste, als sie durchblicken ließ? Falls das so war, so bekam Tracy es nicht mit.

»Eigentlich dachte ich immer, ich kriege noch nicht einmal eine halbwegs vernünftige Einkaufsliste hin«, sagte Childs. »Und jetzt gleich ganze Zeitungsartikel?«

»Man lernt doch nie aus!«, meinte Davis.

»Das kann man wohl laut sagen.«

Tracy suchte die Fotos heraus, die Larry Childress im Jahr 1995 und heute zeigten, und schob auch sie über den Tisch. Wieder deutete nichts darauf hin, dass Childs den Mann wiedererkannte. »Das ist Ihr Ehemann«, erklärte Tracy.

Childs sah sich die Fotos an. »Ich dachte mir schon, dass ich verheiratet bin, meine Eltern hießen ja Siegler, sagten Sie. Wie lange waren wir verheiratet?«

»Ungefähr drei Jahre. Sie haben bei der Heirat seinen Namen angenommen.«

»Was hat er gemacht?«

»Er war eine Weile im Hightech Business und danach Makler. Er hat Häuser verkauft. Aber nicht nur das …« Tracy langte in den Ordner und zog die Bilder von Anita Childress heraus, als Zweijährige und jetzt als Erwachsene. »Hauptsächlich war er Hausmann und hat sich um Ihre Tochter gekümmert.«

Tracy ließ Childs nicht aus den Augen. Anders als bei den anderen Bildern griff sie nicht nach den Fotos ihrer Tochter. Sie blieben auf dem Tisch liegen. Childs hielt sich die Hand vor den Mund und Tracy bemerkte ein Zittern.

»Alles in Ordnung, Melissa?«, erkundigte sich Beltrán.

Sie nickte schweigend.

Davis schob das Glas Wasser dichter an sie heran. »Möchten Sie einen Schluck trinken?«

»Ja, bitte.« Childs trank einen winzigen Schluck und setzte das Glas wieder ab. »Vielen Dank.« Tracy wartete schweigend. Childs nahm das Foto, das Anita als Zweijährige zeigte. Nach einer ganzen Weile sagte sie, an das Bild gerichtet: »Ich habe sie gesehen.«

Tracy und Davis wechselten Blicke. »Wann?«, fragte Tracy.

Childs Blick wanderte wieder zur Tischplatte. »Damals, vor all den Jahren, wenn ich da die Augen zumachte, sah ich immer dieses Kind. Ich hatte keine Ahnung, wer sie war. Ich dachte, vielleicht wäre ich es selbst als kleines Kind, aber … ich sah sie, ich spürte sie.« Sie sah Tracy an. »Ich spürte eine Bindung. Sie wissen, was ich meine, das kann ich Ihnen ansehen. Sie wissen, was ich meine. Sie haben ein Kind.«

»Eine Tochter.«

»Wie alt?«

»Ungefähr ein halbes Jahr jünger als Ihre Tochter auf diesem Foto.«

»Dann wissen Sie, was ich meine, wenn ich sage: Ich habe sie gespürt.«

»Ich glaube, ja.« Tracys Mutter hatte immer gesagt, das stärkste Band in der Natur sei das zwischen Mutter und Kind. Ohne dieses Band gäbe es die Menschheit gar nicht.

»Ihretwegen habe ich mir diesen Namen ausgesucht«, sagte Childs.

»Wie meinen Sie das?«

»Ich wusste ja nicht, wie ich hieß.« Childs zuckte kaum merklich mit den Schultern. »Ich musste einen Namen erfinden, genauso, wie ich mich selbst erfinden musste. Ich musste mir für den Führerschein und die Sozialversicherungsnummer einen Namen einfallen lassen, eine Identität. Wo fängt man da an?« Wieder zuckte sie leicht mit den Schultern. »Mir fiel das kleine Mädchen in meinen Träumen ein und ich dachte: Mein kleines Kind, my little child. Dafür habe ich mich dann entschieden. Dem Klang nach. Melissa Childs. My little child.«

Tracy hielt es immer noch für wahrscheinlicher, dass Childs ihren neuen Namen gewählt hatte, weil er so eng mit ihrem eigentlichen Namen verwandt war, aber nichts im Verhalten der Frau deutete auf bewusste Lügen hin. »Und das A?«, erkundigte sich Tracy nach einer Weile. »Wofür steht das?« Sie rechnete fest damit, dass die Antwort »Anita« lauten würde.

Aber Childs hob ihren Blick von den Fotos und sagte: »Anonymus. Unbekannt. Melissa Anonymus Childs.«

Kapitel 22

Während draußen vor den Fenstern des Konferenzraums die Sonne schwächer brannte und das Licht über den Hügeln von feurigem Gelb, Rot und Orange zu gedämpften Grautönen wechselte, brachte Tracy das Treffen mit Melissa Childs zum Abschluss. Sie konnte nicht genau sagen, ob sie nicht vielleicht zu viele Informationen preisgegeben hatte. »Ich überlasse Sie erst einmal Ihren Gedanken.«

»Bleiben Sie in der Stadt?«, erkundigte sich Childs.

»Nein. Nein, ich fliege heute Abend noch zurück.«

»Um bei Ihrer Tochter zu sein.«

Ich bin nicht gern so weit weg von ihr, hätte Tracy fast entschuldigend gesagt, aber sie fing sich gerade noch rechtzeitig. »Das Material lasse ich Ihnen hier, damit Sie es sich in Ruhe anschauen können. Sie entscheiden, was weiter geschieht. Sie müssen ja über einiges nachdenken. Alles, was jetzt weiterhin passiert, könnte unter Umständen sehr schmerzlich für Sie werden, darauf möchte ich Sie noch einmal nachdrücklich hinweisen. Machen Sie sich die Entscheidung nicht leicht, egal, wie sie ausfällt.«

»Ich glaube, ich habe schon genügend Leid verursacht«, antwortete Childs. »Ich kann mir vorstellen, was meine Mutter und meine Tochter durchgemacht haben.«

Ihren Mann erwähnte Childs nicht, was Tracy durchaus nicht entging. »Sie sollten wissen, dass Ihr Mann verdächtigt wurde, etwas mit Ihrem Verschwinden zu tun zu haben.«

»Warum?«

»Der Ehemann wird immer verdächtigt. Die Presse und … die Polizei können in dieser Beziehung gnadenlos sein. Obwohl Ihr Mann nie öffentlich angeklagt oder gerichtlich verfolgt wurde, hielten ihn viele für schuldig und haben ihn verdammt. Es war für ihn keine einfache Zeit. Auch für Ihre Tochter wurde der Verdacht problematisch, als sie älter wurde und verstand, worum es ging.«

»Das klingt nach einem Grund dafür, zurückzukommen. Damit die Leute wissen, dass es mir gut geht.«

»Ihr Mann hat das alles hinter sich gelassen. Er hat eine neue Familie. Dass ich Sie gefunden habe, könnte alte Wunden wieder aufreißen.«

»Und für meine Tochter, Anita?«

»Anita ist diejenige, die mich gebeten hat, nach Ihnen zu suchen. Sie überlegt sich diese Bitte aber gerade noch einmal, weil sie sieht, wie sehr es ihren Vater mitnimmt, alles noch einmal durchmachen zu müssen. Verstehen Sie mich nicht falsch. Ihre Mutter und Ihre Tochter werden überglücklich sein, wenn sie wissen, dass Sie noch leben und es Ihnen gut geht. Nur gibt es auch einige äußere Faktoren zu berücksichtigen.«

»Wie zum Beispiel die Medien«, sagte Childs.

»Wie die Medien. Wir werden Ihr Wiederauftauchen nicht geheim halten können, immerhin waren Sie Journalistin. Wenn Sie zurückkommen, wird das breit durch die Nachrichten gehen und Sie werden sich auch nicht ewig verstecken können, egal, wie sehr Sie sich bemühen.«

»Dann ist es vielleicht besser, das Pflaster mit einem Ruck abzureißen.«

»Ich weiß es nicht. In der Beziehung könnte vielleicht ein Medienberater hilfreich sein. Ich persönlich werde erst einmal alles so diskret wie möglich handhaben. Sie sollten allerdings auch wissen, dass Lisa Childress vor ihrem Verschwinden an ein paar heiklen Storys gearbeitet hat. Storys, die einigen Leuten erheblich schaden könnten. Ich habe Hinweise darauf entdeckt, dass Sie unter Umständen nicht einfach so zufällig verschwunden sind.«

»Das verstehe ich nicht ganz.«

»Als der Wachmann Sie fand, bluteten Sie da oder befand sich Blut an Ihrem Körper und Ihrer Kleidung?«

Childs sah aus, als ginge sie in Gedanken Millionen von Jahren zurück, obwohl ihre Augen Tracy nicht eine Sekunde lang aus dem Blick ließen. »Woher wissen Sie das?«

»Man fand Ihr Blut in dem Wagen, den Sie damals fuhren.«

»Deswegen habe ich den Wachmann im Einkaufszentrum um Hilfe gebeten. Auf meiner Jacke und meiner Bluse war Blut und ich wusste nicht, wie es dorthin gekommen war.«

»Wissen Sie, woher das Blut stammte?«

»Ich nahm an, von der Beule und der Platzwunde an meinem Hinterkopf. Deswegen dachte man ja auch, ich wäre gestürzt und mit dem Kopf aufgeschlagen. Sie dachten, das könnte der Grund für meinen Gedächtnisverlust sein.«

»Hätten Sie etwas dagegen, wenn ich mir Ihre alte Krankenakte besorge? Von Ihrer Aufnahme ins Krankenhaus hier bis zu Ihrer Entlassung?«

»Die haben wir hier«, warf Beltrán ein.

»Sicher«, sagte Childs. »Natürlich. Nehmen Sie eine Kopie mit.«

»Wir machen Ihnen eine«, versprach Beltrán.

»Wollen Sie sagen, dass ich mich damals in Gefahr befand?«, fragte Childs. »Wegen der Artikel, die ich schrieb?«

»Und wegen Ihrer Recherchen. Ich versuche noch, mehr herauszufinden.«

Childs dachte nach. »Aber diese Geschichten«, sagte sie nach einer Weile, »da geht es doch um Sachen, die fast fünfundzwanzig Jahre zurückliegen. Die können doch heute kaum noch jemandem schaden, oder? Wieso bin ich vielleicht immer noch in Gefahr?«

»Ich kann Ihnen einfach nicht versichern, dass Sie in keiner Gefahr schweben, Melissa. Deswegen musste ich es Ihnen sagen.«

»Ich kann mich nicht einmal mehr an diese Geschichten erinnern.«

»Das weiß ich«, beteuerte Tracy. »Aber es könnte Leute geben, die nicht glauben, dass Sie unter Amnesie leiden.«

»Was glauben sie denn dann? Dass ich einfach weggegangen bin?«

»Möglicherweise, ja.«

Childs seufzte und saß einen Moment lang still da. »Hat meine Tochter Familie?«

»Nein.«

Childs starrte erneut auf die Tischplatte mit all den Fotos von Verwandten, die sie nicht kannte.

»Denken Sie darüber nach«, riet ihr Tracy. »Nichts muss gleich heute entschieden oder unternommen werden.«

»Wo melde ich mich, wenn ich meine Entscheidung getroffen habe?«

Tracy gab ihr eine Visitenkarte mit ihrer persönlichen Handynummer. »Nicht vergessen: Es ist Ihre Entscheidung.« Tracy bedankte sich bei Rafael Beltrán und ging zusammen mit Davis, der sie wieder zum Flughafen bringen würde.

»Das war doch jetzt bestimmt das Seltsamste, mit dem Sie es je zu tun hatten«, meinte der immer noch lächelnde Brandmeister.

»Es gehört eindeutig zu meinen eher seltsamen Erlebnissen«, stimmte Tracy ihm zu, wobei sie ja irgendwie ein Magnet für alles Bizarre zu sein schien. »Ich hoffe, es geht gut aus. Für Childs und für ihre Tochter.«

»Das hoffen wir beide«, meinte Davis. »Ich kann mich nur schwer in die Geschichte hineinversetzen. Ich bin seit mehr als dreißig Jahren mit derselben Frau verheiratet, ich habe drei wunderbare Kinder und zwei Enkelkinder. Wenn ich im Garten sitze und zusehe, wie sie im Pool baden, dann denke ich oft: Mann, besser kann das Leben doch gar nicht sein. Mir ist schon klar, dass nicht jeder so ein Glück hat wie ich. Ich kenne eine Menge Leute, für die ein Ummodeln, ein Neustart, richtig attraktiv wäre.« Er schwieg kurz. »Glauben Sie, sie sagt die Wahrheit?«

»Was glauben Sie denn? Sie kennen sie seit fast fünfundzwanzig Jahren.«

Davis lachte. »Ich weiß, dass ich einen irischen Akzent keine zwanzig Minuten lang vortäuschen könnte, ganz zu schweigen von mehr als zwanzig Jahren. Also, ja, ich glaube, sie sagt die Wahrheit.«

»Ich auch.«

»Glauben Sie, sie könnte in Gefahr sein?«

»Ich halte es für eine Möglichkeit. Wenn sie beschließt, dass ich weitermachen soll, werde ich die Diagnose Amnesie bei jeder Gelegenheit und so deutlich wie möglich erwähnen. Außerdem werde ich dafür sorgen, dass sie zumindest eine Weile Polizeischutz erhält.«

»Und wenn wir Glück haben, glauben die Leute, dass sie sich wirklich nicht mehr erinnert?«

»Vielleicht.« Leider konnte Tracy davon nicht mit Sicherheit ausgehen, dazu war ihr die menschliche Natur allzu vertraut.

Nachdem Davis sie am Flughafen abgesetzt hatte, sie die Sicherheitskontrollen durchlaufen und ihr Gate erreicht hatte, blieb ihr noch ein wenig Zeit. Sie fand einen Imbiss, holte sich etwas zu essen und einen Drink, da sie das Gefühl hatte, dringend einen Schluck Alkohol zu brauchen, und rief Dan an.

»Sie ist es. Melissa Childs ist Lisa Childress.«

»Im Ernst jetzt?« Sie hörte das leise Lachen in seiner Stimme. »Was hat sie gesagt? Warum ist sie fortgegangen?«

»Sie weiß es nicht.« Tracy lieferte Dan eine Zusammenfassung dessen, was sie gehört und erlebt hatte.

»Dann glaubst du ihr?«

»Ja. Im Grunde jedoch vor allem deswegen, weil ihr die Leute in Escondido glauben, die sie nun schon seit Jahren kennen. Ich habe ihr ganz genau zugehört und weil wir jetzt schon so lange mit Therese zusammenwohnen, wusste ich auch, auf welche Worte ich achten muss, um den Akzent einschätzen zu können. Sie hat nicht einen Schnitzer gemacht, was die Leute, die sie jetzt all die Jahre bekennen, bestätigen.«

»Wie kommt sie zu diesem Akzent?«

»Keine Ahnung. Ich bekomme ihre Krankenakte, vielleicht wird es dort ja erwähnt.«

Tracy erzählte Dan, dass Childs die Bilder ihrer Eltern betrachtet hatte wie Fotos im Album eines Fremden, auf das Foto von Anita als Kind jedoch anders reagiert hatte.

»Das hat mich dann wohl endgültig überzeugt. Wenn sie die ganze Sache nur spielt, dann hätte sie doch auch so getan, als würde sie das Foto ihrer Tochter nicht erkennen, oder?«

»Wahrscheinlich schon.«

Tracy erklärte Dan, was Childs dazu gesagt hatte. »Erinnerst du dich an die lebhaften Träume, die ich während der Schwangerschaft hatte?«

»Ich dachte, das hätte an deinen bizarren Essgelüsten gelegen und dem, was du alles in dich reingestopft hast.«

»Ich habe von Daniella geträumt. Dir habe ich erzählt, ich hätte von einem kleinen Mädchen geträumt, aber es war mehr als träumen. Ich habe eine Verbindung gespürt.«

»Und was wird jetzt?«

»Das muss sie entscheiden. Ich habe ihr gesagt, ich helfe ihr, ganz egal, wie ihre Entscheidung ausfällt.«

»Hast du ihr erklärt, dass ihr damit vielleicht jemandem die Chance gebt, es noch einmal zu versuchen? Dass vielleicht jemand vor fünfundzwanzig Jahren versucht hat, sie umzubringen?«

»Nicht in so drastischen Worten, aber ich habe sie gewarnt, dass die Recherchen, an denen sie saß, nicht ohne waren.«

Dan bot Tracy an, sie am Flughafen Sea Tac abzuholen, aber da sie spät landen würde, wollte sie lieber ein Taxi nehmen. Sie beendete den Anruf und nippte an ihrem Wodka mit Cranberrysaft, öffnete ihre E-Mails und hörte sich die Sprachnachrichten an, die sie den ganzen Tag über vernachlässigt hatte. Unter anderem hatte Anita Childress angerufen und um Rückruf gebeten. Ein wenig beklommen wählte Tracy ihre Nummer.

»Detective Crosswhite! Danke, dass Sie sich melden.«

»Keine Ursache.«

»Ich möchte mich für meinen Anruf neulich entschuldigen. Ich war aufgebracht wegen dem, was mein Vater da gerade durchmachte.«

»Sie müssen sich wirklich nicht entschuldigen, Anita. Ich weiß, wie schwierig das alles ist.«

»Aber Sie hatten ja recht. Sie hatten mich gewarnt, ich wollte es nur einfach nicht hören. Mein Vater und ich haben miteinander geredet. Er überlässt mir die Entscheidung und sagt, er kommt damit klar, egal, wie sie ausfällt.« Jetzt kam bestimmt gleich der Rückzieher, dachte Tracy. Sie wird ihren Vater schonen wollen. »Ich will es immer noch wissen«, fuhr die junge Frau fort, während Tracy den Atem anhielt. »Ich möchte, dass Sie weitermachen.«

Inzwischen jedoch lautete die Frage eher, ob Lisa Childress weitermachen wollte. Wollte sie sich zu erkennen geben? Sie lebte jetzt seit mehr als zwanzig Jahren in Escondido, hatte sich dort ein Zuhause geschaffen, einen Betrieb gegründet, sich ein Leben aufgebaut. Sie fühlte sich bestimmt sehr wohl dort, die Stadt war ihr zur Heimat geworden. Wollte sie alles, was sie sich aufgebaut hatte, riskieren, um Leute zu treffen, die sie gar nicht kannte? Mit denen sie keine Geschichte verband, wo es nichts gab, worauf sie aufbauen konnte? Würde sie ihr sicheres Leben auf den Kopf stellen, Unsicherheit in Kauf nehmen wollen? Bestimmt nicht, dachte Tracy, wenn es nur der Ehemann gewesen wäre, den sie in ihrem alten Leben zurückgelassen hatte.

Aber da gab es nicht nur den Ehemann.

Es gab auch eine Mutter. Und eine Tochter. Es gab körperliche Bande, die am Unterbewusstsein zerrten und die selbst die Amnesie nicht vollständig durchtrennt hatte.

Kapitel 23

Zurück in Seattle verbrachte Tracy den nächsten Morgen damit, Melissa Childs Krankenakte durchzugehen. Auf den Seiten waren Childs Eintreffen im Zentrum für Verhaltensstörungen des Palomar Medical Center sowie jeder einzelne Tag der vier Monate dokumentiert, die sie dort verbracht hatte. Der für ihre Behandlung zuständige Arzt, William Wexell, ein Neurologe, war zuerst der Ansicht gewesen, Childs' Amnesie rühre von ihrer Kopfwunde her und ihre Erinnerungen würden mit der Zeit zurückkehren. Dies war allerdings nicht eingetreten und während die Wochen ins Land zogen, wurde Wexell zunehmend interessierter. Childs war es als Versuchskaninchen, das nicht so auf die Stimuli reagierte wie die anderen, allein deswegen schon wert, näher untersucht zu werden. Wexell probierte eine Reihe von Techniken aus, um die Erinnerung seiner Patientin wachzurütteln, darunter auch Medikamente, alles ohne Erfolg. Sein Interesse wuchs, erreichte einen Höhepunkt und schien dann, begleitet von Frust und schließlich Resignation, mehr und mehr abzunehmen.

Es würde Childs nie besser gehen.

Sie würde ihre Erinnerung nicht zurückgewinnen.

Danach hatte man den Schwerpunkt ihrer Behandlung geändert und es war darum gegangen, sie beim Aufbau eines neuen Lebens zu unterstützen. Im Juni half man ihr beim Erwerb eines kalifornischen Führerscheins und einer Sozialversicherungsnummer und man brachte ihr das Autofahren bei. Im Resozialisierungszentrum des Krankenhauses wurde sie getestet, um ihre Interessen und Fähigkeiten festzustellen, wobei Childs ein Talent für den Umgang mit Zahlen zur Schau stellte und angab, in diesem Bereich auch arbeiten zu wollen. Sie schrieb sich am Palomar College ein und eine Krankenschwester, die den Besitzer der Filiale von H&R Block in der Stadt kannte, besorgte ihr dort eine Teilzeitstelle in der Buchhaltung, zunächst auf Probe. Childs arbeitete dort, während sie das College besuchte. Anfangs meldete sie sich alle zwei Wochen bei Wexell, später nur noch einmal im Monat. Bei jedem dieser Treffen berichtete sie, ihr Erinnerungsvermögen habe sich nicht verbessert. Sie zeigte sich aber auch in wachsendem Maße mit dem Leben zufrieden, das sie sich langsam aufbaute.

Während dieser Sitzungen fragte Wexell Childs, ob es in diesem Leben außer Arbeitskollegen auch noch andere Menschen gäbe, ob sie ausginge und vielleicht für irgendjemanden Gefühle entwickelt hätte. Das war nicht der Fall. Wexell erklärte ihr, sie solle ruhig erwägen, sich auf Verabredungen einzulassen, das sei gut für ihre Gesundheit. Vielleicht könnte sie sich eine Freizeitbeschäftigung zulegen, bei der sie mit Personen des anderen Geschlechts zusammenkam. Childs entschied sich für die freiwillige Feuerwehr.

Sie sprach bei den Sitzungen mit Wexell auch von dem Mädchen in ihren Träumen, erwähnte aber lediglich das Gefühl, dieses Kind zu kennen und eine emotionale Verbindung zu ihm zu spüren. Wexell ging dem nach und kam zu dem Schluss, es handele sich höchstwahrscheinlich um Childs selbst in ihrer Kindheit, eine noch nicht vollständig ausradierte Erinnerung.

Nach einem Jahr lehnte Childs jede weitere Behandlung ab. Sie sah keinen Sinn mehr darin, weiterzumachen. Mit ihrer Erlaubnis schrieb Wexell einen Artikel, in dem er Childs *Patientin X* nannte und der im *New England Journal of Medicine* erschien und einige Beachtung fand. Er stellte ihren Fall auch bei mehreren Kongressen überall im Land vor.

Leider war Wexell inzwischen verstorben, stellte von daher für Tracy keine Quelle mehr dar. Sie musste sich also umorientieren und rief beim Memory and Brain Wellness Center der Universität von Washington an, einer Institution, die sich auf die Erforschung von Alzheimer und Demenz spezialisiert hatte. Dort wurde sie an Dr. Kavya Laghari verwiesen, eine Spezialistin für Erinnerungsvermögen und Amnesie, der sie am Telefon eine Kurzfassung der Ereignisse um Lisa Childress lieferte. Laghari, eine Frau mit leiser Stimme und indischem Akzent, klang skeptisch, erklärte sich aber bereit, sich einmal mit Melissa Childs' Krankenakte zu befassen. Danach würde sie sich melden, um mit Tracy einen Termin zu vereinbaren.

Kaum hatte Tracy den Hörer aufgelegt, als sie auf ihrem persönlichen Handy einen Anruf von Kelly Rosa erhielt. »Ich habe mir den Bericht des Rechtsmediziners für David Slocum angesehen«, sagte Rosa.

Tracy hatte fast vergessen, dass sie Rosa darum gebeten hatte. »Und …?«

»Es ist nicht eindeutig.«

»Erklär mir, warum nicht.«

»Slocum war Linkshänder, aber bei vielen Linkshändern ist links nicht unbedingt die dominante Hand. Das heißt also nicht viel. Außerdem wäre die Wunde an der linken Schläfe logisch, wenn die linke seine dominante Hand gewesen wäre.«

»Und der Einschusswinkel? Und die fehlenden Schmauchspuren an der linken Hand?«

»Bei der überwiegenden Mehrheit der Selbstmorde mit einer Pistole ist der Winkel der eindringenden Kugel ein wenig nach oben gerichtet. Nur saß in diesem Fall Slocum ja in seinem Auto. Er hatte nicht viel Bewegungsfreiheit. Vielleicht ist er zur Seite gerückt, um zwischen sich und der Tür Platz für die Pistole zu schaffen, womit der nach unten gerichtete Winkel erklärt wäre. Kommst du noch mit?«

»Bisher habe ich alles verstanden.«

»Und wenn er sich zur Seite gelehnt hat, würde das auch erklären, warum er so weit nach rechts sackte und die Waffe in diese Richtung fiel.«

»Und die fehlenden Schmauchspuren?«

»Daraus lässt sich nichts eindeutig schließen. Der Rechtsmediziner hat an Slocums linker Schläfe und der linken Seite seiner Kleidung Schmauchspuren festgestellt, was man auch erwarten würde. Schmauchspuren können ein bis eineinhalb Meter weit durch die Luft getragen werden. Studien belegen allerdings, dass auch in Fällen, wo eindeutig von einem Selbstmord ausgegangen werden kann, nur bei fünfzig Prozent Schmauchspuren an der Hand festzustellen waren.«

»Bei so wenigen?«

»Ja. Die Konsistenz von Schwarzpulver ist vergleichbar mit der von Mehl. Schwarzpulver verbleibt in der Regel nur vier bis sechs Stunden an den Händen. Slocum wurde um fünf Uhr morgens gefunden, der Todeszeitpunkt wurde auf irgendwann zwischen Mitternacht und drei Uhr geschätzt. Seine Hände wurden nicht gleich vor Ort in Plastikbeutel gesteckt. Von daher ist es möglich, dass die Schmauchspuren einfach abgenutzt waren, selbst wenn sich welche an der linken Hand befanden.«

»Du willst mir also sagen, dass der gesamte Bericht des Rechtsmediziners nicht eindeutig ist.«

»Wenn ich in diesem Fall als Zeugin geladen wäre, müsste ich zu diesem Schluss kommen, ja.«

»Vielen Dank, dass du ihn dir angesehen hast.«

»Keine Ursache. Wie geht es deinem Baby?«

»Wächst wie Unkraut.«

»Wem sagst du das! Ich habe jetzt eine Tochter auf dem College und eine, die bald mit der Schule fertig ist. Pass auf dich auf und bleib gesund.«

»Du auch.«

Tracy beendete den Anruf, holte tief Luft und wollte schon Melton anrufen, um ihm in Bezug auf die DNA Druck zu machen, die sie ihm geschickt hatte, um Chief Weber bei Laune zu halten, als ihr Computer mit leisem Ping eine eingehende E-Mail ankündigte und ihr einfiel, dass sie ihre E-Mails an diesem Morgen noch gar nicht durchgesehen hatte. Allerdings hatte sie sich bereits vor Jahren vorgenommen, dem Reiz zu widerstehen, bei jedem Geräusch ihres Computers oder Handys sofort nachzusehen, was da eingetroffen war.

Trotzdem wollte sie jetzt doch einen kurzen Blick auf ihre Korrespondenz werfen und dann erst bei Melton vorbeischauen, der zwar ahnte, dass sie nur kam, um zu drängeln, der sich aber auch bestechen ließ, wenn man wusste, wie. Sie rief ihre E-Mails auf und sofort blieb sie an einem Absender hängen.

No-reply@guerillamail.com

»Egal, wer du bist, eine große Hilfe warst du mir bis jetzt nicht gerade!«, seufzte sie und öffnete die Nachricht.

Folge dem Geld wie ein rollender Felsbrocken.

»Ein rollender Fels setzt kein Moos an«, murmelte Tracy vor sich hin.

Moss Gunderson.

Sie dachte an den Jachthafen, an die Razzia, die eindeutig stattgefunden hatte, ohne dass sich Unterlagen darüber finden ließen, eine Razzia auf einem Boot, auf dem sich laut Aussage des Eigners und Kapitäns eine beträchtliche Menge Kokain befunden hatte. Die Spur des Geldes. Wollte ihr anonymer Informant mitteilen, Moss sei ausbezahlt worden?

Wieder dachte sie daran, Del anzurufen und sich irgendwo mit ihm zu treffen, wieder fand sie es besser, damit noch zu warten, bis sie etwas mehr und vor allem Konkreteres in der Hand hatte. Sie riskierte ihre Freundschaft mit Del, wenn sie sich ihn jetzt vorknöpfte und ihm irgendetwas unterstellte. Sollte sie sich noch einmal bei Moss melden? Ihm genauere Fragen stellen und zusehen, wie er reagierte? Aber so, wie sie ihn auf dem Golfplatz erlebt hatte, schaffte er es wahrscheinlich locker, ihre Fragen abzuschmettern.

Der Golfplatz.

Sie erinnerte sich daran, wie sie vor dem Clubhaus auf ihn gewartete hatte, umgeben von Wägelchen und Carts. Moss schien dort jeden zu kennen. *Ich bin seit fünfundzwanzig Jahren Mitglied, spiele an fünf Tagen und esse ein paarmal die Woche hier.*

Da war es. Fünfundzwanzig Jahre. Sie konnte leicht feststellen, was ein Detective in den frühen Neunzigerjahren verdient hatte, hatte jedoch keine Ahnung, was die Mitgliedschaft in einem Golfclub kosten mochte. Sie suchte Glendale im Internet heraus, fand die Nummer des Clubhauses, rief an und bat, mit dem Geschäftsführer sprechen zu dürfen. Minuten später hatte sie ihre Antwort. In den Neunzigerjahren hatte die Mitgliedschaft dreiundvierzigtausend Dollar gekostet. Dazu kamen monatliche Beiträge von zweihundertzwanzig Dollar, ganz zu schweigen von diversen anderen Kosten wie Schläger, Kleidung, Unterricht, Essen und Trinken. Ein Vermögen war das nicht, aber doch eine beträchtliche Summe, die man aufbringen musste, besonders, wenn man sie aus einem Polizistengehalt der damaligen Zeit bestreiten wollte. Zurzeit verdiente ein Polizeibeamter in Seattle im Durchschnitt sechzigtausend Dollar im Jahr. Das war in den Neunzigerjahren nicht annähernd so viel gewesen. Tracy schätzte das damalige Anfangsgehalt bei der Truppe auf fünfundzwanzig- bis dreißigtausend Dollar, ohne Überstundenvergütung. Selbst als Detective hatte Moss wahrscheinlich als Grundgehalt keine fünfzigtausend Dollar gehabt.

Während ihrer Unterhaltung mit dem Geschäftsführer des Clubs war ihr noch etwas eingefallen: »Könnten Sie mir sagen, wann Keith Ellis bei Ihnen Mitglied wurde?« Keith Ellis, Moss Gundersons Partner.

Der Geschäftsführer bat sie, kurz zu warten, und sie hörte ihn auf einer Tastatur klappern. »Wie es aussieht, kam er im Januar 1996 zu uns.«

Tracy bedankte sich und legte auf, warf einen Blick auf die kurze Nachricht auf ihrem Computer.

Folge dem Geld …

Natürlich konnte Moss geerbt haben. Oder seine Frau stammte aus einer wohlhabenden Familie und hatte geerbt. Wobei sich Moss laut Del 1995 mitten in einer hässlichen Scheidung befunden hatte, was zumindest die Theorie mit der reichen Frau widerlegte. Generell war es schwer vorstellbar, woher er damals aus seinem Einkommen heraus die Mitgliedschaft in einem Golfclub hätte finanzieren sollen. Seiner Personalakte nach war er Vater von fünf Kindern, die vor vierundzwanzig Jahren wahrscheinlich noch zur Grundschule gingen oder allerhöchstens gerade mal mit der Highschool angefangen hatten. Genau die Zeit, in der Kinder ihren Eltern die Haare vom Kopf fressen, in denen Schulgebühren zu entrichten sind, alle möglichen Ausgaben für außerschulische Aktivitäten und Sport anstehen, von Essen und Kleidung ganz zu schweigen. Und wie hoch war die Wahrscheinlichkeit, dass Keith Ellis und Moss Gunderson zur selben Zeit geerbt oder ihr Geld wahnsinnig geschickt angelegt hatten? Gering. Mehr als gering.

Moss war zu Geld gekommen. Ellis ebenso.

Aber sie hatten es nicht geerbt und sie hatten es sich auch nicht verdient.

Sie hatten es gestohlen.

* * *

Mittags fuhr Tracy zur Klinik des Medical Centers der Universität von Washington. Auf dem Weg dorthin überquerte sie den Montlake Cut, wo die Rudermannschaft der Uni trainierte, und sah das Football-Stadion, das wie ein gigantisches W aus dem Boden wuchs und seinen Besuchern einen fantastischen Ausblick auf den Lake Washington bot.

Dr. Laghari, die bei ihrem Rückruf versichert hatte, sich sehr gern mit Tracy treffen zu wollen, wartete in der Eingangshalle der Klinik auf sie und führte sie in ihr Büro mit Blick auf die Innenstadt von Seattle. Dr. Laghari war zierlich und bewegte sich fast lautlos, was ganz zum Klang ihrer Stimme am Telefon passte. Ihre Hand hatte bei der Begrüßung so klein und zart wie die eines Kindes in der von Tracy gelegen, sodass Tracy fast fürchtete, sie ihr beim Händedruck zu brechen. In ihrem Büro lag ein großer, seidener Teppich, der in seiner feinen, komplizierten Webart sehr kostbar und teuer wirkte und dessen Farben sich im hellen Blau der Wände und dem Rot des abstrakten Gemäldes widerspiegelten, das an einer der Wände hing und mit Juwelen behängte Elefantenköpfe darstellte. Dr. Laghari trug einen weißen Laborkittel, darunter eine schwarze Hose und eine weiße Bluse. Sie bat Tracy, auf der Couch in ihrem Büro Platz zu nehmen, und setzte sich seitlich davon auf einen Stuhl.

»Sie haben mir da einen faszinierenden Fall geschickt«, sagte sie mit dem Hauch eines Lächelns. »Solche Fälle bekommt man nicht oft.«

»Aber sie sind Ihrer Erfahrung nach möglich?«

»Sicherlich, auch wenn so etwas nicht häufig vorkommt.«

»Gab es in der Akte irgendetwas, das Sie stutzen ließ? Irgendetwas, bei dem Sie dachten, die Frau könnte ihre Krankheit nur vortäuschen?«

»Nein. Nichts. Aber alle Fälle sind unterschiedlich, nicht zwei gleichen einander. Ich müsste Ms Childs befragen und einige Tests mit ihr durchführen, bevor ich ganz sicher sein kann.«

»Verstehe.« Also gab es für das, was mit Lisa Childs geschehen war, eine Art medizinische Erklärung. »Vielleicht können Sie mir einen Schnellkurs in Amnesie angedeihen lassen und erklären, was Ihrer Meinung nach in diesem Fall mit großer Wahrscheinlichkeit passiert ist?«

»Natürlich. Lassen Sie es uns zusammen durchgehen.«

»Aber seien Sie nachsichtig mit mir, ja?«, bat Tracy, was ihr ein Lächeln der Ärztin eintrug.

»Erinnerung ist Information, die in Form von synaptischen Bahnen im Hirn gelagert ist. Jedes Mal, wenn bestimmte sensorische Signale durch eine spezifische Sequenz von Synapsen laufen, hinterlassen sie einen Abdruck.«

»Bisher kann ich Ihnen folgen – glaube ich«, sagte Tracy.

»Erinnerungen brennen sich im Hirn ein, so wie Musik früher in das Vinyl von Schallplatten eingebrannt wurde, damit ein bestimmtes Musikstück, in diesem Fall die Erinnerung, je nach Bedarf, immer wieder abgespielt werden kann.«

»Und wie bei einer Schallplatte ist es auch bei den Erinnerungen so, dass je älter eine Erinnerung ist, desto unklarer die Rückbesinnung darauf im Vergleich zum eigentlichen Ereignis wird?«

»Keine schlechte Analogie, Detective, ich werde sie mir merken.« Wieder war da die Andeutung eines Lächelns. »Wir definieren Amnesie als einen temporären oder permanenten Zustand abnehmender Erinnerung. Abhängig von der Ursache des Schadens kann Amnesie zu einem teilweisen oder gänzlichen Verlust der Erinnerung führen.«

»Und was kann sie auslösen?«

»Eine Reihe von Dingen. Eine körperliche Verletzung in einem Bereich des Gehirns. Drogenmissbrauch, psychologisches Trauma.« Laghari deutete auf einen Schrank an einer Wand ihres Büros. »Wenn ich dürfte?«

»Natürlich, gern«, sagte Tracy.

Laghari öffnete Schranktüren und zum Vorschein kam eine Weißwandtafel mit passenden Stiften. Auf die linke Seite der Tafel schrieb sie: *Anterograde Amnesie.* Auf die andere: *Retrograde Amnesie.*

»Der Hippocampus befindet sich im mittleren Schläfenlappen des Hirns und hat mit der Bildung des Langzeitgedächtnisses zu tun. Man hat herausgefunden, dass die Entfernung des Hippocampus bei manchen Patienten dazu führt, dass sie keine neuen Informationen mehr speichern können. Das bezeichnet man als anterograde Amnesie. Man kann sich an die Dinge erinnern, die das Gehirn vor der Verletzung gespeichert hatte, aber nach der Verletzung können keine weiteren Erinnerungen gespeichert werden. Darunter scheint Ms Childs aber nicht zu leiden, wenn ich nach ihren medizinischen Unterlagen gehe.«

Laghari trat an die rechte Seite ihrer Tafel. »Die zweite Art der Amnesie bezeichnen wir als retrograde Amnesie. Bei dieser Art kann sich der Patient nicht mehr an Dinge erinnern, die vor dem Schaden oder der Verletzung im Hirn gespeichert wurden, kann aber durchaus neue Erinnerungen bilden und auch abrufen. Alles, was nach dem Schaden gespeichert wird, ist abrufbar.«

»Sie sagen immer wieder Schaden. Meinen Sie damit eine körperliche Verletzung?«

»Eine körperliche Verletzung, was ein Schädeltrauma sein kann, aber auch so etwas wie ein zerebrovaskulärer Unfall oder ein Schlaganfall.«

»Und das kann zu einem vollständigen Gedächtnisverlust führen?«, fragte Tracy.

»Das hängt vom Ausmaß und der Größe der Verletzung des Hirns ab oder aber der Schwere des psychologischen Traumas und kann sich auf Ausmaß und Dauer des Gedächtnisverlustes beziehen. Er könnte Stunden andauern, Tage oder, wie in diesem Fall, Jahre.«

»Wenn jemand einen Schlag auf den Kopf bekommt, könnte das die Art Amnesie bewirken, unter der Ms Childs leidet?«

»Auf jeden Fall. Wir haben Patienten erlebt, die einen Autounfall hatten oder einen Sturz aus erheblicher Höhe, die mit einer Metallstange einen Schlag auf den Kopf bekamen oder während einer Schlägerei eine Kopfverletzung erlitten. Jedes Schädeltrauma mit einem Bruch des Schädels und der Beschädigung der Hirnhaut kann schwere Hirnverletzungen verursachen und in einer anterograden oder retrograden Amnesie münden.«

»Und Sie sagen, auch ein psychisches Trauma könnte diese Folgen haben?«

»Mit psychischen Traumata meine ich traumatische Ereignisse, die so qualvoll sind, dass der Verstand es vorzieht, sie zu vergessen, statt mit dem Stress umzugehen, den sie verursachen.«

»Wie bei einer Geburt«, sagte Tracy lächelnd.

»Ich habe mir nach meinem ersten Kind geschworen, nie wieder eins zu bekommen«, pflichtete Laghari ihr bei. »Jetzt habe ich drei.«

»Ich verstehe, dass eine Amnesie jemanden dazu bringen kann, seine oder ihre Vergangenheit zu vergessen, aber kann es die Person auch dazu bringen zu vergessen, wer sie ist?«, fragte Tracy.

»Ja, das ist möglich. Wir bezeichnen das als Bewusstseinseinengung. Es passiert selten. Und noch seltener dauert dieser Zustand fünfundzwanzig Jahre lang an.«

»Wenn also die Amnesie dieser Patientin echt ist, dann haben wir es höchstwahrscheinlich mit einer körperlichen Verletzung zu tun?«

»Höchstwahrscheinlich ja, aber nicht unbedingt und nicht exklusiv. Es gibt auch Menschen mit einem verletzlichen Gehirn.«

»Was bedeutet das?«

»Vielleicht hat jemand keine Mechanismen, um mit Problemen umzugehen, und macht in einer psychischen Krise einfach dicht, rennt im Grunde davon und vergisst.«

»Was, wenn die Person autistisch ist? Beeinflusst das den Mechanismus, mit Problemen umzugehen?«

»Ich kenne dazu keine klinischen Studien, aber Autismus wird mit der Schwierigkeit assoziiert, persönliche Bindungen zu knüpfen, und ich nehme an, es wäre möglich, dass so ein Mensch für eine amnestische Episode empfänglicher ist als vielleicht andere.«

»Können die Erinnerungen zurückkehren? Gibt es Behandlungsmöglichkeiten, sie zurückzubringen?«

»Erinnerungen können ganz sicherlich zurückkehren. Man kann vergessen, was man an einem bestimmten Tag getan hat, aber wenn die Erinnerungen wachgerüttelt werden, fällt es einem vielleicht wieder ein. Aber jemand mit retrograder Amnesie hat normalerweise keinen Zugang zu der Erinnerung, selbst wenn sie wachgerüttelt wird. Mit so jemandem können Sie in sein altes Zuhause oder seine Highschool zurückkehren und er findet das interessant, aber so, als betrachte er das Leben eines anderen, nicht die Erinnerung an das eigene.«

Genau diesen Eindruck hatte Tracy gehabt, als sie Melissa Childs die Fotos aus ihrer Vergangenheit gezeigt hatte.

»Aber diese Person, wenn sie intelligent ist, könnte sie neue Dinge lernen und sich an sie erinnern?«, fragte Tracy.

»Keine zwei Fälle von Amnesie sind identisch, aber ja, generell gesehen führt retrograde Amnesie zu einem Verlust des deklarativen Gedächtnisses.«

»Und das wäre?«

»Deklaratives Gedächtnis ist die Erinnerung an Fakten, wie zum Beispiel das Buchstabieren eines Wortes, und Episoden, wie die Ereignisse im täglichen Leben einer Person. Nicht deklarative Erinnerungen stehen mit Fertigkeiten und Lernen in Verbindung. Man erwirbt sie durch Üben, nicht durch Rückbesinnung.«

»Man kann also neue Dinge lernen.«

»Ja.«

»Und wenn eine Person vor der Verletzung hochintelligent war und eine rasche Auffassungsgabe hatte, dann könnte das nach einer retrograden Amnesie auch immer noch so sein?«

»Die kurze Antwort lautet Ja. Wobei ich ihr gern ein paar Fragen stellen und sie meine eigenen Tests durchlaufen lassen würde.«

»Haben Sie je gehört, dass jemand nach einer körperlichen Verletzung plötzlich mit Akzent sprach?«

Die Ärztin zog interessiert die Brauen hoch. »Ob ich so etwas schon einmal gehört habe? Nein.«

»Ist es möglich?«

»Sie schildern da eine erworbene Inselbegabung. Davon sprechen wir, wenn jemand nach einer Hirnverletzung über eine neue Fähigkeit verfügt, die er oder sie vorher nicht beherrschte. Es gibt Studien über Patienten, die sich den eigenen Namen nicht länger als eine Minute merken konnten, wohl aber auf dem Klavier fehlerfrei ganze Konzerte spielten. Eine Studie berichtet von einem jungen Mann, der vor seiner traumatischen Hirnverletzung nie eine Gitarre in der Hand gehalten hatte, das Instrument nach der Verletzung jedoch virtuos beherrschte. Eine andere Studie beschreibt im Detail, wie ein Kind plötzlich ohne jede Ausbildung zum Bildhauer wurde und lebensechte Skulpturen schuf. Andere wurden zu mathematischen Genies. Also … ein irischer Akzent?« Laghari zuckte die Achseln. »Alles ist möglich, Detective.«

Kapitel 24

Tracy verließ das Büro von Dr. Laghari mit einem besseren Verständnis dessen, was Lisa Childress widerfahren war. Noch wichtiger: Sie wusste jetzt, dass solche Dinge wirklich passieren konnten. Sie dachte gerade über ihre nächsten Schritte nach und jonglierte im Geist mit allem, was sie im Moment so beschäftigte, als ihr Handy klingelte. Rick Cerrabone. Eigentlich hätte sie ahnen können, dass die Arbeit sie auch ohne ihr Zutun fand.

»Sie haben mich um eine Akte gebeten«, sagte Cerrabone. »Es geht um einen Henderson Jones.«

»Ich dachte, einer Ihrer Mitarbeiter meldet sich bei mir, weil Sie selbst mitten in einer Prozessvorbereitung stecken.«

»Mein Prozess ist nicht mehr. Der Angeklagte hat ein Schuldeingeständnis abgelegt.«

»Ein kleines Wunder. Hat er zu Gott gefunden? Oder sein Anwalt?«

»Der Anwalt sagt, sein Mandant handelt gegen seinen ausdrücklichen Rat und … bla, bla, bla. Sobald die Schlacht vorbei ist, werden sie alle zu knallharten Jungs. Bis auf die guten Anwälte, die brauchen die heiße Luft nicht, die haben ihre Erfahrungen gemacht.«

»Wieso sind Sie dann im Büro? Hätten Sie sich nicht wenigstens ein langes Wochenende gönnen können?«

»Dazu müsste ich mich erst einmal durch den Berg wühlen, der sich hier angesammelt hat, während ich mich auf einen Prozess vorbereitete, der jetzt nicht mehr stattfindet!« Cerrabone klang deutlich unzufrieden und ganz so, als dächte er bereits über Vergeltungsmaßnahmen gegen einen gewissen Strafverteidiger nach. In der Rechtspflege von Seattle arbeiteten inzwischen deutlich mehr Menschen als in Cerrabones Anfangsjahren hier, aber der alte Sinnspruch »Wie du mir, so ich dir« galt nach wie vor.

»Vielen Dank für Ihren Rückruf, ich weiß dies zu schätzen.« Tracy sagte das nicht einfach so daher, sie brauchte nur an ihren eigenen Berg Arbeit zu denken.

»Henderson Jones war unter anderem des Drogenbesitzes mit dem Vorsatz der Weitergabe angeklagt und gehörte ursprünglich zu einem ganzen Dutzend weiterer Personen, denen ähnliche Vergehen vorgeworfen wurden. Er hat sich als Einziger nicht auf einen Deal eingelassen und behauptet, die Polizei hätte es auf ihn abgesehen und er hätte vor seiner Verhaftung jahrelang als guter, gesetzestreuer Bürger gelebt.«

»Welche Beweise hatte die Anklage?«

»Nicht viele. Die Akte ist dünn. Sie hatten die Aussage eines Polizeibeamten, der behauptete, es gäbe einen Informanten, der aussagen könnte, dass Jones regelmäßig im Rainier Valley Drogen verkaufte.«

»Mehr nicht?«, fragte Tracy ungläubig.

»Mehr nicht. Wie schon gesagt, dünn. Sein Anwalt konnte anhand von Tank- und Restaurantquittungen nachweisen, dass Jones zu der Zeit, in der er angeblich Drogen verkauft hatte, zu Besuch bei seinem Bruder in Los Angeles war.«

»Waren die Nachweise glaubhaft?«

»Der Ankläger scheint dem nicht nachgegangen zu sein. Wohl aber eine Journalistin. Es gibt einen Artikel im *Post-Intelligencer,* aus dem hervorgeht, dass zumindest einige der Quittungen echt waren. Noch etwas?«

Das musste der Artikel von Lisa Childress sein, den Tracy bereits kannte. Sie bat Cerrabone aber trotzdem, nachzusehen, wer den Artikel geschrieben hatte.

Sie hörte Papier rascheln. »Lisa Childress.«

»Steht in der Akte des Anklägers eine Adresse und Telefonnummer von Jones oder seinem Anwalt?«

»Beides.« Cerrabone wartete, bis Tracy sich Papier und Kuli besorgt hatte, bevor er ihr die Informationen gab. »Das ist jetzt aber schon eine ganze Weile her.«

»Stimmt.« Tracy bedankte sich, beendete den Anruf und versuchte es bei der Nummer des Anwalts, die aber laut einer Bandansage nicht mehr vergeben war. Auch die laut Gerichtsakte letzte bekannte Telefonnummer von Henderson Jones war nicht mehr in Gebrauch. Sie rief im Polizeipräsidium an und bat Faz, den Namen Henderson Jones durch die Datenbank der Kraftfahrzeugzulassungsstelle laufen zu lassen und die Adresse des Mannes herauszusuchen. Faz reagierte auf ihre Bitte mit einer langen, bedeutungsvollen Pause. »Faz?«, fragte sie nach.

»Ich bin noch dran, hatte eben den Namen nicht richtig verstanden. Sag ihn bitte noch mal.«

»Henderson Jones.«

»Woran arbeitest du?«

Die Frage kam unerwartet. »Ich bin auf der Suche nach Verwandten von einem der Opfer.« Tracy log Faz nur ungern an, mochte sich aber auch nicht auf eine längere Diskussion einlassen und Faz dabei womöglich in eine schwierige Lage bringen. Faz und Del waren Partner, passten zusammen wie Topf und Deckel, und gute Partner belogen einander nicht, denn so eine Beziehung basierte auf Vertrauen. Partner verbrachten acht

Stunden täglich miteinander, wussten immer genau, wie der andere drauf war, erkannten die kleinen Hinweise, mit denen man sich verriet.

»Okay, ich hab ihn«, meldete sich Faz. »Hast du was zu schreiben?«

»Schieß los.«

Faz nannte ihr eine Adresse in Seattle. »Tust du mir noch einen Gefallen?«, bat Tracy.

»Ihr Wunsch sei mir Befehl.«

»Lass den Namen durchlaufen und sag mir, wann der Mann zuletzt angeklagt und verurteilt wurde.«

Sie hörte, wie sich Faz' dicke Finger etwas stolpernd über die Tastatur bewegten. »Das letzte Mal? Das muss im August 1989 gewesen sein. Drogenbesitz mit dem Vorhaben der Weitergabe.«

Tracy bedankte sich und beendete den Anruf. Jones hatte Childress gegenüber gesagt, er deale seit der Geburt seines Sohnes nicht mehr. So stand es in dem Zeitungsartikel zu seiner Verhaftung und seiner Weigerung, sich in einer Drogensache schuldig zu bekennen. Entweder hatte er die Wahrheit gesagt oder er war nicht mehr erwischt worden, was allerdings unwahrscheinlich schien, da die Drogenermittler ja wohl ein Auge auf ihn hatten und nur auf einen Fehler von ihm warteten. Wahrscheinlich hatte Jones Childress gegenüber also die Wahrheit gesagt und die von der Sondereinheit gegen ihn vorgebrachten Anschuldigungen waren erfunden.

Langsam fing der qualmende Haufen an, Feuer zu fangen.

Tracy ließ sich von Google Maps nach Rainier Valley schleusen, einen früher überwiegend von Afroamerikanern bewohnten Stadtteil. Die Gegend war im Zuge der extrem hohen Nachfrage nach Immobilien in einer der am schnellsten wachsenden Städte des Landes gentrifiziert worden, wobei die Preise für Wohnhäuser immer höher geschossen waren und man für ein

Haus hier inzwischen im Durchschnitt eine Dreiviertelmillion Dollar zahlen musste und noch mehr in der Nähe des Lake Washington. Sie parkte am Straßenrand vor einem einstöckigen Haus aus roten Ziegeln mit einem gepflegten Garten davor. Eine hölzerne Rollstuhlrampe mit Geländer erstreckte sich von der Haustür bis zu dem Betonweg, der die Rasenfläche in zwei Teile schnitt. Als Tracy aus ihrem Dienstwagen stieg, begrüßten sie die unfreundlichen Blicke von fünf jungen Männern, die in der Nähe dieses Hauses, das ja hoffentlich immer noch Henderson Jones gehörte, auf Gartenstühlen saßen und sie nicht aus den Augen ließen. In Gegenden wie dieser hier, das war zumindest Tracys Erfahrung, hatten die Menschen ein unfehlbares Gespür dafür, wer Polizist war und wer nicht. Egal, wie man unterwegs war und was man trug. Tracy hatte im Laufe der Jahre Leute getroffen, die behaupteten, sämtliche Wagen aus dem Fahrzeugpool der Behörde zu erkennen, aber auch den selbstsicheren Gang eines Polizeibeamten oder einer Polizeibeamtin, mit dem in einigen Fällen zusätzlich eine gewisse selbstgefällige Art einherginge.

Auf dem Weg zum Haus mit der Rampe bekam Tracy aus den Augenwinkeln mit, wie sich einer der Männer ihr näherte.

»Kann ich Ihnen helfen?« Er blieb einige Meter von ihr entfernt stehen, den Kopf zur Seite geneigt. *Egal, was Sie verkaufen,* sagte sein Blick, *wir wollen es nicht.*

»Wissen Sie, ob Henderson Jones hier wohnt?«, fragte sie.

»Hängt davon ab, wer fragt und warum.« Um den Hals des Mannes baumelte ein Goldkettchen mit einem Kreuz daran.

»Kennen Sie Mr Jones?«

»Auch das hängt davon ab, wer fragt und warum.«

»Okay, das ist wohl eine berechtigte Frage. Ich bin Polizistin und möchte Mr Jones zu einem Vorfall aus den Neunzigerjahren befragen.«

»Aus den Neunzigerjahren? Echt jetzt? Könnt ihr ihn nicht einfach mal in Ruhe lassen? Das ist lange her und er ist nicht mehr derselbe Mann wie früher.«

»Darüber will ich ja mit ihm reden. Es geht um die Anklage damals, die fallen gelassen wurde.«

»Warum?«

»Das würde ich lieber Mr Jones erzählen.«

»Nun, und ich bin sein Sohn. Wenn Sie meine Frage nicht beantworten, werden Sie ihn nicht zu Gesicht bekommen.«

»Okay. Ich arbeite an einem alten Fall und glaube, Mr Jones könnte Informationen

über die Sondereinheit Drogen haben, von der er damals verhaftet wurde.«

Der Sohn musterte sie prüfend.

»Kann ich mit ihm sprechen? Ich hätte ja angerufen, aber die Nummer, die bei uns in der Akte steht, gibt es nicht mehr.«

»Es gibt überhaupt keine Telefonnummer, jedenfalls keine Festnetznummer. Wäre eine unnötige Geldausgabe, schließlich haben heutzutage alle Handys. Aber Sie sind doch nicht hier, weil die Nummer nicht mehr stimmt.«

Tracy lächelte, um etwas Spannung aus der Situation zu nehmen. »Man knallt leichter einen Hörer auf die Gabel als jemandem die Tür vor der Nase zu.«

Der junge Mann grinste verächtlich. »Ist aber nicht annähernd so befriedigend.« Er schob sich an Tracy vorbei, murmelte: »Warten Sie hier«, ging die Rampe hoch und verschwand im Haus. Die restlichen Männer auf den Gartenstühlen beobachteten Tracy weiterhin mit trotzigen Mienen. Tracy zückte ihr Handy, sah ihre E-Mails durch und spürte trotz des frostigen Empfangs die Wärme der Sonne auf ihrem Gesicht.

Minuten später ging die Haustür auf und der junge Mann winkte Tracy mit einem leisen Pfiff zu sich heran. Sie steckte ihr Handy ein, ging die Rampe hinauf und betrat das Haus.

Henderson Jones saß in einem Rollstuhl und wirkte wie eine ältere, schwerere Version des Fotos, das den Zeitungsartikel begleitet hatte. Solche Vergleiche stimmten Tracy oft melancholisch, weil sie den Alterungsprozess dokumentierten – die Haare, die grau, den Körper, der dicker geworden war. Die Haut hatte Falten bekommen und saß nicht mehr straff. Man konnte versuchen, mit Sport und guter Ernährung dagegen anzukämpfen, aber es war genau wie mit diesen leise vor sich hin glimmenden Haufen, von denen Cerrabone gesprochen hatte. Man kam nie hinterher und schaffte es einfach nicht, sie in den Griff zu bekommen.

»Sie sind Detective?«, wollte Jones wissen.

»Genau.«

»Welche Abteilung?«

»Cold Cases.«

Er warf ihr einen neugierigen Blick zu. »Mein Sohn sagt, Sie wollen mit mir über diese Sache sprechen, bei der die Polizei versucht hat, mich reinzulegen?«

»Genau, darum geht es mir.«

»Warum stellt mir eine Cold Case Detective Fragen nach etwas, was vor so langer Zeit passiert ist?«

»Bei dem Fall, den ich bearbeite, geht es um eine Vermisste, eine Journalistin. Sie hatte sich mit der Sondereinheit Drogen befasst, die damals versucht hat, Ihnen etwas anzuhängen.« Tracy drückte sich ganz bewusst so deutlich aus. Jones sollte wissen, dass sie die gegen ihn vorgebrachten Anschuldigungen nicht glaubte.

»Woher wissen Sie, dass die Polizei mir etwas anhängen wollte?«

»Wäre das nicht der Fall gewesen und die Polizei hätte solide Beweise gehabt, um die Vorwürfe gegen sie zu untermauern, dann hätten Sie sich schuldig bekennen und eine Absprache treffen können. Das wäre sicherer gewesen. Das Strafmaß bei diesen Vergehen ist hoch, vor Gericht zu gehen, stellt ein erhebliches Risiko dar.«

»Sie sagen das so, als wüssten Sie, wovon Sie reden.«

»Ich habe eine Weile im Drogendezernat gearbeitet und mir außerdem angesehen, was wir über Sie in unseren Akten haben. Sie sind seit 1989 nicht mehr verurteilt worden.«

»Vielleicht bin ich einfach ein Sturkopf.«

»Oder Sie hatten etwas, wofür sich Sturheit lohnte.« Tracy sah den jungen Mann an, der nicht aus dem Zimmer gegangen war. Er könnte derjenige sein, der Sohn, seit dessen Geburt Jones nicht mehr dealte, wie er Childress im Interview erklärt hatte.

»Sie sagen, diese Journalistin ist verschwunden?«

»Genau.«

»Das überrascht mich nicht. Was die alles gemacht haben.«

»Wollen Sie es mir erzählen?«

»Bin nicht sicher, woran ich mich noch erinnere. Ist ja schon ziemlich lange her.«

Tracy hatte das Gefühl, Jones wusste mehr, als er durchblicken ließ. »Erzählen Sie mir einfach das, was Sie noch im Kopf haben.«

Jones betrachtete sie einen Moment lang prüfend und deutete dann auf ein braunes Cordsofa im spärlich möblierten Zimmer, das eingerichtet war, um einem Rollstuhl Platz zu bieten. Ein erst kürzlich überholter Hartholzfußboden führte zum kleinen, gefliesten Eingangsbereich, von dem aus man durch einen Torbogen weiter nach hinten kam, wahrscheinlich in eine Küche. Nirgendwo lag ein Teppich, in dem sich die Räder des Rollstuhls hätten verfangen können, und es duftete wie frisch geputzt, nach Zitrone. Der Sohn setzte sich ans andere Ende der Couch und machte keinen Hehl aus seinem Misstrauen, während Jones zu einem Lehnstuhl rollte, an dem ein zusammenklappbarer Gehstock lehnte. Auf einem Tischchen neben dem Lehnstuhl lagen die Fernbedienung für den Fernseher, eine Zeitung, eine aufgeschlagene Zeitschrift und ein Körbchen mit diversen Medikamentenfläschchen, daneben ein Yeti-Trinkbecher der University of Washington. Jones blieb im Rollstuhl sitzen.

»Mein letzter Eintrag in euren Akten ist dreißig Jahre alt, weil ich dreißig Jahre nicht mehr mit Drogen gehandelt oder anderweitig das Gesetz gebrochen habe«, erklärte Jones, sobald Tracy es sich auf der Couch bequem gemacht hatte. »Ich habe das alles aufgegeben, als mein erster Sohn, Marshawn, geboren wurde. Deiondre haben Sie ja schon kennengelernt.« Er deutete auf den Jungen am anderen Couchende. »Ich habe auch noch eine Tochter, Lachelle. Im Gefängnis hätte ich meinen Kindern kein guter Vater sein können. Und auch nicht gerade ein Vorbild. Ich wollte für meine Kinder ein anderes Leben als das, was ich selbst geführt hatte, das war mir von dem Moment an klar, an dem Marshawn auf die Welt kam. Meine Frau sah das genauso. Ich müsste das Dealen aufgeben, sagte sie zu mir, oder sie, es wäre meine Entscheidung. Ich habe das Dealen aufgegeben, um meine Kinder großzuziehen. Ich bin stolz auf sie. Sie alle haben einen Collegeabschluss. Lachelle arbeitet als Anwältin in Kalifornien. Marshawn arbeitet bei Boeing und Deiondre in der Computertechnologie bei Microsoft. Er kommt jeden Dienstagnachmittag, um nach mir zu sehen und das Haus zu putzen. Alle meine Kinder kümmern sich um mich.«

Während sein Vater sprach, hielt Deiondre den Blick auf den Fußboden gerichtet.

»Sie haben eine Menge Gründe, stolz zu sein«, sagte Tracy.

»Auf jeden Fall. Und ich danke dem Herrn jeden Tag für alles, was er mir geschenkt hat.«

»Erzählen Sie mir mehr über die Sondereinheit, die Sie reinlegen wollte.«

Jones grinste. »Das ist schon so lange her, Detective, Schnee von gestern.«

»Vielleicht für Sie. Ich will hier nur einen meiner Cold Cases aufklären.«

Jones runzelte die Stirn. »Das war eine Bande von Cowboys, diese Sondereinheit. Die meisten von ihnen weiß. Sie haben mit diesem Riesenversprechen losgelegt, wollten die Zufuhr von Drogen nach Seattle stoppen. Haben sie jedenfalls behauptet. Nur, wenn man den Zufluss von Drogen nach Seattle stoppen wollte, dann war das ungefähr so, als würde man den Finger in ein undichtes Loch nach dem anderen stecken. Nicht lange, und sämtliche Finger stecken in Löchern und man hat keine mehr übrig. Was sie behaupteten und was sie dann letztendlich taten, das waren zwei grundverschiedene Paar Schuhe.«

»Was taten sie denn letztendlich?«

»Hatten wohl Geschmack am Geld gefunden, habe ich mir sagen lassen, zumindest einige von ihnen. Mehr Geld, als sie in ihrem Beruf je verdienen konnten. Ich weiß aus erster Hand, dass Geld berauschend sein kann. Es kann einen ziemlich umhauen. Aber ich glaube, ein paar von denen waren von Anfang an nicht sauber.«

»Wissen Sie, wer von der Sondereinheit nicht sauber war?«

»Nicht im Einzelnen, nein. Aber ich weiß, dass sie draußen vor den Bars warteten, in denen Dealer ihre Geschäfte abwickelten. Sie wussten, wo das war, jemand hat es ihnen gesteckt. Ich habe später herausgefunden, dass es wohl die Barbesitzer waren. Ein paar von denen haben besonders gern die Hand aufgehalten.«

»Haben Sie die Namen der Bars?«

»Ich bin sicher, wenn man mir Zeit ließe, könnte ich mich an ein paar von ihnen erinnern, aber die meisten gibt es nicht mehr. Es wird ja überall gebaut, statt der Bars stehen da jetzt Apartmenthäuser, Eigentumswohnungen und Läden.«

»Wie ist die Sondereinheit vorgegangen?«

»Sie warteten vor den Bars und hielten die Dealer dann unter einem falschen Vorwand an. Zu schnell gefahren, eine rote Ampel übersehen und so weiter. Dann haben sie ihre Autos und ihre Kleidung durchsucht und nahmen mit, was sie fanden. Diese Typen hatten ja manchmal drei- bis fünftausend Dollar dabei.«

»Das wissen Sie aus erster Hand?«

»Nee. Das ist, was ich gehört habe. Weiter habe ich gehört, dass sich die Polizei dann zwei Dokumente unterschreiben ließ. Auf dem einen Papier wurden die gefundenen Drogen und das Geld nicht genannt, auf dem anderen schon. Dann kriegten die Dealer gesagt, man würde sie laufen lassen, mit einem Verweis wegen Verstoßes gegen die Straßenverkehrsordnung, aber wenn sie irgendwie Ärger machten, dann würden die Beamten das zweite Papier zu den Akten nehmen und sie verhaften.«

»Die Drogen und das Geld nahmen die Polizisten an sich?«

»Klar. Sagten, die Dealer hätten beides verwirkt und sie würden die Sachen wegsperren, als Beweismittel, falls sie irgendwann mal Ärger machten. Was natürlich reine Verarschung war.«

»Woher wissen Sie das?«

Jones verzog das Gesicht, als wäre Tracy einfach nur naiv. »Weil sich solche Sachen hier in der Gegend sehr schnell herumsprechen, besonders, wenn es um die Polizei geht. Ich war damals schon nicht mehr im Geschäft, aber ich kannte immer noch Leute, die mit drinhingen.«

»Was haben die Polizisten mit dem Geld gemacht, das sie den Dealern abnahmen? Und mit den Drogen? Was erzählte man sich?«

»Mir wurde gesagt, sie würden den Stoff zu einem guten Preis an andere Dealer weiterverkaufen und so noch mehr Geld machen. Ich habe auch gehört, einen Teil der Drogen hätten sie behalten, um sie Leuten unterzuschieben, die nicht mitspielten.«

»Wie lange ging das so?«

Jones schüttelte den Kopf. »Das weiß ich nicht. Ich weiß wohl, dass die Dealer mitbekamen, welche Barbesitzer auf der Lohnliste der Bullen standen, weshalb sie dort nicht mehr hingingen. Dann gab es diese große Razzia, wo gleich zwei Dutzend Dealer verhaftet wurden, darunter auch ich. Der Bürgermeister und der Oberbulle dieser Sondereinheit haben sich vor den Kameras und Mikrofonen aufgebaut und damit angegeben, wie sie jetzt allen Dealern in Seattle das Handwerk legen. Nur war ich da gar nicht mehr im Geschäft. Ich war schon lange ausgestiegen und gerade mit meiner Frau und den Kindern bei meinem Bruder und seiner Familie in Kalifornien zu Besuch gewesen. Das konnte ich auch beweisen, dazu brauchte ich nur die Tankbelege und die Kreditkartenabrechnung vorzulegen.«

»Wovon hat Ihre Familie gelebt, wenn Sie nicht mehr im Geschäft waren?« So ganz mochte es Tracy nicht glauben, dass Jones wirklich von einem Tag auf den anderen ausgestiegen war. Er hatte ja selbst gerade bemerkt, wie verführerisch Geld sein konnte.

»Ich habe ganz legal auf dem Bau gearbeitet, womit es nach meiner Verhaftung allerdings vorbei war. Ich verlor meinen Job. Trotzdem hatte ich nicht vor, in den Knast zu gehen und meine Frau mit den Kindern allein zu lassen. Mir war klar, wo die dann gelandet wären, das wollte ich auf keinen Fall zulassen.«

»Sie haben gegen die Anklage Widerspruch eingelegt, Sie haben gekämpft.«

»War kein besonders heißer Kampf. Die Bullen haben meinem Anwalt ständig vorgebetet, sie hätten stichhaltige Beweise. Wenn er die dann sehen wollte, gab es keine. Das ging ungefähr ein Jahr so. Mein Anwalt hat mit den anderen geredet, die zur gleichen Zeit verhaftet worden waren, und die haben ihm erzählt, was gelaufen war, was die Sondereinheit getrieben hatte. Mein Anwalt hat das dem Staatsanwalt gegenüber deutlich klargestellt.«

Dieser Anwalt wäre ein bedeutend besserer Zeuge als ein angeblich bekehrter Dealer, sollte es je zu einem Prozess kommen. »Haben Sie die aktuelle Adresse oder Telefonnummer von Tommy Ford?«

Jones schüttelte den Kopf. »Tommy ist tot. Der Krebs hat ihn aufgefressen.«

»Aber er hat Ihnen das alles erzählt?«

»Er hat es mir erzählt.« Jones schwieg kurz, bevor er fortfuhr. »Aber ich hatte das meiste davon auch schon selbst gehört und ich weiß, dass es stimmt.«

»Und wieso wissen Sie das?«

»Weil plötzlich ständig Streifenwagen und zivile Polizeifahrzeuge bei mir am Haus vorbeifuhren, nachdem Tommy beim zuständigen Staatsanwalt gewesen war. Einmal hat ein Polizist das Fenster runtergekurbelt, mit der Hand eine Pistole geformt, auf mich gerichtet und so getan, als würde er sie abfeuern. Meine Frau war da gerade im Garten und spielte mit den Kindern. Sie wollten mich wissen lassen, dass sie mich drankriegen können, wollten mich warnen. Ich sollte den Mund halten, damit sie sich nicht die Leute vornehmen, die ich liebe. Das war der Punkt, an dem ich dicht dran war, doch noch klein beizugeben, mich schuldig zu bekennen und einen Deal anzunehmen. Welchen Sinn hatte es zu kämpfen, um meine Kinder zu schützen, wenn ich ihnen mit diesem Kampf praktisch eine Zielscheibe auf den Rücken malte?«

»Haben Sie die Zwischenfälle mit den vorbeifahrenden Fahrzeugen gemeldet?«

»Wem denn?« Jones funkelte sie an.

»Und warum haben Sie sich dann doch nicht schuldig bekannt?«

»Das war meine Frau. Sie sagte, wenn ich mich auf einen Deal einließe, würde mich die Polizei nie in Ruhe lassen. Wir würden das durchstehen, hat sie mir versichert. Dann ist der Staatsanwalt endlich mal dazu gekommen, sich meinen Fall vorzunehmen, gab zu, dass die Polizei nichts in der Hand hatte, und ließ mich laufen. Er war angewidert, hat mein Anwalt erzählt. Gesagt hätte er das nicht, aber es war ihm deutlich anzusehen. Er hat es abgelehnt, in meinem Fall ein Verfahren einzuleiten. Danach dauerte es noch sechs Monate, bis ich meinen Job wiederhatte.«

Aber auch danach dürfte Jones noch einiges von dem mitbekommen haben, was über die Sondereinheit gemunkelt wurde. »Haben Sie von anderen Projekten gehört, die The Last Line laufen hatte?«, fragte Tracy. »Außer den Verhaftungen vor Bars?«

»Ja, ich habe Sachen gehört, aber wie ich schon sagte, ich war damals schon nicht mehr im Geschäft, weiß also nicht, was stimmt und was bloß dummes Gerede war.«

»Was haben Sie gehört?«

»Ich hörte von Razzien in Drogenhäusern, wo die Drogen zur Hintertür hinausspazierten und wieder auf der Straße landeten. Ich hörte von Drogen, die aus der Asservatenkammer verschwanden, und von Anklagen, die deswegen fallen gelassen werden mussten.«

Das Rechtssystem verlangte die Lagerung von Tausenden von Beweisstücken. Tracy wusste aus Erfahrung, dass dabei auch einmal etwas verloren gehen konnte, unbeabsichtigt oder gezielt. Besonders einfach war das vor der Einführung von Computern gewesen. Sie wusste von Fällen, wo der anklagende Staatsanwalt bei Gericht ohne die Drogen aufgetaucht war, die er brauchte, um in einem Drogenprozess Anklage zu erheben, und wo die Anklage daraufhin fallen gelassen werden musste. Über die besonders gut dokumentierten Fälle von Korruption in den Drogendezernaten von Los Angeles und Miami in den Achtzigerjahren hatte sie gelesen, dass das System zum Ende eines Verfahrens hin am verletzlichsten war, wenn der Richter den Befehl zur Vernichtung der Drogen erteilt hatte. Danach brauchte nie wieder jemand diese Beweismittel und wenn der leitende Polizeibeamte beschloss, sie, oder einen Teil davon, durch die Hintertür aus dem Gericht zu schmuggeln, erfuhr niemand davon. Das Rechtssystem hing in großen Teilen von der Integrität seiner Beamten ab und davon, dass die Beschäftigten sich gegenseitig kontrollierten, aber Tracy kannte Kollegen, die der Vertraulichkeit des offiziellen Beschwerdesystems nicht immer vertrauten, was sie davon abhielt, Verstöße aufzudecken.

»Was haben Sie sonst noch gehört?«, fragte Tracy noch einmal.

»Nichts besonders Aufregendes.«

»Haben Sie je davon gehört, dass Boote angehalten wurden, die Drogen ins Land brachten?«

»Nichts Genaues, aber es würde mich nicht überraschen. Ich kenne Typen, die ihr Zeug von einem Sarghersteller erhielten, der die Drogen in seinen Särgen verschiffte. Ist doch irgendwie auch logisch.«

»Was ist logisch?«

»Sich gleich die Großtransporte vorzunehmen. Denken Sie drüber nach. Wenn die Polizei eine große Lieferung erwischt, bevor sie verteilt wird, dann bedeutet das mehr Geld für sie und weniger Risiko. Und was soll ein Dealer dagegen unternehmen?«

Oder jemand wie Jack Flint? Flint hatte viel zu viel damit zu tun gehabt, seinen Chefs zu beweisen, dass er sie nicht über den Tisch gezogen hatte und sie ihn von daher auch bitte nicht umbringen sollten.

Jones hatte recht. Eine Razzia auf einem Boot oder in einem Flugzeug konnte das ganz große Geld bringen, zehn, zwanzig, dreißig Millionen Dollar auf einen Schlag. Sie fragte sich, ob sich nur The Last Line durch die investigative Arbeit von Lisa Childress gestört gefühlt hatte. Konnten auch Politiker von den Machenschaften der Drogenermittler profitiert haben? Politiker auf höchster Ebene, wie Bürgermeister Edwards? Wieder fiel ihr Jack Flint und dessen erheblich reduzierte Haftstrafe ein, eine Geschichte, die nie ans Tageslicht gekommen war. Konnte das daran liegen, dass einige Personen in Machtpositionen in die Vergehen verstrickt waren? Oder war der letzte Treffer der Last Line die Razzia auf der *Egregious* im November 1995 gewesen, der ihnen so satte Millionen beschert hatte? Und später, 2002, als Flint die Sache endlich den Strafverfolgungsbehörden gegenüber vorbrachte, war die Verjährungsfrist für Drogendelikte längst abgelaufen. Warum eine ganze Stadt öffentlich der Peinlichkeit einer solchen Enthüllung preisgeben, wenn niemand mehr dafür zur Rechenschaft gezogen werden konnte?

»Abgesehen von dem, was Sie gehört haben«, fragte Tracy, »wussten Sie auch von irgendwelchen Beweisen? Eindeutigen Beweisen für das, was passiert ist?«

Jones schüttelte den Kopf. »Nur was die Leute erzählt haben. Die Hälfte dieser Menschen lebt allerdings inzwischen nicht mehr.«

»Haben Sie irgendetwas darüber gehört, warum die Sondereinheit aufgelöst wurde?«

»Nee, darüber weiß ich nichts. Es soll eine Ermittlung gegeben habe, kam mir zu Ohren. Vielleicht gibt es da einen Zusammenhang.«

»Was haben Sie gehört?«

»Vielleicht habe ich mich falsch ausgedrückt. Ich bin von einer Ermittlung ausgegangen, weil mich zwei Detectives besuchten und mir dieselben Fragen stellten wie Sie jetzt. Aber sie haben danach wohl nichts weiter unternommen.«

»Wann war das? Vor Kurzem?«

»Nein. Nicht lange nach dem Versuch, mich reinzulegen.«

Das dürften Moss Gunderson und Keith Ellis gewesen sein, dachte Tracy.

»Ich habe den beiden genau dasselbe erzählt wie Ihnen eben«, fuhr Jones fort. »Und nie wieder ein Wort gehört.«

»Wie oft haben Sie mit den Detectives gesprochen?«

»Nur dieses eine Mal.«

»Erinnern Sie sich noch an die beiden?«

Jones runzelte die Stirn. »Ihre Namen habe ich vergessen, aber die zwei waren wie identische Buchstützen in einem Bücherregal. Zwei große, italienische Typen, sahen aus wie zwei Kerle in einem Film. Trugen Anzug und Krawatte und sahen ziemlich offiziell aus.«

Del und Faz.

»Und Sie haben ihnen alles erzählt, was Sie mir erzählt haben?«

»Ja. Die beiden scheinen nichts damit angefangen zu haben. Jedenfalls nichts, wovon mir je zu Ohren gekommen wäre.«

Jetzt verstand Tracy auch Faz' bedeutungsvolle Pause am Telefon, nachdem der Name Henderson Jones gefallen war.

»Ich habe ihnen gesagt, sie sollten mir zeigen, dass sie es ernst meinen«, fuhr Jones fort. »Wenn sie diese Sondereinheit ernsthaft verfolgen, dann hätte ich vielleicht noch weitere Informationen für sie, dann könnte ich ihnen vielleicht sagen, wer hier im Tal der Einheit Hinweise auf Drogenverkäufe gab. Sie sind nie wiedergekommen.«

»Sie wussten, wer der Sondereinheit Hinweise gab?«, fragte Tracy.

Jones schwieg. Er warf seinem Sohn einen Blick zu, der seinen Vater mit schräg gelegtem Kopf musterte, ohne etwas zu sagen. »Ich schlage Ihnen denselben Deal vor«, wandte sich Jones an Tracy. »Sie zeigen mir, dass Sie es ernst meinen und wirklich etwas unternehmen wollen. Dann habe ich vielleicht einen Namen für Sie.«

Kapitel 25

Als Tracy das Heim von Henderson Jones verließ, war sie sich kaum noch über irgendetwas sicher. Der Sohn brachte sie bis vor die Tür, die er hinter ihnen beiden schloss.

»Wissen Sie, was es bedeutete, in dem damaligen Umfeld hier drei Kinder großzuziehen und dafür zu sorgen, dass sie clean blieben? Keine Drogen kaufen, keine Drogen verkaufen, keine Drogen nehmen, das war seine Parole und er hat dafür gesorgt, dass wir uns daran hielten.«

»Er scheint ein bemerkenswerter Vater gewesen zu sein.«

»Meine Mutter starb, da war sie gerade einmal zweiundvierzig Jahre alt. Völlig unerwartet. Danach hat er uns allein großgezogen. Meine Großeltern haben geholfen, aber die Verantwortung lag allein bei ihm, und er hat es geschafft. Hat auch nie wieder mit Drogen gehandelt, um das hinzubekommen. Er hatte mehrere Jobs, schlief manchmal nur vier Stunden die Nacht, um meinem Bruder und mir und meiner Schwester ein besseres Leben zu ermöglichen. Und was hat er dafür gekriegt?« Deiondre zog die Brauen hoch, als erwartete er von Tracy eine Antwort. Sie schwieg. »Nichts. Stand allein aufrecht und blieb auch noch stehen, als alle anderen schon klein beigegeben und sich verpisst haben. Und dass Sie heute hergekommen sind, um ihm Fragen zu stellen, das lässt ihn noch einmal aufrecht stehen, noch einmal darauf hoffen, dass die Reichen und Mächtigen bekommen, was sie verdient haben. Und ich habe nicht das Herz, ihm zu sagen, dass er sich das abschminken kann. Oder etwa nicht, Detective?«

Tracy antwortete nicht sofort.

Deiondre nickte. »Genau das habe ich mir gedacht. Denken Sie darüber nach. Ein junger Mensch wird verhaftet, weil er ein paar Gramm Gras und fünfzig Dollar bei sich hat. Die Reichen und Mächtigen dürfen Millionen von Dollar stehlen und kommen damit davon, niemand unternimmt etwas. Sie kehren es einfach unter den Teppich, damit sich die Stadt bloß nicht auf nationaler Ebene blamiert.«

»Ich glaube, Sie haben recht«, gab Tracy zu. »Ich glaube, genau das ist geschehen. Aber dabei sind ein paar Leute zu Schaden gekommen und die sind im Moment meine Priorität. Ich möchte herausfinden, wer dafür verantwortlich ist, und diese Verantwortlichen der Justiz zuführen.«

»Ja? Sehen Sie zu, dass die Gerechtigkeit ein bisschen besser verteilt wird.«

»Darf ich fragen, warum Ihr Vater im Rollstuhl sitzt?«

»Diabetes. Schlimme Neuropathie in beiden Füßen. Aber er steht jeden Tag auf und macht weiter. So ist mein Dad.«

Deiondre überquerte den Rasen und ging zurück zu seinen Freunden, die Tracy nach wie vor mit finsteren Blicken musterten. Sie konnte es keinem von ihnen verdenken. Wahrscheinlich würden sie gleich herzlich lachen, wenn Deiondre ihnen erzählte, warum sie bei seinem Vater gewesen war. Sie würden lachen, weil sie sich immer wieder mit einem Rechtssystem konfrontiert gesehen hatten, dessen Urteile zu oft auf der Grundlage von Hautfarbe und ethnischer Zugehörigkeit gefällt wurden.

Tracy stieg wieder in ihren Wagen und verließ das Rainier Valley. Was Henderson Jones ihr erzählt hatte, erschütterte ihren Glauben daran, dass die Grundsätze, die sie in der Abteilung für Gewaltverbrechen unter anderem von Faz und Del gelernt hatte, wirklich von allen Kollegen gelebt wurden. Anscheinend hatte Del Informationen über eine Razzia auf einem Drogenschiff zurückgehalten, bei der es zum Tod zweier Besatzungsmitglieder und zum Diebstahl der gefundenen Drogen im Wert von mehreren Millionen Dollar gekommen war, die später auf den Straßen von Seattle gelandet waren. Faz musste auch davon gewusst haben. Warum hätte er sonst mit Del losziehen sollen, um mit Henderson Jones zu reden? Faz war damals noch nicht Dels Partner gewesen.

Die Razzia auf der *Egregious,* über die es keinerlei Unterlagen gab, hatte ganz direkt zum Tod von David Slocum und im Grunde auch zu dem von Lisa Childress geführt. Lisa lag zwar nicht unter der Erde, aber Tracy konnte sich sehr gut vorstellen, wie es sein musste, eines Tages aufzuwachen und niemanden in seinem Leben mehr wiederzuerkennen. Vielleicht konnte sie es sich deswegen so gut vorstellen, weil sie Mutter war und ahnte, wie schmerzhaft es für sie wäre, Daniella nicht mehr zu erkennen. Tracys Großmutter mütterlicherseits hatte Alzheimer gehabt und während ihrer letzten Lebensjahre niemanden mehr einordnen können, nicht einmal ihre Tochter oder die Enkel. Die Krankheit hatte ihr sämtliche Menschen geraubt, mit denen sie vertraut gewesen war, und alle Erinnerungen, die sie mit ihnen teilte.

Für Tracy war Alzheimer die grausamste aller Krankheiten und sie betete darum, dass keine genetische Veranlagung sie dazu verdammte, das Schicksal ihrer Großmutter zu erleiden.

Auf der Fahrt zurück ins Präsidium fragte sie sich, was bei ihrem Kollegen schiefgelaufen sein mochte. Del war neu in Seattle und frischgebackener Mordermittler gewesen, als man ihm Moss Gunderson als Partner zugeteilt hatte. Ungefähr zur selben Zeit war Faz zum Detective in der Abteilung für

Gewaltverbrechen befördert worden. Hatte das Geld sie fasziniert, waren sie so in die unlauteren Machenschaften hineingezogen worden? Oder hatten sie einfach mitgemacht, um dazuzugehören, und irgendwann festgestellt, dass sie zu tief drinsteckten, um noch auszusteigen? Hatten sie deswegen mit Henderson Jones gesprochen, hatten sie versucht, sich mit eigenen, bloßen Händen aus dem Sumpf zu buddeln, nur um dann festzustellen, dass die sie umgebenden Wände aus Sand bestanden und bröckelten, je mehr man sie bewegte? Bis es nichts mehr gab, worauf sie hätten stehen können?

Waren Faz und Del mitschuldig am Tod von David Slocum? Das konnte sich Tracy einfach nicht vorstellen, beim besten Willen nicht. War Slocum deswegen bereit gewesen, Lisa Childress von der Razzia im Jachthafen und den beiden ertrunkenen Seeleuten zu erzählen, weil Del und Moss ihn ignoriert hatten? Für Tracy stand fest, dass Slocum sterben musste, weil er Childress kontaktiert hatte. An Selbstmord glaubte sie nicht eine Sekunde lang. Aber wenn die Mitglieder der Last Line Slocum auf dem Gewissen hatten, warum hatten sie Childress nicht gleichzeitig ausgeschaltet? Am Tatort war die Dose Bärenspray gefunden worden, weshalb man also mit an Sicherheit grenzender Wahrscheinlichkeit davon ausgehen konnte, dass Childress dort gewesen war. War sie erst nach dem Mord eingetroffen? Waren der Schock und der grauenhafte Anblick der Leiche zu viel gewesen und hatten zu den von Dr. Laghari erwähnten psychologischen Verletzungen geführt?

Möglicherweise, nur erklärte das die Kopfverletzung nicht, mit der Childress im Einkaufszentrum von Escondido aufgetaucht war. War sie mit dem Kopf irgendwo aufgeschlagen oder hatte man ihr einen Schlag versetzt? Wenn ja, warum hatte man sie am Leben gelassen, eine Journalistin, die möglicherweise alle Beteiligten in große Schwierigkeiten bringen konnte? Waren die Mörder der Meinung gewesen, ohne Slocum könne Childress nichts beweisen? Oder waren sie zu der Erkenntnis gelangt, dass sie eine Investigativjournalistin nicht einfach so umbringen konnten? Oder hatten sie nur auf eine günstigere Gelegenheit gewartet? Hatte Slocums Tod Childress signalisieren sollen, dass sie auch sie erwischen konnten, genauso wie ihre Quelle?

Tracys Handy klingelte. Sie nahm den Anruf an.

»Detective Crosswhite?« Das war die Stimme von Melissa Childs.

»Ja, Melissa?«

»Ich habe über alles nachgedacht, was wir besprochen haben. Herzlichen Dank noch mal, dass Sie so rücksichtsvoll waren, die Entscheidung mir zu überlassen.«

»Das war doch selbstverständlich«, meinte Tracy.

»Wie ich schon sagte, ich habe nachgedacht. Für mich sehe ich keinen Vorteil darin, zurückzugehen und Lisa Childress zu sein. Ich habe mir hier in Escondido ein Leben aufgebaut, ein gutes Leben. Nichts Großartiges, aber ich komme gut zurecht.«

»Ich verstehe«, sagte Tracy. Im Geiste sah sie Deiondre Jones den Kopf schütteln und verächtlich grinsen. Es würde genauso laufen wie beim letzten Mal.

»Aber es geht nicht nur um mich, richtig?«

»Wie meinen Sie das?«

»Ich sagte, es geht nicht nur um mich. Meine Entscheidung hat Auswirkungen auf andere, an die muss ich doch auch denken, nicht wahr? Ich habe eine Mutter, die ihre Tochter seit fünfundzwanzig Jahren nicht gesehen hat. Unvorstellbar, wie sie gelitten haben muss, fünfundzwanzig Jahre lang davon ausgehen zu müssen, dass ich tot bin, ohne es definitiv zu wissen. Und meine Tochter. Sie ist ohne Mutter aufgewachsen. Ich hatte ja in gewisser Weise noch Glück, ich wusste von nichts. Für die, die sich erinnern konnten, muss es ungleich schlimmer gewesen sein.«

Tracys Mutter hatte sich ähnlich geäußert, was die Krankheit von Tracys Großmutter betraf: Es sei im Grunde ein Glück, dass die Großmutter nicht wisse, woran sie sich nicht erinnerte. Für alle, die noch wussten, wie die Großmutter gewesen war, und die viel Schönes mit ihr geteilt hatten, war ihr Verfall unendlich viel schwerer zu ertragen gewesen.

»Sagen Sie mir, was ich tun soll«, bat Tracy.

»Ich möchte sie treffen – meine Mutter und meine Tochter. Meinen Mann dann wohl auch, nehme ich an. Ich glaube, ich schulde es ihnen.«

»Und wann?«

»Am liebsten so schnell wie möglich.«

»Dann werde ich das organisieren«, versprach Tracy. »Und ich werde mir Mühe geben, damit nichts durchsickert und Sie alle ein wenig Ruhe und Frieden haben.«

Kapitel 26

Als Tracy von der Interstate abbog, um ihren Dienstwagen in den Fahrzeugpool an der Sixth Avenue zurückzubringen, klingelte ihr Arbeitshandy. Die Nummer auf dem Display ließ auf einen Anruf aus dem Polizeipräsidium schließen, aber da nicht gleichzeitig auch noch ein Name auftauchte, kam der Anruf weder von Faz oder Del noch von Kins. Kein Name, das bedeutete meistens einen der Chefs. Die einzige Chefin, mit der Tracy es im Moment zu tun hatte, war Chief Weber, und der einzige Grund, den sie sich für diesen Anruf denken konnte, war Ungeduld. Wahrscheinlich würde sich Chief Weber nur nach Fortschritten bei der Bearbeitung neuer Cold Cases erkundigen, aber das allein war Tracy im Grunde schon zu viel Drängelei. Nein, nicht im Grunde: Es war zu viel.

Chief Clarridge hatte Tracy in all ihren Jahren in der Abteilung für Gewaltverbrechen nur ein einziges Mal zu einer laufenden Ermittlung befragt, und zwar den Serienmörder betreffend, den sie »Cowboy« getauft hatten. Clarridge trat nur vor die Presse, wenn ein Fall allzu sehr im Blickfeld der Öffentlichkeit stand oder nach einer erfolgreichen Aufklärung, die die Abteilung gut dastehen ließ, so zum Beispiel nach den Leichenfunden in North Seattle und im Curry Canyon, zu denen es kommen konnte, weil Tracy die dafür verantwortlichen Serienmörder gefunden hatte.

Egal, weswegen Chief Weber anrief, Tracy nahm nicht ab und ließ den Anruf an ihren Anrufbeantworter gehen, den sie allerdings gleich darauf abhörte. Weber forderte sie auf, sie zurückzurufen, und nannte eine Nummer. Tracy schüttelte den Kopf. Noch nicht.

Erst einmal zog es sie in das Gebäude Park 90/5, wo sie dem lieben Oz, Mike Melton, einen Besuch abstatten und nachschauen wollte, ob er bei den von ihr an ihn weitergeleiteten Cold Cases schon seinen Zauber gewirkt hatte. Vielleicht gab es verwendbare DNA, die Tracy durch die verfügbaren Datenbanken laufen lassen und hoffentlich gleich mit einer Person in Verbindung bringen konnte. Dann würde sie sich gern bei Chief Weber melden und von ihren Fortschritten berichten.

Sie hielt an einer Filiale der für ihre italienischen Spezialitäten bekannten Kette *Salumi* und ließ sich ein heißes Soppressata-und-Provolone-Sandwich und eins mit Leonettas Fleischbällchen einpacken, beides Sandwiches, die Melton besonders gern aß. Ja, sie wollte ihn wieder einmal bestechen. Laut Tracys Mutter führte der schnellste Weg ins Herz eines Mannes durch dessen Magen.

* * *

Tracy kannte sich im Gebäudekomplex Park 90/5 bestens aus, immerhin hatte sie auf ihrem Weg in die Abteilung für Gewaltverbrechen auch in verschiedenen Abteilungen für Spurensicherung gearbeitet. Sie überraschte Melton, der gerade mit vorgerecktem Kopf angestrengt durch seine Bifokalbrille auf seinen Bildschirm starrte, während er gleichzeitig die

Tastatur seines Computers bearbeitete. »Deine Haare sind ab!«, rief Tracy bei seinem Anblick unwillkürlich laut aus, was ihn vor Schreck aufspringen ließ.

Sie hatte sich nicht zurückhalten können, denn Meltons zweiter Spitzname war, solange sie denken konnte, »Grizzly« gewesen, weil er mit seiner wilden Mähne und passendem Bart sehr an den Schauspieler erinnerte, der Grizzly Adams verkörpert hatte. Jetzt reichten Meltons Haare nicht mehr bis zum Hemdkragen und sie schienen viel grauer als vorher. Tracy konnte sich nicht daran erinnern, je Meltons Ohren gesehen zu haben, die irgendwie zu klein für den Kopf wirkten. Auch seinen Hals sah sie jetzt zum ersten Mal, denn er hatte sich auch noch den Bart trimmen lassen, wodurch sein Kopf einen kleineren Eindruck machte und man nicht mehr das Gefühl hatte, zwei wilde, graue Hauer vor sich zu haben.

»Gut, dass du Detective bist«, knurrte Melton. »So entgeht dir nicht allzu viel.«

»Es lässt dich jünger aussehen.«

»Du lügst total miserabel. Älter lässt mich das Grau aussehen. Vielleicht auch dünner? Was meinst du?«

Tracy ging lieber auf Nummer sicher. »Das war mir nicht aufgefallen.«

Melton schnitt eine Grimasse. »Siehst du, und darauf hatte ich gehofft. Die Familie sitzt mir im Nacken, ich soll abnehmen.«

»Du bist doch nicht dick.«

»Ich habe schwere Knochen.« Melton seufzte. »Mit zu viel drauf. Auf den Kochen, meine ich. Meine Cholesterinwerte sind zu hoch. Mein Blutdruck auch. Ich habe meinem Arzt erklärt, dass das bei diesem Job dazugehört, es läge an all den nervtötenden Detectives. Daraufhin erwähnte er Medikamente. Altwerden ist echt nichts für Weicheier.«

»Die Alternative zum Altwerden ist schlimmer, wie ein guter Freund von mir immer sagt. Also freu dich an dem, was du hast.«

»Jeden Tag.« Er fixierte Tracys Tüte. »Hier riecht es, als wolle sich jemand vordrängeln. Ich soll wohl gewisse Fälle schneller bearbeiten als die der vielen anderen Detectives, die hinter mir her sind. Das wäre doch aber Bestechung!«

»Womöglich erfolgreich?«

»Hängt ganz vom Bestechungsmaterial ab.«

»Salumi.«

»Nicht auf dem Diätplan.«

Tracy ließ die Schultern sinken. »Heiße Soppressata oder Fleischbällchen?«

Melton streckte die Hand aus. »Meine Lippen sind versiegelt, wenn du auch nichts weitersagst.«

»Aber ich möchte nicht an deinen Vergehen beteiligt sein.«

»Soppressata!«, befahl er mit einer ungeduldigen Handbewegung. »Den Salat dann zum Abendbrot. Ich komm mir schon vor wie ein verdammtes Kaninchen.«

Tracy reichte Melton das warme Sandwich und machte es sich auf dem Besucherstuhl im Zimmer gemütlich. Sie packten ihre Sandwichs aus und ließen es sich schmecken, wobei Melton bei seinem ersten Bissen das Gesicht verzog, als wäre er gerade gestorben und umgehend in den Himmel gekommen. »Leckeres Essen! Mein Gott, wie hat mir das gefehlt!«

Sie plauderten ein bisschen, über die Arbeit, aber auch privat. Tracy erzählte Melton von Dans Bauprojekt.

»Vielleicht hat er eine Midlife-Crisis?«

»Er möchte sich von einem schlimmen Fall ablenken. Einer seiner Mandanten hat Selbstmord begangen.«

Tracy berichtete von Daniellas Erlebnissen und Fortschritten, wobei kaum eine von diesen Geschichten für Melton neu sein dürfte. Er hatte sechs Töchter großgezogen, von denen fünf inzwischen verheiratet waren. Die jüngste, Patricia, arbeitete in Brasilien.

»Patricia ist Lesbe«, verkündete Melton zwischen zwei Bissen. »Sie hat uns neulich mitten in der Nacht angerufen, um es uns mitzuteilen. Hat mich aus dem Tiefschlaf gerissen, ich dachte sofort, jemand wäre gestorben. War ich erleichtert.«

»Wie hat Linda es aufgenommen?«

»Das wüssten wir schon seit Jahren, hat sie zu Patricia gesagt, und sie solle zu einer vernünftigeren Zeit noch mal anrufen. Dann habe ich Linda gefragt, warum sie mir nie was verraten hat, wenn sie es doch wusste, und sie meinte, Patricia hätte selbst entscheiden müssen, wann und wie sie es uns sagen will.«

»Du hast es nicht gewusst?«

»Vermutet. Nicht gewusst.«

»Ist es in Ordnung für dich?«

»Absolut. Ich erhoffe mir für sie nichts anderes als für meine anderen Töchter auch. Ich hoffe, sie geht dem nach, was sie liebt, findet einen Menschen, mit dem sie diese Leidenschaft teilen kann und der sie glücklich macht, und schafft sich mit diesem Menschen zusammen eine Familie.«

Das Privatgespräch war bald beendet und die beiden kamen auf den Grund für Tracys Besuch zu sprechen. Melton hatte bei zwei von ihren Fällen DNA gewinnen können, am dritten arbeitete er noch. Der war kniffliger als die anderen, aber bei all den Fortschritten, die bei der Aufbereitung von DNA zu verzeichnen waren, blieb er auch hier zuversichtlich.

»Danke, Mike«, seufzte Tracy. »Das habe ich gebraucht.«

»Du klingst, als wärst du wieder an einem Punkt wie früher unter Nolasco. Vor wem musst du dich denn jetzt rechtfertigen? Du allein bist doch die ganze Einheit.«

»Chief Weber hat ein Interesse an meiner Arbeit entwickelt.«

»Für Cold Cases?« Er sah sie ungläubig an. »Hat sie nicht genug um die Ohren?«

»Der jährliche Kampf ums Budget steht an und ich glaube, sie hat Angst, die Fälle aus dem Curry Canyon verlieren zu schnell an Glanz. Die Budgetsitzung im Stadtrat könnte die wichtigste sein, die die Polizei von Seattle je erlebt hat.«

»Sie werden uns die Finanzierung schon nicht entziehen.« Melton klang überzeugt. »Sie werden wieder mal sagen, man soll bei Fällen von häuslicher Gewalt Sozialarbeiter losschicken, aber welcher Sozialarbeiter zieht schon ohne Polizisten los? Sobald sie das gemerkt haben und sobald die Innenstadt von Seattle wie in den Achtzigern zum Friedhof verkommt, weil Mord und Totschlag zunehmen, schlägt das Pendel in die andere Richtung aus. Macht es immer. Geld spricht eine deutliche Sprache und wenn der Tourismus leidet, dann geht das gar nicht.«

»Wie dem auch sei.« Tracy wickelte eine Hälfte ihres Sandwichs wieder ein. »Diese drei Fälle dürften erst mal reichen, um sie zufriedenzustellen.«

»Macht dir sonst noch etwas zu schaffen? Irgendwie bist du nicht so munter und schlagfertig wie sonst.«

Melton verfügte über eine ausgezeichnete Menschenkenntnis. Wahrscheinlich entwickelte man als Vater von sechs Kindern zwangsläufig einen siebten Sinn in diese Richtung.

»Ich arbeite parallel noch an einem anderen Fall, in dessen Verlauf mir immer klarer wird, dass da ein paar schlimme Dinge passiert sind. Auf ziemlich hoher Ebene, was die Polizeibehörde betrifft und möglicherweise sogar die Regierung. Und gerade musste ich entdecken, dass zwei Menschen, die ich liebe und respektiere, involviert sein könnten.«

»Und nun hast du Angst, es könnte ihre Karrieren gefährden, wenn du den Fall weiterverfolgst?«

»Ich habe noch nicht alle Fakten beisammen, aber es sieht eindeutig so aus, als wäre das eine Möglichkeit.«

»Was hast du vor, wie willst du damit umgehen?«

»Ich bin mir noch nicht sicher.«

Melton hob das Papier auf, in das sein Sandwich eingewickelt gewesen war, und kippte es vorsichtig so, dass die Krümel darin in seinen Papierkorb und nicht auf die Tastatur fielen. Dann knüllte er das Papier zusammen und warf es in den Eimer. »Ich erzähl dir jetzt mal, welche Erkenntnisse mir mein Job gebracht hat. Kannst ja sehen, ob du damit etwas anfangen kannst oder nicht.«

»Okay.«

»Ich kriege ständig Druck von Leuten wie dir, diesen Test oder jenen laufen zu lassen, diese Sache mit jener zu vergleichen und so weiter. Jede Entscheidung, die ich treffe, hat Auswirkungen auf das Leben eines Menschen, vielleicht auch gleich einer ganzen Familie. Vielleicht schicke ich mit dem, was ich herausfinde, einen Vater oder eine Mutter ins Gefängnis. Vielleicht verliert jemand seinen Job, alles Mögliche kann eintreten. Aber das passiert nicht, weil ich meine Arbeit gemacht habe. Ich handele ja nun wirklich nur selten aus Rachsucht, meistens mache ich nur das, wofür man mich bezahlt. Die Konsequenzen erfolgen aufgrund von Aktionen, für die ein Mensch sich entschieden hat, warum auch immer. Die Konsequenzen haben diese Leute sich selbst zuzuschreiben, nicht ich mir. Weißt du, wer das zu mir gesagt hat?«

»Wer?«

»Cerrabone.«

»Rick?«

»Nachdem er vor Gericht eine Verurteilung durchsetzen konnte. Er hatte die Todesstrafe gefordert und auch erhalten. Wenn man das Ergebnis nicht vom Job trennen kann, wäre das nur sehr schwer zu ertragen. Mach einfach deine Arbeit, Tracy.

Und die Würfel werden fallen, wohin sie fallen. Verstehst du, was ich meine?«

Ja, das tat Tracy.

Sie verließ Park 90/5 und sah ihre E-Mails durch, bevor sie zurück zum Polizeipräsidium fuhr. Die Technikabteilung hatte ihr geschickt, was sie über das Guerillamail-Konto hatte herausfinden können. Die Mail war von einem Server im Stadtteil Fremont abgeschickt worden. In Fremont kannte Tracy ihres Wissens niemanden.

Während der Fahrt erwiderte sie den Anruf von Chief Weber und wurde an deren Anrufbeantworter weitergeleitet. Dem erzählte sie die Wahrheit. Eine verkürzte Version zwar, aber doch die Wahrheit. Sie fasste ihr Treffen mit Melton zusammen und versicherte, nun die an dieser Stelle anstehenden Schritte einleiten und ihre Vorgesetzte auf dem Laufenden halten zu wollen. Das sollte ihrer Meinung nach reichen, um ihre Chefin glücklich zu machen.

Jetzt stand noch ein Treffen auf ihrem Zettel. Hoffentlich eins, bei dem man sich freute, sie zu sehen.

Kapitel 27

Bei der *Seattle Times* ließ sich Tracy einen Besucherausweis ausstellen und fuhr mit dem Fahrstuhl in den dritten Stock, wo sie bereits von Anita Childress erwartet wurde. Die junge Frau sah ihr mit ängstlicher Miene entgegen und wirkte irgendwie wie ein Kind mit Bauchschmerzen. »Ich habe uns den Konferenzraum reserviert«, eröffnete sie ihr.

Auf dem Weg zu dem Raum, in dem sich Tracy auch mit Bill Jorgensen getroffen hatte, verzichteten beide Frauen auf Small Talk. Anita Childress ging davon aus, dass Tracy schlechte Nachrichten für sie hatte – nicht unerwartet, aber trotzdem nicht willkommen. Opferfamilien zu bestätigen, was sie bereits ahnten, war für beide Seiten nicht leicht. Die Angehörigen hatten sich vielleicht mit dem Gedanken abgefunden, dass der geliebte Mensch tot war, ganz akzeptiert hatten sie ihn nicht. Das war schlicht unmöglich. Immer glomm da diese winzige Flamme der Hoffnung, wie zart sie auch sein mochte. Glomm und warf gerade so viel Licht, dass man glauben konnte, vielleicht, ganz vielleicht etwas anderes zu erleben als die anderen, von denen man gehört und gelesen hatte. Tracy hatte diese

Hoffnung schon immer als grausam empfunden. Sie weckte positive Gefühle in Menschen, ohne dass es dafür eine reale Basis gegeben hätte.

Sie wusste außerdem aus erster Hand, wie brutal Hoffnung sein konnte, wenn diese Flamme erlosch.

Aber das galt heute nicht.

Im Konferenzzimmer schloss Childress die Tür und Tracy fürchtete fast, die arme Frau könne die paar Schritte bis zum Tisch nicht schaffen. Aber solange sie stand, mochte ihr Tracy die Neuigkeiten nicht erzählen. Sie hatte solche Situationen oft genug erlebt, sie wusste, Menschen konnten auch ohnmächtig werden.

Erst als sie beide einander am Tisch gegenübersaßen, verkündete sie ohne Umschweife: »Ihre Mutter lebt.«

Childress hob die Hand an den Mund. Ihre Augen füllten sich mit Tränen.

Tracy beobachtete sie genau. Sie wollte sicher sein können, dass die junge Frau nicht hyperventilierte. »Alles okay?«

Die Tränen liefen Childress jetzt in Strömen über die Wangen. Sie versuchte nicht, sie aufzuhalten.

»Sie lebt in Südkalifornien, in einer Stadt namens Escondido, etwa vierzig Meilen von der mexikanischen Grenze entfernt.«

Childress schüttelte den Kopf. »Ich verstehe das nicht. Warum?«

»Sie hat Amnesie, Anita. Sie weiß nichts mehr von ihrem Leben als Lisa Childress.«

Childress ließ die Hand sinken, drehte sich um und zupfte ein Taschentuch aus dem Karton, der hinter ihr auf einer Anrichte stand. Sie wischte sich die Augen trocken und putzte sich die Nase. »Amnesie?«, fragte sie leise, als versuche sie, das Wort zu verstehen.

»Ich habe mir ihre medizinischen Unterlagen geben lassen und sie einer Expertin hier an der Universität vorgelegt. Was ihr zugestoßen ist, ist selten, aber es passiert.«

Childress schüttelte den Kopf. »Ich verstehe es einfach nicht. Wie passiert so etwas denn?«

Nun, da die wichtigste Neuigkeit übermittelt war, konnte Tracy genauer werden und in die Details gehen.

»Sie erinnert sich an gar nichts?«, wiederholte Childress zum Schluss, immer noch ungläubig.

»Das stimmt nicht ganz. Als ich ihr Ihr Foto als kleines Kind zeigte, sagte sie, sie hätte Sie in ihren Träumen gesehen. Sie wusste nicht, wer Sie sind, aber sie fühlte eine Verbindung zu Ihnen, ein Band. Sie erinnert sich nicht an ihren Vater oder ihre Mutter, auch nicht an Ihren Vater. Aber an Sie hat sie sich erinnert.«

»Wie haben Sie sie gefunden?«

»Durch die Facebookseite, die ich eingerichtet hatte.« Tracy erklärte ihr Vorgehen.

»Sie ist Buchhalterin?«

Tracy lächelte. »Und anscheinend das reine Genie, was Zahlen angeht. Sie kann nicht begreifen, dass sie einmal Journalistin gewesen sein soll.«

Childress schob ihren Stuhl zurück, stand auf und tigerte ein paarmal im Raum auf und ab, atmete tief durch. Sie schlang die Arme um ihren Oberkörper und warf Tracy einen hilflosen Blick zu, als wäre ihr alles sehr peinlich. »Ich weiß nicht, was ich sagen soll. Das hatte ich nun wirklich nicht erwartet.«

»Niemand hat das erwartet, Anita. Sie würde Sie gern treffen. Auch Ihren Vater und ihre Mutter.«

»Das hat sie gesagt?«, fragte Childress.

»Ja, so ist es. Aber ich möchte Sie warnen, erwarten Sie nicht zu viel. Es ist sehr unwahrscheinlich, dass sie Sie sieht und sich plötzlich an alles erinnert, was Sie betrifft. Es könnte für sie sehr schwer werden. Für Sie alle.«

»Wann?«, fragte Childress und Tracy sah förmlich, wie sich die junge Frau trotz ihrer Warnung das Unwahrscheinliche ausmalte. Dagegen konnte man offenbar nichts tun und Tracy konnte nur hoffen, die Wiedervereinigung von Mutter und Tochter würde nicht zu schmerzlich ausfallen.

»Donnerstag. Sie ist noch nie geflogen, zumindest erinnert sie sich nicht daran. Ein Freund wird sie zum Flughafen in San Diego und bis ins Flugzeug bringen.« Das wollte Mark Davis übernehmen, Tracy hatte ihn darum gebeten. »Ich bereite die Ankunft in Seattle vor.«

»Ich möchte dort sein«, sagte Childress.

»Am Flughafen? Davon würde ich abraten. Sie wird wahrscheinlich alles etwas überwältigend finden. Lassen Sie ihr Zeit, sich an die Umgebung zu gewöhnen. Ich werde ein wenig mit ihr herumfahren, damit sie sich orientieren kann, bevor ich sie zu dem Treffen mit Ihnen bringe.« Sie schwieg kurz, damit Childress alles verdauen konnte, bevor sie fortfuhr: »Sie müssen mit Ihrer Großmutter und Ihrem Vater reden. Persönlich, so etwas kann man nicht am Telefon besprechen.«

Childress ließ sich auf ihren Stuhl fallen, spürte die Last der Verantwortung. »Richtig!«, sagte sie. »Klar, es sind gute Neuigkeiten, aber … nicht am Telefon.«

»Es sind gute Nachrichten«, versicherte Tracy, die sich auskannte, hatte sie doch genügend tragische Nachrichten überbracht. »Ihre Mutter lebt. Das ist normalerweise nicht der Fall, wenn jemand so lange vermisst wird.«

»Ich weiß nicht, wie mein Vater reagieren wird … nach allem, was er durchgemacht hat. Er hatte damit abgeschlossen, neu angefangen. Er … ich weiß es einfach nicht.«

Meltons Rat war Tracy noch frisch im Gedächtnis. »Es hängt nicht von Ihnen, sondern von Ihrem Vater ab, wie er reagiert«, sagte sie. »Was Sie entscheiden müssen, ist, wo Sie sich gern mit ihr treffen würden. Was meinen Sie, was wäre gut für Ihre Familie?«

Wieder atmete Childress ein paarmal tief ein und aus. »Das Haus meiner Großmutter dürfte am besten geeignet sein. Meine Mutter ist dort aufgewachsen. Mein Vater und ich könnten beide hinkommen und uns dort mit ihr treffen.«

»Okay, dann brauche ich die Adresse.«

Childress lächelte zum ersten Mal bei diesem Treffen. Das Lächeln wirkte echt. »Wie ist sie?«

Tracy lächelte. »Nun, sie ist anders.«

Childress lachte. »Das weiß ich.«

»So hatte ich es nicht gemeint. Anzeichen für Autismus, wie Sie es nennen, sind mir nicht aufgefallen. Allerdings beschreiben die Leute in Escondido, die Ihre Mutter gut kennen, sie mit denselben Worten wie Sie: Sie sei ein stiller Mensch, bliebe gern für sich und zeige ein paar Eigenarten, wobei ich nicht sagen kann, inwieweit sich die Amnesie auf diese Eigenarten ausgewirkt hat. Das alles sind Fragen, die wohl am besten von Ärzten beantwortet werden.«

»Aber Sie sagten doch, sie wäre anders. Wie meinten Sie das denn?«

»Es ist …« Tracy suchte nach den richtigen Worten, aber letztendlich war es nicht ihre Aufgabe, die Informationen zu filtern. »Sie spricht mit irischem Akzent.«

»Mir irischem Akzent?«, wiederholte Childress, noch erstaunter.

»Ja. Und der ist echt, jedenfalls nach Meinung der Leute da unten. Ich halte ihn auch für echt, soweit ich das beurteilen kann.«

»Wie kam es dazu?«

»Ich weiß es nicht und auch die Ärztin, mit der ich sprach, konnte es mir nicht mit Sicherheit sagen. Sie erwähnte den

Begriff ›erworbene Inselbegabung‹. Offenbar gibt es Fallstudien über Menschen, die unter einer Amnesie leiden, aber plötzlich Instrumente spielen, die sie nie gelernt haben, komplizierte mathematische Gleichungen lösen und, wie im Fall Ihrer Mutter, mit einem Akzent sprechen.«

»Das ist alles so unglaublich, wirklich schwer zu verarbeiten.«

»Deswegen möchte ich Ihnen und Ihrer Familie Zeit lassen.«

»Hat sie je geheiratet? Hat sie eine andere Familie?«

»Nein. Nach allem, was ich gehört habe, führte sie all die Jahre ein sehr ruhiges Leben. Nach der Entlassung aus dem Krankenhaus besuchte sie das College in der Stadt und machte ihren Abschluss als amtlich zugelassene Buch- und Rechnungsprüferin. Außerdem ist sie zertifizierte Feuerwehrfrau.«

Childress lachte ungläubig. »Feuerwehrfrau?«

»Ihr Arzt riet ihr wohl, mehr unter Leute zu gehen.«

»Sie erwähnten eine Kopfverletzung. Hatte sie einen Autounfall? Ist sie gestürzt?«

»Das weiß ich noch nicht.« Das war noch nicht einmal gelogen. Tracy wusste nicht, wie es zu Melissas Kopfverletzung gekommen war, jedenfalls nicht genau. Sie wechselte das Thema. »Ich möchte Ihr Treffen möglichst nicht an die große Glocke hängen. Das ist auch der Wunsch Ihrer Mutter.«

»Meine Mutter.« Childress lächelte.

»Anita? Haben Sie mich gehört? Ihre Mutter möchte die Sache nicht an die große Glocke hängen.«

Dreimaliges Klopfen an der Tür des Konferenzzimmers ließ beide Frauen aufschrecken. Bill Jorgensen, der Lisas Redakteur gewesen war, kam herein und man sah, wie er versuchte, in ihren Gesichtern zu lesen. Er ließ seinen Blick zwischen Tracy und Anita hin- und herwandern, unsicher, ob er jetzt kondolieren sollte. Anitas Tränen schienen auf nichts Gutes hinzudeuten.

»Sie lebt«, rief Anita ihm zu.

Jorgensen wandte sich mit weit aufgerissenen Augen an Tracy. »Wollt ihr zwei mich verarschen?«

Tracy schüttelte schweigend den Kopf.

»Sie lebt? Lisa Childress lebt? Wo zum Teufel hat sie die letzten fünfundzwanzig Jahre gesteckt?«

»Escondido«, erklärte Anita Childress grinsend.

»Mexiko?«

»Südkalifornien.«

»Sie ist einfach abgehauen?«

Tracy schüttelte schweigend den Kopf. Es war nicht länger ihre Aufgabe, diese Geschichte zu erzählen, sie gehörte ihr nicht mehr. Jorgensen war durch und durch Zeitungsmann, das war ihr bei ihrem ersten Treffen sofort klar gewesen. Er würde immer zuerst an den Nachrichtenwert einer Geschichte denken, und die hier hatte einen erheblichen und war noch dazu ziemlich bizarr.

»Sie leidet unter einer Amnesie«, erklärte Childress.

»Amnesie? Ist die echt?«

Diese Frage würden viele stellen, was Tracy Sorgen machte. »Zu diesem Schluss sind ihre Ärzte gekommen«, sagte sie.

Jorgensen sah Anita an. »Mein Gott, was für eine Story! Du könntest sie in der ersten Person erzählen, mit offenem Ende und eingebettetem Narrativ. Vielleicht fängst du mit deinen eigenen Recherchen zum Verschwinden deiner Mutter an.«

»Ich kann da noch gar nichts entscheiden«, sagte Anita. »Ich bin viel zu aufgewühlt.«

»Es ist eine Story!« Jorgensen zuckte mit den Achseln. »Eine Story ist es auf jeden Fall«, wandte er sich an Tracy. »Eine Riesensache. Selbst wenn Lisa sich nicht äußern will, so etwas können Sie nicht geheim halten. Die Leute werden wissen wollen, was passiert ist.«

»Da kann ich Ihnen nicht widersprechen, aber es ist nicht meine Geschichte. Ich kann sie nicht erzählen und ich werde nichts abstreiten oder bestätigen, bis Lisa und Anita die Chance hatten, ihr weiteres Vorgehen gemeinsam zu besprechen.«

»Wie ist es passiert?«

»Das wissen die Ärzte nicht.«

»Dann lag sie im Krankenhaus?«

Wieder sah Tracy, wie sich die Räder in Jorgensens Hirn drehten. Er würde jemanden ans Telefon setzen und jedes einzelne Krankenhaus in Südkalifornien anrufen lassen.

»Weiß sie, wer sie ist?«, fragte er. »Erinnert sie sich an ihren Namen?«

»Nein.« Genauer mochte Tracy nicht werden. Sie wandte sich an Anita. »Ich gehe jetzt. Sie haben meine Telefonnummern. Wir telefonieren später noch einmal.« Sie wandte sich zum Gehen.

»Detective?« Tracy wandte sich um und sah, dass Anita Childress aufgestanden war und auf sie zukam. Zögernd streckte die junge Frau beide Arme aus und umarmte Tracy. Wie oft war sie wohl als Kind so umarmt worden?, fragte sich Tracy. Von ihrer Mutter ganz sicherlich nie.

* * *

Tracy fuhr nach Hause, wo Dan Feuer im Kamineinsatz gemacht hatte, denn draußen regnete es inzwischen. Tracy erzählte Dan und Therese von den Treffen des Tages.

»Ein irischer Akzent!«, staunte Therese. »Wissen Sie, aus welcher Gegend?«

»Nein«, musste Tracy zugeben. »Ich weiß auch nicht, ob das wichtig ist.«

»Ihr Amerikaner glaubt doch, wir hören uns alle gleich an, dabei ist der Akzent von Ort zu Ort verschieden.«

»So habe ich es nicht gemeint«, sagte Tracy. »Die Frau ist eindeutig nicht aus Irland.« Sie erklärte die These, die Dr. Laghari aufgestellt hatte.

»Und wann findet die große Wiedervereinigung statt?«, wollte Dan wissen.

»Donnerstag. Ich hoffe, Jorgensen hält sich wenigstens bis dahin zurück.«

»Er hat fünfundzwanzig Jahre lang gewartet«, meinte Therese. »Da wird er es doch wohl auch noch ein paar Tage lang aushalten.«

»Er ist ganz heiß auf die Story.«

»Sie war Journalistin, natürlich interessiert das die Presse«, gab Dan zu bedenken.

»Im Gespräch mit ihm ist mir klar geworden, dass die Familie es nicht schaffen wird, nichts an die Öffentlichkeit dringen zu lassen. Egal, wie sie es handhaben. Die Story wird durchsickern und ich bin mir nicht sicher, ob und wie Melissa Childs damit umgehen kann. Sie hat bis jetzt sehr zurückgezogen gelebt und plötzlich bietet ihre Geschichte Material für Schlagzeilen auf Titelseiten überall im Land. Vom Fernsehen ganz zu schweigen.«

»Irgendwann legt sich die Aufregung auch wieder«, meinte Dan. »Spätestens dann, wenn die nächste Story auftaucht.«

»Darüber mache ich mir weniger Gedanken als über die Reaktion der Leute, die David Slocum umgebracht haben und möglicherweise auch für die Kopfverletzung von Lisa Childress verantwortlich waren. Sie werden so reagieren wie Jorgensen vorhin: Sie werden nicht glauben, dass sie unter Amnesie leidet.«

»Du hältst es für möglich, dass sie in Gefahr ist?«

»Durchaus. Es sei denn, ich könnte diesen Leuten zuvorkommen. Ich muss leider heute Abend noch mal weg. Ich muss mit jemandem reden und im Büro geht das nicht.«

Kapitel 28

»Tracy!« Vera Fazzio öffnete die Tür zu ihrem zweistöckigen Craftsman-Haus im Stadtteil Green Lake. »Vic hat mir gar nicht gesagt, dass du vorbeikommst.«

»Er wusste es auch gar nicht«, gestand Tracy. »Dieser Besuch ist eher spontan.«

»Na, dann komm mal rein, du wirst ja ganz nass«, sagte Vera lächelnd. »Vic ist hinten und sieht fern.«

Tracy trat an den gekachelten offenen Kamin und sah sich die Fotos auf dem Kaminsims an. Sie alle zeigten Faz und Vera mit ihrem Sohn Antonio, glückliche Momente eines Familienlebens, Momente, die Anita und Lisa Childress allesamt verpasst hatten.

»Tracy?« Faz kam ins Zimmer, einen besorgten Ausdruck im Gesicht. »Was ist los? Ist etwas passiert? Alles in Ordnung mit dir?«

Tracy lächelte, damit er aufhörte, sich Sorgen zu machen. »Ja, Faz, alles in Ordnung. Tut mir leid, dass ich hier so unangekündigt reinplatze.«

»Mach dich nicht lächerlich!«, protestierten Vera und Faz wie aus einem Munde.

»Du gehörst zur Familie, Tracy. Du bist hier immer willkommen. Das weißt du.« Faz und Vera waren Daniellas Paten. Tracy hatte sich in ihrer Zeit als Mordermittlerin so oft auf Faz und seine Hilfe verlassen, dass sie die Male nicht mehr zählen konnte. Der mächtige Mann, der oft an einen italienischen Gangster erinnerte, war immer für sie da gewesen, zu jeder Tages- und Nachtzeit.

»Können wir kurz reden?«, bat sie ihn nun.

»Klar. Komm, setz dich.« Faz bot ihr einen der beiden gemütlichen Sessel neben dem Kamin an. »Gib deine Jacke, ich hänge sie auf.« Tracy reichte ihm ihre Jacke und Faz hängte sie zu den anderen Mänteln an den Messinghaken an der Innenseite der Haustür. Einige der köstlichsten Mahlzeiten ihres Lebens hatte Tracy hier in diesem Haus eingenommen, bei Faz und Vera. Sie hatte verschiedentlich hier gefeiert, nicht nur an Festtagen, sie hatte das kleine Haus immer als unglaublich gemütlich empfunden, wie etwas aus einem Gemälde von Norman Rockwell, mit den Sprossenfenstern und Türen, den dunklen Hartholzböden und Teppichen, den schweren roten Vorhängen und altmodischen Lehnstühlen.

»Kann ich dir etwas anbieten, Tracy?«, erkundigte sich Vera. »Kaffee oder Tee?«

»Nein danke, Vera, wirklich nicht. Alles ist in Ordnung, macht euch bitte keine Sorgen. Dan und Daniella geht es prima. Mein Besuch heute Abend hat mit der Arbeit zu tun und ich verspreche, euch nicht zu viel von der Zeit zu zweit zu klauen.«

»Ich bin dann hinten«, sagte Vera. »Bleib, solange du willst.«

Faz setzte sich in den roten Ledersessel Tracy gegenüber und beugte sich vor, die Unterarme auf den Knien. Trotz Tracys Beteuerungen wirkte er nach wie vor besorgt. »Was ist los? Worüber willst du reden?«

»Ich glaube, das weißt du, Faz.«

»Wie bitte?« Auf seinem Hals und den Wangen breiteten sich rote Flecken aus.

»Ich glaube, du weißt, warum ich hier bin.«

»Tracy, ich weiß nicht …«

»Du hast mir die Guerillamails geschickt.«

Faz warf ihr einen bitterbösen Blick zu, stritt jedoch nichts ab.

»Ich bat die Techniker, die IP-Adresse zurückzuverfolgen«, fuhr Tracy fort. »Bis zu einem Server in Fremont. Dann habe ich mir das Hirn zermartert. Mir ist niemand in Fremont eingefallen, den ich kenne, bis mir unser gemeinsamer Abend bei Antonio in den Kopf kam, als wir vor der großen Eröffnung die Menüs durchprobieren sollten. Ich war da, Dan, du, Vera, Del und Celia. Fazzios ist in Fremont.«

Faz seufzte. »Ich versuche hier nur, einem Freund zu helfen, Tracy.«

»In was hat Del sich da reinziehen lassen?«

»Was passiert ist, ist nicht seine Schuld.«

»Erzähl es mir.«

»Als Detective oder als Freundin?«

»Das ist nicht fair, Faz.«

»Ich weiß. Aber manchmal müssen wir uns entscheiden.«

»Hast du das so gehandhabt?«

»Del und ich, wir waren beide relativ neu in der Mordkommission. Ich war aufgestiegen, hatte hier in Seattle die diversen Abteilungen durchlaufen und schon ein paar Jahre lang mitbekommen, was wo Sache war. Aber Del hatte sich von Wisconsin hierher versetzen lassen. Er kam sozusagen frisch vom Boot, hatte keine Ahnung.«

»Und man hat ihm Moss Gunderson zugeteilt, damit der ihm zeigte, wie es hier lief.«

»Genau. Er war einfach nur zur falschen Zeit am falschen Ort.«

»Die beiden Seeleute, deren Leichen im Jachthafen angetrieben wurden?«

Faz nickte. »Hör mal, Tracy, ich plaudere hier ganz bestimmt nicht aus dem Nähkästchen. Wenn Del mit dir über diese Sache reden will, dann ist das seine Entscheidung.«

»Ich hoffe, ihm helfen zu können, Faz.«

»Wie? Die Sache ist ziemlich dramatisch.«

»Lisa Childress lebt.«

»Was?« Faz riss die Augen auf. »Die Journalistin? Das muss jetzt fast fünfundzwanzig Jahre her sein, dass sie verschwunden ist.«

»Genau. Vierundzwanzig Jahre.«

»Was hat sie dazu zu sagen?«

»Nicht viel. Sie kann sich nicht daran erinnern, was ihr zugestoßen ist, aber sie lebt. Und wenn sich diese Nachricht herumspricht, werden sich ein paar Leute nicht mehr so wohl in ihrer Haut fühlen, sagt mir eine Ahnung. Ich brauche Hilfe.«

»Sie lebt!« So ganz überzeugt klang Faz immer noch nicht. »Herr im Himmel!«

Tracy erzählte ihm, wie sie Lisa Childress gefunden hatte. »Warum hast du mir die Mail geschickt, Faz?«

»Del schleppt diese Last nun schon seit fünfundzwanzig Jahren mit sich herum, Tracy. Er fühlt sich verantwortlich für das, was David Slocum zugestoßen ist, und auch für Lisa Childress' Schicksal. Ist er aber nicht.«

»Warum fühlt er sich dann verantwortlich?«

Faz verzog das Gesicht, als würde ihm jedes einzelne Wort wehtun. Er schüttelte den Kopf und hob beide Hände. »Ich finde nicht, dass es an mir ist, dir das zu erzählen, Tracy. Das muss Del selbst tun.«

»Wird er denn mit mir reden?«

»Das weiß ich nicht. Aber ich an seiner Stelle würde mir das alles von der Seele reden wollen. Er hatte bis jetzt einfach nur noch nicht die richtige Gelegenheit dazu.«

»Kannst du ihn anrufen? Mit ihm reden?«

»Ja. Ja, ich helfe euch beiden. Aber hier reden wir nicht. Ich möchte nicht, dass Vera irgendetwas aufschnappt und eine schlechte Meinung von Del bekommt. Was geschehen ist, war nicht seine Schuld, und er hätte es auch nicht verhindern können.«

»Wo möchtest du denn reden?«

Faz warf einen Blick auf seine Uhr. »Ich kenne einen ruhigen Ort. Ein Restaurant mit einem fantastischen Lieferservice und so viel Privatsphäre, wie wir uns nur wünschen können.«

Gut möglich, nur beruhigte das die Schmetterlinge in Tracys Bauch nicht ganz. Del war für sie eine Mischung aus Onkel und Lieblingskollege, der sie in ihrer Karriere unterstützt und angeleitet und sich für sie eingesetzt hatte, als sie die einzige Frau im Mordermittlerteam der Abteilung für Gewaltverbrechen gewesen war. Sie hoffte sehr, nichts tun zu müssen, was ihrer beider Karrieren gefährdete – und ihre Freundschaft.

* * *

Fazzios lag an einer geschäftigen Kreuzung der Fremont Avenue, mitten im Herzen des gleichnamigen Stadtteils. Antonio hatte sich große Mühe gegeben, seinem Restaurant einen Anstrich der alten Heimat Italien zu geben, mit einer schwarzen Markise über der Tür, die auch noch über einen Teil des Bürgersteigs ragte und auf der in großen, der Straße zugewandten Lettern der Name prangte. Neben einer schmiedeeisernen Bank stand eine beleuchtete Reklametafel mit dem Menü und drinnen wurde Faz vom Oberkellner herzlich begrüßt. Warmes Licht fiel aus der mit Kupferfliesen gekachelten Decke und beleuchtete diskret den Hartholzboden und die Wände aus Backstein, an denen kupferne Pfannen und Töpfe hingen. Vor den Fenstern hingen Vorhänge und Tracy fühlte sich sofort an das Esszimmer des Hauses erinnert, in dem Antonio aufgewachsen war. Alle Tische waren besetzt und Kellner in weißen Oberhemden, schwarzen Hosen und langen schwarzen Schürzen eilten von einem Gast zum anderen, verteilten Brotkörbe, Schälchen mit Olivenöl, Vorspeisen und Hauptgerichte, oder sie schenkten Wein nach.

Antonio begrüßte seinen Vater noch in der Tür mit Küssen auf beide Wangen. Der junge Mann, den Tracy schon als Jungen gekannt hatte, war fast so groß wie sein Vater und schlank. Er sah so aus, wie sich Tracy den jungen Faz vorstellte, der als Schüler im Angriff des Basketballteams seiner Highschool gespielt hatte. »Ich habe euch das Hinterzimmer vorbereitet, Pop«, sagte er.

»Mach dir wegen uns keine Umstände«, wehrte Faz ab. »Kümmer dich lieber um deine Gäste.«

»Das sind keine Umstände.«

»Ist Del schon hier?«

»Gerade gekommen. Ich habe euch einen guten Syrah hingestellt und schicke gleich noch ein paar Calamari und ein bisschen Bruschetta.«

»Das wäre nun wirklich nicht notwendig gewesen, Antonio«, sagte Tracy.

»Ihr trefft euch in meinem Restaurant und kriegt nichts zu essen? Kommt nicht infrage, meine Mutter würde mich glatt verstoßen.« Antonio lächelte. »Okay, ich mach mich mal wieder an die Arbeit. Wenn du was brauchst, Pop, sag einfach Bescheid, ja?«

»Hier läuft es gut, was?«, erkundigte sich Faz.

»Wie geschmiert. Heute gibt es Moms Gnocchi und Würstchen mit Paprika. Ich mach dir eine Portion fertig, zum

Mitnehmen.« Antonio zwinkerte ihm zu. »Ich schau später noch nach euch.«

Faz führte Tracy einen schmalen Flur mit Backsteinwänden entlang, vorbei an der Küche, aus der es verführerisch nach Tomatensoße, Knoblauch, Kapern und Fisch duftete. Am Ende des Flurs trennte ein schwerer, roter Vorhang einen Hinterraum ab. Tracy kannte das Zimmer, da Dan und sie hier schon mit Faz und Del gefeiert hatten. Zu feiern gab es heute allerdings nichts.

Sie zogen den Vorhang beiseite und traten in den Raum, der von einem dunklen Eichentisch mit acht Stühlen beherrscht wurde, an den Seiten jeweils drei und zwei weitere an den Enden. Del stand am Kopfende des Tisches, in Anzughose und Hemd, dessen Ärmel er aufgekrempelt hatte. Seine schwarze Lederjacke und ein Hut hingen auf Haken an der Wand. Er nippte an einem Glas Wein und wirkte nervös. So hatte Tracy ihn in all ihren Jahren in der Abteilung für Gewaltverbrechen nicht ein einziges Mal erlebt. Sie hatte immer gedacht, ihn könne nichts aus der Fassung bringen.

Sie begrüßten einander leise und mit einer gewissen Zurückhaltung. Del nahm Faz und Tracy die Mäntel ab und hängte sie ebenfalls an die Garderobenhaken. Aus Lautsprechern oben an der Decke drang leise italienische Opernmusik. Sie setzten sich.

»Danke, dass du dich mit uns triffst«, sagte Tracy.

»Lass uns doch nicht so formell sein!«, bat Del. »Wie lange kennen wir uns jetzt schon? Zehn Jahre? Zwölf?«

»Von mir aus, kein Problem«, meinte Faz sofort. »Stimmt doch, Tracy, oder? Kein Problem?«

»Kein Problem.« Tracy nickte.

»Und das kannst du auch gleich sein lassen«, sagte Del zu Faz.

»Was kann ich sein lassen?«

»Du brauchst nicht zu vermitteln. Ich bin schon groß, ich krieg das selbst hin.«

Faz hob beschwichtigend die Hände. »Okay, mein Freund, wir sind ganz Ohr.« Er schob Tracy ein Glas Rotwein hin, nahm sich selbst eins und lehnte sich zurück, ganz der desinteressierte Consigliere.

»Als du mir die Fragen zu Lisa Childress gestellt hast, wusste ich, dass diese Unterhaltung früher oder später auf mich zukommen würde«, begann Del. »Ich kenne dich. Bei jedem anderen hätte ich gesagt, auf keinen Fall. Aber du bist wie ein Hund mit seinem Knochen, Tracy, du lässt nicht locker. Wo habt ihr ihre Leiche entdeckt?«

»Es gibt keine Leiche, Del«, sagte Tracy. »Sie lebt.«

Del sah Faz an, der abwehrend die Hand hob. »Sieh mich nicht so an. Du hast gesagt, ich soll den Mund halten.«

»Sie lebt?«, fragte Del ungläubig. »Lisa Childress lebt?«

Tracy wiederholte noch einmal alles, was sie Faz bereits erzählt hatte: der Hinweis, der über die auf der Facebookseite angegebene Telefonnummer eingegangen war, ihre Reise nach Escondido, die Gespräche dort.

»Amnesie?«, fragte Del. »Und du glaubst ihr?«

»Ich hatte so meine Zweifel, bis ich sie sprechen hörte. Sie hat einen irischen Akzent, und zwar schon seit dem Tag, an dem sie gefunden wurde. So etwas kann niemand fünfundzwanzig Jahre lang vortäuschen. Und wenn sie den Akzent nicht vortäuscht, denke ich mir, dann gilt das auch für die Amnesie.«

»Sie erinnert sich an gar nichts?«, fasste Del zusammen. Es klang eher nach einer Feststellung als nach einer Frage.

Tracy schüttelte den Kopf. »An gar nichts. Erzähl mir, was damals passiert ist, Del. Erzähl mir vom Jachthafen und Moss Gunderson.«

Del nippte an seinem Wein und drehte sich zur Seite, um die Beine übereinanderschlagen zu können. »Es ist mir peinlich, Tracy.«

»Fang einfach an, Del.«

Del stellte sein Glas zurück auf den Tisch. »Ich war neu hier in Seattle. Damals hat man uns in solchen Fällen mit einem erfahrenen Detective zusammengetan, der uns beibringen sollte, wie alles gehandhabt wird. Ich wurde Moss zugeteilt, der mir jeden Tag ein Ohr abgekaut hat, bis ich gelernt hatte, die heiße Luft herauszufiltern und mich auf das Wichtige zu konzentrieren. Moss war ein Cop der alten Schule und stellte gleich zu Anfang klar, dass wir einander gefälligst den Rücken freizuhalten hätten, wenn wir Partner sein wollten. Er sagte, er würde so gut es ging auf mich aufpassen und mir helfen, keine Probleme zu kriegen. Der Typ hatte ein gewisses Charisma. Wie aus dem Bilderbuch.« Del seufzte. »Wir konnten das Gebäude für öffentliche Sicherheit, wie es damals hieß, nicht betreten, ohne dass ihn mindestens ein Dutzend Typen beim Namen riefen, und dann flogen die Sprüche. Auch draußen in der Stadt kannte er so ungefähr jeden und alle kannten ihn.«

Tracy hatte im Country Club Ähnliches erlebt und konnte sich vorstellen, wie es Del ergangen war. Gerade erst bei der Mordkommission gelandet und schon Partner von jemandem, der dem Anschein nach allgemein respektiert wurde – das hatte ihn bestimmt schwer beeindruckt.

»Ich war gerade mal eine Woche oder so in dem Job«, fuhr Del fort, »als wir gleich früh am Morgen an einen Tatort gerufen wurden. Am Union Lake waren in einem Jachthafen zwei Leichen ans Ufer getrieben. Wir fuhren hin und sprachen mit dem Hafenmeister, David Slocum. Moss stellte ihm Fragen zu den beiden Männern und Slocum sagte, er hätte sie noch nie zuvor gesehen. Moss – ich konnte ihm ansehen, dass ihn die Geschichte nicht besonders interessierte. Es war grausam kalt und windig da draußen, er wollte so schnell wie möglich weiter, weg vom Hafen. Er befahl mir, zum Anleger runterzugehen, mir die beiden Leichen anzusehen und mit dem Typen zu reden, der sie gefunden hat, und rumzufragen, wer sonst noch etwas gesehen haben könnte. Das habe ich auch gemacht, hat insgesamt etwa zwei Stunden gedauert. Niemand konnte uns etwas zu den beiden Toten sagen und Moss kam zu dem Schluss, die beiden wären wohl von einem Boot gefallen und von der Flut in den Jachthafen getrieben worden.«

Del trank noch einen Schluck Wein, während am Vorhang ein Kellner auftauchte, der Calamari und Bruschetta brachte. Sofort duftete es im ganzen Raum nach Butter, Zitrone und Knoblauch. Der Kellner stellte die Platten auf den Tisch, wo schon drei kleine Vorspeisenteller, Gabeln und aufgerollte Servietten warteten. »Wie geht es Ihnen, Mr Fazzio?«, erkundigte er sich bei Faz.

»Prima, Ricky, danke. Und Ihrem Vater? Wie geht es dem?«

»Sein Rücken macht ihm zu schaffen und er sollte dringend abnehmen. Kann ich Ihnen noch eine Flasche Wein bringen?«

»Nein, wir haben alles, vielen Dank. Sie haben doch draußen genug zu tun.«

Der Kellner verschwand. Das leckere Essen blieb unberührt stehen, während Del fortfuhr: »Moss sagte, ich solle den Fall übernehmen, also die Ermittlung leiten. Ich fand das wunderbar, dachte, so kriege ich die Chance, dem Captain und den anderen in der Abteilung zu zeigen, was ich kann. Moss bot mir sogar an, alles erst einmal ihm vorzulegen, damit er sicherstellen konnte, dass ich keine Fehler mache. Ich war dem Typen so dankbar!« Del schüttelte den Kopf. »Moss schickte mir seinen Bericht über die Befragung von Slocum. Von einer Razzia im Jachthafen stand da nichts drin. Ich habe in allen anderen Jachthäfen am Lake Union nachgefragt, ob jemand die beiden Männer kannte. Das war nicht der Fall. Zwei

Wochen vergingen, dann lag der Toxikologiebericht vor. Beide Männer hatten Alkohol und Narkotika im Blut. Okay, dachte ich, vielleicht waren sie fischen und sind ins Wasser gefallen. Wahrscheinlich irgendwo in der Nähe des Jachthafens, denn das war der logische Ausgangspunkt, okay? Schließlich wurden die Leichen dort gefunden.«

Faz legte eine Bruschetta und ein paar Stückchen Calamari auf einen Teller und reichte ihn Del. Einen weiteren Teller bereitete er für Tracy vor. »Für mich nicht«, wehrte sie ab. »Ich habe zu Hause gegessen.«

»Du kannst nicht zu Fazzios kommen und nichts essen. Das ist eine Beleidigung für den Koch und dessen Vater.«

Also nahm Tracy ihm den Teller ab, während Del in die Bruschetta biss und das Gesicht verzog, als hätte er sich gerade verliebt. »Die sind besser als die von Vera! Aber wenn du petzt, dass ich das gesagt habe, leugne ich alles, verstanden?«

Sie alle lachten etwas gezwungen. Die Nerven! Del nippte an seinem Wein und stützte sich mit den Unterarmen auf dem Tisch ab. »Schließlich ging ich noch einmal in den Jachthafen, um den Hafenmeister zu fragen, ob ihm noch etwas eingefallen wäre. Und da wollte der von mir wissen, was wir über die Razzia herausgefunden hätten. Ich muss wohl Augen gemacht haben wie ein Reh im Scheinwerferlicht, denn er fügte gleich hinzu, das hätte er doch meinem Partner erzählt. Ich fragte, was er Moss erzählt hätte, und er sagte: ›Na, das mit der Razzia auf dem Fischerboot, zwei Tage, bevor die Leichen hier an Land trieben. An der Razzia war ein halbes Dutzend Leute beteiligt.‹ Inzwischen war mir klar, ich muss entweder bluffen oder sehe ganz schön blöd aus. Also habe ich geblufft, dumm aussehen tue ich ja sowieso.« Del grinste halbherzig. »Ich sagte also: ›Genau, er hat mich geschickt, ich soll Genaueres herausfinden.‹ Und Slocum erzählte mir, dass zwei Tage vor dem Leichenfund diese maskierten Typen im Jachthafen aufgetaucht sind, ein Fischerboot gestürmt, das Boot durchsucht und gleich beschlagnahmt haben, weil sich Drogen darauf befanden. Ich ließ ihn einfach reden, für mich war das alles total neu. Er sagte, sie hätten das Boot mitgenommen und er hätte es danach nie wiedergesehen. Hinterher fragte ich mich natürlich, warum mir mein Partner nichts davon erzählt hatte, immerhin hätte diese Information mir das Leben erheblich erleichtern können und bei der Identifizierung der beiden Männer geholfen. Langsam witterte ich Unrat. Ich wollte zurück ins Büro, traf unterwegs aber auf Faz und wir gingen zusammen Mittagessen. Dabei erwähnte ich irgendwann die Info, die ich gerade bekommen und die Moss mir verschwiegen hatte. Ich sagte, laut Slocum hätten die Typen bei der Razzia Masken getragen, und Faz riet mir, mich an Rick Tombs vom Drogendezernat zu wenden.«

»Der hat The Last Line geleitet«, sagte Faz.

»Tombs erzählte mir, es stritten sich gerade zwei Kartelle über die Drogenverteilung im pazifischen Nordwesten und er würde sich mal umhören. Noch so eine Verarschung, nur wusste ich das nicht. Ich ging zurück an meinen Schreibtisch und Moss ließ einen Bericht darauf fallen. Sagte, der Grenzschutz hätte die beiden Männer identifiziert. Das stimmte sogar. Dann sagte er noch, es wären Illegale, die zu einem Kartell gehörten. Ich sollte die Akte an ihn schicken, er würde alles abschließen, eine Schleife drumbinden und sie an die Drogenbehörde weitergeben, mit dem Vermerk, dass unsere Ermittlungen erledigt sind. Ich wusste inzwischen, dass hier was nicht stimmte. Ich fuhr auf eigene Faust rüber nach Vancouver, konnte aber nichts über ein beschlagnahmtes Boot herausfinden. Auch nichts darüber, dass ein Boot nach Drogen durchsucht worden war oder irgendwelche beschlagnahmten Drogen und Gelder ins Beweismittellager gewandert waren. Ich habe bei der Küstenwache hier und in Kanada nachgefragt, beim

Grenzschutz und bei den Leuten vom Zoll. Niemand wusste etwas, niemand hatte etwas gehört.«

Del holte tief Luft. »Aber ich war ja auch noch ganz neu. Tappte praktisch im Dunkeln. Ich wusste nicht, was ich machen sollte. Hingehen und einen hochdekorierten Drogenfahnder illegaler Aktivitäten bezichtigen? Welche Beweise hatte ich denn?«

Tracy konnte sich vorstellen, was Del durchgemacht hatte. Er musste sich vorgekommen sein wie ein Schiffbrüchiger auf einer einsamen Insel, mutterseelenallein.

»Ich habe Artikel über die Last Line ausgegraben«, fuhr Del fort, »und sie in meiner Freizeit durchgearbeitet, bei mir zu Hause. Sie bestätigten mir alles, was ich ohnehin schon über die Gruppe wusste, wie klein sie war und wie anonym, mit Ausnahme von Tombs. Dann war da noch ein Artikel im *Post-Intelligencer* über einen Rundumschlag der Last Line, bei der zwei Dutzend Drogenhändler verhaftet worden waren. Alle diese Dealer bekannten sich schuldig und ließen sich auf Absprachen ein. Bis auf einen.«

»Henderson Jones«, sagte Tracy.

»Jones sagte, er hätte eindeutige Beweise dafür, dass er zur fraglichen Zeit irgendwo unten in Los Angeles gewesen war, weswegen ich beschloss, mit Mr Jones zu sprechen«, fuhr Del fort. »Aber wen sollte ich mitnehmen? Meinen Partner wohl kaum und ganz allein im Rainier Valley aufzutauchen, um mit einem mutmaßlichen Drogenhändler zu reden? Lieber nicht.« Del sah Faz an. »Also nahm ich den anderen Italiener mit, weil ich gehört hatte, dass die Gegend früher wegen der vielen italienischen Migranten Knoblauchschlucht genannt wurde. Eigentlich passen wir da ganz gut hin, dachte ich.«

Er lachte leise und Faz stimmte ein. »Wie zwei Bäume nach Grönland!«

»Dieser Typ, dieser Henderson Jones, wollte nicht mit uns reden.«

»Nee, das wollte er nicht«, bestätigte Faz mit vollem Mund.

»Er war wütend«, sagte Del.

»Stocksauer«, warf Faz ein. »Sagte, er hätte einen Anwalt und er würde die Stadt wegen ungerechtfertigter Verhaftung verklagen.«

»Also versuchte ich, ihn zu beruhigen«, fuhr Del fort. »Ich sagte: ›Wir wollen doch nur wissen, was passiert ist, okay? Sagen Sie uns, was passiert ist.‹« Und Del erzählte Tracy im Grunde dieselbe Geschichte wie zuvor schon Henderson.

»Da wusste ich, ich bin genäht«, fuhr er fort. »Schlimmer noch, ich hatte dafür gesorgt, dass auch Faz genäht ist.«

»Keine Frage.« Faz nickte.

»Was sollten zwei Neulinge in der Mordkommission tun? Sich als Petzer outen? Was für Beweise hatten wir denn?«

»Keine.« Faz spülte seine Calamari mit einem Schluck Rotwein hinunter. »Und du hältst die heutige Polizei dieser Stadt für einen Altherrenverein, Tracy? Erinnerst du dich noch, wie es war, als du bei uns angefangen hast?«

»Ob ich mich erinnere? Wie oft habe ich mir anhören müssen, dass ich Tracy Ohneschwanz bin?«

»Na ja, stell dir das hoch fünf oder lieber hoch zehn vor und du kannst dir ungefähr vorstellen, womit wir es zu tun hatten«, meinte Del. »Und Moss war die Nabe vom Wagenrad, um die sich alle anderen Detectives drehten. Wenn wir uns Moss vorknöpften, dann konnten wir uns von unseren Karrieren verabschieden, selbst wenn wir die Auseinandersetzung gewinnen sollten. Was nicht drinlag, weil Moss ein Druckmittel gegen mich in der Hand hatte. Er hatte für einen gefälschten Bericht gesorgt.«

»Vera und ich hatten gerade das Haus gekauft und wir wollten Kinder«, fügte Faz hinzu.

»Ihr habt die Sache auf sich beruhen lassen«, stellte Tracy fest. »Ich verstehe. Und ich verurteile euch nicht.« Sie wollte Del nicht verurteilen, fragte sich im Stillen jedoch schon, ob sie dasselbe getan hätte, ob Gruppendruck und die Gefahr, geächtet zu werden, sie dazu gebracht hätte, wie er zu handeln. Sie hoffte, nicht.

»Faz hat es auf sich beruhen lassen«, erklärte Del. »Ich nicht. Ich habe Moss mit der Razzia konfrontiert, draußen auf dem Parkplatz. Zuerst hat er alles abgestritten, gesagt, er hätte keine Ahnung, wovon ich rede. Ich hielt dagegen, ich hätte mit dem Hafenmeister gesprochen. Er sagte, der Hafenmeister hätte sich geirrt. Doch dann sagte er: ›Aber wenn er sich nicht geirrt hat, du warst doch auch da und hast es gehört, oder nicht?‹ Ich fragte: ›Wovon redest du da? Du hast mich doch losgeschickt, um mit den Leuten auf dem Anleger zu reden!‹ Er sagte: ›So steht es aber nicht im Polizeibericht.‹ Ich sagte: ›Ich habe den Bericht selbst geschrieben. Da steht nichts über eine Razzia.‹ ›Nein‹, sagte er. ›Aber der Bericht, den ich habe, der, den ich mit nach Hause genommen habe, in dem steht, ich hätte aufgeschrieben, was Slocum uns über die Razzia erzählt hat, und du wärst bei dem Gespräch dabei gewesen. Und warum steht jetzt nichts davon in deinem Abschlussbericht an den Captain? Du warst doch der leitende Ermittler?‹ Das war der Punkt, an dem mir klar wurde, dass der Schweinehund mich echt bei den Eiern hatte. Wenn er unterging, würde er mich mitnehmen.«

»Was war mit ihm los? Ich habe mich umgehört, er galt doch allgemein als guter Mann?«

»Er hat sich scheiden lassen«, antwortete Faz. »Seine Frau hatte ihn verlassen, wegen eines jüngeren, reicheren Mannes. Er wurde bitter. Und vielleicht brauchte er das Geld. Er hat es ziemlich gut geschafft, seine Verfassung zu überspielen, aber es hat heftig an ihm genagt.«

»Na ja, an mir hat dann diese Sache genagt!«, warf Del ein. »Ich habe unentwegt darüber nachgedacht, was ich tun könnte. Ich habe mir überlegt, mit dieser Journalistin in Verbindung zu treten, die die Henderson-Jones-Story verfasst hatte. Ich habe gedacht, ich lasse ihr vielleicht anonym einen Tipp zukommen, der sie mit Slocum in Kontakt bringt, und dann macht sie weiter, sieht zu, dass das Ganze an die Öffentlichkeit kommt. Ich ging davon aus, dass sie mich als leitenden Ermittler anrufen würde. Dann hätte ich ihr bestätigt, was Slocum ihr über die beiden Leichen im Jachthafen erzählen konnte, und ich würde ihr sagen, was ich von ihm über die Razzia wusste. Von da an wollte ich es darauf ankommen lassen, denn wenn eine Sache erst einmal öffentlich geworden ist, kann man sie nicht mehr ignorieren. Ich dachte, vielleicht befasst sich das Justizministerium damit und ich habe einen gewissen Schutz. Wenn irgendwer versucht, mich umzubringen, wäre damit nur bestätigt, was in der Zeitung stand. Ich war noch dabei, meine Optionen im Geist durchzugehen, als ich von einem Selbstmord im Industriegebiet hörte und dann von einer verschwundenen Journalistin. Ich zählte das eine zum anderen und richtig, es waren der Hafenmeister und Lisa Childress. Worauf ich in kalten Schweiß ausbrach, denn das stank doch geradezu zum Himmel. Aber was konnte ich noch tun? Laut Autopsie hatte Slocum Selbstmord begangen und genügend Hinweise ließen vermuten, dass Childress von ihrem Ehemann umgebracht worden war. Ich hatte den einzigen Zeugen verloren, der etwas über die Razzia aussagen konnte. Ich hatte nichts in der Hand, nur mein Wort, und Moss hatte die Akte, die mich reinritt.« Del schwieg. Er blickte zur Seite und holte ein paarmal kurz Luft.

Tracy senkte den Kopf, von Gefühlen übermannt. Sie schwieg, Faz auch. Del schien sich schnell wieder gefangen zu haben.

»Tut mir leid.«

»Lass dir Zeit, Del«, sagte Faz. »Wir haben keine Eile.«

»Und keine Selbstkasteiung«, bat Tracy. »Ich bin so ziemlich denselben Quellen und Hinweisen nachgegangen wie du und auch stecken geblieben. Ich habe mit dem Kapitän der *Egregious* gesprochen, einem Jack Flint. Er sitzt in Kanada im Gefängnis.«

»Und? Was hatte er zu sagen?« Del sah auf.

»Im Grunde das, was Slocum dir erzählt hat. Als Flint im Jahr 2002 mit einer Ladung Drogen aufflog, hat er den Feds gesagt, er wolle einen Deal und habe Informationen zu bieten. Das Problem ist nur: Die Verjährungsfrist für die Vergehen der Last Line ist abgelaufen.«

Einen Moment lang sagte Del kein einziges Wort. Er schloss die Augen und Tracy konnte sehen, wie die Muskeln an seinem Kiefer arbeiteten, während er versuchte, seine Gefühle in den Griff zu bekommen. »Es gibt keine Entschuldigung für das, was ich getan habe«, fuhr er schließlich mit brüchiger Stimme fort. »Wenn ich den Mund aufgemacht hätte, vielleicht wäre das mit Slocum und Childress nicht passiert. Ich hätte zu jemandem vom FBI oder dem Justizministerium gehen sollen, um denen zu berichten, was passiert war.«

»Du hattest keine Beweise, Del!«, sagte Faz.

»Und du hast David Slocum nicht umgebracht«, fügte Tracy hinzu. »Lisa Childress auch nicht. Zieh dir nicht den Schuh für das an, was diese Gruppe getan hat. Sie haben Slocum ermordet und sie haben die beiden Seeleute umgebracht. Sie haben mit Drogen gehandelt und sie haben Leute verleumdet, dich eingeschlossen.«

Del nahm sich noch einen Moment Zeit, dann hatte er sich wieder gefangen. »Weißt du, was mit Childress passiert ist? Ist sie abgehauen?«

Tracy erzählte Faz und Del, was sie sich bisher hatte zusammenreimen können und welche Schlüsse sie daraus zog. Sie erzählte von dem Bärenspray, das in der Nähe von Slocums Leiche gefunden worden war, Bärenspray, das Larry Childress seiner Frau in die Umhängetasche gesteckt hatte, bevor sie zu dem Treffen mit ihrem Informanten aufgebrochen war.

»Warum haben sie sie dann nicht auch getötet?«

»Das weiß ich nicht. Auf der Dose mit dem Bärenspray befand sich kein Verschluss, den hat die Spurensicherung ein Stück weiter entfernt gefunden. Und aus der Dose war vor Kurzem gesprüht worden.«

»Hast du so ein Zeug mal abgekriegt?«, fragte Faz.

Tracy schüttelte den Kopf.

»Wenn sie das jemandem ins Gesicht gesprüht hat, dann hatte der keine Wahl, er musste sie loslassen. Mit dem Zeug setzt man einen Bären außer Gefecht, stell dir vor, was es mit einem Menschen macht. Die Augen von dem Typen werden gebrannt haben wie Hölle und er wird kaum noch Luft gekriegt haben.«

»Irgendeine Idee, wie sie nach Escondido kam?«, wollte Del wissen.

»Auch hier kann ich nur spekulieren, auf der Grundlage dessen, was ich weiß.« Sie erzählte von Childress' Auto in einer Parkgarage in der Nähe des Busbahnhofs, von dem Blut, Childress' Blut, das man auf dem Fahrersitz gefunden hatte, und wie Childress mit einer Fahrkarte für den Greyhound-Bus in Escondido aufgetaucht war. »Ich kann mir vorstellen, dass Childress einen Schlag versetzt bekam, bevor sie das Spray einsetzen konnte. Irgendwie ist sie danach in den Bus Richtung Süden gestiegen und als sie in Escondido ankam, hatte sie keine Ahnung, wer sie war und wie sie dort hingekommen war.«

»Und nun kommt sie nach Hause?«, fragte Del.

»Ich mache mir Sorgen, Del. Ich mache mir Sorgen, dass diese Leute ihr etwas antun, um sich zu schützen. Vielleicht bringe ich Childress zur großen Wiedervereinigung nach Hause, nur damit die sie dann umbringen.«

Kapitel 29

Für den Donnerstag traf Tracy mit Alaska Airlines die Absprache, dass sie Melissa Childs direkt am Gate abholen durfte. Mit Anita Childress hatte sie vereinbart, dass sie Melissa gegen siebzehn Uhr bei Beverly Siegler in Laurelhurst vorbeibringen würde. Sie hatte Anita noch einmal auf die Gefahren eines starken Medieninteresses hingewiesen und Anita hatte ihr zugestimmt. Sie würde über alles Stillschweigen wahren, zumindest bis ihre Mutter sich eingewöhnt hatte und entscheiden konnte, wie sie weiter vorgehen wollte.

Um kurz vor elf am Donnerstagmorgen rief Mark Davis an und meldete, Childs säße nun im Flugzeug. Tracy atmete aus – eine Sorge weniger. Es hätte sie nicht überrascht, wenn Childs in letzter Sekunde einen Rückzieher gemacht hätte, weil ihr alles zu viel wurde.

»Das Paket wurde abgeliefert«, formulierte es Davis, und Tracy konnte das Lächeln in seiner Stimme hören.

»Wie kam sie Ihnen vor?«, fragte Tracy.

»Nervös. Aber entschlossen.«

Während sie am Gate wartete, ging Tracy im Kopf noch einmal alle Orte in der Stadt durch, die sie mit Childs besuchen wollte. Sie hatte mit Dr. Laghari telefoniert und mit ihr

Möglichkeiten durchgesprochen, wie sich Childs' Erinnerung vielleicht stimulieren ließe. Laghari hielt so etwas für wenig wahrscheinlich, mochte es aber auch nicht ganz ausschließen.

»Wie ich schon sagte, kein Fall dieser Art ähnelt dem anderen«, hatte die Ärztin erklärt. »Wenn sie wirklich unter Amnesie leidet, dann wird es kaum nutzen, sie an Orte zu bringen, die sie von früher her kennt. Ich bezweifle, dass das etwas in ihr auslöst. Sie haben ihr ja schon Fotos der Familie gezeigt, ohne dass sie sich an diese Personen erinnerte. Andererseits sagten Sie, sie hätte all die Jahre in einer völlig anderen Umgebung gelebt.«

»Sie zog nach Escondido.«

»Sie hat also ihren Kontext geändert, kam nie mit Orten oder Menschen aus ihrer Vergangenheit in Berührung. Mit ihren Erinnerungen. Wenn Sie sie dann wieder in den alten Kontext stellen … Allzu große Hoffnungen sollten Sie sich nicht machen, doch wer weiß? Allerdings muss ich Sie warnen, Detective. Wenn eine dieser Erinnerungen sehr unangenehm war, dann könnte es gesundheitliche Schäden nach sich ziehen, wenn sie zurückkehrt.«

»Gesundheitliche Schäden in welchem Sinne?«

»Stellen Sie sich einen Soldaten vor, der mit einer posttraumatischen Belastungsstörung aus dem Krieg heimkehrt. Das ist der beste Vergleich, der mir einfällt. Seine Erinnerung an das traumatische Ereignis kann jahrelang schlummern, bis irgendetwas sie weckt und die schrecklichen Erlebnisse ihn erneut mit aller Macht überfallen. Stellen Sie sich vor, welche Qualen so jemand erleidet.«

Tracy wollte mit Childs zu dem Haus fahren, in dem Larry und sie damals eine Wohnung gemietet und wo sie mit ihrer kleinen Tochter gelebt hatten. Und sie wollte mit ihr zu dem Gebäude am Wasser, in dem sie als Journalistin ihren Arbeitsplatz gehabt hatte. Zwar kam der *Post-Intelligencer* seit

Jahren schon nicht mehr gedruckt, sondern nur noch online heraus und arbeitete mit drastisch reduzierter Belegschaft, aber sein Wahrzeichen, der Adler auf einer zehn Meter hohen Neon-Weltkugel mit dem Logo *Es steht im P-I,* existierte noch und war in Seattle zu einem Orientierungspunkt geworden.

Falls Childs an beiden Orten keine Reaktion zeigte, wollte Tracy sie mit zum Duwamish nehmen, zu der Stelle, wo man David Slocums Leiche und eine Dose Bärenspray gefunden hatte.

Kurz nach vierzehn Uhr wurde die Landung des Alaska-Airlines-Fluges aus San Diego angekündigt. Tracy stand am Gate und sah zu, wie die Passagiere ausstiegen. Endlich kam Childs, in Jeans und einem langen, blauen Mantel mit Kapuze. Sie zog einen kleinen Rollkoffer hinter sich her und warf Tracy ein nervöses Lächeln zu.

»Wie war Ihr Flug?«, fragte Tracy.

»Nervenaufreibend«, sagte Childs.

»Haben Sie noch weiteres Gepäck?« Childs schüttelte den Kopf. »Uns bleiben noch ein paar Stunden, Melissa. Ich dachte, ich fahre mit Ihnen ein bisschen in der Stadt herum, zeige Ihnen ein paar Orte.«

»Okay.« Childs klang nicht gerade begeistert.

* * *

Tracy bezahlte die Parkgebühren und fuhr auf den Flughafenzubringer, von dem aus sie erst auf die 518 und dann auf die I-5 nach Süden abbog. Der Himmel war klar, es war wärmer geworden und zum ersten Mal in ihrem Leben fluchte Tracy im Stillen darüber. Sie hatte sich einen bewölkten Himmel und Regen erhofft, bestimmt würde sich Childs dann besser an all die Jahre erinnern, in der sie in dieser Stadt aufgewachsen war und dann auch als Erwachsene gelebt hatte.

»Alles in Ordnung?«, erkundigte sich Tracy nach einer Weile besorgt, denn Childs hatte seit Verlassen des Flugzeuges kaum ein paar Worte von sich gegeben.

»Ist hier immer so viel los?« erkundigte sich Childs mit einem besorgten Blick auf die vielen Autos vor, hinter und neben ihnen.

»Normalerweise noch mehr«, sagte Tracy.

»Daran gewöhnt man sich wohl nicht so leicht.«

»Fahren Sie Auto?«, fragte Tracy.

»Nicht sehr oft und nie sehr weit. Im Krankenhaus riet man mir dringend, einen Führerschein zu beantragen, und dafür musste ich ja fahren lernen.«

Nach fünfzehn Minuten auf der I-5 konnte Tracy auf die Skyline der Innenstadt von Seattle zeigen. »Da wären wir.«

Childs starrte aus dem Fenster. »Hier habe ich mal gewohnt?«

»Ja!«

Childs schüttelte nervös lachend den Kopf. Tracy nahm die nächste Ausfahrt und fuhr einmal quer durch die Stadt, deutete auf verschiedene markante Gebäude, machte am See kehrt und fuhr am Ufer entlang. »Hier führte früher ein höher gelegener Freeway entlang, der die Sicht auf die Häuser am Ufer größtenteils verstellte.«

»So ist es wunderschön«, fand Childs. »So offen.«

»Die Besitzer dieser Häuser haben sich dumm und dämlich verdient.«

»Was ist das?« Childs zeigte auf ein Gebäude.

»Das ist die Space Needle. Sie wurde 1962 anlässlich der Weltausstellung errichtet.« Tracy sah Childs von der Seite her an und wartete auf eine Reaktion. Es kam keine.

»Futuristisch«, sagte Childs leise.

Tracy fuhr die Western Avenue entlang und wurde langsamer, als die Weltkugel des *Post-Intelligencer* in Sicht kam.

Wieder beobachtete sie die Frau neben sich, aber Childs zeigte keinerlei Reaktion, hatte noch nicht einmal eine Frage.

»In dem Gebäude dort haben Sie gearbeitet.«

»Welches Gebäude?«

»Das mit der Weltkugel.«

»Dort war ich Journalistin?«

»Ja.«

»Ich kann mir das wirklich schwer vorstellen! Ich krieg doch kaum einen Einkaufszettel zustande.«

»Sie waren eine gute Journalistin.«

Childs lächelte, verhalten und schweigend.

Tracy fuhr noch einmal quer durch die Stadt, diesmal bis hin zum Industriegebiet. Als sie sich der Stelle näherten, an der David Slocum ermordet worden war, behielt sie Childs genau im Auge. Das Lagerhaus aus Beton stand jetzt leer. Tracy fuhr an die Rückseite. In den Rissen im Asphalt wuchs Gras und das Gestrüpp zwischen Duwamish und Parkplatz reichte einem bis zur Taille.

Childs Verhalten hatte sich kaum merklich geändert, wobei sie eher besorgt als neugierig wirkte. »Warum halten wir hier?«

»Erinnern Sie sich an diesen Ort, Melissa?«

Childs warf einen Blick durch die Windschutzscheibe und sah dann Tracy an. »Sollte ich das?«

»Ich glaube, dies war einer der letzten Orte, die Sie in der Nacht, in der Sie verschwunden sind, aufgesucht haben.«

Childs regte sich eine ganze Minute lang nicht, bevor sie Tracy überraschte, indem sie ihren Sicherheitsgurt löste und aus dem Wagen stieg. Langsam ging sie auf den kleinen Grünstreifen zwischen Lagerhaus und Fluss zu. Tracy folgte ihr, ohne dabei zu dicht aufzuschließen. Childs sah hinüber zu den ehemaligen Ladebuchten.

»Ich kenne diesen Ort«, sagte sie.

Tracys Herz schlug höher. »Woran erinnern Sie sich?«

»Es ist wie bei diesem kleinen Mädchen in meinen Träumen. Ich spüre etwas.«

»Lassen Sie sich Zeit.«

»Es war dunkel. Nacht.«

»Wissen Sie, warum Sie hier waren?«

Eine Brise ließ das Wasser sich kräuseln und blies durch das Wildkraut und die hohen Gräser. Childs betrachtete das Gras, dann den Asphalt. Sie sah Tracy an. »Nein.«

»Erinnern Sie sich an irgendetwas anderes?«

»Licht. Ich erinnere mich an helles Licht.« Sie drehte sich um, blickte hinaus auf den Fluss, zu den vor Anker liegenden Frachtschiffen mit den bunten Containern. »Es kam von dort drüben.«

Tracy wartete, ließ ihr Zeit, aber mehr hatte Childs nicht zu sagen.

»Und jetzt zu Ihrer Familie? Sind Sie bereit?«, fragte Tracy.

Childs warf einen letzten Blick über ihre Schulter, betrachtete noch einmal den gepflasterten Bereich zwischen Ladebuchten und Gras. Dann sah sie Tracy an. »Wie bitte? Entschuldigung.«

»Sind Sie bereit für das Treffen mit Ihrer Familie? Es wird Zeit.«

»Ich weiß es nicht«, gestand Childs. »Aber ich werde es wohl herausfinden.«

Tracys Handy klingelte. Anita Childress. Wahrscheinlich fragte sie sich bereits, wo ihre Mutter blieb und ob sie es sich vielleicht anders überlegt hatte.

»Wir sind unterwegs«, meldete sich Tracy.

»Es gibt ein Problem«, sagte Childress. »Und nach dem, was Sie mir über meine Mutter erzählt haben, weiß ich nicht, wie sie darauf reagieren wird.«

* * *

Im Auto blieb Childs erneut ganz still.

»Melissa?«, sagte Tracy vorsichtig. »Es gibt ein Problem.«

Childs runzelte die Stirn. »Ein Problem?«

»Das war…« Fast hätte Tracy *Ihre Tochter* gesagt. »Der Anruf eben kam von Anita – irgendwie ist die Nachricht von Ihrer Ankunft in der Stadt an die Presse durchgesickert. Nur einen Block vom Haus Ihrer Mutter entfernt warten Übertragungswagen und Reporter.«

Childs wirkte zu Tode erschrocken. »Ich dachte, das wäre ein privates Treffen.«

»Das dachte ich auch.« Tracy seufzte. »Ich weiß nicht, was da los ist, und habe keine Ahnung, wie es passieren konnte. Was möchten Sie tun?« Tracy rechnete fest mit der Bitte, zum Flughafen zurückgefahren zu werden. »Ich kann Anita anrufen und einen anderen Ort für das Treffen ausmachen.«

Childs holte tief Atem. Nach ein paar Sekunden, die Tracy unendlich lang vorkamen, sagte sie: »Nein. Sie würden uns wahrscheinlich trotzdem finden. Meine Mutter und meine Tochter haben lange genug gewartet. Lassen Sie uns die Sache jetzt durchziehen.«

»Ich möchte vorher noch kurz einen Anruf machen und zumindest dafür sorgen, dass Polizisten vor Ort sind und die Reporter zurückdrängen.«

Zwanzig Minuten später nahm Tracy die Ausfahrt Forty-Fifth Street und fuhr durch den University District nach Laurelhurst, eine der teuersten Gegenden der Stadt. Hier kosteten die Häuser direkt am Wasser inzwischen mehrere Millionen Dollar und die in zweiter Reihe auch nicht viel weniger. Beverly Siegler wohnte in einer hufeisenförmigen Straße einen Block über der Uferlinie. Wieder behielt Tracy Childs aus den Augenwinkeln im Blick, wartete auf irgendeine Reaktion, eine Regung im Gesicht, die ihr zeigte, dass sich Childs an ihre Kindheit hier erinnerte. Aber die Frau auf dem Beifahrersitz wirkte teilnahmslos, so, als sähe sie die Gegend zum ersten Mal und wisse nicht recht, was sie hier sollte.

Tracy bog in eine schmale Straße ab, kam an eine Biegung und entdeckte Übertragungswagen, deren Antennen über die Dächer der umstehenden Häuser ragten. Hinter mehreren Polizisten in Uniform drängte sich eine Gruppe Reporter. Die Beamten hatten ihre Absperrung etwa zwanzig Meter von der Auffahrt zum Haus von Dr. Siegler entfernt eingerichtet.

Tracy ließ ihr Fenster herunter, zeigte ihre Dienstmarke und erklärte, wer bei ihr im Wagen saß. Sie wurde durchgelassen und ein direkt in der Einfahrt zum Haus postierter Beamter räumte orangefarbene Hütchen beiseite, damit sie parken konnte. Tracy stellte ihren Wagen hinter einer zwei Meter fünfzig hohen Lorbeerhecke ab, die die Einfahrt vor neugierigen Blicken schützte. Childs stieg aus, Tracy nahm den Rollkoffer vom Rücksitz und folgte ihr. Noch während sie sich dem Haus näherten, ging dessen Tür auf und Anita kam heraus, begleitet von einer Frau, die wohl Beverly Siegler sein musste. Beide weinten. Siegler war eine distinguiert wirkende Dame mit kurz geschnittenem, schlohweißem Haar und dunkelblauen Augen. Hinter den beiden trat nun auch Larry Childress aus der Tür, der allerdings eher neugierig als emotional aufgewühlt wirkte.

Tracy hielt sich zurück, wollte der Familie Raum geben. Die drei Frauen sahen einander an. Keine wusste recht, was sie sagen sollte. Anita brach als Erste das Schweigen.

»Mom, ich bin deine Tochter, Anita.« Sie deutete auf die ältere Frau. »Und das ist deine Mutter, Beverly.«

Childs ließ keine Gefühle erkennen, jedenfalls keine, denen man einen Namen hätte geben können. Sie erinnerte Tracy an einen Roboter, der versucht, Informationen zu verarbeiten. Anita trat beiseite und zeigte auf den Mann in der Tür. »Das ist Larry. Mein Vater. Dein Ehemann.«

Wieder reagierte Childs nicht. Sie sah Anita an. »Ich habe von dir geträumt«, sagte sie leise. »Ich habe von einem kleinen Kind geträumt, einem Mädchen. Ich wusste nicht, wer es war. Ich wusste deinen Namen nicht.« Sie sah Beverly an. »Es tut mir leid«, sagte sie. »Du musst dir solche Sorgen gemacht haben. Ihr alle habt euch solche Sorgen gemacht.«

»Komm rein«, bat Beverly, die immer noch mit den Tränen rang. »Wir haben uns eine Menge zu erzählen.«

Die Familie verschwand im Haus und Tracy wandte sich an die uniformierten Beamten, die die Straße abgesperrt hatten. Reporter riefen ihr über die Absperrung hinweg Fragen zu, die sie ignorierte. »Das Treffen hier sollte eigentlich still und leise über die Bühne gehen«, sagte sie. »Wissen Sie, was da schiefgelaufen ist?«

Allgemeines Kopfschütteln.

Weiter unten in der Straße entdeckte Tracy einen Übertragungswagen mit dem unverwechselbaren Logo von Channel 8. Daneben stand die mit einem Mikrofon bewaffnete Maria Vanpelt und ließ sich filmen. Die Aufnahmen würden wahrscheinlich mit den Sechs-Uhr-Nachrichten in die Welt hinausgehen. Vanpelt und ihre Leute hatten sich einen bemerkenswerten Platz in erster Reihe ergattert. Konnte es sein, dass jemand die Information über das Treffen hier direkt an sie weitergegeben hatte? Aber wer?

Tracy ging zurück zu ihrem Wagen, rief Del an und bat ihn, sich umzuhören, wie es zu dem Leck hatte kommen können. Während sie sprach, meldete ihr Handy leise summend einen weiteren eingehenden Anruf an und die Anruferkennung nannte ihr Bennett Lee aus der Presseabteilung. Sie erklärte Del, sie würde sich gleich noch einmal bei ihm melden, und nahm Lees Anruf an.

»Tracy! Bei mir klingelt das Telefon Sturm. Ohne Ende fragen Reporter nach dir und wollen wissen, ob es stimmt, dass du eine Journalistin des *Post-Intelligencer* gefunden hast, die vor mehr als vierundzwanzig Jahren spurlos verschwand.«

»Ich habe hier gerade eine Familie wiedervereint, Bennett. Es sollte ein privates Treffen werden. Weißt du, wie die Information durchsickern konnte?«

»Nein, aber wir müssen eine Presseerklärung verfassen. Die Sache entwickelt langsam, aber sicher ein Eigenleben.«

»Sag der Presse, die Familie habe um Privatsphäre gebeten und du wüsstest nicht, ob sie eine öffentliche Stellungnahme abgibt oder nicht.«

»Chief Weber möchte, dass du eine Stellungnahme abgibst.«

»Das werde ich ohne Genehmigung der Familie nicht tun. Sie haben ein Recht auf Privatheit. Wenn die Familie sich öffentlich äußern möchte, dann ist das ihr überlassen.«

»Wann weißt du, wie sie sich diesbezüglich entscheiden?«

»Ich habe keine Ahnung.«

»Du musst mir hier ein klein wenig helfen, Tracy.«

Tracy mochte Lee. Er musste oft einen Drahtseilakt hinlegen, Informationen weitergeben und gleichzeitig die Vertraulichkeit von Ermittlungen wahren. »Lass mich mit der Familie sprechen.« Sie stieg aus dem Auto und ging zurück zum Haus, wo auf ihr Klopfen hin Larry Childress an die Tür kam. Sie fragte nach Anita.

»Sie ist bei ihrer Mutter«, sagte Childress. »Es wird warten müssen.«

»Ich muss wissen, ob sie vorhat, eine Stellungnahme für die Medien abzugeben, oder ob sie möchte, dass ich eine für sie abgebe.«

Childress schwieg einen Moment lang und Tracy beschlich ein seltsames Gefühl. Wer hätte einen Grund dafür gehabt, die Medien zu informieren? Anita Childress ganz sicher nicht, und auch nicht ihre Großmutter. Larry Childress dagegen war vierundzwanzig Jahre lang diffamiert worden, erst kürzlich wieder verstärkt, nachdem die Neuigkeit von der wieder aufgenommenen Suche nach seiner Frau an die Öffentlichkeit gelangt war. Er hatte Tracy von den lang andauernden Folgen der Verdächtigungen durch die Polizei erzählt, die unter anderem eine Vermählung mit seiner Jugendliebe verhindert hatten, deren Vater ihre Beziehung ablehnte. Larry hatte einen Grund dafür, mit dieser Geschichte an die Öffentlichkeit zu gehen, damit die ihn freisprach.

»Haben Sie die Presse benachrichtigt, Mr Childress? Sind Sie für den Auflauf hier verantwortlich?«

Childress wurde knallrot. Er trat über die Schwelle und zog die Tür hinter sich zu. »Wollen Sie mir daraus einen Vorwurf machen?«

Tracy schüttelte den Kopf. »Sie hätten nicht warten können?«

»Wie können Sie es wagen! Wie können Sie es wagen, mir Vorwürfe zu machen! Nach allem, was ich durchmachen musste, nach all den Anschuldigungen und Unterstellungen. Sie haben das doch in Gang gesetzt, als Sie mir unterstellten …«

»Ich mache Ihnen …«

»Ich habe vierundzwanzig Jahre lang auf diesen Augenblick gewartet, Detective!«, sagte er wütend.

»Darauf, dass Lisa nach Hause kommt, oder darauf, freigesprochen zu werden?« Wohl eher Letzteres.

»Ich habe jahrelang unter einer Wolke an Verdächtigungen gelebt. Können Sie sich auch nur annähernd ausmalen, wie das war? Meine Tochter und ich haben unglaublich unter den Verdächtigungen der Polizei gelitten. Wer das nicht selbst mitgemacht hat, kann es sich nicht vorstellen. Sie haben keinerlei Recht dazu, mich zu verurteilen.«

Der Mann hatte ja recht. Tracy konnte sich wirklich nicht vorstellen, was er durchgemacht hatte, jedenfalls nicht im Detail, sie hatte also keinen Grund, ihn zu verurteilen. Nur hatte er wiederum keine Ahnung von dem, was er entfesselt haben könnte, als er mit seiner Neuigkeit an die Öffentlichkeit ging. Tracy wusste nicht, was Larry Childress den Reportern erzählt hatte, ob er verraten hatte, wo Lisa die letzten vierundzwanzig Jahre gewesen war oder wie sie nun hieß. Es könnte durchaus sein, dass er das Leben seiner ehemaligen Frau in Gefahr gebracht hatte.

»Wir müssen dringend öffentlich klarstellen, dass Ihre Frau unter Amnesie leidet und von dem, was früher geschehen ist, nichts mehr weiß.«

»Wir werden eine Stellungnahme abgeben, sobald wir dazu bereit sind«, spuckte Childress. »Und dann werden wir sagen, was wir wollen. Ihnen steht frei, ebenfalls zu sagen, was Sie wollen.« Mit diesen Worten verschwand er im Haus und schloss die Tür hinter sich.

Kapitel 30

Als Tracy gegen achtzehn Uhr ins Polizeipräsidium zurückkehrte, wurde sie sofort ins Büro von Chief Weber zitiert. Dort lief der Fernseher, ein Nachrichtensender, der gerade live über die Rückkehr von Lisa Childress nach Seattle berichtete und sich lang und breit über die Umstände dieser Rückkehr ausließ. Ganz offensichtlich hatte die Story rasend schnell die Runde gemacht.

Da fast alle hier im achten Stock bereits gegangen waren, auch Webers Vorzimmer, klopfte Tracy nur kurz an Webers Tür und trat gleich ein. Ihre Chefin schien nicht gerade erfreut über ihren Anblick.

»Ich möchte wissen«, zischte sie, »wie es zu dieser familiären Wiedervereinigung kam! In den Nachrichten wurde angedeutet, Sie hätten etwas damit zu tun.«

»Ich hatte Ihnen doch erzählt, dass Anita Childress bei mir war und mich gebeten hatte …« Weiter kam Tracy nicht.

»Und ich hatte Ihnen klipp und klar befohlen, sich auf die Fälle zu konzentrieren, bei denen berechtigte Hoffnung auf Aufklärung besteht!«

»Der Fall Childress ist aufgeklärt«, sagte Tracy. »Childress galt als vermisst, höchstwahrscheinlich tot. Jetzt ist sie gefunden und lebt.«

»Das war kein Fall mit DNA-Spuren und auch keiner mit guten Aussichten, als Sie sich entschieden, sich ihm zu widmen! Entgegen meiner ausdrücklichen Anordnung.«

»Sie sagten, ich solle mir Fälle vornehmen, bei denen die Wahrscheinlichkeit einer Aufklärung besteht. Nach unserem Gespräch erhielt ich den Hinweis, dass Lisa Childress noch am Leben sein könnte, und diesem Hinweis bin ich nachgegangen. Nicht bei jedem Cold Case gibt es DNA-Spuren, die wir aufarbeiten und mit denen wir recherchieren können. Manche verlangen auch einfach gute alte Polizeiarbeit, wie zum Beispiel die Befragung von Zeugen. Nichts weiter habe ich getan.«

»Was ich brauche, sind Zahlen, die unser Budget rechtfertigen.«

»Und die haben Sie von mir bekommen. Ein weiterer aufgeklärter Fall, der in der Öffentlichkeit auf ein positives Echo stößt.«

»Wir haben einen Stadtrat, der nichts lieber tun würde, als dieser Abteilung die Gelder zu streichen.«

Tracy konnte Chief Webers Reaktion nicht ganz nachvollziehen. »Aber dieser Fall ist doch positiv zu werten, Chief. Ein Sieg für uns. Einer, der in den regionalen und nationalen Medien mehr Aufmerksamkeit bekommt als die Leichenfunde im Curry Canyon. Ich verstehe nicht, was das Problem sein soll.«

»Was das Problem ist?« Chief Weber deutete mit der Fernbedienung auf den Fernseher und drückte auf schnellen Vorlauf. Tracy hatte gar nicht mitbekommen, dass eine Aufzeichnung der Nachrichten lief, nicht die Nachrichten selbst.

Weber hielt den Vorlauf an, als Larry Childress auf dem Bildschirm auftauchte und sich in der Auffahrt zu Beverly Sieglers Haus einer Gruppe von etwa zwölf Reportern stellte. Tracy hatte kein gutes Gefühl, als sie ihn sah, und fürchtete sich ein wenig vor dem, was gleich kommen würde.

Chief Weber drückte auf »Play« und Tracy hörte zu, wie Childress anhand von Stichworten, die er sich auf Karteikarten notiert hatte, eine Stellungnahme abgab. Er erzählte den Reportern und der Welt, dass seine Ex-Frau am Leben war und die letzten vierundzwanzig Jahre in Kalifornien gelebt hatte, in Escondido. Dann folgte eine scharfe Kritik an den Medien, die ihn all die Jahre verleumdet hatten und nun hoffentlich freisprechen würden. Er erhob schwere Vorwürfe gegen die Polizei von Seattle, der er unterstellte, vorschnell zu ihrem Urteil gekommen und abweichenden Spuren nicht nachgegangen zu sein, mithilfe derer man den Fall unter Umständen schon viel früher hätte aufklären können. Durch die Inkompetenz der Polizei habe er seine Frau verloren und seine Tochter die Mutter. Sie beide hätten mit einem Vierteljahrhundert ihres Lebens für die Fehler anderer bezahlt.

»Es hätte nicht so sein müssen.« Childress gab ganz den trauernden Ehemann. »Unsere ganze Familie hat gelitten, weil sich die Polizei weigerte, andere Möglichkeiten in Betracht zu ziehen, selbst als ich ihnen diese Möglichkeiten aufzeigte. Sie waren ganz einfach faul«, fügte er mit einer gewissen Schärfe hinzu. »Und ihre Faulheit ist uns alle teuer zu stehen gekommen. Also sprechen Sie bitte nicht von guter Polizeiarbeit, wenn Sie schildern, was heute hier stattfinden kann. Dieser Fall spricht deutlich eine andere Sprache, führt uns vor Augen, was passiert, wenn Polizisten eben nicht tun, was ihre Aufgabe ist. Wenn sie nach den nächstliegenden, den tief hängenden Früchten greifen und sich daran festhalten, auch wenn es keine Beweise gibt, um ein solches Festhalten zu rechtfertigen.«

Tracy spürte, wie ihr langsam übel wurde.

Als Childress nach der Amnesie gefragt wurde, unter der seine Frau zu leiden vorgab, blieb er vage und deutete an, die Umstände nicht gut genug zu verstehen, um dazu Auskunft geben zu können.

Weber drückte auf »Pause«. »Die anderen Sender verbreiten dieselbe Botschaft.«

»Er hat unrecht, Chief. Larry Childress hat damals verhindert, dass unsere Abteilung eine Erklärung an alle anderen Polizeibehörden im Land und an die Medien schickte. Er hat unsere Bemühungen unterbunden und uns praktisch Handschellen angelegt, um sich selbst zu schützen. Und auch jetzt geht es ihm nur darum, sich selbst zu rehabilitieren.«

»Und Sie wollen sich vor die Kameras stellen und das genau so sagen?«

Das war eine rhetorische Frage und Tracy verkniff sich die Antwort.

»Seine Stellungnahme wird in den nationalen Medien verbreitet«, fuhr Weber fort. »Sind Sie immer noch der Meinung, es hat der Abteilung geholfen, diesen Fall wieder aufzurollen?«

»Es geht nicht darum, uns selbst zu helfen!«, sagte Tracy. »Hier ging es um eine Mutter und eine Tochter, die im Ungewissen lebten und eine Art Abschluss brauchten. Als ich die Cold Cases übernahm, wurde mir versichert, ich könnte selbst entscheiden, welchen Fällen ich nachgehe.«

»Von mir wurde Ihnen das nicht versichert. Ich hörte, Sie hätten sich Montag krankgemeldet?«

Die Frage traf Tracy unvorbereitet. »Ja.«

»Sagen Sie mir, dass Sie nicht nach Escondido geflogen sind, um sich mit dem dortigen Polizeichef zu treffen. Und mit Melissa Childs oder Lisa Childress oder wie sie sonst heißen mag.«

Auch das klang nach einer rhetorischen Frage. »Ich habe einen meiner Krankentage genommen und keine Polizeigelder verwendet.«

»Sie haben absichtlich hinter meinem Rücken agiert.«

Das stimmte in gewisser Hinsicht. Und Tracy verstand auch, dass Chief Weber darüber nicht gerade glücklich war. Trotzdem wünschte sie, Weber könnte auch die positive Seite der Geschichte sehen, trotz der feindseligen, negativen Haltung, die Larry Childress der Welt präsentierte. Das hier war doch ein Erfolg. Einer, wie man ihn nun wirklich nicht alle Tage feiern konnte. Ein Augenblick, den es zu feiern galt – wenn Tracy es richtig handhabte. »Ich bearbeite außerdem noch drei Fälle mit DNA, genau, wie Sie angeordnet haben. Mike Melton befasst sich gerade mit den Spuren. Und das hier, diese Geschichte, das *ist* ein positives Ergebnis. Wir können zusammen mit Bennett Lee eine Stellungnahme abgeben und erklären, wie speziell die Umstände dieses Falles sind.«

»So sehen Sie das?«

»Ich hatte eine offene Akte. Ich hatte einen Hinweis. Ich bin diesem Hinweis gefolgt und erzielte für die Familie und für diese Abteilung ein positives Ergebnis.«

»Der Ehemann …«

»Ist ein verbitterter, wütender kleiner Mann.« Tracy merkte, wie sie mehr und mehr in die Defensive getrieben wurde. »Sollen wir uns von ihm und Leuten wie ihm diktieren lassen, wie wir unsere Arbeit zu machen haben?«

Weber dachte kurz nach. »Nein. *Ich* werde Ihnen diktieren, wie Sie Ihre Arbeit zu machen haben.« Sie ging zu ihrem Schreibtisch. »Warum haben Sie einen Krankentag genommen?«

»Um keine Polizeimittel einsetzen zu müssen.«

»Verarschen Sie mich nicht. Sie haben einen Krankentag genommen, um den direkten Befehl zu umgehen, den ich Ihnen gegeben hatte. Den Befehl, diesen Fall erst einmal hintanzustellen und sich Fällen zu widmen, bei denen es DNA-Spuren gibt und somit Hinweise, die vernünftige Erfolgsaussichten bieten.«

»Ich habe durchaus Fälle untersucht, bei denen es DNA-Spuren gab. Mike Melton hat mir versichert, dass er für alle drei Fälle bald verwertbare DNA-Proben haben wird. Nach unserem Gespräch erhielt ich einen vielversprechenden Hinweis darauf, dass Lisa Childress noch lebt, und diesem Hinweis bin ich nachgegangen.«

»Bennett Lee sagt, sein Telefon steht nicht mehr still. Die Medien wünschen eine Stellungnahme zu diesem Fall.«

»Ich habe mit Bennett gesprochen. Er weiß, dass die Familie darum gebeten hat, erst einmal in Ruhe gelassen zu werden, und ich diese Bitte respektiere.«

»So weit ist es mit dem Ruhebedürfnis der Familie ja offenbar nicht her.« Weber deutete auf den Fernseher. Dann nahm sie ein Blatt Papier von ihrem Schreibtisch und reichte es Tracy. »Ich habe Bennett um eine Stellungnahme gebeten, die Sie und diese Abteilung in Anbetracht der Umstände im bestmöglichen Licht dastehen lässt.«

Tracy las die Stellungnahme, in der Details aus Melissa Childs Leben in Escondido genannt wurden und weiterhin, dass sie ihrer eigenen Aussage nach unter einer Amnesie litt. Es wurde angedeutet, Lisa Childress habe damals einfach die Stadt verlassen, um sich ihrer Verantwortung hier zu entziehen und ein neues Leben anzufangen, womit die Polizei von Seattle praktisch von jeder Schuld freigesprochen wurde.

»Das soll ich unterschreiben?«

»Nein. Ich möchte, dass Sie sich mit dieser Stellungnahme so rechtzeitig an die Medien wenden, dass sie es noch in die Zehn-Uhr-Nachrichten schafft.«

»Ich habe Lisa Childress und ihrer Tochter versprochen, ihre Privatsphäre zu respektieren. Ich habe versprochen, nichts über ihr Leben in Escondido weiterzugeben. Und diese Stellungnahme ist nicht korrekt, sie ist nicht einfach so fortgegangen.«

»Die Katze ist aus dem Sack.«

»Ich habe sie da nicht rausgelassen.«

»Aber Sie hatten durchaus damit zu tun.«

Da war zweifellos etwas dran, aber Tracy würde ihr Wort trotzdem nicht brechen. Zu ihrem Wort zu stehen war wichtiger, als es ihrer Vorgesetzten recht zu machen, auch wenn das sicherlich nicht ohne Konsequenzen bleiben würde. Es mochte nicht die klügste Entscheidung sein, die Tracy je getroffen hatte, aber es war eine ehrenwerte. »Ohne die Erlaubnis der Familie werde ich diese Erklärung nicht verlesen. Damit würde ich das ihnen gegebene Versprechen brechen und letztendlich nur tun, was dieser Larry Childress will. Warum sollten wir noch mehr Aufmerksamkeit auf ihn und seine Situation lenken? Warum können wir die ganze Sache nicht einfach ein bisschen auf sich beruhen lassen?«

»Ich erteile Ihnen einen direkten Befehl, Detective Crosswhite.«

Tracy hielt die Luft an. Sie wusste, worauf das hinauslief. »Dann bleibt mir nichts anderes zu tun, als diesen Befehl respektvoll zu verweigern.«

»Dann werden Sie vom Dienst suspendiert, bis eine interne Untersuchung stattfinden kann. Ich schlage vor, Sie setzen sich mit der Gewerkschaft in Verbindung. Sie werden Rechtsbeistand brauchen.«

Tracy war schon fast aus der Tür, als Chief Weber noch hinzufügte: »Ich bin enttäuscht, Detective Crosswhite.«

Tracy blieb stehen und drehte sich um. »Nicht halb so enttäuscht wie ich.«

Kapitel 31

Tracy räumte ihre persönlichen Sachen aus ihrem Schreibtisch, und obwohl sie der Meinung war, richtig gehandelt zu haben, tat sie das nicht ohne Bedauern und Wut. Als sie nach Hause kam, saß Dan hinten im Garten unter der Pergola. Er hatte einen Flachbildschirmfernseher aufgebaut und Heizöfen – ein Vorschlag von Tim, der ihm geholfen hatte, die Elektrik zu verlegen, und der die Steckdosen angebracht hatte. Es war sehr angenehm dort unter dem Vordach.

»Hey!«, sagte Dan. »Ich wollte dich überraschen. Comcast hat gerade die Kabel bis hier raus erweitert, anscheinend genau zur richtigen Zeit. Die Geschichte von Lisa Childress' Rückkehr und dein Name sind überall in den regionalen und nationalen Medien.«

»Sind ja auch prima Nachrichten. Außer wohl für die Polizei.«

»Wie meinst du das?«

»Chief Weber hat mich gerade suspendiert.«

»Was? Warum?«

»Ich habe mich einem direkten Befehl verweigert, eine vorbereitete Stellungnahme zu verlesen.«

»Das ergibt doch keinen Sinn!«

»Eigentlich schon. Sie hatte mir den Befehl erteilt, den Fall nicht weiterzuverfolgen, sondern mich auf Fälle zu konzentrieren, in denen DNA-Spuren vorhanden sind. Ich habe ihr nichts von dem Hinweis erzählt, Lisa Childress könne in Escondido leben.«

»Na und? Das ist doch positive Publicity.«

»Du hast die Nachrichten nicht mitbekommen.«

»Ein bisschen davon schon.«

»Dann hast du den Teil nicht gesehen, wo der Ehemann die Polizei auseinandernimmt, weil die damals vor fünfundzwanzig Jahren vorschnell geurteilt und damit dafür gesorgt hat, dass er und sein Kind jahrzehntelang geächtet und zu Außenseitern gemacht wurden.«

»Das hat er gemacht? Wieso das denn?«

»Weil es stimmt und er verbittert und zornig ist. Aber er hat recht, Moss Gunderson und Keith Ellis haben genau das getan, was er der Polizei vorwirft. Sie haben ihn zum einzigen Verdächtigen erklärt, damit nur niemand die Geschichten anschaut, an denen Lisa Childress gerade arbeitete. Vor allem nicht die um die Last Line. Und damit niemand herausfindet, dass sie an dem Morgen mit dem Hafenmeister David Slocum verabredet war. Bloß habe ich keine handfesten Beweise, um das zu untermauern, und ich möchte niemanden da mit hineinziehen außer Del und Faz, denen ich vertraue.«

»Warum genau wurdest du suspendiert?« Dan hatte rasch auf Anwalt umgeschaltet.

»Weber findet, ich hätte ihren direkten Befehl ignoriert, den Fall nicht weiterzuverfolgen. Und dann habe ich mich noch geweigert, mein Anita Childress und Melissa Childs gegebenes Versprechen zu brechen, ohne ihren Segen keine Stellungnahme abzugeben und auch keine Fragen der Presse zu beantworten. Das stimmt, ich habe mich geweigert. Gegen den ersten Punkt kann ich mich wehren. Sie hatte gesagt, ich soll Fällen nachgehen, in denen es Hinweise gibt, die zu einer Aufklärung führen könnten. Und ich hatte einen soliden Hinweis erhalten. Der hatte nichts mit DNA zu tun, aber er war handfest und vielversprechend und er führte zu einer Aufklärung.«

»Weber möchte dich zum Sündenbock für die Abteilung machen.«

»Vielleicht.«

»Warum willst du die Stellungnahme nicht verlesen? Die Familie ist doch selbst an die Öffentlichkeit gegangen.« Dan deutete auf den Fernseher.

»Das hat sie auch gesagt, aber sie irrt sich. Das ist nicht die Familie, das ist nur ein wütender kleiner Mann, der Rache will. Ich bin sicher, es war nicht die Entscheidung von Anita oder Melissa, sich zu äußern, und Lisa ist damals nicht einfach weggegangen. Ich will nichts damit zu tun haben.«

»Ruf sie an. Frag sie …«

»Weißt du, was es Melissa gekostet hat, nach Seattle zurückzukommen? Sie ist nie gereist. Sie ist die ganze Zeit in Escondido geblieben, weil sie sich dort sicher gefühlt hat. Jetzt kommt sie zurück und überall sind Übertragungswagen und Reporter. Ich werde ihr nicht noch mehr von der Art zumuten, Dan. Die Chefs können das mit Larry Childress handhaben, wie sie wollen.«

»Du musst dich mit der Gewerkschaft in Verbindung setzen. Sag denen, was passiert ist, dass du einem Fall nachgegangen bist, bei dem es eine handfeste Spur gab. Hol dir Rechtsbeistand.«

»Ich weiß nicht, Dan. Mit allem, was gerade so läuft, hat alles an meinem Job plötzlich eine politische Bedeutung. Man kann ja kaum etwas tun oder sagen, ohne dass einen die extreme Rechte oder Linke angreift. Egal, was ich tue, es wird mir vorgehalten. Vielleicht ist es an der Zeit, in Rente zu gehen. Eine Menge Kollegen haben das bereits getan. Ich bleibe zu Hause und kümmere mich um Daniella und denke drüber nach, was ich als Nächstes tun will. Ich könnte wieder unterrichten, das kann ich immer. Wenn mich dieser Fall eins gelehrt hat, dann das: Das Leben ist kostbar und die Menschen darin sind noch kostbarer. Wofür opfere ich eigentlich die Zeit, die ich mit Daniella verbringen könnte?«

»Du opferst deine Zeit, damit Leute wie Anita Childress wieder mit ihrer Mutter vereint werden können, Tracy«, sagte Dan leise. »Damit all die Familien der Opfer in North Seattle und im Curry Canyon einen Abschluss finden können.« Seine Worte trafen den Kern der Sache. »Scheiß auf Weber. Du leistest verdammt gute Arbeit. Das hast du dir von Nolasco nie nehmen lassen. Warum willst du es dir jetzt von ihr nehmen lassen?«

»Ich bin es so leid zu kämpfen«, stellte sie fest, wohl wissend, dass jetzt das reine Selbstmitleid aus ihr sprach.

»Wo ist die Frau, die mir erklärt hat, ich dürfte mir Ted Simmons' Tod nicht zum Vorwurf machen? Ich hätte getan, was mein Job von mir verlangt, und das gut?«

»Komm mir jetzt nicht so, Dan!«

»Du bist mir doch auch so gekommen! Und es hat funktioniert, Tracy. Wir haben die Leute, mit denen wir es bei der Arbeit zu tun haben, nicht immer im Griff, aber unser eigenes Verhalten, über das bestimmen wir. Du hast nichts falsch gemacht. Du hast deine Arbeit gemacht. Weber ist diejenige, die den Wald vor lauter Bäumen nicht sieht. Sie könnte diese Geschichte doch so drehen, dass ihr in den Medien gut dasteht.«

Dan hörte sich an wie Mike Melton. Und er hatte recht. Tracy wurde ruhiger. »Vielleicht. Aber ich werde die von ihr verlangte Stellungnahme nicht verlesen und ich werde die Fragen der Medien nicht beantworten, nur um meinen Job zurückzubekommen.«

»Ich sage ja gar nicht, dass du die Stellungnahme verlesen sollst. Ich sage, du sollst dich starkmachen. Für das, was du dir in einem langen, zähen Kampf erarbeitet hast. Setz dich für dich selbst genauso vehement ein, wie du dich all die Jahre für die Opfer eingesetzt hast, denen deine Arbeit gewidmet ist. Wenn du verlierst, dann nicht ohne Gegenwehr. Und nicht, ohne vorher noch ein paar Treffer gelandet zu haben.«

Tracy verstand schon, was Dan meinte, aber sie kam vom Gefühl her nicht an seine Kampfbereitschaft heran. Jedenfalls im Moment noch nicht. Sie hatte das Kämpfen so satt – erst mit Nolasco und jetzt mit Weber. Anscheinend war es egal, wie erfolgreich sie war, auf ihrem Weg tauchte doch immer nur wieder das nächste Hindernis auf. Als ihr privates Handy klingelte, warf sie einen Blick auf die Anruferkennung. Del Castigliano.

»Na, da hast du ja noch mal Glück gehabt«, spöttelte Dan.

Tracy nahm den Anruf entgegen und stellte Del auf Lautsprecher. »Sind die Gerüchte wahr?«, wollte er wissen.

»Kommt darauf an, welche du meinst.«

»Ich habe gehört, Weber hätte dich suspendiert und eine interne Ermittlung angeordnet. Wegen Insubordination und Befehlsverweigerung in mehreren Fällen.«

»Ja, das Gerücht stimmt.«

»Hat das was mit Lisa Childress zu tun?«, wollte Del wissen.

»Das ist doch egal, Del …«

»Mir nicht. Hat es etwas mit Lisa Childress zu tun?«

»Weber hat zu mir gesagt, ich soll mich aus der Lisa-Childress-Ermittlung zurückziehen …«

»Warum?«

»Sie wollte, dass ich mich auf Cold Cases konzentriere, bei denen DNA-Spuren vorliegen und die somit die beste Chance auf Aufklärung haben, was die Abteilung in einem positiven Licht dastehen lässt.«

»Und wie zum Teufel nennt sie das hier?«

»Sieh dir die Nachrichten an. Der Ehemann hat uns keinen Gefallen getan. Und Weber hat ein Auge auf den Stadtrat. Sie möchte der Bewegung, die fordert, der Polizei die Finanzierung zu entziehen, mit Zahlen entgegentreten.«

»Sie kann dich nicht dafür suspendieren, dass du ein positives Ergebnis erzielt hast!«, rief Del.

»Sieh dir die Nachrichten an!«, wiederholte Tracy. »Die sind im Moment nicht so positiv. Larry Childress ist an die Öffentlichkeit gegangen und hat die Polizeibehörde unter Beschuss genommen. Er behauptet, die Eile, mit der die Polizei allein ihn als Täter in Betracht zog, hätte ihn seine Frau und Anita die Mutter gekostet. Weber sieht das nicht als positiv. Sie will, dass ich für die Abteilung Harakiri mache, und das werde ich nicht tun.«

»Wie es aussieht, hat uns ja schon der Ehemann das Schwert in die kollektiven Eingeweide gebohrt.« Del seufzte. »Weber will an dir ein Exempel statuieren.«

»Ein Teil von mir verdient das auch, Del«, sagte Tracy.

Del schwieg einen Moment lang, bevor er sagte: »Hast du heute Abend Zeit für ein Treffen?«

»Was für eine Art Treffen?«

»Du, Faz und ich.«

»Ich weiß nicht, Del. Ich würde eigentlich gern ein bisschen bei Dan und Daniella sein.«

»Sie kommt, Del«, mischte Dan sich ein. »Kannst dich drauf verlassen.«

Del beendete den Anruf, bevor Tracy Zeit gehabt hatte, ihrem Mann zu widersprechen.

Dan versuchte erfolglos, sich ein Lächeln zu verkneifen. Tracy sah ihn über die Feuerschale hinweg seufzend an. »Was grinst du so?«, wollte sie wissen.

»Er möchte, dass du dich gegen die Suspendierung wehrst.«

»Vielleicht solltest du zu dem Treffen gehen. Du scheinst mein Problem ja schon gelöst zu haben.«

»Nein.« Dan schüttelte den Kopf. »Aber ich kenne dich. Du nörgelst ein bisschen herum, aber schließlich gehst du doch hin, weil du so ungern verlierst – egal, wobei.«

»Das stimmt nicht!«

Dans Lächeln wurde breiter.

»Es ist nicht wahr!«, wiederholte Tracy.

»Was läuft denn hier gerade?«

»Was soll denn laufen?«

»Du versuchst, eine Auseinandersetzung zu gewinnen.«

Tracy schüttelte resigniert den Kopf. »Ich geh mich umziehen. Und wenn ich zurückkomme, erwarte ich, dass du mir ein Glas von einem der Rotweine eingeschenkt hast, die du gerade durchprobierst. Das würde uns beiden guttun.« Tracy ging ins Haus, wo sie oben im Schlafzimmer ein wenig mit Daniella spielte und sich dann bei Therese erkundigte, ob die Nanny die Kleine füttern könnte.

»Kein Problem, Mrs O.«

Nachdem Therese und Daniella das Schlafzimmer verlassen hatten, setzte sich Tracy auf die Ottomane am Fußende des Bettes und zog sich die Stiefel aus. Während sie sie nebeneinander auf den Boden stellte, sah sie Rex und Sherlock an, die sie nicht aus den Augen gelassen hatten, seit sie ins Zimmer gekommen war.

»Was ist? Wartet ihr auch auf eine Antwort?« Rex und Sherlock ließen ihre Augenbrauen tanzen und Tracy umarmte die beiden spontan. »Ihr seid treue Wesen, nicht wahr?«

»Rex, Sherlock, Abendessen!«, rief Dan von unten, woraufhin die Hunde fast übereinander gestolpert wären, so eilig hatten sie es, aus dem Zimmer zu kommen. »Aber was ist schon Treue, wenn es um Hundefutter mit Bratensoße geht«, seufzte Tracy ihnen hinterher.

Sie ging ins Bad und wusch sich das Gesicht mit einer extra sanften Seife, die angeblich Falten verhinderte, was Tracy allerdings stark bezweifelte. Während sie sich abtrocknete, fragte sie sich, wie es Melissa Childs und Anita wohl mit der Meute vor Beverly Sieglers Haustür gehen mochte. Wussten die beiden, wusste eine von ihnen von der Stellungnahme, die Larry Childress da draußen abgegeben hatte? Wünschte sich Childs, in Escondido geblieben zu sein, in ihrem sicheren, geschützten Umfeld? Sie hatte die Entscheidung, nach Seattle zurückzukehren und sich dem Spießrutenlauf an den Reportern vorbei zu stellen, nicht aus Eigeninteresse getroffen. Das, was sie auf sich nahm, nahm sie für ihre Tochter und ihre Mutter auf sich, die sie geliebt und die getrauert hatten, als sie sie für tot halten mussten.

Childs handelte selbstlos.

Tracy musste an Dans Worte von vorhin denken und lachte leise. Ja, das Ganze war nicht ohne eine gewisse Ironie, denn er hatte ja recht. Sie würde nicht einfach gehen, nicht ohne sich zu wehren, nicht kampflos. Das schuldete sie all den Opfern dort draußen. Sie hatte nicht aufgegeben, als Captain Nolasco ihr das Leben schwer gemacht hatte, und sie würde auch jetzt nicht aufgeben. Mit einer Sache hatte Dan allerdings unrecht. Nicht Sieg oder Niederlage motivierten sie, sondern der Wunsch, das Richtige zu tun.

Es ging um die Auseinandersetzung an sich.

Obwohl siegen immer besser war als verlieren.

Tracy hatte fest vor zu siegen.

Kapitel 32

Antonio sah Tracy sofort, als sie sein Restaurant betrat. Er hatte sich gerade an einem Tisch mit Gästen unterhalten, entschuldigte sich nun aber und kam zu ihr herüber. Tracy wusste von Faz, dass er auf Anraten seiner Mutter abends jeweils kurz die Küche verließ, um sich bei jedem einzelnen Gast für den Besuch bei Fazzios zu bedanken und sich zu vergewissern, dass das Essen seinen hohen selbst gesetzten Standards gerecht wurde. Jetzt erklärte er seinem Oberkellner, er würde sich selbst um Tracy kümmern.

»Pop sitzt schon hinten mit Del, Tracy. Kann ich Ihnen irgendetwas bringen?«

»Was trinken die beiden denn?«

»Rotwein.«

»Dann hätte ich auch gern ein Glas.« Tracy, die sich zu Hause rasch ein paar Reste vom Vortag aufgewärmt hatte, konnte nicht verhindern, dass ihr bei den Düften, die aus Antonios Küche drangen, das Wasser im Munde zusammenlief.

»Ich bringe Sie nach hinten«, sagte Antonio.

»Auf keinen Fall! Sie haben hier zahlende Gäste und ich kenne den Weg. Kümmern Sie sich um Ihre Gäste.«

Antonio wandte sich wieder seiner Arbeit zu, schlängelte sich zwischen den Tischen hindurch und kehrte in die Küche zurück. Tracy ging den inzwischen schon vertrauten schmalen Flur entlang zu dem mit dem dicken Vorhang abgetrennten Hinterzimmer. Dort hockten Faz und Del dicht beieinander an einem Tischende, stützten die Arme auf den Tisch und steckten die Köpfe zusammen.

»Lasst euch von mir nicht stören«, begrüßte Tracy sie.

Beide Männer sprangen auf.

»Seit wann steht ihr auf, wenn ich komme? Setzt euch bloß wieder hin, sonst halte ich euch noch für höfliche Menschen.«

»Del hat mir gerade erklärt, was los ist«, ergriff Faz das Wort. »Du wirst dich doch wehren, oder?«

»Ich werde noch mehr tun. Ich werde dafür sorgen, dass Lisa Childress, David Slocum und die beiden toten Seeleute Gerechtigkeit erfahren.«

Faz streckte Del die Hand hin, der wortlos in die Hosentasche langte und ihm einen Zwanzigdollarschein überreichte. Faz steckte ihn lächelnd ein. »Ich habe Del gleich gesagt, dass du dir diesen Scheiß nicht gefallen lässt.«

Tracy lachte. »Und du, Del? Das, was ich gern tun würde, könnte dir ein paar Probleme bescheren.«

»Ich habe es satt, Prügel einzustecken. Ich habe früher für die Golden Gloves geboxt und mein alter Herr war mein Trainer. Seine Maxime war, den Kampf zum Gegner zu tragen und nicht zu warten, bis der Gegner die Initiative ergreift. Auf die Weise, meinte er, landete man selbst bei einer Niederlage wenigstens ein paar Schläge, was sich verdammt viel besser anfühlen würde, als immer nur Deckung zu wahren und Prügel zu beziehen.«

Tracy zog sich einen Stuhl zurecht und setzte sich. »Schenk mir ein Glas Wein ein, Faz. Wir haben zu tun.«

* * *

Am nächsten Tag traf sich Tracy mit Rick Cerrabone zu einem frühen Mittagessen. Cerrabone hatte zwar nicht viel, aber doch etwas Zeit für sie, immerhin war ein wichtiges Verfahren aufgrund eines Deals in letzter Minute nicht eröffnet worden. Normalerweise arbeitete er während der Mittagspause durch und gönnte sich lediglich am Schreibtisch ein von zu Hause mitgebrachtes Sandwich, um dafür abends zu einer halbwegs vernünftigen Zeit nach Hause zu kommen. Eine Routine, von der er nicht allzu ungern abwich, als Tracy erwähnte, sie wolle ihn ins Little Neon Taco an der Boren Avenue einladen, eins von seinen Lieblingsrestaurants.

Tracy hatte das Restaurant allerdings nicht nur ausgesucht, weil Cerrabone hier so gern aß. Es gab noch einen weiteren Grund: Da es ziemlich weit von Gericht und Polizeipräsidium entfernt lag, war es unwahrscheinlich, von jemandem aus einer der beiden Institutionen dort zusammen gesehen zu werden.

Im Little Neon Taco duftete es nach hausgemachten Tortillas, Paprika und Gewürzen. Cerrabone bestellte Carnitas und Chorizo-Taccos, dazu eine rosa Limonade. Tracy entschied sich für Veggie und Chicken Mole und ebenfalls eine rosa Limonade. Sie setzten sich in eine der kleinen Nischen an den Fenstern mit Blick auf die vorübergehenden Menschen und gönnten sich als Vorspeise Chips, Salsa und Guacamole. Cerrabone, der es einfach nicht lassen konnte, jedes mexikanische Gericht mit zusätzlichen Gewürzen verbessern zu wollen, bestellte eine scharfe Soße mit dem schlichten, vielversprechenden Namen »superscharfe Soße« und ergänzte seine Salsa, nachdem er probehalber einen Chip hineingetaucht hatte, mit ein paar Tropfen ihrer superscharfen Schwester.

»Hat Ihre Mutter Sie nie davor gewarnt, dass Sie sich so die Geschmacksnerven kaputt machen?«

»Im Gegenteil. Von ihr weiß ich, dass scharfe Gewürze Bandwürmer killen.«

»Haben Sie denn je Bandwürmer gehabt?«

»Nicht solange ich diese scharfe Soße esse.«

»Klingt irgendwie nach einem Zirkelschluss.«

»Die beste Art der Argumentation, man gewinnt immer. Jetzt verraten Sie mir mal, warum Sie mich in eins meiner Lieblingsrestaurants einladen. Als kleines Dankeschön, weil ich Ihnen im Laufe der Jahre schon so oft einen Gefallen getan habe? Weil ich extrem angenehme Gesellschaft bin und man einfach gern mit mir isst? Oder weil Sie auf ein bisschen kostenlosen juristischen Rat aus sind?«

»Jetzt bin ich aber beleidigt!«, rief Tracy.

»Dachte ich es mir doch. Kostenlose Rechtsberatung.«

»Warum sollte ich kostenlose Rechtsberatung brauchen?«

»Weil Chief Weber Sie suspendiert hat.«

»Das war ja schnell rum bei Gericht.«

»Was erwarten Sie, wenn eine dreifach ausgezeichnete Detective der Polizeichefin sagt, sie könnte sie mal?«

»So erzählt man sich das?«

»In deutlich weniger gewählten Worten. Es stimmt also?«

Tracy schilderte Cerrabone die Sachlage in allen Einzelheiten. Ihr Essen und die Getränke trafen ein, noch ehe sie fertig war.

»Also, worüber wollten Sie mit mir reden?«, erkundigte sich Cerrabone nach den ersten Bissen.

»Ich habe ein paar Fragen zu einigen der Cold Cases, an denen ich arbeite.«

»Sie sollten an gar keinem Cold Case mehr arbeiten.«

»Ich bin nun mal eine Streberin.«

Cerrabone lachte leise. »Ach nee!«

In den nächsten fünfundvierzig Minuten aß Tracy und berichtete gleichzeitig alles, was sie über die Razzia im Jachthafen, die beiden ertrunkenen Mexikaner, den Hafenmeister David Slocum und seinen angeblichen Selbstmord und über Lisa

Childress' Verbindung zu dem Ort wusste, an dem Slocum ums Leben gekommen war.

»Sie glauben, dass Childress Recherchen zu einer möglichen Story angestellt hat, bei der es um kriminelle Aktivitäten dieser Drogensondereinheit ging? Wie hieß sie noch gleich?«

»The Last Line. Und ja, ich glaube, genau das hat sie getan.«

»Wissen Sie, was passiert ist und ob sie wirklich unter Amnesie leidet?«

»Laut einer Expertin von der University of Washington ist ihre Amnesie echt. Was in dieser Nacht geschah, weiß ich noch nicht. Ich kann Ihnen aber sagen, dass Childress auf jeden Fall eine Kopfverletzung hatte, als sie die Stadt verließ. Sie hatte in der Nacht eine Dose Bärenspray dabei und hat die auch benutzt. Mit der Dose wurde gesprüht.«

»Wahrscheinlich ins Gesicht ihres Angreifers, weswegen Childress die Nacht überlebt hat.«

»Wahrscheinlich. Ich weiß es leider nicht genau.«

»Sie sagten, dieser Kapitän … Jack …«

»Flint.«

»Jack Flint hat Ihnen von einer Absprache erzählt?«

»Er und sein Anwalt haben bestätigt, dass es nach seiner Verhaftung im Jahr 2002 zu einer Absprache kam. Seine Haftstrafe wurde damals von zwölf auf fünf Jahre verkürzt.«

»Und Sie glauben, er hat diese reduzierte Haftstrafe durchsetzen können, weil er den Behörden von der Razzia erzählte, die 1995 auf seinem Boot stattfand. Aber soweit Sie feststellen konnten, wurde weder gegen die Drogeneinheit als Ganzes noch gegen eins ihrer Mitglieder je Anklage erhoben.«

»Und auch sonst gegen niemanden.«

Cerrabone nippte nachdenklich an seiner rosa Limonade. »Okay, betrachten wir immer einen Punkt nach dem anderen. Alles, was mit der Beschlagnahme von Drogen zusammenhängt, die sich auf dem Fischerboot *Egregious* befanden, würde in den Zuständigkeitsbereich des FBI oder der Drogenbehörde fallen.«

»Davon gehe ich aus.«

»Ich höre mich um, sehe nach, ob sich eine Kopie der Absprache finden lässt. Was die Frage betrifft, warum keine Anklagen erhoben wurden: Das dürfte etwas mit den Verjährungsfristen zu tun haben. Bei den meisten Verbrechen, die keine Schwerverbrechen sind, und dazu gehören auch Drogendelikte, beträgt die Verjährungsfrist landesweit fünf oder sechs Jahre. Von dem Tag an, an dem das Verbrechen begangen wurde, in diesem Fall der Diebstahl der Ladung an Bord der *Egregious.*«

»Was, wenn man argumentiert, dass es eine Verschwörung der Mitglieder dieser Einheit gab, möglicherweise auch noch unter Beteiligung anderer?«

»Dann zählt man die Verjährungsfrist vom Datum der letzten Handlung an, die der Förderung dieser Verschwörung diente.«

»Was wäre in einem Fall wie diesem die letzte Handlung?«

»Die einfache Antwort: Wenn das Verbrechen kontinuierlich weiterbegangen wird. Wenn die Einheit das Boot behalten hätte, um es zu benutzen, oder wenn sie weiterhin Gelder versteckten. Dann kommt die Verjährungsfrist nicht ins Spiel. Aber wir reden hier von fünfundzwanzig Jahren, Tracy. Wie wollen Sie beweisen, dass das Verbrechen immer noch begangen wird? Ich vermute doch, das Geld wurde längst aufgeteilt und ausgegeben.«

Tracy dachte an Moss Gunderson und Keith Ellis und den Beginn ihrer Mitgliedschaft in einem Golfclub. Sie dachte an Rick Tombs und sein Zwei-Millionen-Dollar-Heim in einer Wohnanlage mit Golfplatz. Wahrscheinlich hatte Cerrabone recht.

»Was wir bis jetzt besprochen haben, gilt für den Diebstahl der Drogen und all die anderen Dinge, die in diesem Zusammenhang geschehen sein mögen«, fuhr Cerrabone fort. »Der Mord am Hafenmeister jedoch verjährt nicht, ebenso wenig der Tod der beiden Seeleute, die bei der Razzia in Panik gerieten und über Bord sprangen und bei denen ich auf fahrlässige Tötung plädieren würde. Aber Sie sagten, die Leute, die das Schiff stürmten, trugen Masken. Man konnte sie nicht erkennen.«

»Das stimmt.«

»Sie haben keine Beweise, dass sie zu dieser Sondereinheit gehörten.«

»Mir wurde gesagt, David Slocum habe mitbekommen, wie einer der Leute den Anführer Sergeant nannte.«

»Mehr haben Sie nicht?«

Natürlich war das dünn, was Tracy durchaus klar war. Besonders, weil Jack Flint wohl kaum je aussagen und damit gegen die Vereinbarung verstoßen würde, die er unterzeichnet hatte.

»Der Hafenmeister kann nicht aussagen und dieser Kapitän könnte vielleicht eine Aussage zu den beiden Ertrunkenen machen«, fuhr Cerrabone fort. »Aber wir reden hier von einem nicht besonders glaubwürdigen Zeugen, doch selbst wenn er aussagt, könnten Sie damit die Sondereinheit immer noch nicht festnageln.«

»Was, wenn ich Jack Flint, den Kapitän der *Egregious,* dazu bringen könnte auszusagen, dass die beiden Seeleute während der Razzia von Bord sprangen, weil sie dachten, man würde sie gleich umbringen?«

»So eine Aussage wäre für diesen Flint nicht ohne Risiko. Er war damals in illegale Tätigkeiten verstrickt und man könnte von daher argumentieren, er habe in rücksichtsloser Weise ihren Tod verschuldet. Falls das alles wirklich so passiert ist, wie er erzählt, und falls er die Sache auch erwähnte, als über seinen Deal verhandelt wurde, was ich bezweifle. Auch hier gilt: Er ist kein glaubwürdiger Zeuge. Ein guter Anwalt reißt den Mann mühelos in Stücke und unterstellt ihm, dass er das alles nur erfunden hat, um noch einen Deal rauszuschlagen. Und näher an die Last Line kommen Sie damit auch nicht heran.«

»Del könnte bezeugen, dass David Slocum ihm gegenüber ausgesagt hat, er hätte Moss Gunderson von der Razzia erzählt, die zwei Tage vor den Leichenfunden im Jachthafen auf der *Egregious* stattfand.«

»Das sind mir zu viele Schichten. Er hat gehört, dass er gesagt hat, und so weiter. Alles Hörensagen, was man vielleicht trotzdem vor Gericht verwenden könnte, da Slocum ja tot ist. Aber hier stellt sich einem sofort die Frage, warum Del erst jetzt damit rausrückt, und die Leute der Last Line bringen Sie auch mit dieser Aussage noch nicht eindeutig an Bord dieses Schiffes. Nicht genug, Tracy. Was haben Sie sonst?«

Tracy rang mit einem zunehmenden Gefühl der Frustration. »Was, wenn ich Moss dazu bringen könnte zu bezeugen, dass David Slocum ihm von der Razzia erzählt hat und dass er mit dieser Information zu Rick Tombs ging, der ihm daraufhin ein Stück vom Kuchen abgab?«

»Warum sollte Moss das tun?«

»Wir könnten ihm irgendeine Form von Immunität anbieten.«

»Das funktioniert nur, wenn wir ihm mit Gefängnis drohen können, was nicht möglich ist, denn wenn er mit Rick Tombs ins Geschäft kam und von ihm Geld genommen hat, dann fällt das unter die Verjährungsfrist. Sie fordern ihn praktisch auf, seinen guten Ruf an den Nagel zu hängen, ohne dass es für ihn dafür einen Grund gäbe. Sie haben kein Druckmittel gegen ihn in der Hand.«

»Anita Childress kann die Notizen ihrer Mutter über deren Gespräch mit dem Hafenmeister vorlegen.«

»Steht in den Notizen etwas von einem Treffen mit dem Hafenmeister?«

»Nein, aber wir können anhand der Telefonunterlagen nachweisen, dass Lisa Childress am Abend vor dem geplanten Treffen einen Anruf aus einem Münzfernsprecher auf einer Shell-Tankstelle in der Nähe des Jachthafens erhielt.«

»Auch das ist dünn. Der Anruf muss nicht unbedingt vom Hafenmeister gekommen sein.«

»Ja, aber Slocum ist tot und Childress verschwand in der Nacht, in der er starb, und ich kann nachweisen, dass sich die Dose Bärenspray, die sie in ihrer Tasche hatte, am Tatort befand, und Larry Childress kann bezeugen, dass er seiner Frau das Bärenspray in die Umhängetasche steckte, bevor sie in jener Nacht das Haus verließ, um sich mit einer Quelle für eine ihrer Storys zu treffen. Was Childs an den Tatort brachte, als oder kurz nachdem Slocum umgebracht worden war. Warum würde sie da hingehen, wenn es nicht Slocum war, der sie von dieser Tankstelle aus angerufen hat? Dennis Hopper wird bezeugen, dass Slocum das Münztelefon an der Tankstelle benutzt hatte, um anonym zu bleiben, weil er Angst hatte, man könnte ihn seiner Plantage wegen belangen.«

»Das ist nicht schlecht, nur wird die Verteidigung argumentieren, dass Sie nicht beweisen können, dass es genau diese eine Dose Bärenspray ist, die gefunden wurde, und nicht einfach eine Dose Bärenspray … Haben Sie sie auf Fingerabdrücke untersucht?«

»Sie steckte in einer Stoffhülle, so etwas hat man damals nicht auf Fingerabdrücke untersucht, und jetzt ist sie nicht mehr da.«

»Also können Sie nicht beweisen, von wem diese spezielle Dose ist. Und Larry Childress ist nach dem, was ich im

Fernsehen gesehen habe, nicht gerade ein freundlicher Zeuge. Aber um die Sache einmal durchzuspielen, sagen wir, Sie können beweisen, dass Childress dort war. Was haben Sie damit gewonnen?«

»Damit habe ich bewiesen, dass Slocum ermordet wurde, weil er vorhatte, eine investigative Journalistin mit Beweisen über eine Razzia auf der *Egregious* zu versorgen, die zwei Nächte vor dem Fund der beiden ertrunkenen Seeleute stattfand.«

»Aber Sie können nicht beweisen, wer den Mord begangen hat. Ich will ja wirklich nicht immer auf demselben Argument herumreiten, aber Sie wären damit kein Stück näher an die Last Line herangekommen. Es tut mir leid, Tracy, aber wenn Sie nichts Handfestes vorweisen können, um zu bezeugen, wer Slocum umgebracht hat, dann haben Sie ein Problem. Wenn Sie den Mord beweisen könnten, wären Sie, rein theoretisch, unter Umständen in der Lage, Moss als Begünstigten einer strafbaren Handlung anzuklagen. Sie könnten argumentieren, dass Slocum Zeuge der Razzia war und ermordet wurde, um zu verhindern, dass er Childress davon und von allem anderen erzählte. Dann könnten Sie vorbringen, Moss habe bei der Verschleierung des Mordes geholfen, indem er ihn als Selbstmord deklarierte. Jedoch auch hier gibt es viel zu viele Unwägbarkeiten, zu viel falls und wenn. Und die Verteidigung würde sofort anfangen zu schreien, weil die ganze Sache ja Jahrzehnte nach dem angeblichen Verbrechen zur Anklage käme und einige Zeugen nicht mehr am Leben sind, weswegen man auf Zeugenaussagen nach dem Hörensagen zurückgreifen müsste, und weil bei den Zeugen, die noch leben, die Erinnerungen verblasst sein dürften. Und so weiter und so fort. Wissen Sie, was ich glaube? Ich glaube, all die Überlegungen, die wir jetzt anstellen, wurden auch im Jahre 2002 schon angestellt, als Jack Flint nach seiner Verhaftung die Katze aus dem Sack gelassen hat. Ich vermute, die Bundesstaatsanwälte haben damals schon alles sorgsam abgewogen, genau wie wir jetzt, und sind zu dem Schluss gekommen, dass die meisten Vergehen aufgrund der Verjährungsfrist nicht mehr geahndet werden konnten und für eine Verurteilung im Fall Slocum die Beweise fehlten. Von daher hielten sie es für das Beste, die Angelegenheit als abgeschlossen zu den Akten zu nehmen.«

Tracy wusste ja, dass Cerrabone recht hatte, sie wurde zunehmend frustrierter, weil praktisch jeder Weg, den sie aufzeigen konnte, an einer Straßensperre endete. »Und was wäre mit einer Anklage wegen Verschwörung?«

»RICO?« The Racketeer Influenced and Corrupt Organizations Act, das Gesetz gegen organisiertes Verbrechen, gab den Strafverfolgungsbehörden eine starke Waffe gegen die Anführer von Gruppen in die Hand, die gegründet worden waren, um in organisierter Art und Weise kriminelle Handlungen zu begehen. Bestes Beispiel: die Mafia. Diese Anführer konnten für Straftaten verurteilt werden, die zu begehen sie anderen befohlen hatten.

»Eine interessante Idee.« Cerrabone nickte. »Nur wird die Verteidigung vorbringen, dass The Last Line nicht gegründet wurde, um Straftaten zu begehen. Auch wenn es sicherlich den Anschein hat, als wären Straftaten begangen worden. Ob Sie mit Ihren Argumenten durchkommen oder nicht, würde höchstwahrscheinlich vom Richter abhängen, der den Vorsitz führt. Wenn Sie einen Richter oder eine Richterin finden, den oder die das Geschehen in erheblichem Maße aufbringt, dann ist er oder sie vielleicht bereit, den Fall zu hören. Damit hätten Sie dann wenigstens ein Druckmittel in der Hand, mit dem Sie ein bisschen hausieren gehen können. Aber auf wen wollen Sie Druck ausüben? Ist denn noch jemand von der Last Line am Leben? Und was genau haben diese Personen gewusst? Rick Tombs ist tot und er scheint der Anführer der Verschwörung gewesen zu sein, also der Typ, den Sie eigentlich wegen all dieser Straftaten zur Rechenschaft ziehen wollen. Wer von der Gruppe noch am Leben ist, hat die letzten fünfundzwanzig Jahre geschwiegen und sieht auch jetzt vermutlich keinen Grund dafür, den Mund aufzumachen. Diese Leute werden sich schleunigst mit Anwälten eindecken und diese Anwälte wissen dann auch, dass Sie ein Problem mit den Verjährungsfristen haben.«

»Ich dachte mehr an den Mord an David Slocum und den beiden Seeleuten.«

»Ich weiß, aber bislang haben Sie mir nichts Handfestes liefern können, das The Last Line mit den beiden Seeleuten oder Slocums Tod in Verbindung bringt. Haben Sie denn zulässige Beweise dafür?«

Nein, im Moment hatte Tracy die nicht. Sie hatte gehofft, sie könnte Cerrabone oder die Bundespolizei zu einer Drohgebärde auf der Basis von RICO bewegen, um möglicherweise einen aus der Last Line zum Reden zu bringen. Nur hatte Cerrabone ja recht, wenn er meinte, bis jetzt hätte sich noch keiner von denen gemeldet und kein Ankläger würde ein Verfahren beantragen, nur damit eine Polizistin ein paar Ratten aus dem Abwasserkanal scheuchen kann.

»Drei Männer sind gestorben, Rick. Slocum wurde kaltblütig ermordet.«

»Sagten Sie vorhin nicht, der Autopsiebericht lasse da keine eindeutigen Schlüsse zu?«

Ja, das hatte Tracy gesagt. »Wenn man sich die ganze Sache anschaut – wie könnte da irgendwer auf die Idee kommen, der Gerechtigkeit wäre Genüge getan worden?«

»Es geht nicht nur darum, ob der Gerechtigkeit Genüge getan wurde, Tracy. Es geht darum, ob Schuld nachgewiesen werden konnte. Und das sehe ich einfach nicht. Nicht jetzt.

Nicht nach all der Zeit. Aus genau diesem Grund existieren Verjährungsfristen, um einen gegen uralte Beschuldigungen zu schützen, die auf dem Erinnerungsvermögen nicht mehr existierender Zeugen basieren. Ich wünschte, ich würde mich in meiner Einschätzung irren. Ich hoffe, Sie können mir beweisen, dass ich mich irre. Wenn Sie das können, dann werde ich diese Leute anklagen. Sie wissen, dass ich das mache. Aber jetzt? Im Moment haben Sie nicht annähernd genug in der Hand.«

Kapitel 33

Am späten Nachmittag traf sich Tracy erneut im Hinterzimmer von Fazzios mit Faz und Del, denen sie von ihrer Unterhaltung mit Cerrabone berichtete. »Die Verjährungsfrist schützt sie wahrscheinlich alle gegen sämtliche Anklagepunkte in Bezug auf Drogenhandel und Diebstahl. Was den Tod der beiden Seeleute und den Mord an David Slocum betrifft, sieht Cerrabone keine Möglichkeit, daraus einen Fall zu machen, den er vor Gericht bringen kann. Es sei denn, ich hätte handfestere Beweise als jetzt. Was ich bis jetzt habe, sagt er, reicht nicht, um damit vor Gericht zu bestehen.«

»Wir brauchen jemanden, der uns erzählt, was passiert ist«, sagte Del.

»Und wenn bisher noch niemand gesprochen hat, dann werden sie wohl nicht gerade jetzt damit anfangen«, meinte Faz. »Besonders, wo Tombs tot ist. Wir wissen noch nicht einmal, wie viele aus der Sondereinheit unsauber waren und ob die überhaupt noch leben.«

»Ich rede mit Moss«, beschloss Del. »Vielleicht gelingt mir ein Bluff. Ich behaupte einfach, ich würde mit allem auspacken, was damals passiert ist.«

»Er ist pensioniert, Del, und die Verjährungsfrist schützt ihn vor einer Strafverfolgung. Was soll das also bringen?«, fragte Faz.

»Vielleicht können wir ihn unter Druck setzen«, sagte Tracy. »Vielleicht erzählen wir ihm, er hätte im Fall David Slocum mit einer Anklage wegen Begünstigung zu rechnen, aber wir hätten dem Staatsanwalt geraten, ihm einen Deal anzubieten, wenn er der Anklage Beweise liefert und erzählt, was passiert ist. Wenn das nicht funktioniert, versprechen wir, seinen Namen aus den Zeitungen rauszuhalten, um seinen Ruf zu schützen. Er wäre kein Verräter und könnte im Golfclub immer noch der große Mann sein. Das müsste ihm doch etwas wert sein.«

»Schaden kann so ein Versuch nicht«, meinte Faz. »Vielleicht steckt hinter der ganzen Verkleidung ja doch noch ein Rest Anstand.«

»Anstand? Kannst du vergessen«, erklärte Del.

»Dann haben wir ein Problem, Del«, sagte Tracy. »Wie tragen wir den Kampf in die Ecke von Moss, wenn wir nicht einmal Boxhandschuhe anziehen können?«

»Da bin ich ja ganz bei dir, Tracy. Ich sage nur: Mach dir keine allzu großen Hoffnungen.«

Nein, die machte sich Tracy nicht. Moss war nicht dumm und hatte alles, was auf ihn zukommen könnte, bestens durchdacht. Vielleicht war er sogar bei einem Anwalt gewesen und hatte sich beraten lassen.

* * *

Moss lebte in Northeast Bellevue in einem Haus gleich über dem Lake Sammamish. Kurz nach Einbruch der Dämmerung parkten Tracy und Del in der runden Auffahrt und sahen sich um. Das Haus, ein dunkelgrüner Holzbau mit schwarzen

Zierleisten, schmiegte sich unter Bäume und Büsche. Über der Haustür befand sich ein dreikantiges Buntglasfenster.

Moss öffnete die Tür, starrte Tracy an und wollte gerade etwas sagen, als sein Blick auf Del fiel.

»Moss«, sagte Del.

Moss lächelte. Er trug Golfkleidung, ähnlich ausgefallen wie an dem Morgen, an dem Tracy ihn auf dem Platz begleitet hatte: rote Hose, schwarzes Hemd mit roten Karos, weißer Gürtel. »Ich dachte mir schon, dass es nur eine Frage der Zeit sein kann, bis ihr zwei hier auftaucht. Ihr sollt ja dicke Freunde sein. Mehr als zehn Jahre im selben Team, habe ich das richtig verstanden?«

»Wir wollen mit dir reden, Moss«, sagte Del.

»Ach ja? Worüber denn?« Moss grinste.

»Du weißt, worüber.«

Moss öffnete die Tür noch ein Stück weiter und trat zurück. »Kein Problem. Immer herein in mein bescheidenes Heim.«

»Wer ist es denn?«, erkundigte sich eine Frauenstimme aus dem Hintergrund, während Tracy und Del den mit Marmor verkleideten Eingangsbereich betraten, wo sie sich unter einem gläsernen Kronleuchter wiederfanden.

»Ein alter Freund!«, rief Moss mit kurzem Seitenblick auf Del. »Einer meiner früheren Schützlinge.«

Vom Eingangsbereich führte eine Stufe hinunter in ein Wohnzimmer mit gemütlichen braunen Ledersofas, alle zum großen Fenster mit Blick auf den See und die Häuser am gegenüberliegenden Ufer hin ausgerichtet. In einer Zimmerecke blickte ein Teleskop auf dreibeinigem Ständer ebenfalls Richtung See.

Inzwischen war eine Frau aufgetaucht und hatte sich neben Moss gestellt. Sie hatte schulterlanges blondes Haar, das unter einem hellblauen Mützenschirm hervorlugte, und sah aus wie

Mitte vierzig, rund dreißig Jahre jünger als Moss. »Meine Frau Frieda hast du nie kennengelernt, Del, oder?«

Del warf einen Blick auf die zierliche Gestalt in ihrer Golfhose aus einem Stretch-Material, zu der sie einen schwarzen Rollkragenpullover und eine Golfjacke in derselben Farbe wie der Mützenschirm trug. »Ich glaube nicht«, sagte er. »Nett, Ihre Bekanntschaft zu machen, Frieda.«

»Del kam vor Jahren als Anfänger in unsere Abteilung«, erklärte Moss. »Ich habe ihm alles beigebracht, was er weiß. Ist das nicht so, Del?«

Del sah Frieda an. »Alles, nur nicht, wie man sich anzieht.«

»Dafür sei dem Himmel gedankt!« Frieda lächelte. »Einen zweiten Moss könnte die Welt nicht vertragen.«

»Und hier haben wir die berühmte Tracy Crosswhite, Liebling«, fuhr Moss fort. »Berühmt für ihre Aufklärung von Cold Cases. Sie hat die Tapferkeitsmedaille schon drei Mal verliehen bekommen, wenn ich mich nicht irre.«

»Gratuliere«, sagte Frieda. »Es ist nett, Sie beide kennenzulernen.«

»Wir kommen gerade aus dem Club, Golfspielen und Dinner«, erklärte Moss. »Du bist ja nie mit mir losgezogen, Del. Spielst du Golf?«

»Schlecht«, sagte Del.

»Das tun wir alle, nur in unterschiedlichen Abstufungen.« Tracy fürchtete langsam, Del werde sich nicht beherrschen können, ausholen und Moss in sein selbstzufriedenes Gesicht schlagen. »Liebling, diese beiden netten Detectives würden gern mit mir über einen meiner Cold Cases reden. Selbst als Pensionär ruft mich die Pflicht. Ich gehe ins Arbeitszimmer.«

»Wird es lange dauern?«

Erneut warf Moss Del einen Blick zu. »Nein. Ich glaube wirklich nicht, dass das hier viel Zeit in Anspruch nehmen wird.«

Moss führte sie in ein dunkel getäfeltes Zimmer mit einem schweren, antiken Schreibtisch, auf dessen lederner, mit Intarsien verzierter Schreibunterlage ein Computerbildschirm stand, der allerdings nicht mit einem Computer verbunden war.

»Bevor wir anfangen: Macht es euch etwas aus, die Jacken zu öffnen?«

Del tat es und Moss tastete ihn ab. »Du bist doch nicht etwa verkabelt, Partner?«

Del antwortete nicht.

Moss wandte sich an Tracy. »Wagen Sie es nicht, mich anzufassen«, sagte die ruhig.

»Ach ja!« Moss lachte leise. »Sie sind ja eine Stahlharte, habe ich mir sagen lassen. Zwischen Johnny Nolasco und Ihnen soll komplette Funkstille herrschen.«

»Nicht nur das«, meinte Tracy.

Moss rückte den Bildschirm ein wenig zur Seite, um vom Ledersessel hinter dem Schreibtisch aus beide Besucher im Auge haben zu können. »Kann ich euch einen Scotch anbieten?«, erkundigte er sich. »Oder einen irischen Whiskey?« Als Del und Tracy ablehnten, setzte sich Moss und legte die in Hausschuhen steckenden Füße auf die Schreibtischkante. »Und? Worüber wollt ihr mit mir reden?«

»Über das Leben einer Frau«, sagte Tracy.

»Da müssen Sie schon genauer werden.«

»Lisa Childress.«

»Das Mädchen im Fernsehen? Sie kriegt ja ziemlich viel Sendezeit ab. Ihr Ehemann allerdings auch.«

»Er sagt, der Job, den du damals gemacht hast, stinkt zum Himmel«, warf Del ein.

»Das ist das Schöne, wenn man pensioniert ist, Del, der Gestank bleibt nicht mehr an einem haften.« Er sah Tracy an. »Im Fernsehen heißt es, die Frau hat Amnesie. Stimmt das?«

»Das weiß niemand«, erwiderte Tracy, die hoffte, die Mehrdeutigkeit ihrer Antwort könnte Moss einen Schrecken einjagen und ihn zum Reden bringen. Das war ein Risiko, aber sie konnte dafür sorgen, dass Childress ein Mindestmaß an Polizeischutz bekam. Moss' Grinsen geriet auch wirklich ein klein wenig ins Wanken. »Eigentlich spricht sie selbst nicht mit der Presse«, fuhr Tracy fort. »Noch nicht. Ich weiß von der Razzia im Jachthafen Diamond Marina, Moss. Ich will wissen, was passiert ist. Ich will wissen, warum Sie es nicht gemeldet haben.«

»Sie meinen die Razzia, von der der Hafenmeister Del erzählt hat? Wie es in meinem Bericht steht, den ich immer noch besitze? Warum hast du denn diese Razzia nicht gemeldet, Del?« Del sah so aus, als würde er auf Glas herumkauen. Moss lächelte Tracy zu. »Mal angenommen, ich wusste von der Razzia. Mal angenommen, ich wusste davon und ging zu Rick Tombs, um ihm zu erzählen, dass ich davon wusste. Mal angenommen, ich hätte Tombs sogar damit gedroht, in der Sache zu ermitteln, wenn er mich nicht teilhaben ließe. Was würde ich wohl finden? Ein Boot mit Kokain in einem geschätzten Wert von fünfzehn Millionen an Bord, das mitgenommen, aber nie offiziell beschlagnahmt wurde. Und wenn ich im Beweismittellager nachsähe, müsste ich feststellen, dass dort keine Beweise abgegeben worden waren. Nichts Konkretes deutete darauf hin, dass auf dem Boot je eine Razzia stattgefunden hatte oder dass es beschlagnahmt worden war. Seltsam, nicht wahr? Was war denn aus dem Kokain geworden? Und aus dem Geld, das mit dem Verkauf des Kokains erzielt werden konnte? Angenommen, ich hatte es damals satt, immer nur in den Arsch gekniffen zu werden, dass ich kriegen wollte, was mir zukam. Angenommen, ich wollte auch Mitglied in einem Country Club sein und ein schickes Auto fahren und mir ein Haus am Wasser kaufen. Angenommen, ich bin zu Tombs gegangen und habe ihm das alles gesagt und dann habe ich bekommen, was ich wollte, und eine heiße junge Frau noch dazu. Die Verjährungsfrist dafür müsste längst abgelaufen sein und es dürfte nichts geben, was Sie oder irgendwer sonst in dieser Sache unternehmen kann.«

»Für den Mord an den beiden Seeleuten gilt keine Verjährungsfrist, Moss, auch nicht für den am Hafenmeister«, sagte Del.

Moss sah Del in die Augen. »Hast du Beweise dafür, dass ich daran beteiligt war?«

»Wir hoffen, eine Anklage gegen die Leute zusammenzubekommen, die etwas damit zu tun hatten«, sagte Tracy.

»Du hast als Mordermittler gearbeitet, Moss. Du weißt, was Mord mit der Familie eines Opfers macht«, plädierte Del. »Tracy versucht nur, diesen Familien Gerechtigkeit widerfahren zu lassen.«

»Gerechtigkeit? Scheiße, Del, als das im Unterricht dran war, hast du nicht aufgepasst, was? Denn wenn du aufgepasst hättest, dann wüsstest du, dass Gerechtigkeit das ist, was wir daraus machen.« Moss schüttelte den Kopf. »Sieh uns doch an! Wir gehen jeden Tag zur Arbeit und beziehen Prügel von der Presse, wenn wir versuchen, für die Sicherheit der Menschen zu sorgen. Und was kriegen wir dafür? Ein jämmerliches Gehalt und später eine jämmerliche Rente, von denen uns unsere Ex-Frauen die Hälfte abknöpfen. Das ist Gerechtigkeit, Del.«

»Wir können Ihnen einen Deal vorschlagen«, schaltete sich Tracy ein. »Wir können Ihren Name aus allem heraushalten, um Ihrem Ruf nicht zu schaden.«

»Ich verpfeife niemanden, ich bin kein Verräter.« Moss sah Del an. »Wenn das alles ist? Wenn ihr nicht mehr habt, was auch nur ansatzweise meinen schicken Lebensstil hier in meinem Schloss am See gefährden könnte, dann habe ich euch nichts weiter zu sagen.«

»Wenn ich die Informationen bekomme, nach denen ich suche – und ich bekomme sie, Moss, was Sie wissen, wenn Sie je von mir gehört haben –, dann kommen wir nicht noch einmal zu Ihnen. Dann bieten wir Ihnen nicht noch einmal einen Deal an. Jetzt oder nie. Das hier ist Ihre Chance, das Richtige zu tun. Wenn ich aufstehe und durch die Tür gehe, dann ist auch der Deal weg. Wie entscheiden Sie sich?«

Moss grinste. »Sie bluffen, Detective. Sie haben gerade geblufft und der Bluff ging daneben. Das Spiel ist vorbei.«

»Bei einer Sache liegst du falsch, Moss«, sagte Del.

»Ach ja?«

»Glück, das kann man nicht kaufen. Glücklichsein. Du bist immer noch dasselbe verbitterte, jämmerliche Stück Scheiße, das nicht darüber hinwegkommt, dass sich seine Frau einen reichen jungen Typen geangelt hat, der ihr alles kaufen kann, was du ihr nicht kaufen konntest. Ja, du lebst hier in deinem Schloss, Moss, aber glücklich bist du nicht. Deswegen trägst du diese seltsamen Klamotten. Wie heißt dieser Song noch mal? *Tears of a Clown?* Du bist nur ein Clown, Moss.«

Tracy hätte es nicht besser sagen können. Sie folgte Del zur Tür.

»Detective Crosswhite?«, rief Moss ihr hinterher. Sie drehte sich um. »Eine Sache noch. Wie kommt eine vom Dienst suspendierte Polizistin dazu, mir einen offiziellen Besuch abzustatten?« Er sah Del an. »Und wie kommst du dazu, ihr Beihilfe zu leisten?« Moss grinste. »Das wäre doch mal ein echtes Druckmittel, was? Ich wünsche einen schönen Abend allerseits.«

Kapitel 34

Im Wagen schäumte Del vor Wut, was Tracy ihm nicht verdenken konnte. Sie hätte nichts lieber getan, als Moss irgendetwas an den Kopf zu werfen, bis ihm das selbstzufriedene Grinsen verging, aber was?

»Woher zum Teufel weiß er, dass du suspendiert bist?«, wollte Del wissen.

»Keine Ahnung. Cerrabone hat es auch gewusst.«

»Cerrabone wohnt praktisch im Gerichtsgebäude, Tracy. Und das ist die reine Jauchegrube an Klatsch und Tratsch, in der sich Nachrichten mit rasender Geschwindigkeit verbreiten. Wie hat Moss es hier draußen am See mitbekommen?«

»Ich hoffe nur, du kriegst das jetzt nicht total ab, Del. Wenn sie dir irgendwelche Vorwürfe machen, schieb die Schuld ruhig auf mich. Sag, ich hätte dir das mit der Suspendierung verschwiegen. Zweimal können sie mich nicht suspendieren.«

»Ich bin kein kleiner Junge mehr, Tracy. Ich pass schon auf mich auf. Ich bin hier, weil ich damals, beim ersten Mal, nicht das Richtige getan habe, und ich werde dich ganz gewiss nicht den Wölfen zum Fraß vorwerfen, um meinen Hals zu retten. Wenn sie mich drankriegen wollen, bitte. Sollen sie doch. Ich mach den Job jetzt lange genug. Darum ging es mir eben auch gar nicht. Ich wollte sagen, dass es ein Leck gibt, irgendwer versorgt Moss mit Informationen. Wenn wir weitermachen, müssen wir vorsichtig sein mit dem, was wir sagen. Und zu wem.«

»Du gehst keinen Schritt weiter, Del. Du stellst dich jetzt erst einmal hinten an.«

»Hast du in all den Jahren mit Faz und mir nichts gelernt? Wir Italiener sind Weltmeister im Vordrängeln. Hinten anstellen kennen wir gar nicht.«

* * *

Tracy steuerte den Park-and-Ride-Parkplatz Overlake am östlichen Ufer des Lake Washington an, wo Del sein Auto abgestellt hatte. Sie wusste, welche Überwindung es ihren Freund gekostet hatte, praktisch als Bittsteller bei Moss aufzutauchen, und wie sehr sein Stolz darunter litt, nun mit leeren Händen nach Hause gehen zu müssen. Moss hatte Del damals schamlos ausgenutzt, sich seine Ernsthaftigkeit, seinen Eifer zunutze gemacht. Und als Del nicht lockerlassen mochte, hatte er ihm eine Falle gestellt. Tracy konnte sich lebhaft vorstellen, wie schrecklich das für einen jungen Detective gewesen war, der gerade seinen ersten Job in einer neuen Stadt angetreten hatte. Sowohl Del als auch Faz hätten sich als junge Leute beruflich auch anders orientieren können, hatten sie Tracy erzählt. Aber ihre Leidenschaft hatte nun einmal der Polizeiarbeit gegolten, sie hatten Detectives werden wollen, nichts anderes. Beide wurden von einem starken Gerechtigkeitsgefühl geleitet, von einem Gefühl dafür, was richtig und was falsch war, und von der Sehnsucht danach, Gutes zu tun. Sie wusste auch, dass Del sich im Laufe der Jahre bestimmt unzählige Racheakte gegen Moss ausgemalt hatte, von denen er keinen je verwirklichen konnte.

Das Treffen an diesem Nachmittag war wahrscheinlich seine letzte und gleichzeitig auch beste Chance gewesen. Das war ihm sicherlich bewusst.

»Ich hab es echt verbockt, was? Als ich es nicht damals gleich gemeldet habe?« Del wandte den Kopf, um Tracy anzusehen. Ja, dachte Tracy, er hatte Mist gebaut, aber wer war schon perfekt? Del litt unter seinem Fehler, es machte ihm etwas aus, und das zeigte doch deutlich, dass er trotz allem zu den Guten gehörte.

»Was passiert ist, lag nicht in deiner Verantwortung, Del. Gib dir nicht die Schuld an dem, was diese Leute getan haben. Du hattest doch noch weniger handfeste Beweise als wir jetzt. Du hättest rausfliegen oder in einem Grab landen können.«

»Vielleicht. Aber vielleicht würde David Slocum noch leben, wenn ich damals jemanden in einer leitenden Position darüber informiert hätte, was ich über die Razzia erfahren hatte, und dass sie von Moss nicht gemeldet worden war. Wahrscheinlich wäre auch Childress dann nicht in der Situation, in der sie jetzt ist. Und wir hätten womöglich ein Druckmittel.«

»Und wenn meine Oma Räder hätte, wäre sie ein Omnibus, Del!«, konterte Tracy.

Del gestattete sich ein schwaches Grinsen. Das mit der Oma und den Rädern hatte er selbst im Laufe der Jahre unzählige Male zu Tracy gesagt.

»Faz hat mir mal geraten, die Dinge, die ich nicht ändern kann, zu akzeptieren«, sagte Tracy.

»Typisch Faz, klaut den guten alten Spruch über Gelassenheit und gibt ihn als seinen eigenen aus. Der Typ ist echt einmalig.« Del warf einen Blick auf seine Armbanduhr. »Ich muss dann mal los. Celia wartet bestimmt schon auf mich und du hast zu Hause eine Tochter zu knuddeln.«

»Es tut mir leid, Del.«

»Was tut dir leid?«

»Du hast so eine schwere Last mit dir herumgeschleppt, ich hätte sie dir gern von der Schulter genommen.«

»Komm mir jetzt bloß nicht so, ja? Ich bin ein großer Junge, habe breite Schultern und bin für die Last verantwortlich, die ich mit mir herumschleppe. Bloß wenn ich glauben müsste, ich hätte jetzt auch noch dich im Stich gelassen … das könnte ich nicht ertragen. Wir sehen uns dann bei … nein, eher wohl nicht, oder?«

»Bei der Arbeit? Nein, noch eine Weile nicht.«

»Wenn sich irgendetwas ergibt, lässt du es Faz und mich wissen, ja?«

»Auf jeden Fall.«

Tracy fuhr nach Hause, wo sie tiefe Stille erwartete und kaum ein Licht brannte. Leise, um nur keinen Hundealarm auszulösen, deponierte sie ihre Schlüssel in der dafür vorgesehenen Glasschale und entdeckte Rex und Sherlock anschließend draußen vor dem Fenster im hinteren Garten. Wahrscheinlich hatte Dan sie ausgesperrt, damit sie Daniella nicht weckten, die wohl unruhig gewesen war und vielleicht immer noch nicht schlief.

Tracy ging nach draußen, begrüßte die Hunde und nahm sie leise mit nach oben zu ihren Hundebetten. »Körbchen!«, flüsterte sie, woraufhin die beiden pflichtschuldig in ihre Betten stiegen, sich ein paarmal im Kreis drehten und sich hinlegten. Dan war nicht im Schlafzimmer, also ging Tracy weiter in Daniellas Zimmer, wo ein Nachtlicht die gelbe Tapete und den bunten Fries beleuchtete, den Tracy und Dan oben unter der Decke angebracht hatten. Dort waren fröhlich stolzierende Karussellpferde zu sehen, auf deren Rücken lachende Kinder schaukelten. Dan hing mit geschlossenen Augen im Schaukelstuhl, die schlafende Daniella auf der Brust. Neben dem Stuhl lag ein aufgeklapptes Bilderbuch.

Als Tracy auf Zehenspitzen ins Zimmer schlich, schlug Dan die Augen auf und lächelte ihr müde zu. Sie nahm ihm Daniella ab und legte sie in ihr Bettchen. Die Kleine rührte sich, ohne jedoch aufzuwachen. Tracy deckte sie zu, Daniella drehte den Kopf zur Seite und schmatzte leise mit bebenden Lippen, als sauge sie.

Dan legte seiner Frau den Arm um die Schulter und so standen sie noch einen Moment lang da, bevor sie sich leise aus dem Zimmer zurückzogen. Die Tür blieb einen Spalt breit offen, damit sie ihr Kind des Nachts hören konnten, wobei Tracy zusätzlich noch ein Babyphon auf dem Nachttisch stehen hatte.

»War sie sehr unruhig?«, wollte Tracy wissen.

Dan schüttelte den Kopf. »Nicht zu schlimm.«

»Es tut mir leid. Ich bin spät.«

»Wie ist es gelaufen?«

Sie verzog das Gesicht. »Nicht besonders gut. Moss hat gewusst, dass wir kommen.«

»Wie?«

»Ein Leck. Ich mache mir Sorgen um Del. Ich habe Angst, dass sie ihn auch noch suspendieren, weil er mit mir dorthin gefahren ist.«

»Selbst du und eine Horde Wildpferde hätten ihn nicht aufhalten können, Tracy.«

»Ich weiß. Moss fühlt sich nicht schuldig wegen dem, was passiert ist. Zumindest nicht genug, um ihn das Richtige tun zu lassen. Vielleicht spielt es aber auch keine Rolle.«

»Wie meinst du das?«

»Ich habe Cerrabone heute zum Lunch eingeladen und um seinen Rat gebeten, wie du vorgeschlagen hattest. Er glaubt nicht, dass wir bei einer der Drogensachen genügend haben, um einen Fall daraus zu machen.«

»Verjährungsfrist?«

Sie nickte und berichtete von ihrer Unterhaltung mit Cerrabone.

»Was ist mit dem Tod von Slocum?«

»Unter dem Strich haben wir nicht genügend Beweise, um damit weit zu kommen, und Moss weiß das natürlich.«

»Erzähl mir, was du hast.«

Tracy ging methodisch die Beweise durch, die ihr vorlagen – falls sie alle Zeugen zu einer Aussage bewegen konnte, was ein großes Falls war.

Dan seufzte. »Ich bin derselben Meinung wie Cerrabone. Mit dem, was du hast, wird es schwer werden, einen Staatsanwalt zur Anklageerhebung zu bewegen. Was dir fehlt, ist ein roter Faden.«

»Ein was?«

»Ein roter Faden. Das, was die Geschichte zusammenhält und es einfacher macht, sie zu verstehen.«

»Wie zum Beispiel?«

»Nimm den Zauberer von Oz. Was hält diese Geschichte zusammen? Dorothy versucht, nach Hause zu kommen. Sie glaubt, dass Tante Em stirbt, weil Professor Marvel ihr erzählt hatte, Em sei zusammengebrochen, als sie erfuhr, dass Dorothy davongelaufen war. Also wird Dorothy Berge versetzen und Meere überqueren, um wieder nach Hause zu kommen und Em zu retten. So etwas versteht jeder Geschworene und es hilft ihm, die Geschichte zu verstehen.«

»Aber Em stirbt gar nicht.«

»Es ist egal, ob sie stirbt oder nicht. Es geht um das, was Dorothy glaubt. Oder vor Gericht, was die Geschworenen glauben.«

Und auf einmal fiel bei Tracy der Groschen. Ja, genau das brauchte sie, einen roten Faden. Eine gute Geschichte, eine, die die Leute glaubten, von der sie annahmen, dass sie stimmte. Und sie wusste auch schon, wo sie die herbekam.

»Du hast diesen Blick«, meinte Dan. »Diesen Blick, den du laut Faz immer kriegst, wenn dir die zündende Idee gekommen ist.«

»Dan O'Leary, habe ich dir je gesagt, dass du brillant bist?«

»Nicht oft genug!«

»Dann zeige ich es dir vielleicht lieber.« Sie trat auf ihn zu und küsste ihn.

»Jetzt kommen wir der Sache schon näher«, sagte Dan. »Ich wünschte bloß, ich wüsste, was ich gesagt habe, um …«

»Dan?«, flüsterte sie.

»Hm?«

»Nicht mehr brillant sein, ja?«

Kapitel 35

Del meldete sich gleich am nächsten Morgen bei Tracy. Er war zu Captain Johnny Nolasco zitiert worden. Nolasco, die Ratte, hatte ihm nicht verraten wollen, woher, aber er hatte gewusst, dass Del zusammen mit Tracy raus an den Lake Sammamish gefahren war, um mit Moss zu reden. Er wusste außerdem, dass Chief Weber Tracy ausdrücklich befohlen hatte, diese Ermittlung nicht weiterzuverfolgen, dass Tracy sich geweigert und Chief Weber sie vom Dienst suspendiert hatte, bis eine Anhörung stattfinden würde.

»Er wollte wissen, was du so treibst«, sagte Del. »Ich hab ihm gesagt, das soll er dich selbst fragen. Als er nicht lockerließ, habe ich noch hinzugefügt, dass er mir mal im Mondschein begegnen kann. Daraufhin fand er, ich hätte die Wahl, ich könnte mich entweder mit ihm unterhalten oder mit einem Sergeant, im Zuge einer internen Ermittlung. Ich habe mich für den Sergeant entschieden.«

»Scheiße, Del! Ich habe doch gesagt, das sollst du nicht machen!«

»Zu spät! Also habe ich jetzt jede Menge freie Zeit.«

Tracy schüttelte den Kopf. In gewisser Weise waren Faz und Del wie Rex und Sherlock, zwei große Tölpel, treu bis auf die Knochen. »Kannst du dich mit mir bei der *Seattle Times* treffen?«

»Klar. Was steht auf dem Zettel?«

»Ich arbeite an einem roten Faden.«

»Wie soll ich das verstehen?«

»Ich werde dir die Chance geben zu tun, was du vor fünfundzwanzig Jahren tun wolltest.«

»Und das wäre?«

»Einer investigativen Journalistin erzählen, was passiert ist. Die ganze Geschichte hinaus in die Öffentlichkeit tragen und dabei gleichzeitig noch für uns beide einen gewissen Schutz organisieren.«

»Dafür dürfte es ein bisschen spät sein.«

»Komm einfach zur Zeitung, wir treffen uns da.«

Eine Stunde später betraten Tracy und Del den Konferenzraum der *Seattle Times,* wo sie bereits von Bill Jorgensen, Anita Childress und Melissa Childs erwartet wurden. Sie machten sich miteinander bekannt und nahmen um den Tisch herum Platz, wobei Jorgensen strahlte, als wüsste er von einem großen Geheimnis, von dem niemand sonst etwas ahnte.

»Danke, dass Sie gekommen sind«, sagte Tracy.

»Wir hatten noch gar keine Gelegenheit, Ihnen zu danken.« Anita sah ihre Mutter an. »Dafür, dass Sie das alles hier bewerkstelligt haben.«

»Die Presse vorm Haus Ihrer Großmutter tut mir sehr leid. Ich habe die Information nicht durchsickern lassen.«

»Mein Vater hat zugegeben, dass er es war«, sagte Anita. »Ich bin nicht glücklich mit dem, was er getan hat, auch nicht mit der Art, wie er es tat, aber ich kann ihn ein Stück weit verstehen. Man darf nicht vergessen, was er durchgemacht hat.«

»Wie geht es Ihnen?«, erkundigte sich Tracy bei Melissa, die auch jetzt sehr ruhig geblieben war.

»Ganz gut.« Melissa wirkte etwas besorgt. Das Lächeln, das sie Tracy zuwarf, hielt sich nicht lange und war schnell wieder verblasst. »Es kann ziemlich überwältigend sein, eines Tages urplötzlich zu erfahren, dass man ein ganz anderes Leben gehabt hat.« Sie griff nach der Hand ihrer Tochter. »Aber wir wühlen uns da langsam durch.«

»Es ist auf jeden Fall eine verdammt gute Geschichte!« Jorgensen beugte sich eifrig vor.

»Das kann man wohl sagen.« Tracy nickte. »Und es gehört noch eine Menge dazu, von dem Sie nichts ahnen. Eine weitaus größere Story. Ich möchte, dass Sie alle sie hören.«

»Größer als das hier?« Jorgensen strahlte. »Ich bin ganz Ohr.«

»Ursprünglich wollte ich sie Ihnen erzählen, aber es scheint mir besser, wenn Del das übernimmt. Er hat sie miterlebt. Er lebt mit ihr seit fünfundzwanzig Jahren.«

Anita kniff interessiert die Augen zusammen.

»Das, was Ihnen zugestoßen ist«, wandte sich Del an Melissa, »könnte in Teilen meine Schuld sein, fürchte ich.«

»Ihre Schuld?«, fragte Childs.

Del berichtete von den beiden ertrunkenen Seeleuten, von seinen Ermittlungen zu deren Tod und von der Razzia auf einem im Jachthafen Diamond Marina liegenden Boot, von der sein damaliger Partner Moss Gunderson durch den Hafenmeister erfahren hatte. Er erzählte, wie Moss ihm seine Kenntnis von dieser Razzia verschwiegen hatte, wie er, Del, trotzdem davon erfahren hatte und wie Moss ihm, als er ihn damit konfrontierte, mit einem gefälschten Polizeibericht gedroht hatte, sollte er diese Razzia melden. »Sie waren damals die einzige Journalistin, die in ihrer Berichterstattung über das hinausging, was in den Schlagzeilen stand, und ich hoffte, Sie würden mit ein bisschen Hilfe die einzelnen Puzzleteile ebenso zusammensetzen, wie ich es getan hatte.«

»Und habe ich das gemacht?«

Tracy übernahm und fasste für Childs zusammen, was ihrer Meinung nach in jener Februarnacht geschehen war: der Anruf bei ihr zu Hause, der von der Tankstelle in der Nähe des Jachthafens aus getätigt worden war, die Dose Bärenspray, die Larry Childress seiner Frau in die Umhängetasche gesteckt hatte, bevor sie das Haus verließ, um sich mit ihrem Informanten zu treffen, das Geld, das sie bei ihrer Bank aus dem Automaten gezogen hatte, und der Liter Coca-Cola, den sie in einem kleinen, rund um die Uhr geöffneten Supermarkt gekauft hatte, bevor sie ins Industriegebiet fuhr, um sich mit David Slocum zu treffen. Tracy ließ Childs die ganze Zeit über nicht aus den Augen, suchte nach Hinweisen darauf, dass ihr irgendetwas an der Geschichte bekannt vorkam. Childs wirkte interessiert, gleichzeitig aber auch nervös. Und dann lief ihr eine Träne die Wange hinunter. »Alles in Ordnung?«, erkundigte sich Tracy besorgt.

Childs holte tief Luft. Weitere Tränen rannen.

»Melissa?«

»Ich dachte, ich hätte ihn umgebracht«, flüsterte Childs.

Tracy blieb die Luft weg. »Sie erinnern sich?«

»Wie an das Kind in meinen Träumen.«

»Erzählen Sie mir, woran Sie sich erinnern.«

»Als ich aufwachte, lag ich auf dem Boden. Ich wusste nicht, wer ich war und wo ich war. Ich erinnerte mich an nichts und an niemanden. Da war ein schwarzes Auto. Die Beifahrertür stand offen. Ich weiß, dass ich hineingeschaut habe und einen in sich zusammengesunkenen Mann sah. Er war tot. Auf dem Boden vor dem Beifahrersitz lag eine Pistole. Und da war Blut, so viel Blut. Ich hatte Blut an den Händen. Sein Blut, dachte ich. Ich dachte, ich hätte ihn umgebracht. Da stand noch ein Auto. Ich hatte Autoschlüssel dabei, wusste aber nicht mehr, ob das meins war. Ich bin in Panik geraten. Ich bin in das Auto gestiegen und weggefahren. Aber ich wusste nicht, wohin. Schließlich landete ich in einer Parkgarage. Ich habe eine vage Erinnerung an eine Toilette und dass ich mir Blut von den Händen und vom Hinterkopf wusch. Meine nächste Erinnerung ist das Einkaufszentrum in Escondido.« Sie sah Tracy an. »Ich habe jeden Tag darauf gewartet, dass jemand kommt und mich holt. Mich verhaftet, weil ich diesen Mann umgebracht habe. Ich dachte, Sie wären dieser Jemand.«

»Warum waren Sie denn dann bereit, sich mit mir zu treffen?«

»Mir wurde gesagt, Sie wüssten vielleicht, wer ich bin, und ich war es so leid, das nicht zu wissen. Ich hatte es satt, Angst zu haben. Ich wollte erfahren, wer ich bin. Ich wollte das Mädchen in meinen Träumen kennen und ich wollte die Frau kennen, die in diesem Albtraum erwacht ist. Ich wollte wissen, ob ich ihn umgebracht habe. Es war an der Zeit, das herauszufinden.« Childs schloss die Augen und holte tief Luft. Als sie die Augen wieder aufschlug, fügte sie hinzu: »Es tut mir leid, dass ich Ihnen das nicht früher schon gesagt habe.«

Tracy arbeitete hart daran, ihre Gefühle in den Griff zu bekommen. Vielleicht fiel Childs ja noch mehr ein! Jetzt nur nicht zu optimistisch werden. »Erinnern Sie sich noch an irgendetwas anderes in Bezug auf jene Nacht?«, fragte sie leise. »Erinnern Sie sich daran, jemand anderen dort beim Wagen gesehen zu haben?«

»Nein, daran erinnerte ich mich nicht. Zunächst jedenfalls nicht. Aber später, da hatte ich diese Bilder. Wie ich schon sagte, es war ebenso wie mit den Bildern von Anita als kleinem Mädchen.«

»Bilder wovon?«

»Ich erinnere mich an einen Mann. Er trug eine Maske. Er zerrte daran, stöhnte vor Schmerzen. Ich habe vor Augen, wie er sie heruntergerissen hat.«

Wieder tat Tracys Herz einen Satz. »Erinnern Sie sich an sein Gesicht?«

»Er hatte kurze Haare. So viel weiß ich noch. Spitze Ohren.«

»Wie ein Dobermann?«, fragte Del.

»Wie ein Dobermann«, sagte Childs. »Ja.«

»Wie war er gebaut? Stämmig, muskulös?«

»Daran erinnere ich mich nicht.«

»Könnten Sie ihn bei einer Gegenüberstellung aus einer Gruppe herausfinden?« Das war die entscheidende Frage. Tracy stellte sie.

»Ich würde raten müssen«, sagte Childs.

Tracy spürte, wie ihre Hoffnungen in sich zusammensackten.

»Ich habe im Laufe der Jahre immer wieder versucht, mich an mehr zu erinnern, aber ich sehe sein Gesicht nicht in Einzelheiten«, erklärte Childs. »Und ich möchte nicht einfach raten und mich vielleicht irren.«

Anita Childress lehnte sich vor und wandte sich an Tracy: »Sie glauben, der Hafenmeister wurde umgebracht, weil er von der Razzia auf dem Boot wusste, auf der *Egregious,* und weil er kurz davor war, es meiner Mutter zu erzählen, die daraufhin möglicherweise in der Lage gewesen wäre, diese Sondereinheit zu entlarven. Aber Sie wissen nicht, wer den Hafenmeister umgebracht hat.«

Tracy sah Del an. »Ich glaube, wir beide wissen, wer ihn umgebracht hat.«

»Rick Tombs«, sagte Del.

Tracy erklärte Melissa Childs die gesamte Problematik ihrer Beweislage, führte aus, in wie vielen Aspekten ihre Argumentation nicht untermauert werden konnte und was alles vor Gericht nicht zugelassen würde. »Ich habe mit einem erfahrenen Staatsanwalt gesprochen. Er denkt, dass ich nicht genügend Material habe, um irgendjemanden vor Gericht zu bringen. Abgesehen davon glaube ich inzwischen, basierend auf dem, was Sie uns eben erzählt haben, dass die Person, die David Slocum ermordet hat, vor einigen Jahren in Arizona an Krebs verstarb.«

»Kann irgendjemand Aussagen zu dem machen, was dieser David Slocum wusste? Damit klar wird, dass er wahrscheinlich deswegen ermordet wurde?«, erkundigte sich Anita.

»Ich kann das«, meldete sich Del. »Ich habe mit ihm gesprochen.«

»Was ist mit dem Kapitän, der in British Columbia im Gefängnis sitzt?«, fragte Jorgensen. »Und mit dem Hausbootbesitzer, der damals die beiden Leichen entdeckte?«

»Der Hausbootbesitzer starb ein paar Jahre nach der Razzia an Aids. Jack Flint, der Kapitän, ist ein Drogenschmuggler, der schon mehrfach verhaftet worden ist und eine Absprache mit den Strafverfolgungsbehörden getroffen hat. Selbst wenn ich ihn zu einer Aussage bewegen könnte, wobei er schon versichert hat, auf keinen Fall aussagen zu wollen, wird man ihn nicht für glaubwürdig halten. Man wird ihm unterstellen, er sei nur darauf aus, einen noch günstigeren Deal herauszuschlagen. Und was Del betrifft …« Tracy sah hinüber zu ihrem ehemaligen Teamkollegen. »Bei Del werden sie hinterfragen, warum er sich nicht schon früher gemeldet hat. Sie werden auch ihm die Glaubwürdigkeit absprechen. Und selbst wenn sie ihm glaubten, wäre mit seiner Aussage noch nicht bewiesen, wer David Slocum umgebracht hat. Falls er nicht doch Selbstmord beging.«

»Mit anderen Worten: Vor Gericht hält das alles nicht stand«, folgerte Jorgensen.

»Genau«, sagte Tracy. »So hat es mir der Staatsanwalt erklärt.«

»Aber vor dem Gericht der öffentlichen Meinung wird es standhalten!«, verkündete Jorgensen, der wieder einmal nur mit Mühe sein zufriedenes Grinsen unterdrückte.

»Ein roter Faden«, sagte Tracy zu Del. »Du erzählst eine Geschichte, fair und genau, und überlässt es jedem, der sie liest oder hört, selbst zu entscheiden.« Sie wandte sich an Melissa. »Da ist noch eine Sache. Für Sie bedeutet es einen gewissen Schutz, wenn wir die Geschichte in die Medien bringen. Das ist nicht unwichtig, falls draußen immer noch jemand herumläuft und Ihnen Schaden zufügen will, weil Sie eventuell etwas wissen könnten. Wir berichten nicht nur, was passiert ist, wir erzählen auch von Ihrer Amnesie.«

»Wenn ich es nicht besser wüsste, Detective, würde ich Ihnen unterstellen, dass Sie unsere Zeitung für Ihre Zwecke missbrauchen«, sagte Jorgensen.

»Sie sagen doch selbst, es ist eine verdammt heiße Story.«

»Sind sie denn glaubwürdig, Ihre Zeugen?«, wollte Jorgensen wissen. »Haben Sie selbst mit ihnen gesprochen und fanden sie glaubwürdig?«

»Da können Sie Ihren Arsch drauf verwetten, dass die glaubwürdig sind«, sagte Del.

»Und Sie werden reden?« Jorgensen sah ihn an. »Sie werden erzählen, was passiert ist?«

»Ich werde alles erzählen.«

Jorgensen kniff sich mit zwei Fingern in die Unterlippe. Man konnte fast sehen, wie sich die Räder in seinem Kopf drehten, konnte die Schlagzeilen ahnen, die bald seine Zeitung zieren würden. Nach mehreren Sekunden wandte er sich an Melissa Childs. »Und du, Lisa? Was möchtest du?«

»Was ich möchte?«

»Es ist eine verdammt heiße Story«, wiederholte Jorgensen. »Aber es ist deine Story und wird eine Menge Aufmerksamkeit auf dich und deine Familie lenken.«

»Ich weiß nicht, was ich tun soll«, gestand Childs.

»Können wir kurz allein miteinander reden? Meine Mutter und ich?«, bat Anita.

»Natürlich!« Tracy stand auf und verließ zusammen mit Del und Jorgensen den Konferenzraum, um sich in der Teeküche der Redaktion einen Kaffee zu holen.

»Darf ich Ihnen eine Frage stellen?«, wandte sich Jorgensen an Del. »Sie haben fünfundzwanzig Jahre lang nicht geredet. Warum jetzt? Warum nicht früher schon?«.

»Mein ehemaliger Partner besitzt einen gefälschten Polizeibericht, in dem steht, dass ich von der Razzia wusste, jedoch in meinem Bericht die Information unterschlagen habe.«

»Dann könnte es aber problematisch für Sie werden, wenn wir jetzt an die Öffentlichkeit gehen. Sie könnten doch sogar jetzt noch gefeuert werden, oder nicht? Weil Sie sich nicht früher schon geäußert haben?«

»Ich könnte gefeuert werden, aber wenigstens müsste ich dann nicht mehr ständig etwas bereuen. Ich habe bereits Jahre mit diesem Gefühl gelebt. Wenn sie mich jetzt feuern, bringt mich das nicht um.«

»Ich sehe hier nicht einen einzelnen Artikel, sondern eine ganze Artikelserie«, fuhr Jorgensen fort, »mit vielen Einschüben. Wahrscheinlich setze ich mein gesamtes investigatives Team daran.«

»Haben Sie wirklich vor, die Entscheidung Melissa Childs zu überlassen?«, wollte Tracy wissen.

»Ich bin Reporter, Detective, ich bin hinter Nachrichten her. Das heißt aber noch lange nicht, dass ich der Zinnmann bin. Ich habe ein Herz. Außerdem habe ich eine Tochter und hatte einmal eine Mutter. Ich weiß, was Lisa und Anita durchgemacht haben, und möchte das nicht noch verschlimmern.«

Bei Jorgensens Anspielung auf den Zauberer von Oz musste Tracy lächeln. Da öffnete sich auch schon weiter hinten im Flur die Tür des Konferenzraums und Anita Childress gesellte sich zu ihnen. »Wir haben eine Entscheidung getroffen«, verkündete sie.

Im Konferenzraum saß Melissa Childs mit gesenktem Kopf da, den Blick unverwandt auf die Tischplatte gerichtet. Tracy konnte den Ausdruck auf ihrem starren Gesicht nicht deuten. Anita griff nach der Hand ihrer Mutter. »Meine Mutter war eine der besten investigativen Journalistinnen im pazifischen Nordwesten«, sagte sie. »Ich selbst bin Journalistin geworden, um eine Verbindung zu ihr zu haben, zu einer Frau, von der ich nur gehört hatte, die ich aber nicht kannte. Die Jahre, die uns genommen wurden, bekommen wir nie zurück. Aber wir können es schaffen, mit reinem Gewissen nach vorn zu schauen. Meine Mutter hat mit der Arbeit an dieser Geschichte angefangen.« Anita machte eine Pause, in der sie alle Anwesenden der Reihe nach fest ansah. »Es wird höchste Zeit, dass ich sie zu Ende bringe.«

Kapitel 36

In der nächsten Woche verbrachten Tracy und Del viel Zeit mit den Anwälten, die die Gewerkschaft ihnen zugeteilt hatte. Die Gewerkschaft war verpflichtet, sie zu verteidigen, hatte aber gleichzeitig auch eine Verpflichtung all ihren anderen Mitgliedern gegenüber und stand in harten Auseinandersetzungen mit dem Stadtrat, um zu verhindern, dass dieser der Polizei drastisch die Gelder kürzte. Chief Weber hatte für starke Argumente auf ihrer Seite gesorgt, was die Argumentation vor dem Stadtrat betraf. Die Geschichte, die demnächst auf der Titelseite der *Seattle Times* explodieren würde, konnte Webers Bemühungen unterminieren, wenn sie es nicht schaffte, das Ganze zu ihren Gunsten zu interpretieren. Das war Tracy durchaus bewusst.

Wenn sie sich nicht mit ihren Anwälten trafen, dann saßen Tracy und Del mit Anita Childress und den Investigativjournalisten der *Seattle Times* beisammen. Tracy rief Tyner Gillies von der Royal Canadian Mounted Police in British Columbia an und Gillies erklärte sich bereit, für Tracy ein weiteres Treffen mit Jack Flint zu arrangieren. Aber Flint, den nur wenige Monate von der Freiheit trennten, verweigerte weiterhin jede offizielle Stellungnahme.

* * *

Tracy fuhr mit Anita zu einem Treffen mit Denis Hopper auf dessen Hausboot. Hopper stand oben auf seinem Deck und begrüßte sie auf die gewohnt launige Art.

»Detective? Haben Sie Ihre Meinung in Bezug auf einen gewissen älteren Herrn geändert?«

»Tut mir leid, Sie enttäuschen zu müssen!«, rief Tracy zurück. »Ich bin immer noch glücklich verheiratet.«

»Schade.« Er warf einen Blick auf Anita. »Sie frag ich erst gar nicht. Sie könnte meine Tochter sein, und das ist zu jung, selbst für meine Begriffe. Kommen Sie rauf, die Tür ist offen.«

»Was war das denn?«, erkundigte sich Anita auf dem Weg durch das Hausboot nach oben auf das Deck.

»Nichts. Aber falls er Sie fragt, sind Sie glücklich verheiratet und haben fünf oder sechs Kinder.«

Hopper erzählte Anita, wie David Slocum als Hafenmeister gearbeitet und sein Einkommen durch den Anbau von Marihuana auf seinem Hausboot aufgebessert hatte, und dass er sich die Liegegebühren bar hatte auszahlen lassen, wenn die *Egregious* im Jachthafen anlegte. »Deswegen hat er niemandem im Hafen von der Razzia auf dem Boot erzählt. Zwei Tage danach sind die beiden Leichen an Land getrieben. Er hatte die Bücher frisiert. Und ich glaube, er hatte Angst, im Gefängnis zu landen, wenn sie seine Pflanzen entdecken.«

»Hat er überhaupt irgendjemandem hier von der Razzia erzählt?«, wollte Anita wissen.

»Mir hat er darüber berichtet.«

»Hat er Ihnen auch erzählt, dass einer der Detectives noch einmal zu ihm gekommen ist, um sich mit ihm zu unterhalten? Großer, italienischer Typ?«, fragte Tracy.

»Kann sein, dass er das erwähnt hat, aber ich kann mich nicht mehr daran erinnern.«

»Hat er Ihnen erzählt, dass jemand von einer Zeitung bei ihm war? Eine Frau?«

»Das kann ich nicht mehr mit Sicherheit sagen.«

»Gibt es vielleicht noch etwas, was Sie für wichtig halten?«

Hopper dachte einen Moment lang nach. »Hatte ich Ihnen erzählt, dass er ein wenig paranoid wurde?«

»Wie meinen Sie das?«, fragte Tracy.

»Er hat gefragt, ob er seine Plantage auf mein Boot verlegen kann, bis sich die Lage ein wenig beruhigt hat. Wir haben die Pflanzen dann mitten in der Nacht umgesiedelt. Und er hat sein Telefon nicht mehr benutzt. Hatte Angst, es könnte verwanzt sein oder so.«

»Was hat er denn dann gemacht, wenn er jemanden anrufen wollte?«, fragte Anita.

»Er ist die Straße ein Stück weiter hoch zur Shell-Tankstelle gegangen. Damals gab es dort einen Münzfernsprecher – wissen Sie noch, was das ist? So ein Telefon an der Wand in einer Kabine, bei der man die Tür hinter sich zumachen konnte? Nee, dafür sind Sie wohl zu jung.« Er zwinkerte Tracy vergnügt zu.

Viele neue Informationen hatten sie nicht erhalten, aber Hoppers Aussage, Slocum habe zum Telefonieren den Münzfernsprecher bei der Shell-Tankstelle benutzt, war sicherlich wichtig. Ein weiterer Hinweis darauf, dass der Anruf, den Lisa Childress am Abend vor ihrem Verschwinden erhalten hatte, von Slocum gekommen war.

Nachdem sie Hoppers Boot verlassen hatten, fuhr Tracy mit Anita zur University of Washington zu einem Gespräch mit Dr. Kavya Laghari. Melissa Childs hatte sich bereit erklärt, sich von Laghari untersuchen und eine Reihe von Tests mit sich machen zu lassen. Tracy hatte selbst ein wenig im Internet recherchiert, gerade genug, um ihr Herz gefährlich höherschlagen zu lassen. Sie hatte wissen wollen, was man aus Childs' Erinnerungen an die fragliche Nacht machen könnte. Anscheinend war man sich da in der Fachliteratur ganz und gar nicht einig, was manche Ratten dazu bringen könnte, diese Erinnerungen zu fürchten, das sinkende Schiff zu verlassen und sich auf der Suche nach einem Deal bei den Behörden zu melden. Falls Anita es schaffte, ihren Artikel genau richtig abzufassen.

»Ein äußerst faszinierender Fall«, erklärte Laghari mit ihrem leicht indischen Akzent. »Nach den Informationen, die ich von Detective Crosswhite erhielt, hatte ich die Amnesie ihrer Mutter als retrograd eingeschätzt. Inzwischen habe ich ausführlich die Krankenakte studiert, mich länger mit Ihrer Mutter unterhalten und eigene Tests mit ihr durchgeführt. Ich bin nun eher geneigt, die Amnesie Ihrer Mutter als eine dissoziative oder psychogene anzusehen.«

»Und das wäre?«, fragte Childress.

»Eine dissoziative Amnesie ist eine seltene Form der retrograden Amnesie und wird durch einen emotionalen Schock ausgelöst, nicht wie die anderen Typen retrograder Amnesie durch körperliche Hirnschäden.« Laghari ging an ihren Schreibtisch, wo sie den Bildschirm ihres Computers so drehte, dass Tracy und Anita ihn sehen konnten. »Das MRT, das ich vom Gehirn Ihrer Mutter gemacht habe, zeigt keine Hinweise auf eine erlittene Verletzung.«

»Könnte man die denn nach fünfundzwanzig Jahren noch sehen?«

»Ein MRT zeigt Hirnatrophie noch lange nach der Verletzung, zeigt verletzte oder tote Hirnmasse, die nach einer traumatischen Hirnverletzung wieder absorbiert wurde. Hätte Ihre Mutter zum Beispiel einen Schlaganfall gehabt, dann würden wir dort, wo das Gehirn betroffen war, einen weißen Bereich erkennen, und zwar noch über viele Jahre hinweg. Trotzdem ist es natürlich möglich, dass Ihre Mutter eine Kopfverletzung erlitt, die später gut verheilte, denn sie hatte ja im Einkaufszentrum und später im Krankenhaus eine Kopfverletzung gehabt. Wir haben keine Bilder ihres Hirns aus jener Zeit, also kann ich nicht mit Sicherheit sagen, wie schwer die Verletzung war. Dissoziative Amnesie ist eine psychologische Reaktion auf ein Trauma und kann zum Beispiel Folge eines Gewaltverbrechens sein. Was Ihre Mutter mir erzählt hat, ihre Träume von einem Toten mit Kopfschuss und ihre Angst, sie könnte ihn getötet haben, würden in dieses Bild passen.«

»Sind die Symptome dieselben wie die nach einer traumatischen Hirnverletzung?«, fragte Tracy.

»Sehr ähnlich. Man kann sich nicht an Dinge erinnern, die vor dem traumatischen Ereignis liegen, man erinnert sich nicht an autobiografische Informationen – das wird oft als dissoziative Bewusstseinseinengung bezeichnet. Dissoziative Störungen entwickeln sich allgemein als Reaktion auf ein Trauma und helfen, schwierige Erinnerungen in Schach zu halten. In seltenen Fällen kann die betroffene Person die meisten oder alle persönlichen Informationen vergessen, darunter auch ihren Namen, ihre persönliche Geschichte, Freunde und Familie. Diese Person könnte vielleicht sogar an einen anderen Ort reisen und eine komplett neue Identität annehmen, wie es hier der Fall war. In allen Fällen von dissoziativer Amnesie hatte die Person einen viel größeren Gedächtnisverlust als bei normalem Vergessen.«

»Aber meine Mutter hat eine Erinnerung an das traumatische Ereignis. Sie hat uns davon erzählt.«

»Sie hat nur vage Bilder, die sie nicht in einen Kontext bringen kann. Das muss für sie sehr verängstigend gewesen sein.«

»Wird sie die verlorene Erinnerung je wiedergewinnen?«, fragte Childress.

»Bei den meisten Menschen mit dissoziativer Amnesie kehrt die Erinnerung irgendwann zurück, gewöhnlich langsam, manchmal auch ganz plötzlich. In einigen Fällen jedoch ist die betroffene Person nie in der Lage, ihre Erinnerungen in Gänze wiederzuerlangen. Nach so vielen Jahren würde ich sagen, es ist unwahrscheinlich. Es tut mir sehr leid.«

»Könnte eine Behandlung helfen?«

Laghari wirkte mitleidig. »An diesem Punkt würde ich das verneinen. Allerdings lernen viele Menschen neue Arten, mit dem Verlust umzugehen, und führen ein gesundes, produktives Leben. Das scheint bei Ihrer Mutter der Fall zu sein.«

»Kann ich irgendetwas tun?«, fragte Childress.

»Ihre Mutter erinnerte sich an Sie. Sie wusste nicht, wer Sie waren oder in welcher Beziehung Sie zu ihrem Leben standen, aber sie spürte eine Verbindung zu Ihnen. Das ist etwas, auf dem Sie aufbauen können. Wenn Sie Fotos von Ihnen beiden haben oder auch aus dem Leben Ihrer Mutter, bevor sie Sie bekam, dann stellen Sie daraus ein Fotoalbum zusammen und geben es ihr. Nicht jetzt gleich. Momentan hat sie genug zu verarbeiten. Warten Sie, bis Ihrer Meinung nach der richtige Zeitpunkt gekommen ist. Gehen Sie es langsam an, überfordern Sie sie nicht.«

Childress wirkte angeschlagen, als Tracy und sie das Büro der Wissenschaftlerin verließen.

»Alles in Ordnung?«, erkundigte sich Tracy.

»Ich warte auf irgendjemanden, der sagt, er oder sie hätte eine magische Pille, die meine Mutter nehmen kann, und dann erinnert sie sich an alles. Und immer, wenn ich höre, das wird nie der Fall sein, ist die Enttäuschung wie ein Schlag auf den Kopf. Betäubend.«

»Ich werde jetzt nicht behaupten zu wissen, was Sie durchmachen und empfinden«, sagte Tracy. »Aber ich habe im Alter von zweiundzwanzig Jahren meine Schwester verloren. Dann hat mein Vater Selbstmord begangen und meine Mutter starb, bevor meine Tochter auf die Welt kam.«

»Das tut mir leid«, sagte Childress.

»Meine Tochter wird sie alle nie kennenlernen. Ich beneide Sie nicht um die Lage, in der Sie sich befinden. Aber ich wünschte, ich hätte noch einmal fünfundzwanzig Jahre Zeit mit meiner Familie und könnte für meine Tochter Erinnerungen schaffen.«

Kapitel 37

An einem grauen Samstagmorgen zwei Wochen nach dem Treffen in der Redaktion von Bill Jorgensen, Regen lag in der Luft, ging mit einer Reihe von Artikeln in der *Seattle Times* die erste Bombe hoch und die Schlagzeile auf der Titelseite hielt sich mit nichts zurück: *»Verbrecherische ›Sondereinheit Drogen‹ terrorisierte unsere Stadt.«*

Die Story, die die erste in einer fünfteiligen Serie sein sollte, was von Anfang an klargestellt wurde, beinhaltete auch einen eingeschobenen Artikel, in dem es um das Verschwinden und plötzliche Wiederauftauchen von Lisa Childress ging. Beide Artikel nahmen fast die gesamte Titelseite in Anspruch und wurden auf verschiedenen Seiten im Zeitungsinnern fortgesetzt. Dort schloss sich auch der nächste eigenständige Text an, den Anita Childress unbedingt am ersten Tag veröffentlicht haben wollte. Darin ging es um die Unterhaltung, die Anita mit Dr. Laghari zum Thema Amnesie geführt hatte, einmal im Allgemeinen und dann speziell auf den Fall ihrer Mutter bezogen. Anita hatte sich auf die Fakten beschränkt, ohne dabei die Nebenaussage aus den Augen zu verlieren, die ihr als gute Reporterin ebenso wichtig war: Sie deutete an, dass ihre Mutter sich vielleicht an einige Einzelheiten des Angriffs auf sie damals im Industriegebiet erinnern könnte. Was sie ausließ, war Dr. Lagharis Aussage, dass diese Möglichkeit nicht nur wenig wahrscheinlich, sondern sogar in höchstem Maße unwahrscheinlich war.

Tracy und Del wurden beide gleich auf der Titelseite zitiert. Del äußerte sich zu den Ereignissen 1995, Tracy zu ihrer Suche nach der verschwundenen Journalistin. »Was wir hier erleben, kommt bei einer Million Fällen vielleicht ein einziges Mal vor«, wurde Tracy zitiert. »Man beginnt seine Suche in der festen Überzeugung, dass man die verschwundene Person niemals finden wird, und wenn, dann ganz sicher nicht lebend. Dann spürt man die Person überraschenderweise doch auf, sie ist noch am Leben und man freut sich auf eine fröhliche Wiedervereinigung der Familie. Nur kann sich die Verschwundene gar nicht mehr an ihre Familie erinnern und weiß auch nicht, wer sie selbst ist. Sie hat nichts weiter als ein paar Erinnerungsfetzen. Für die Familie ist das ungeheuer grausam. Ich hoffe sehr, dass Ms Childress ihre Erinnerungen im Ganzen wiedergewinnen kann. Was ihr zugestoßen ist, hat sie, ihre Eltern und ihre Tochter mehr als vierundzwanzig Jahre ihres Lebens gekostet. Ich hoffe, ihnen allen kann in irgendeiner Form Gerechtigkeit zuteilwerden.«

Der Artikel ging auf die Verjährungsfrist bei Drogendelikten und verwandten Straftaten ein und schilderte, wie die Leute, die die Razzia auf der *Egregious* durchgeführt hatten, mit Diebesgut im Wert von fünfzehn Millionen Dollar, und womöglich noch mehr, davongekommen waren. In Bezug auf den Tod von David Slocum und den beiden mexikanischen Seeleuten, auch das stand in dem Artikel, gab es keine Verjährungsfrist.

Wie erwartet, löste der Bericht in Seattle und am ganzen Puget Sound einen enormen Aufschrei aus, der mit der Fortsetzung der Serie noch lauter werden würde. Die *Seattle Times* hatte auf Grundlage des Informationsfreiheitsgesetzes Antrag auf Nennung der Namen sämtlicher Mitglieder der

Sondereinheit gestellt, die sich The Last Line genannt hatte, wobei sich die Anwälte der Zeitung bereits vor Gericht befanden und um die Herausgabe dieser Informationen stritten. Die Zeitung argumentierte, es bestünde nicht länger die Gefahr, dass die Mitglieder der Sondereinheit wegen ihrer Arbeit bestochen oder bedroht werden könnten, weswegen sie ursprünglich hatten anonym bleiben wollen, und versprach die Veröffentlichung der Namen, sollte ihrem Antrag vor Gericht stattgegeben werden. Die Anwälte der Betroffenen hielten dagegen, die Drogenkartelle könnten die Beamten, die in der Sondereinheit Dienst getan hatten, durchaus auch jetzt noch angreifen, insbesondere, wenn diese Beamten die Kartelle wirklich bestohlen hatten, was zwar nicht ausdrücklich gesagt, aber doch angedeutet wurde. Noch hatte die Zeitung keine glaubwürdigen Quellen aufgetan, um nachzuweisen, dass Drogengelder über die Einheit bis in hohe Ebenen der Polizei oder Regierung der Stadt geflossen waren, aber auch hier wurden Andeutungen gemacht, die niemand missverstehen konnte.

Während Del im Artikel mit vollem Namen genannt wurde und darin ausgeführt wurde, wie er schließlich doch noch von der Razzia erfahren hatte, die sein damaliger Partner ihm verschweigen wollte, wurde Moss Gunderson nicht namentlich erwähnt. Del, so wurde völlig korrekt berichtet, habe an keiner Stelle Geld erhalten und sich sofort gemeldet, als die Nachricht aufkam, Lisa Childress sei am Leben und könne sich in Teilen an das Geschehene erinnern. Del wurde mit der Aussage zitiert, er sei erleichtert, nach fünfundzwanzig Jahren die Bürde ablegen zu können, die ihn so schwer belastet hatte.

»Ich hätte gleich damals etwas sagen sollen«, ging das Zitat weiter. »Es war falsch, das nicht zu tun. Ich will mein Schweigen nicht mit meiner Jugend oder meinem Mangel an Erfahrung rechtfertigen, aber ich habe damals zu meinem Partner und anderen in der Abteilung aufgeschaut. Ich habe ihnen vertraut.

Sie haben dieses Vertrauen missbraucht und auch das Vertrauen der Öffentlichkeit, die zu schützen sie sich mit einem Eid verpflichtet hatten. Auch ich habe dieses Vertrauen missbraucht und bin bereit, jede Strafe zu akzeptieren, die mich jetzt treffen könnte.«

Die Story berichtete von Dels Suspendierung und nannte als Grund die Tatsache, dass er Informationen nachgegangen war, die sich auf die Ereignisse damals bezogen. Es wurde noch einmal betont, er habe für diesen Artikel offen und ehrlich Rede und Antwort gestanden, auch wenn das negative Auswirkungen auf seine Karriere haben konnte. »Manchmal trifft ein Urteil des Gerichtshofs der öffentlichen Meinung härter als das Urteil eines Gerichts«, wurde er zitiert. »In diesem Fall dürfte das zutreffen. Wenn die Menschen einem nicht mehr vertrauen können, wenn sie einen nicht mehr als ehrbar ansehen, was bleibt einem da noch? Nicht viel. Unter solchen Umständen ist es manchmal schwieriger, mit sich selbst zu leben, als öffentlich zu dem zu stehen, was man getan hat.«

Während die Schlacht tobte, versprach der Bürgermeister eine interne Untersuchung der Ereignisse, die Abteilung für Bürgerrechte des Justizministeriums eine externe. Tracy wartete darauf, dass sich eines der Mitglieder von der Last Linc zum Seitenwechsel entschloss, was jedoch wahrscheinlich erst dann passieren würde, wenn die *Seattle Times* Namen genannt und sich alle mit Anwälten versorgt hatten. Bisher hatte die Zeitung nur den Namen von Rick Tombs, Sergeant der Sondereinheit, veröffentlicht und angegeben, er sei verstorben.

Um auf Nummer sicher zu gehen, hatte Tracy Faz gebeten, einen Streifenwagen mit einem Mann Besatzung vor dem Haus von Beverly Siegler zu postieren.

Faz hatte auf diese Bitte mit einem herzhaften Lachen reagiert. »Machst du Witze? Hast du in letzter Zeit mal Nachrichten gesehen? Auf der Straße vor dem Haus kampieren an die hundert Reporter und ein Polizeihubschrauber sorgt dafür, dass der Luftraum frei bleibt.«

Am Abend des Tages, an dem die Geschichte publik geworden war, trafen sich Tracy und Dan, Del und Celia, Faz und Vera, Anita Childress, Beverly Siegler, Melissa Childs und Bill Jorgensen im Hinterzimmer von Fazzios. Weniger, um zu feiern, sondern eher, um sich mal ein wenig zu entspannen.

Als sich alle gesetzt hatten und der Kellner ihnen italienischen Merlot eingeschenkt hatte, hob Tracy ihr Glas. »Ich trinke auf den Gerichtshof der öffentlichen Meinung.«

Antonio hatte ein Festessen vorbereitet. Platten mit Antipasti und Calamari, Carbonara, Fettuccine Alfredo, Ravioli, Scampi, Seehecht, Kalbsschnitzel und Hühnchen Saltimbocca zierten den Tisch. Dan hatte diskret die gesamte Rechnung beglichen, gegen den heftigen Widerspruch von Antonio, der erst überzeugt werden musste.

Sie aßen wie eine Familie, reichten die Platten mit den köstlichen Gerichten herum und genossen die gemeinsame Zeit der Ruhe vor der Welt draußen, abgeschirmt durch die mit schweren Vorhängen verhängten Fenster. Jorgensen fasste zusammen, worum es in dem zweiten, für den Sonntag vorgesehenen Teil der Artikelserie gehen sollte. Unter anderem würden sie Anitas Interview mit Dennis Hopper bringen, das Dels Aussagen im ersten Artikel bestätigte und in dem Moss Gunderson als Dels damaliger Partner und damit die Person genannt wurde, mit der Slocum anfänglich gesprochen hatte. Außerdem sollte in dem Artikel darauf hingewiesen werden, dass Jack Flint, Kapitän der *Egregious,* jegliche Aussage verweigerte und sich dabei auf eine Geheimhaltungsabsprache berief, die er im Jahr 2002 unterzeichnet hatte. Jorgensen erklärte, die Anwälte der *Times* hätten sich mithilfe einer Eilverfügung in einer Voruntersuchung durchgesetzt und seien berechtigt, die Namen der Beamten zu erfahren, die in der Last Line genannten Sondereinheit Dienst getan hatten. Bisher wussten sie, dass die Einheit aus sieben Mann bestanden hatte, einschließlich Tombs, der als Sergeant sämtliche Mitglieder persönlich ausgewählt hatte. Von den sieben waren drei inzwischen verstorben, blieben also noch vier.

»Deren Anwälte wollen gegen die erstinstanzliche Entscheidung Widerspruch einlegen«, führte Jorgensen weiter aus. »Aber den wird das Berufungsgericht wahrscheinlich gar nicht erst zulassen, sagen unsere Anwälte, solange sie nicht nachweisen können, dass den Leuten aus der Sondereinheit in irgendeiner Art Gefahr droht. Unsere Anwälte meinen, wir können vielleicht schon nächste Woche mit den Namen rechnen.«

»Damit hätten wir dann schon heftig an ein paar Bäumchen gerüttelt«, ließ sich Faz zufrieden vernehmen und hob sein Glas. »Ich möchte einen Toast auf meinen Partner Del Castigliano aussprechen.«

»Tu das nicht, Faz!«, bat Del.

»Nein, Del, widersprich mir nicht! Du hast dich lange genug wegen dieser Sache gegeißelt. Du hast das Richtige getan und dann ist es wie bei der Beichte: Man erzählt dem Priester seine Sünden, der vergibt sie einem und von da an ist man frei von Schuld und hat ein reines Gewissen. Salute!«

Alle hoben die Gläser und stießen auf Del an, dem das ziemlich peinlich war.

Er hob die Hand und stand auf. »Faz kann einen jetzt also auch schon von Sünden freisprechen. Ich habe echt Glück mit meinem Partner!« Alle lachten. »Ich möchte etwas zu Ihnen sagen, Ms Childs, und auch zu Ihnen, Anita.« Er schwieg kurz, rang sichtlich um Fassung. Celia stand auf und legte ihm die Hand auf den Rücken. Es trieb Tracy die Tränen in die Augen, den großen Mann so verletzlich zu erleben. »Ich möchte nur sagen, dass es mir wirklich unendlich leidtut, nicht schon früher etwas gesagt zu haben. Es tut mir unendlich leid, Sie in diese Lage gebracht und so viel Kummer, so viele Schmerzen verursacht zu haben.«

Einen Moment lang schwiegen alle. Dann stand Anita auf. »Nicht Sie und das, was Sie getan oder nicht getan haben, sind schuld an dem, was geschehen ist. Schuld sind die, die es uns angetan haben. Es hat eine Menge Mut erfordert, jetzt das Richtige zu tun. Wir sind Ihnen sehr dankbar. Ihnen allen.«

Del ging zu ihr hinüber und umarmte sie. Nachdem sie sich getrennt hatten, stand Melissa auf. Sie sagte nicht gleich etwas, aber bestimmt nicht, um eine dramatische Wirkung zu erzielen.

»Jeder, der mich kennt …« Sie unterbrach sich mit leisem Lachen und nach kurzem Stutzen kapierten auch alle anderen den nicht beabsichtigten Witz und lachten mit ihr, machten ihren angestauten Gefühlen ein wenig Luft. Als sie fertig waren und sich die Lachtränen aus den Augen wischten, versuchte es Melissa noch einmal. »Okay, ich wage einen zweiten Anlauf. Ich rede nicht gerne vor vielen Leuten, aber das, was ich sagen will, kann ich sagen, nachdem ich eine Weile mit meiner Mutter und meiner Tochter zusammen war. Die Frau, die damals verschwunden ist, scheint nicht oft mit einem von euch zusammen gewesen zu sein. Für sie stand scheinbar der Beruf an erster Stelle, vor der Familie. Manchmal brauchen wir eine Tragödie, heißt es, um zu erkennen, was wir eigentlich besitzen, wie gesegnet wir sind und was wir verlieren könnten. Manchmal müssen wir einen Verlust erleiden, um wertschätzen zu können, was wir finden durften. Wir drei mögen viele gemeinsame Jahre, viele denkbare gemeinsame Momente der Erinnerung verloren haben, aber wir wollen uns doch nicht vormachen, dies wären alles glückliche Erinnerungen geworden.« Sie schwieg kurz und Anita griff nach der Hand ihrer Mutter. »Ich bin nicht besonders religiös«, fuhr Melissa fort. »Soweit ich mich kenne, meine ich!« Wieder wurde herzlich gelacht. »Ich kann nicht sagen, dass Gott hier seine Hand im Spiel hatte. Aber ich kann sagen, dass ich es sehr zu schätzen weiß, meiner Mutter und meiner Tochter begegnet zu sein und sie kennengelernt zu haben. Wie viele von uns können das jetzt, in meinem Alter, in dieser Phase ihres Lebens von sich behaupten? Ich habe begriffen, dass es im Leben nicht um Erinnerungen geht. Es geht nicht um die Vergangenheit. Es geht darum, in der Gegenwart zu leben und in die Zukunft zu blicken. Auf das, was die Zukunft für jeden von uns bereithält.« Sie sah erst ihre Mutter, dann ihre Tochter an. »Wir können die verlorene Zeit nicht nachholen, aber wir können das Beste aus der Zeit machen, die uns noch bleibt.«

Als sich der Abend seinem Ende näherte, die Platten sauber waren und die Gläser leer, die Reste verpackt, um mitgenommen zu werden, verabschiedeten sich Tracy und Dan und folgten Anita, Melissa und Beverly nach Laurelhurst, um sich dann den Weg zurück zur Brücke 520 zu suchen und den Heimweg anzutreten. Die Lichter auf der neu erbauten Brücke und in den Häusern am Ufer des Lake Washington spiegelten sich im ruhigen, dunklen Wasser. Dan drehte das Radio leise.

»Ein Penny, wenn du mir verrätst, woran du gerade denkst«, sagte er.

»Du wirst im Alter auch immer geiziger!«

»Autsch.«

Tracy lächelte. »Das war ein schöner Abend, oder?«

»War es«, versicherte Dan. »Also? Was liegt dir auf der Seele?«

»Gar nichts!«

»Du lügst im Alter auch immer schlechter.«

Darüber musste Tracy lachen. Sie hielt den Blick unverwandt auf die Szene draußen vor dem Wagenfenster gerichtet. »Ich dachte gerade, wie unhaltbar es mir vorkommt, dass ich nicht in der Lage bin, die Verantwortlichen dranzukriegen.«

»Aber es sieht doch ganz so aus, als würdest du sie drankriegen. Ging es nicht den ganzen Abend genau darum?«

»Sie haben ihr Geld bekommen und sie werden nicht einen Tag im Gefängnis sitzen.«

»Da, wo Rick Tombs hingehen musste, ist es schlimmer als im Gefängnis.«

»Kann schon sein.« Überzeugt klang sie nicht.

»Lisa Childress hatte schon recht: Wir können nicht ständig in der Vergangenheit leben. Man muss sich auf die Zukunft konzentrieren.«

Tracy seufzte. »Nicht ganz einfach, wenn dein Job Vergangenheit ist.«

»Ich dachte, der ist dir inzwischen egal?« Dan grinste, er kannte seine Frau einfach zu gut. »Du wirst die Anhörung gewinnen.«

»Wahrscheinlich. Del hoffentlich auch.«

»Das dürfte nicht ganz so einfach sein. Ich finde auch, er sollte nicht bestraft werden, wenn die eigentlich Verantwortlichen straffrei ausgehen, aber das Leben ist nun mal nicht immer fair.«

»Das stimmt.«

»Wie geht es dir, wenn du dir vorstellst, wieder zur Arbeit zu gehen? Fürchtest du dich vor Nachwirkungen?«

Tracy dachte nach. »Bestimmt werde ich von den Chefs einiges zu hören bekommen, da mache ich mir keine Illusionen. Von den Kollegen wohl eher nicht. Alles, worum es ging, geschah vor langer Zeit und wir haben keine guten Polizisten verpfiffen. Wir haben schlechte Polizisten verpfiffen und schlechte Polizisten sorgen dafür, dass wir alle in der Öffentlichkeit schlecht dastehen. Sie beschmutzen unser Image. Die Sache offen anzugehen, war ein Schritt in die richtige Richtung. Einer, mit dem wir hoffentlich verhindern, dass so etwas wie damals je wieder passiert. Del und ich werden schnell genug herausfinden, was die Kollegen von uns halten. Eins steht fest: Keiner von uns beiden wird sich verstecken oder weglaufen.«

Schweigend fuhren sie bis zum Ende der Brücke. Tracy suchte in ihrer Handtasche nach ihrem Handy. »Ich habe schon ewig nicht mehr nachgesehen, ob ich eine SMS habe. Hattest du dein Handy im Auge? Hoffentlich hat Therese nicht versucht, uns zu erreichen.«

»Bestimmt ist alles in Ordnung. Bei mir hat sich niemand gemeldet.«

Tracy hatte einen Anruf verpasst, aber nicht von Therese, sondern von einer ihr unbekannten Nummer mit der Ortsvorwahl 206, Seattle. Der Anrufer hatte eine Sprachnachricht hinterlassen. Sie drückte auf Play und Lautsprecher.

»Detective Crosswhite.« Eine Männerstimme. »Sie stehen zu Ihrem Wort, ich bin beeindruckt. Aber Sie erwischen sie nicht alle, einer geht Ihnen durch die Lappen. Rufen Sie mich an, wenn Sie Gelegenheit dazu haben. Ach ja: Hier spricht Henderson Jones.«

»Worum ging es denn da?«, erkundigte sich Dan.

»Ich weiß es nicht.« Tracy warf einen Blick auf ihre Uhr. Es war erst halb neun, noch nicht zu spät für einen Anruf, und sie mochte nicht warten, wollte sofort feststellen, was Jones gemeint hatte. Sie drückte auf Rückruf.

Eine Männerstimme meldete sich, jünger als die auf dem Handy. »Hallo?«

»Ich würde gern mit Mr Jones sprechen.«

»Kann ich ihm sagen, worum es geht?«

»Hier spricht Detective Crosswhite. Er bat mich um Rückruf.«

»Das ist sein Telefon. Er ist gerade in der Küche. Ich bin sein Sohn Deiondre, wir haben uns kennengelernt, als Sie neulich bei meinem Vater waren. Sie haben Wort gehalten, Detective, mein Vater und ich sprachen gerade darüber. Er ist beeindruckt. Ich auch.«

»Er deutete an, er hätte weitere Informationen für mich.«

»Einen Moment bitte.« Deiondre rief nach seinem Vater und wenig später konnte Tracy Henderson Jones begrüßen.

»Sie haben Wort gehalten«, sagte er.

»Ich bin mir allerdings nicht sicher, wie weit uns das bringt.«

»Die Wände fangen langsam an zu wackeln, Detective. Irgendwann stürzen sie ein. Das tun sie immer. Irgendwer wird in Panik geraten und den Mund aufmachen.«

Tracy mochte ihm nicht sagen, dass sie im Grunde nicht allzu viele Druckmittel in der Hand hatten, um so einen Einsturz herbeizuführen. Vielleicht trat ja einer aus der Sondereinheit vor, um sein Gewissen zu erleichtern. Wobei das ein Wunschtraum sein mochte, immerhin hatten diese Männer fünfundzwanzig Jahre lang geschwiegen. »Sie meinten eben am Telefon, einer würde mir durch die Lappen gehen. Wie soll ich das verstehen?«

»Kommen Sie morgen bei mir vorbei. Mein Sohn räuchert Rippchen. Meine anderen Kinder mit den Enkeln kommen auch, dazu noch ein paar Freunde. Ich würde sie Ihnen gerne vorstellen.«

»Wenn die Familie beisammen ist, möchte ich lieber nicht stören.«

»Oh doch, in diesem Fall schon. Garantiert. Sind Sie verheiratet?«

»Ja.«

»Kinder?«

»Eine Tochter.«

»Kommen Sie doch alle drei, ich möchte Ihre Familienzeit auch nicht stören. Sechzehn Uhr. Und bringen Sie Hunger mit, Deiondres Rippchen sind die besten in ganz Seattle.«

»Dann bis morgen also.« Tracy beendete den Anruf und steckte ihr Handy wieder ein.

Dan warf ihr einen Seitenblick zu. »Klingt, als hättest du einen Verbündeten.«

»Ja, aber was kann er damit gemeint haben, dass mir einer durch die Lappen geht?«

»Ist doch egal. Für die besten geräucherten Rippchen in ganz Seattle bin ich immer zu haben.«

»Ernsthaft! Wie hat er das gemeint?«

»Klingt ganz so, als wärst du in den Kreis des Vertrauens aufgenommen«, meinte Dan in Anlehnung an ein Zitat von Robert De Niro aus dem Film *Meine Frau, ihre Schwiegereltern und ich.*

Tracy verdrehte die Augen. »Wollen wir hoffen, seine Infos sind die Pfunde wert, die ich mir morgen anfuttern werde.«

»Die besten Rippchen in ganz Seattle, Tracy! Die sind es auf jeden Fall wert.«

Kapitel 38

Der Sonntagnachmittag war strahlend schön, als Dan und Tracy mit Daniella bei Henderson Jones eintrafen. Überall waren Menschen unterwegs, gingen mit ihren Hunden spazieren, schoben ihre Kinder in Kinderwagen durch die Straßen und spielten auf dem Sportgelände der Martin-Luther-King-Junior-Grundschule. Auf dem Vorderrasen des Nachbarhauses rekelten sich dieselben Männer wie bei Tracys letztem Besuch, als sie nun vor Jones' Haus parkte, ausstieg und die große Schüssel mit Krautsalat vom Rücksitz nahm, den sie für die Einladung vorbereitet hatte und nun an Dan weiterreichte. Sie hatte den Salat nach einem Rezept ihrer Mutter zubereitet, ohne Zucker, dafür mit zwei Löffeln Dijon-Senf. Kein Krautsalat war so lecker wie der von Tracys Mutter, die ihrer Tochter beigebracht hatte, nie mit leeren Händen zu einer Essenseinladung zu gehen. Dan hatte außerdem noch eine Flasche von einem seiner besseren Barolos eingepackt.

Während Tracy die schlafende Daniella aus ihrem Kindersitz nahm, kamen die Männer über den Rasen zu ihr herüber. »Sie sind die Polizistin, die neulich schon mal hier war, um mit Mr Jones zu reden«, meldete sich einer von ihnen.

»Richtig«, meinte Tracy.

»Und er hat Sie zu Deiondres Rippchen eingeladen?« Der Mann lächelte. »Dann mag er Sie wohl. Einladungen zu Deiondres Rippchen gehen nicht an jeden.«

»Sie sollen ja die besten in ganz Seattle sein«, sagte Tracy.

»Die besten überhaupt«, versicherte der Mann.

»Werden Sie mit uns essen?«, erkundigte sich Tracy.

»Worauf Sie Gift nehmen können!«

Sie stellten sich vor und der Mann führte sie um das Haus herum, wobei er sich erbot, den Krautsalat zu tragen. Hinten hatte man auf einer Betonveranda drei mit rot-weiß karierten Tischdecken geschmückte Tische gedeckt, von denen einer so mit Essen überladen war, dass es zur Versorgung einer kleinen Armee gereicht hätte. Über den Tischen hingen Lichterketten, die allerdings noch nicht eingeschaltet waren. Etwa fünfzehn Leute hatten sich darunter versammelt, plauderten und tranken Bier, Limonade und Wein.

»Detective!« Henderson Jones kam zu Tracy herübergerollt. »Ich freue mich, dass Sie kommen konnten und Ihre Familie mitgebracht haben.«

»Wenn die besten Rippchen der Stadt rufen, kann ich auf keinen Fall zu Hause bleiben.« Dan stellte sich vor.

Jones machte Tracy mit seiner Tochter Lachelle, ihrem Ehemann und den beiden Töchtern bekannt, die aus Südkalifornien zu Besuch waren, und mit seinem Sohn Marshawn, dessen Frau und den drei Kindern. Lachelles Töchter, beide mit Zöpfen, schienen ganz fasziniert von Daniella. Sie streichelten ihre kleinen Stiefel und hielten ihr Finger hin, damit sie danach griff.

»Und wer ist die kleine Schönheit?« Lachelle streckte Daniella gleich beide Hände hin.

Tracy hatte ihrer Tochter ein langärmliges gestreiftes Hemd, eine dunkelblaue Hose und Stiefelchen angezogen. Dazu trug sie einen Pullover und eine Schirmmütze. »Das ist Daniella.«

»Die ist ja eine ganz Süße und sieht genauso aus wie Sie!« Lachelle warf Dan einen raschen Seitenblick zu. »Womit ich niemanden beleidigt haben wollte. Sie sehen auch gut aus.«

»Kein Problem. Ich finde auch, dass meine Frau gut aussieht«, versicherte Dan.

Lachelle sah Tracy an. »Den haben Sie aber gut erzogen.« Tracy lachte. Lachelle nahm ihr Daniella ab, die das ohne Proteste geschehen ließ, woraufhin Lachelles Töchter strahlten, als hätte man ihnen gerade eine Puppe geschenkt.

Henderson Jones bedankte sich für den Krautsalat und den Wein. »Aber ich hatte doch gesagt, Sie sollen nichts weiter mitbringen als guten Hunger.«

»In der Beziehung brauchen Sie sich keine Sorgen zu machen«, versicherte Dan.

»Deiondre sagt, die Rippchen sind in zehn Minuten fertig. Stellen Sie den Krautsalat zu den anderen Sachen und bedienen Sie sich bei den Getränken. Fühlen Sie sich bitte ganz wie zu Hause.«

Dan und Tracy unterhielten sich mit den Kindern von Jones und sie konnten sehen, wie stolz die auf ihren Vater waren und wie sehr sie ihn liebten. Sein Ältester, Marshawn, erzählte noch einmal, was Tracy bereits von Deiondre wusste – wie ihre Mutter ganz plötzlich nach einem Herzinfarkt verstorben war und ihr Vater sie allein großgezogen hatte, öfter mit zwei Jobs, weil sie sonst nicht über die Runden gekommen wären. »Wir mussten schnell erwachsen werden«, erklärte Marshawn. »Und in allem herausragend sein, etwas anderes hätte unser Vater nicht akzeptiert. Er konnte uns glaubhaft versichern, dass es ihm zu Ohren kommen würde, wenn wir uns mit Dealern herumtrieben, und er uns dann das Fell über die Ohren ziehen würde.«

»Er scheint ein guter Vater zu sein«, sagte Tracy.

»Ist er wirklich. Ganz allein hat er es allerdings auch nicht geschafft. Er hat immer behauptet, man braucht ein Dorf, um ein Kind großzuziehen, und unser Dorf, das schloss unsere Großeltern, Lehrer und Trainer mit ein. Mein Vater ist zu Beginn jeden Schuljahrs in die Schule gegangen und hat unsere Lehrer gebeten, ihn sofort zu informieren, wenn wir in ihren Fächern nachließen. Den Trainern hat er erklärt, sie sollten uns auf die Reservebank verbannen, wenn wir im Unterricht nicht angemessen mitarbeiteten, und uns erst wieder aufs Spielfeld lassen, wenn sich unsere Noten gebessert hatten. Hat nie die Hand gegen einen von uns erhoben, aber schon klargestellt, worauf es ihm ankam.« Marshawn lächelte. »Ich möchte, dass er das Haus hier verkauft und zu uns zieht. Der Markt ist verdammt heiß momentan. Er könnte eine Menge Geld dafür bekommen und meine Kinder wären begeistert, ihren Grandpa im Haus zu haben.«

»Und er will nicht?«, fragte Tracy.

»Dies hier ist seine Gegend. Er ist in diesem Haus aufgewachsen und hat es später von meinen Großeltern geerbt. Er wird hier sterben. Nach seinem Tod, sagt er, soll das Geld aus dem Hausverkauf sein letztes Geschenk an seine Kinder sein. Wir wollen das Geld nicht. Er hat dafür gesorgt, dass wir Geld verdienen können. Wir wollen unseren Vater.«

Als Deiondre verkündete, die Rippchen seien so weit fertig, hätte man meinen können, sämtliche Gäste im Garten hätten gerade das große Los gezogen. Tracy verstand ihre Begeisterung gleich nach dem ersten Bissen. Sie sah Dan mit weit aufgerissenen Augen an. Das Fleisch war so köstlich, dass sie fast in Ohnmacht gefallen wäre, so zart, dass es von allein von den Knochen zu gleiten schien, und es schmeckte nach Äpfeln und Eiche.

»Das ist das Holz«, erklärte Deiondre. »Ich lasse das Fleisch langsam garen, damit es die Gewürze aufnimmt.«

Tracy und Dan aßen, bis Tracy nicht einen Bissen mehr runtergekriegt hätte. Lachelles Töchter wechselten sich damit ab, Daniella zu füttern und generell dafür zu sorgen, dass es ihr gut ging. Als es dunkel wurde, schaltete jemand die Lichter an, Deiondre legte Musik auf und die Leute tanzten zur Musik von Marvin Gaye, Smokey Robinson, Diana Ross und anderen Künstlern aus den Bereichen Rhythm and Blues und Soul. »Das ist Musik!«, erklärte Henderson. »Den ganzen anderen Mist habe ich meine Kinder nicht hören lassen. Da singen sie doch bloß über Drogen und alles mögliche andere, über das Kinder nicht nachdenken sollten.«

»Sie haben drei wunderbare Kinder großgezogen. Sie können stolz sein.«

»Oh, das bin ich auch. Das bin ich wirklich. Also …« Henderson wischte sich den Mund ab und legte seine Papierserviette auf einen leeren Pappteller. »Ich nehme an, Sie kommen vor Neugier fast um und Ihre Tochter muss bald zu Bett.«

»Sie haben gesagt, ich würde auf keinen Fall alle Mitglieder der Last Line drankriegen, und ich müsste lügen, würde ich behaupten, darüber nicht ständig nachzudenken.«

Dan stand auf. »Ich geh mal eine Runde mit meiner Tochter tanzen und lasse euch zwei allein.« Er ging zu Daniella, nahm sie auf und mischte sich, dicht gefolgt von Lachelles Töchtern, unter die Tanzenden.

»Sie sagten, eine Person würde ich nicht erwischen«, wiederholte Tracy.

»Das stimmt. Sie gehörte nicht zur Sondereinheit, war aber im Grunde die wichtigste Person.«

»Warum?«

»Wenn die Einheit Drogenhändler beim Verlassen von Bars hochnehmen wollte, dann musste sie wissen, wo. Sie brauchten eine gute Kontaktperson, die ihnen verriet, in welche Bars die Dealer gingen, wo sie sein würden und wann und wer überhaupt dealte.«

»Und Sie wissen, wer diese Person war?«

»Jawohl.«

»Wieso?«

»Weil wir zusammen in dieser Gegend aufgewachsen sind. Unsere Väter kannten sich.«

»Und diese Person hat die Sondereinheit mit Informationen versorgt und im Austausch was bekommen? Geld?«

»Ein schönes Stück vom Kuchen«, erklärte Jones.

»Warum vertraute die Last Line diesem Menschen?«

»Weil sie hier um die Ecke aufgewachsen ist. Sie kannte uns alle.«

»Sie? War sie selbst Dealerin?«

»Himmel, nein! Das hätte ihr Daddy nie gestattet. Er war Polizist.«

Es war, als würde sich eine Wolke verziehen. Tracys Gedanken sortierten sich von ganz allein, fielen an die richtigen Stellen wie die letzten Teile eines Puzzles, bis sie das ganze Bild sehen konnte. »Chief Weber.«

Henderson Jones nickte. »Hier in der Gegend ist sie einfach nur Marcella.«

»Warum?« Tracy konnte hören, wie entgeistert sie klang. »Warum hat sie so etwas getan?«

»Um diese Frage beantworten zu können, müssen Sie ein bisschen recherchieren. Marcellas Vater war Polizist, hier in Seattle. Schwarze Polizisten sind auch heute noch rar, damals waren es noch weitaus weniger. Sie finden, es gibt einen institutionalisierten Rassismus? Dann hätten Sie mal in den Siebzigern und Achtzigern hier sein sollen.«

»Er wurde diskriminiert?«

»Schlimmer. Sie haben ihn in eine Falle gelockt.«

»Wie?«

»Er und sein weißer Partner wurden zu einem Mord in einem der Wohnblöcke an der Holden Street gerufen. Sie haben am Tatort eine Bestandsaufnahme gemacht und dabei in einem der Schränke in einem Schuhkarton an die zwanzigtausend Dollar entdeckt. Webers Partner fand, sie sollten es behalten, sie hätten es ja praktisch gefunden und der Besitzer sei tot. Er stopfte sich an die zehntausend Dollar in die Taschen. Weber sollte den Rest einstecken. Das wollte er nicht, er hat den Köder nicht geschluckt. Er befahl seinem Partner, das Geld zurückzulegen, sonst würde er ihn melden. Sie stritten sich, aber am Ende legte der Partner das Geld wieder zurück. Weber dachte, damit sei alles geregelt.«

»Was es nicht war.«

Jones schüttelte den Kopf. »Eine Woche später wird Weber zu seinem Captain zitiert. Er denkt, es geht um das Geld, sie wollen ihn danach befragen. Aber sie erklären ihm stattdessen, sein Partner und ein anderer, ebenfalls weißer Beamter behaupteten, Weber hätte zwanzigtausend Dollar gestohlen. Anscheinend hatte das Mordopfer nicht allein gelebt und sein Mitbewohner sagte nun aus, in der Wohnung hätten sich nicht zwanzigtausend Dollar befunden, sondern vierzigtausend, und er hätte gesehen, wie sich Weber die Taschen vollstopfte.«

»Sie haben das Geld genommen und ihm die Schuld in die Schuhe geschoben.«

»Genau. Jetzt haben wir zwei weiße Polizisten und einen schwarzen Hausbewohner, die gegen einen schwarzen Polizisten aussagen. Wie, glauben Sie, ging das aus?«

»Erzählen Sie es mir.«

»Webers Vater wurde aus dem Polizeidienst entlassen, aber die Staatsanwaltschaft lehnte es ab, ihn anzuklagen, als die beiden weißen Polizisten sich weigerten, in einem Verfahren gegen einen der Ihren auszusagen.«

»Das war aber nobel von ihnen!« Tracy spürte heiße Wut in sich aufsteigen.

»Danach arbeitete Weber in einem Gebäude hier in der Gegend nachts als Wachmann. Eines Morgens kam er auf dem Nachhauseweg dazu, wie bei einer Tankstelle mit angeschlossenem Supermarkt die Kasse ausgeraubt wurde. Er mischte sich ein und bekam eine Kugel in den Leib. Die blieb in seiner Wirbelsäule stecken und beförderte ihn für den Rest seines Lebens in den Rollstuhl. Marcella hat sich um ihn gekümmert. Er hat sie von der Notwendigkeit überzeugt, aktiv zu werden, sich einzumischen, für Veränderung zu kämpfen, Rassismus und Vorurteile auszumerzen.«

»Die Plattform für ihre Kampagnen.«

Jones nickte. »Sie war ein aufgehender Stern, eine kompetente schwarze Frau. Die Abteilung konnte sie nicht schnell genug befördern.«

»Wie kam es zu ihrer Zusammenarbeit mit der Last Line?«

»Damals, in den späten Achtziger-, frühen Neunzigerjahren, wurden überall hier im Bundesstaat Sondereinheiten aufgebaut, ungefähr zwei Dutzend insgesamt. Ich wusste davon, weil das damals mein Geschäft war, über solche Dinge Bescheid zu wissen. Marcella hat eine Weile im Drogendezernat gearbeitet, weil die sie sozusagen herangezogen haben. Sie hatte ein gutes Gespür für das, was los war, und wie Beamte bei Razzien absahnen konnten. Dann wurde auch hier in Seattle eine Sondereinheit eingerichtet.«

»Die Last Line.«

»Marcella und Rick Tombs waren eng befreundet. Sie hatten im Drogendezernat zusammengearbeitet. Er kannte ihren Hintergrund und sie kannte seinen. Marcella pflegte ein gewisses öffentliches Image, ohne je ihren Zorn über das zu vergessen, was ihrem Vater angetan worden war. Hier bot sich die Gelegenheit zu holen, was ihrem Vater ihrer Meinung nach zustand.«

»Sie hat der Sondereinheit Hinweise auf die Dealer und die Bars gegeben.«

»Auf der Straße konnte sich niemand zusammenreimen, wie die Einheit an so viele so genaue Informationen kam. Wieso sie sämtliche Dealer kannten und alle Bars, in denen gedealt wurde.«

»Aber Sie wussten es.«

»Ich hatte schon bald Marcella in Verdacht. Es musste ja jemand von innen sein. Ziemlich bald hatten wir alle diesen Verdacht.«

»Haben Sie gehört, was im Jachthafen Diamond Marina passiert ist?«

»Nicht in Einzelheiten. Nicht so ausführlich, wie es gestern und heute in der Zeitung stand.«

Tracy dachte nach. »Wie beweise ich das, Henderson? Wie beweise ich das, was Sie mir eben erzählt haben?«

»Es gibt hier in der Gegend immer noch ein paar Leute, die sich an Marcella erinnern und reden könnten. Ein paar. Ich kann das arrangieren. Schade, dass Tombs tot ist. Der hätte gezwitschert wie ein Vögelchen, wenn man ihm mit Gefängnis gedroht hätte. Darauf würde ich jede Wette eingehen. Ich kann Leute zu einem Gespräch mit Ihnen zusammentrommeln, aber genaue Einzelheiten kennen die nicht.«

Auch darüber dachte Tracy nach. Es wäre doch alles wieder nur Hörensagen – was Leute gehört hatten und was sie vermuteten, Dealer und ehemalige Dealer, die nicht gerade als glaubwürdig gelten würden. Alles andere als handfeste Beweise.

»Warum tun Sie das, Henderson?«, fragte sie nach kurzem Schweigen. »Warum gerade jetzt?«

Er zuckte kurz mit den Achseln. »Weil es Ihnen nicht egal war.«

»Bitte?«

»Weil Ihnen genug an der Sache lag, um zu tun, was Sie getan haben. Weil es Ihnen wichtig genug war. Andere, das habe ich Ihnen ja schon erzählt, kommen her, stellen eine Menge Fragen und unternehmen dann nichts. Sie haben etwas unternommen, Sie haben meine Informationen verdient.«

Tracy sah hinüber zu Dan auf der Tanzfläche, der Daniella auf einem Arm hielt und mit der freien Hand Lachelles Töchter herumwirbelte. Sie wusste, Cerrabone würde ihr erklären, die Aussage alternder Drogenhändler sei nicht ausreichend. Sie zweifelte nicht im Geringsten an Hendersons Geschichte, aber vor Gericht würden die Regeln der Beweisführung dafür sorgen, dass das meiste davon als Vermutung und Hörensagen abgetan und nicht zugelassen wurde. Also waren sie wieder beim Gerichtshof der öffentlichen Meinung angelangt.

Womöglich war es so das Beste. Tombs war tot, auch eine Form der Gerechtigkeit, zumindest Dans Meinung nach.

Sie lächelte Henderson Jones zu. Sie mochte ihm nicht sagen, was ihr gerade durch den Kopf gegangen war, wollte seiner Laune nicht ausgerechnet an diesem Abend einen Dämpfer versetzen. »Wären Sie bereit, mit einer Reporterin zu sprechen? Und auch andere zu Interviews zu bewegen?«

»Auf jeden Fall.«

Tracy bedankte sich für die Einladung. »Es war ein ganz besonderer Abend.«

»Hier haben viele gute Leute gelebt und das gilt auch heute noch. Wenn Sie sich denen gegenüber anständig verhalten, dann sind sie auch anständig zu Ihnen.« Er sah hinüber zur Veranda. In der Luft lag ein Song von Smokey Robinson. »Was gäbe ich nicht dafür, noch einmal mit meiner Frau zu tanzen.«

Tracy lächelte. Vielleicht war das der beste Rat, den Jones ihr an diesem Abend gegeben hatte. »Ich werde jetzt mit meinem Mann tanzen und dann meine Tochter nach Hause und ins Bett bringen.«

Kapitel 39

Am Dienstagmorgen fuhr Tracy zum Polizeipräsidium, wo sie ihren Wagen in der überwachten Parkgarage an der Sixth Avenue abstellte. Da sie seit ihrer Suspendierung keinen Ausweis mehr besaß, um die Drehkreuze in der Eingangshalle zu passieren, hatte Faz nach einem Telefonat dafür gesorgt, dass am Empfang ein Besucherausweis für sie bereitlag. Sie fuhr mit dem Fahrstuhl in den achten Stock, wo es bereits sehr geschäftig zuging, sicherlich auch wegen der weiterhin in der *Seattle Times* erscheinenden Artikelreihe. Vor ihrer Fahrt in die Stadt hatte Tracy mit Bill Jorgensen telefoniert und von ihm erfahren, dass er bereits früh am Morgen mit den Anwälten der Zeitung gesprochen hatte. In dem Gerichtsverfahren wegen der Freigabe der Namen der Mitglieder der Sondereinheit The Last Line hatte es eine Verzögerung gegeben. Einige ehemalige Mitglieder hatten wohl zugegeben, früher Drogenhändler betrogen zu haben. So wollten sie ihren Anwälten die Möglichkeit verschaffen, vor Gericht vorzutragen, Drogenhändler könnten sich nach wie vor an ihnen rächen wollen. »Die Namen bleiben vertraulich, jedoch nicht die Tatsache, dass die Aussagen ehemaliger Drogenermittler bestätigen, was Ihnen im Laufe Ihrer Ermittlung erzählt wurde«, hatte Jorgensen gesagt.

Das war ein Erfolg, ganz sicherlich. Nur hinterließ er bei Tracy einen schalen Geschmack im Mund, der Sieg kam ihr hohl vor. Sie würden die noch lebenden Leute aus der Last Line nicht drankriegen und auch Moss Gunderson nicht.

Tracy klopfte an die Tür zum Vorzimmer von Chief Weber, die offen stand. Dort hatten sich mehrere Mitarbeiter aus ihrem Stab zu einer Besprechung versammelt. Weber hielt die Morgenzeitung in der Hand und funkelte Tracy wütend an.

»Sie dürften gar nicht im Haus sein, ich habe Sie vom Dienst suspendiert.«

»Ich würde gern kurz mit Ihnen sprechen, Chief.«

Weber warf Tracy nicht sofort hochkant aus ihrem Büro. Warum? Neugier? Wollte sie erfahren, was Tracy wusste? Oder sprachen hier nur Hochmut, übermäßiger Stolz und das Vertrauen darauf, auch weiterhin über dem Gesetz zu stehen? Weber war Politikerin, auch wenn sie sich wie eine normale Polizistin kleidete und gewöhnlich behauptete, immer eine geblieben zu sein. Tracys Erfahrung nach wussten Politiker natürlich gern, was auf sie zukam, womit sie zu rechnen hatten.

Was immer ihre Gründe sein mochten, Weber schickte ihre Leute fort und befahl ihrer Assistentin, keine Anrufe durchzustellen, es sei denn, sie kämen aus dem Rathaus. Sie ging Tracy voran in ihr eigentliches Büro, wo sie an der Tür stehen blieb und wartete. Tracy ging an ihr vorbei und zu einem der Lederstühle an einem runden Konferenztisch, setzte sich jedoch nicht. Weber schloss die Tür und nahm ebenfalls nicht Platz.

Sie forderte Tracy mit einem kaum merklichen Achselzucken zum Reden auf.

»Sie haben die Artikel in der *Times* gelesen«, stellte Tracy fest.

»Mehr als einmal«, sagte Weber. »Zu wissen, was damals geschah, ist sehr beunruhigend, aber es ist nicht passiert, als ich hier die Verantwortung hatte. Ich habe mit der Gewerkschaft

Kontakt aufgenommen und Rechtsberatung eingeholt. Wenn das, was Sie und Castigliano behaupten, stimmt, dann wird es eine Untersuchung durch das Justizministerium geben. Aber wie gesagt, es ist jetzt fünfundzwanzig Jahre her. Schnee von gestern.«

Sie wartete darauf, dass Tracy ihre Karten aufdeckte.

»Ich habe heute Morgen mit der *Times* gesprochen«, sagte Tracy. »Die noch lebenden Mitglieder der Sondereinheit geben das in der Zeitung Veröffentlichte zu. Sie haben damals Drogenhändler über den Tisch gezogen und ihnen ihr Geld und ihre Drogen abgenommen.«

»Sie werden sich denken können, dass wir auf Schadenbegrenzung geschaltet haben«, stellte Weber klar. »Das Rathaus will sich der Sache annehmen. Man will Transparenz, um sagen zu können: Das war vor fünfundzwanzig Jahren und heute ist heute. Wir sind nicht mehr dieselbe Polizei. Die Anklagevertreter werden sich entscheiden müssen, ob sie irgendwelche juristischen Schritte gegen die verbliebenen Mitglieder der Sondereinheit einleiten können. Ich bin keine Anwältin, aber mir wurde gesagt, dass Verjährungsfristen das verhindern.«

»Was die Drogenvergehen betrifft, sicherlich. Für Mord und Totschlag gilt das nicht.«

»Vielleicht nicht.« Weber nickte. »Wenn diese Verbrechen bewiesen werden können.« Das klang wie eine Herausforderung.

»Wenn ich nachweisen kann, dass die Sondereinheit auf dem Boot war, kann ich die Anklage wegen Totschlag durchsetzen.«

»Aber nicht die Mordanklage«, sagte Weber.

»Ich brauche nicht zu wissen, wer die Pistole abgefeuert hat«, sagte Tracy. »Ich muss nur beweisen, dass die Gruppe an zwei Handlungen beteiligt war, die den Tatbestand des organisierten Verbrechens erfüllen, und ich kann sie alle wegen Mordes anklagen.«

»RICO.« Weber nickte. »Interessant. Falls Sie einen Ankläger dazu bringen, Ihnen das abzukaufen. Das ist ein ziemlich dickes Falls. Die Last Line wurde nicht gebildet, um illegale Handlungen zu begehen. Schlagen Sie das nach. Sie hat eine Reihe von Razzien durchgeführt und Drogen und Drogenhändler von der Straße geholt.« Weber klang ganz so, als hätte sie sich bereits ausführlich anwaltlich beraten lassen.

»Und trotzdem stehen wir jetzt hier«, sagte Tracy.

»Trotzdem stehen wir jetzt hier.«

»Das Justizministerium wird unter großem Druck stehen, die Verantwortlichen zu finden und dranzukriegen«, sagte Tracy. »Zurzeit steht die Story vor dem Gericht der öffentlichen Meinung. Dort und bei einer Untersuchung durch das Justizministerium gelten keine Regeln der Beweisführung.«

»Gut, und was kann ich jetzt für Sie tun, Detective? Wollten Sie mich darum bitten, Ihnen Ihren Job zurückzugeben?«

Tracy schüttelte den Kopf. »Das kommt später.«

»Wahrscheinlich. Es kann allerdings sein, dass Sie nicht besonders populär sein werden und man Sie meidet.«

»Weil ich jemanden verpfiffen habe?«, fragte Tracy. »Das Risiko gehe ich ein. Aber was meinen Job betrifft: Können Sie mir da überhaupt Angebote machen?«

»Warum sollte ich das nicht tun können?«

»Weil Sie vielleicht nicht mehr hier sind, wenn es so weit ist.«

Weber reagierte nicht unmittelbar.

»Ich wüsste gern«, fuhr Tracy fort, »wieso sich die Leute der Last Line so gut bei den Dealern auskannten und woher sie wussten, in welchen Bars die ihre Geschäfte abwickelten.«

»Das Drogendezernat hatte immer verlässliche Informanten.«

»Auf jeden Fall.« Tracy nickte. »Zum Beispiel jemanden, der aus derselben Gegend stammte wie viele der Dealer. Jemand, der mit der hiesigen Polizei ein Hühnchen zu rupfen hatte, Rechnungen zu begleichen.«

Webers Gesicht blieb ausdruckslos.

»Sie antworten nicht, Chief?«

»Wenn Sie etwas zu sagen haben, dann tun Sie das direkt und geradeheraus.«

»Ich weiß, dass Sie beteiligt waren. Ich weiß, dass Sie die Informantin waren. Ich weiß, Sie glaubten, die Abteilung schulde es Ihrem Vater.«

»Das sind starke Anschuldigungen, Detective«, sagte Weber. »Haben Sie dafür handfeste Beweise, oder spekulieren Sie nur?«

So leicht ließ sich Weber nicht umwerfen. »Leute reden, Chief. Das tun sie immer. Man drückt auf die richtigen Knöpfe und jeder sieht zu, dass er sich selbst rettet. So ist der Mensch nun einmal veranlagt.«

»Ich würde mir da keine allzu großen Hoffnungen machen.«

»Ich gebe Ihnen eine Chance«, sagte Tracy.

»Eine Chance?«

»Das Richtige zu tun.«

»Das Richtige? Und was soll das jetzt sein?«

»Sobald sich das Justizministerium einmischt, werden sich die einzelnen Puzzleteile zusammenfügen.«

Weber starrte sie an. »Und was für ein Bild wird aus diesen Einzelteilen entstehen?«

»Menschen haben ihr Leben verloren. Unschuldige wurden verletzt.«

Weber warf einen Blick auf die Zeitung. »Wie Lisa Childress?«

»Sie wollten nicht, dass ich den Fall Childress verfolge, Chief. Warum nicht? Hatten Sie Angst, dass eine Ihrer Leichen aus dem Schrank fällt? Wie damals, als Henderson Jones sich nicht schuldig bekennen mochte und einen Deal verweigerte?«

»Ein Dealer.« Weber lachte leise. »Haben Sie auch glaubwürdige Zeugen, die Ihre Behauptungen untermauern?«

Genau wie Moss Gunderson wusste auch Weber, was der Tod von Rick Tombs bedeutete: Tracy war in einer Sackgasse gelandet. Zumindest im Moment.

»Es geschehen noch Zeichen und Wunder.« Tracy ging zur Tür.

»Wissen Sie, wie ich es bis hoch in dieses Büro geschafft habe, Detective?«

Tracy drehte sich um.

»Ich bin Überlebenskünstlerin. Ich habe mit Zähnen und Klauen um alles gekämpft, was ich erreicht habe, mein Leben lang. Und ich hatte Erfolg.«

Tracy zog die Tür auf. »Selbst eine Katze hat nur sieben Leben, Chief. Klingt ganz so, als wären bei Ihnen nicht mehr viele übrig.«

Kapitel 40

Tracy verließ das Polizeipräsidium und rief Del und Faz an. Faz schlug vor, sich für ein frühes Mittagessen zwecks Austausch bei Fazzios zu treffen.

»Wenn wir weiterhin hier zusammenkommen, wenn wir etwas zu besprechen haben, bin ich bald so dick wie ihr beide«, seufzte Tracy, als sich alle drei im Hinterzimmer eingefunden hatten.

Sie berichtete, was bei ihrem Treffen mit Chief Weber herausgekommen war. Und dass sie es inzwischen für wahrscheinlich hielt, dass die Polizeichefin damals ausschließlich zu Rick Tombs Kontakt gehabt hatte.

»Das glaube ich auch. Alles andere wäre nicht schlau gewesen, und schlau ist sie«, meinte Faz.

»Mich hat eine FBI-Agentin angerufen«, sagte Del. »Sie möchte sich mit mir treffen. Ich würde Moss zu gern drankriegen.«

»Gegen ihn haben wir am wenigsten in der Hand«, gab Tracy zu bedenken. »In einem Verfahren zum Ertrinken der beiden Seeleute kann er nicht zur Rechenschaft gezogen werden, denn seinen Deal mit Tombs, wenn es denn einen gegeben hat, hat er ja erst nach ihrem Tod gemacht. Und wegen der

Ermordung von David Slocum können wir ihn nicht belangen, solange wir nicht beweisen können, dass Tombs Slocum umgebracht hat. Was wir im Moment noch nicht können.«

»Was, wenn wir versuchen, an die Akten zu kommen, von denen Moss behauptet, er würde sie zu Hause aufbewahren? Einschließlich der, in der es um die Razzia auf der *Egregious* geht?«, schlug Del vor. »Vielleicht können wir beweisen, dass er die Akten bunkerte, um Druckmittel in der Hand zu haben oder um jemanden zu erpressen.«

»Er wird behaupten, die Berichte bei ihm zu Hause spiegelten die Wahrheit wider, womit du in der Schusslinie wärst. Ich bin nicht bereit, dich zu opfern, um Moss dranzukriegen. Außerdem ist Moss zu schlau. Ich bin sicher, er versteckt die Akten irgendwo anders und nicht bei sich im Haus.«

»Hast du Anita und Jorgensen schon von Chief Weber erzählt?«, wollte Del wissen.

Tracy schüttelte den Kopf. »Ich fahre heute Nachmittag rüber nach Laurelhurst und rede mit Anita. Childs macht sich auf den Rückweg nach Escondido.«

»Sie bleibt nicht hier?«, fragte Del.

»Sie fliegt erst einmal zurück, bis sich alles ein wenig beruhigt hat, und entscheidet dann. Sie kann hier kein normales Leben führen, solange draußen vor dem Haus Reporter und Übertragungswagen lauern. Anita hat jemanden eingestellt, der sich um die Presseanfragen an ihre Mutter kümmert, und sie überlegen, ob Melissa ein einziges Interview geben soll, um danach erst mal gar nichts mehr zu sagen. Sie will nicht berühmt werden und sie will mit ihrer Geschichte auch kein Geld verdienen.«

Sie beendeten ihr Mittagessen und gingen nach draußen in den hellen Sonnenschein. Faz brach auf, Richtung Büro, während Tracy und Del noch auf dem Bürgersteig standen und nach ihren Sonnenbrillen kramten.

»Ich habe heute Morgen mit meinem Anwalt gesprochen«, sagte Del. »Er ist der Ansicht, meine Suspendierung sei ein Akt der Vergeltung gewesen und ich würde vor Monatsende wieder im Amt sein. Du auch.«

»Weber sagt, wir müssten uns auf Nachwirkungen einstellen, schlechte Stimmung bei den Kollegen.«

»Nicht, wenn ich nach den Anrufen gehe, die ich erhalten habe. Die Leute, die in die Affäre verwickelt sein könnten, sind schon lange nicht mehr im Dienst. Und die, die jetzt im Dienst sind und mich kennen, finden, ich hätte das Richtige getan.«

»Du hast einen erstklassigen Ruf, Del.«

»Bloß keine drei Tapferkeitsauszeichnungen.«

»Ach, leck mich doch am Arsch!« Tracy grinste. »Wir müssen mit der einen oder anderen kalten Schulter rechnen, weil wir geredet haben. Da habe ich es gut, ich kann meine Bürotür hinter mir zumachen.«

»Du kannst mich auch mal!«

Tracy fuhr nach Laurelhurst. Die Artikelserie in der *Seattle Times* war von mehreren Presseagenturen aufgegriffen worden, weswegen Lisa Childs jetzt auch in den nationalen Medien Thema war. Die Einmaligkeit der Ereignisse und die Artikelserie hatten die Menge an Kameras und Reportern vor dem Haus noch anwachsen lassen. Tracy parkte in der Einfahrt, ignorierte die Fragen, die ihr Reporter zuwarfen, und wurde an der Haustür von Beverly Siegler begrüßt.

Anita und Melissa saßen im Wohnzimmer und tranken Kaffee.

»Ich wollte mich von Ihnen verabschieden, bevor Sie aufbrechen«, erklärte Tracy. »Und Ihnen Glück wünschen. Wahrscheinlich müssen Sie noch eine ganze Weile mit Menschenmassen vor Ihrer Tür rechnen.«

»Ich weiß«, sagte Childs. »Aber ich muss wieder nach Hause und mich um mein Büro kümmern. Je eher ich das mache, desto schneller kann sich alles normalisieren. Hoffe ich wenigstens.«

Tracy bat darum, kurz draußen im Garten mit Anita sprechen zu dürfen. Die beiden Frauen traten durch eine Schiebetür hinaus auf eine Terrasse mit Blick auf den Lake Washington und die Brücke 520, die sich majestätisch von Ost nach West spannte.

»Vergessen Sie nicht, die Zeitung nach dem Bericht über die interne Untersuchung zum Fall von Chief Webers Vater fragen zu lassen«, sagte Tracy.

»Die Mühlen mahlen schon«, versicherte Anita. »Glauben Sie, irgendwer macht den Mund auf?«

»Ich habe wirklich keine Ahnung. Und wer weiß, wie viel die dann wissen? Ich habe da so meine Zweifel.«

Childress lächelte. »Ich persönlich wollte immer nur erfahren, was mit meiner Mutter ist. Ich bin Ihnen so oder so dankbar, selbst wenn wir jetzt nicht weiterkommen.«

»Was haben Sie vor?«, fragte Tracy. »Wollen Sie hierbleiben?«

»Im Augenblick schon. Aber wenn meine Mom beschließt, in Escondido zu bleiben, ziehe ich vielleicht dorthin und fange auch ein neues Leben an. Es hat schon was Ironisches, nicht? Ich habe sie eigentlich nie gekannt und doch ahmt mein Leben ihres nach.« Sie lächelte nachdenklich. »Ich fühle mich, als wäre mir eine Last von den Schultern genommen, als würde mein Leben gerade erst anfangen.«

Tracy kannte sich mit Neuanfängen gut aus. Auch sie war damit erfolgreich gewesen.

»Stellen Sie Ihre Familie in den Vordergrund«, riet sie. »Fangen Sie damit an. Das ist das Wichtigste überhaupt.«

Epilog

Zwei Wochen nachdem der letzte Artikel der Serie in der *Seattle Times* erschienen war, schob Tracy Daniella in ihrer Kinderkarre durch den Woodland Park Zoo. Sie hatte Therese den Rest des Monats freigegeben und Therese war nach Irland gefahren, um ihre Familie zu besuchen. Dan hatte wieder angefangen zu arbeiten, auch wenn die emotionalen Auswirkungen des Todes von Ted Simmons immer noch nachhallten und das wahrscheinlich auch noch eine Weile so bleiben würde.

Tracy war mit Bill Jorgensen in Kontakt geblieben. Seine Zeitung hatte die Namen der verbliebenen Last-Line-Leute erhalten, sich aber entschieden, sie noch nicht zu veröffentlichen. Sie wollten die Ergebnisse der Untersuchung durch das Bundesjustizministerium abwarten. Diejenigen unter ihnen, die den Diebstahl von Geld und Drogen eingestanden hatten, wofür man sie ja der bestehenden Verjährungsfristen wegen nicht belangen konnte, ließen durch ihre Anwälte erklären, nichts über den Tod der beiden mexikanischen Seeleute und den von David Slocum gewusst und erst aus der *Seattle Times* davon erfahren zu haben.

»Sie werden alles auf Tombs und vielleicht noch die beiden anderen verstorbenen Polizisten schieben«, hatte Tracy

Jorgensen gegenüber geäußert. Die Untersuchung durch das Justizministerium war eine langfristige Sache, mit einem Resultat war frühestens nach Monaten zu rechnen, wenn es denn überhaupt eins gab. Natürlich hätte sich Tracy jetzt darüber aufregen können, aber wozu? Wem war damit geholfen? Verbitterung führte selten zum Glück. Jorgensen hatte außerdem berichtet, dass sie sich die Unterlagen über die internen Ermittlungen gegen Chief Webers Vater besorgt hatten. Ein investigativer Journalist hatte im Rahmen der Serie einen Artikel dazu verfasst und ausgeführt, Chief Weber sei in derselben Gegend aufgewachsen wie die von der Last Line bestohlenen Dealer, wobei Weber nicht explizit als mitschuldig benannt und ihr nicht ausdrücklich unterstellt wurde, Komplizin von Tombs und den anderen aus der Sondereinheit gewesen zu sein. Die Aussage von Henderson Jones konnte nicht mit Beweisen untermauert werden und Weber hatte einen Kommentar abgelehnt. Vor dem Gerichtshof der öffentlichen Meinung war sie so zwar angeklagt worden, aber das beeindruckte sie anscheinend nicht, sie marschierte ungerührt weiter. Zäh, willensstark und widerstandsfähig.

Die Katze hatte wohl doch noch ein paar Leben übrig.

Tracy und Del hatten sich durch den Schritt, an die Presse zu gehen und sich an die Öffentlichkeit zu wenden, auf eine gewisse Weise kugelsichere Westen zugelegt. Jede Disziplinarmaßnahme ihnen gegenüber würde als Vergeltungsmaßnahme dastehen und ein schlechtes Licht auf Chief Weber werfen. Auch über direkte körperliche Angriffe machte sich Tracy keine Sorgen mehr.

Stattdessen konzentrierte sie sich darauf, die Zeit mit Daniella zu genießen, mit ihrer Tochter in den Zoo, das Pacific Science Center und alle möglichen Parks zu gehen und ganz allgemein Dinge zu akzeptieren, die sie nicht ändern konnte. Faz, dieser große Itaker, hatte wieder einmal recht gehabt.

Del dürfte das nur sehr ungern zugegeben haben.

Während sie Daniella hinüber zum Gehege der Grizzlybären schob, in dem zwei der großen Tiere langsam und tapsig herumtrotteten, klingelte Tracys Handy. Anita Childress.

»Ich wollte nur Bescheid sagen, dass Freitag mein letzter Tag hier ist«, sagte sie nach der Begrüßung. »Ich ziehe nach Escondido, ich möchte in der Nähe meiner Mutter sein. Ich habe mir Ihren Rat zu Herzen genommen und setze die Familie an erste Stelle.«

Tracy lächelte. »Wissen Sie schon, was Sie dort tun werden?«

»Erst einmal nichts. Ich möchte mich am Memoirenschreiben versuchen.«

»Material genug hätten Sie ja. Wie findet Ihre Mutter die Idee, dass Sie die Geschichte veröffentlichen?« Melissa Childs hatte sämtliche Angebote abgelehnt, über das, was ihr widerfahren war, zu sprechen.

»Solange ich die Einzige bin, die ihr Fragen stellt, findet sie es in Ordnung.«

»Ich freue mich sehr für Sie beide.«

»Meiner Meinung nach brauche ich einen richtigen Neuanfang. Irgendwo, wo alles unbekannt für mich ist. Ich ahme wohl immer noch meine Mutter nach, oder? Und ein Stück weit vielleicht auch Sie.«

»Mich?«, fragte Tracy.

»Ich hoffe, mich selbst zu finden und vielleicht auch jemanden, mit dem ich mein Leben teilen mag. Wie Sie. Vielleicht Kinder haben. Ich habe das Gefühl, jahrelang auf der Stelle getreten zu sein.«

Auch dieses Gefühl kannte Tracy. Sie sah Daniella an, die sich aufgesetzt hatte und die Grizzlys beobachtete. »Ich kann Ihnen versichern, es macht viel mehr Spaß als alles andere, mit Menschen, die man liebt und von denen man geliebt wird, nach vorne zu schauen und voranzugehen.«

»Wissen Sie schon, ob Sie wieder an Ihren Arbeitsplatz zurückkönnen?«

»Ende des Monats sitze ich wieder im Büro der Cold-Case-Einheit.« Tracy hatte mit den Anwälten der Gewerkschaft gesprochen, die angedeutet hatten, die Abteilung würde wohl eher nachgeben und nicht riskieren wollen, dass in der Presse die Kündigung einer dreifach ausgezeichneten Ermittlerin breitgetreten wurde, die man entlassen hatte, weil sie einen mehr als vierundzwanzig Jahre alten Fall aufklären konnte.

»Wollen Sie das denn auch?«, erkundigte sich Anita.

Tracy dachte an Johnny Nolasco und an Chief Weber, die Polizeichefin bleiben würde und ihr das Leben schwer machen konnte. Sie dachte aber auch an Del, Faz und Kins, der nach einem langen Gerichtsverfahren, an dem er hatte teilnehmen müssen, endlich wieder ins Präsidium zurückgekehrt war. Jeder der drei hatte sich mehrfach bei Tracy gemeldet, um zu fragen, wie es ihr ging, und ihr zu sagen, wie sehr sie auf ihre Rückkehr hofften. Daniella besaß leider auf Tracys Seite keine Verwandten, hatte aber trotzdem die drei besten Onkel, die sich ein Kind nur wünschen konnte.

Und Tracy wusste genau, dass sie sich nicht einfach von all den Opfern abwenden konnte, von all den Menschen, die verschwunden waren, und den Familien, die seit Jahren im Ungewissen leben mussten, ohne für sich einen Abschluss finden zu können. Die meisten Vermissten würde sie nicht lebend finden, denn die Geschichte von Melissa Childs war mehr oder weniger einmalig. Die meisten würden tot sein, wahrscheinlich schon seit vielen Jahren. Tracy hatte das nicht unter Kontrolle, sie konnte nur ihre Arbeit erledigen, so gut es ihr irgend möglich war. Würde es je genug sein?

Wahrscheinlich nicht.

Aber sie konnte um Gelassenheit beten, während sie die Dinge änderte, die sich ändern ließen.

Cold Cases aufzuklären, das war ihre Berufung. Ihre Art, Sarahs Tod zu akzeptieren. Und das war in Ordnung so. Ohne das, was Sarah widerfahren war, würde es für die Familien der vierzehn Frauen, die man in North Seattle und im Curry Canyon gefunden hatte, kein Ende der Ungewissheit geben. Keinen Abschluss für Kavita Mukherjee, die Studentin aus einer indischen Familie, die in einem Park umgebracht worden war, kein Abschluss für die Schülerin Kimi Kanasket, native American, die auf einer Lichtung im Klickitat County überfahren worden war. Devon Chambers könnte immer noch eine anonyme junge Frau sein, die tot in einer Krebsfalle gefunden worden war, Anita Childress würde immer noch nach ihrer Mutter suchen, ihr eigenes Leben in der Warteschleife, und Stephanie Cole, die Joggerin, die auf einem Waldpfad im Park entführt worden war, könnte immer noch gefangen sein und nicht zu Hause bei ihrer Familie sitzen.

Tracy war es nicht bestimmt, in Cedar Grove Chemie zu unterrichten.

Sie sollte die Stimme all derer sein, die keine mehr hatten. Sie sollte nach Gerechtigkeit für die zurückgebliebenen Familien suchen, in welcher Form auch immer.

»Ja, das ist es, ich will es so«, sagte sie jetzt auf Anitas Frage hin. »Ich bin noch nicht fertig. Ich habe das Gefühl, gerade erst richtig in Gang zu kommen.«

Danksagung

Ich weiß nicht mehr genau, wie und unter welchen Umständen die Idee für diese Geschichte entstand. Vielleicht während einer Unterhaltung mit meiner Lektorin Gracie Doyle? Amnesie – das Thema macht Angst, ist aber gleichzeitig auch faszinierend. Angst machte es mir, weil ich am 12. Februar 2016 einen Schlaganfall erlitt, in meinem Gehirn hatte sich ein Blutgerinnsel gebildet. Die Vorstellung, mich an bestimmte Dinge nicht mehr erinnern zu können, Erinnerungen zu verlieren, ängstigte mich sehr, aber dann gelang es mir, das Ganze aus einer anderen Perspektive zu betrachten, und das half, wie es ja so oft im Leben der Fall ist. Der Schlaganfall war ein reiner Glücksfall, denn so kam eine Klappe zum Vorschein, die sich bei meiner Geburt nicht geschlossen hatte. Der Fehler ist inzwischen behoben. Seitdem weiß ich die Gegenwart, die Augenblicke, die ich mit meiner Frau und den Kindern verbringen kann, noch mehr zu schätzen.

COVID-19 ist und bleibt Problem und Thema, aber ich schließe das Virus nach wie vor größtenteils aus meinen Romanen aus. Einige meiner Leser haben mir geschrieben, Bücher seien für sie zum Rückzugsort geworden, eine Fluchtmöglichkeit vor der ständig gegenwärtigen Debatte. Ich respektiere das. Ich kenne viele Menschen, die die Bekanntschaft des Virus machen mussten, und weiß, welches Chaos es anrichten kann. Meine Tochter erkrankte, und auch wenn sie keinerlei Symptome zeigte, scheinen doch einige lang andauernde Probleme verblieben zu sein, die hoffentlich bald wieder verschwinden. Ich hoffe sehr, dass es Ihnen allen so gut geht wie unter den Umständen möglich und dass die Pandemie Sie und Ihre Liebsten nicht zu hart getroffen hat. Und ich hoffe, dass das Leben sich auch weiterhin langsam, aber sicher normalisiert.

Ich persönlich nehme mir in jedem Roman etwas Besonderes vor, stelle mir selbst eine Herausforderung. In *Dem Tod auf den Fersen* wählte ich Antagonisten, mit denen man mitfühlen muss, denn die drei Brüder leben und leiden mit der Krankheit ihres Vaters. Sie sind nicht unschuldig und trotzdem wollte ich, dass meine Leserinnen und Leser ein gewisses Mitgefühl für sie und die Dinge entwickeln, über die sie keine Kontrolle hatten. In diesem Roman wollte ich die Geschichte ganz aus Tracys Perspektive erzählen, eine Herausforderung, die ich, glaube ich, gemeistert habe. So war es mir außerdem möglich, in der Amazon Shortstory *The Last Line* die Hintergründe zu Dels ursprünglicher Ermittlung darzustellen. Das hat viel Spaß gemacht, war aber auch nicht ganz einfach, denn ich musste genau darauf achten, dass die Vorgeschichte zu diesem Roman mit der zu *The Last Line* übereinstimmte.

Glücklicherweise hatte ich ein Team, das mich dabei unterstützt hat.

Ich hätte dieses Buch, wie auch alle anderen aus der Reihe um Tracy Crosswhite, nie ohne die Hilfe von Jennifer Southworth aus der Abteilung Gewaltverbrechen der Polizei von Seattle schreiben können. Jennifers Hilfe war mir all die Jahre von unschätzbarem Wert. Sie half mir, interessante Ideen zu entwickeln und durchzuspielen, informierte mich über tägliche Polizeiroutine und erklärte mir die einzelnen Schritte bei der Verfolgung eines Straftäters. Jennifer ist vor Kurzem in den Ruhestand gegangen, wohlverdient. Ich hoffe, sie hat nun alle Zeit der Welt, kann Golf spielen, lesen und sich erholen.

Ich möchte mich auch bei Alan Hardwick bedanken. Alan ist ein Allroundtalent, spielt in der Band *One Love Bridge,* die ich schon ein paarmal live spielen hören durfte, und ist Schriftsteller. Früher einmal war er Detective in der Stadt Boise in Idaho und gründete das Criminal Intelligence Unit der dortigen Abteilung für Gewaltverbrechen. In Edmond, Washington, arbeitete er als Sergeant und kommissarischer stellvertretender Polizeichef des Police Department. Er war Mitglied der Joint Terrorism Task Force des FBI und der Washington Homicide Investigators Association. Inzwischen leitet er die Hardwick Consulting Group. Ich bin ihm dankbar für seine Hilfe und seinen Vorschlag, diese Geschichte … na ja, ihr ein besseres Ende zuteilwerden zu lassen, als ich ursprünglich vorhatte.

Der Tod von Dr. Kathy Taylor, forensische Anthropologin des King County und des Staates Washington, hat mich sehr getroffen. Kathy war immer gern bereit, mir bei forensischen Problemen zu helfen, und ist Vorbild für die forensische Anthropologin Kelly Rosa in meinen Romanen. Möge sie in Frieden ruhen.

Weiterer Dank gilt meinem Freund und Golfkumpel Kevin Lohman. Kevin liebt das Meer und alles, was damit zu tun hat, und hat mir bei allen nautischen Fragen in dieser Geschichte geholfen. Ich hatte ihn in einer Szene zum Hafenmeister der

Schleuse Hiram M. Chittenden (Ballard) befördert, aber leider fiel diese Szene dann in großen Teilen dem Rotstift zum Opfer und ich habe es gerade noch geschafft, seinen Namen ins Buch zu schmuggeln.

Falls sich in diesem Roman Fehler bei der Schilderung von Polizeiarbeit oder in Bezug auf nautische Details eingeschlichen haben, so gehen diese allein auf meine Kappe. Um die Geschichte stringent zu halten und Spannung zu wahren, habe ich die Zeitabläufe stellenweise gestrafft, wie zum Beispiel, wenn es darum ging, wie lange man für die Analyse von DNA-Spuren braucht.

Danke an Meg Ruley, Rebecca Scherer und das Team der Agentur Rotrosen. Sie sind Agentinnen der Spitzenklasse, die alles dafür tun, mir das Leben einfacher zu machen, wofür ich ihnen ewig dankbar bin.

Danke an das Team bei Thomas & Mercer und Amazon Publishing. Ich weiß langsam gar nicht mehr, wie viele Bücher ich inzwischen für sie geschrieben habe. Oft fragt man mich, wie ich es schaffe, im Jahr mehr als einen Roman zu veröffentlichen, und die einfache Antwort lautet: Ich schreibe jeden Tag mindestens acht Stunden, wegen COVID gab es kaum etwas anderes zu tun als das, was ich liebe, und das ist nun einmal, mir Geschichten auszudenken. Außerdem bekomme ich eine Menge Unterstützung von meinen Teams in der Literaturagentur und im Verlag. Dies ist der neunte Tracy-Crosswhite-Roman und mein zwölfter Roman bei Thomas & Mercer, dazu kommen noch drei Kurzgeschichten. Und jedes Mal sind meine Geschichten durch die Überarbeitung und die Vorschläge meines Teams besser geworden. Diese Leute haben mich und meine Romane überall in der Welt verkauft und beworben. Ich durfte inzwischen auch die Amazon Publishing Teams aus dem Vereinigten Königreich, Irland, Frankreich, Deutschland, Italien und

Spanien kennenlernen, alles hart arbeitende Menschen, denen ihre Arbeit viel Spaß zu machen scheint. Sie haben immer wieder umwerfende neue Ideen, um meine Romane zu bewerben und zu verkaufen, und ich bin ihnen sehr dankbar dafür. Für *Das außergewöhnliche Leben des Sam Hell* haben sie sogar eine riesige Reklametafel am Times Square gemietet und später dann noch einmal für *The World Played Chess*. Viele von euch haben Fotos davon in den sozialen Netzwerken gesehen, ich musste sie einfach dort posten. Ich wollte als junger Mann Schauspieler werden, deswegen war es für mich eine Riesensache, meinen Namen am Broadway zu sehen, ein Schock und gleichzeitig total begeisternd. Ich wünschte nur, mein Dad hätte das mit mir zusammen sehen können. Aus dem Himmel heraus hat er das bestimmt getan.

Danke an Sarah Shaw, Autorenbetreuung. Danke an Rachel Kuck, Produktionsleitung, Lauren Grange, Produktionsmanagement, und Adrenne Krogh und Michael Jantze, künstlerische Leitung. Ich sage das öfter, das weiß ich, aber ich liebe die Cover und Titel all meiner Bücher. Danke an Dennelle Catlett und herzlichen Glückwunsch zur Beförderung zur Leiterin der Öffentlichkeitsabteilung bei Amazon Publishing. Dennelle ist immer für mich zu sprechen, wenn ich anrufe oder eine Mail schicke, weil ich eine Bitte habe oder etwas brauche. Sie wirbt aktiv für mich, hilft mir, an sinnvolle Wohltätigkeitsorganisationen zu spenden, und erleichtert mir meine Reisen. Danke an das Marketing-Team Kyla Pigoni, Andrew George, Erica Moriarty, Lindsay Bragg und Erin Calligan Mooney für ihre hingebungsvolle Arbeit und die vielen Ideen, die sie zum Aufbau einer Autorenplattform beigetragen haben. Mit ihrer erstaunlichen Energie und Kreativität sorgen sie dafür, dass sich aus jeder neuen Idee eine großartige Erfahrung entwickelt. Danke an Mikyla Bruder und Hai-Yen

Mura, Verlagsleitung bei Amazon Publishing, die ein Team aufgebaut haben, in dem sich jeder engagiert seiner Arbeit widmet, und die mir erlaubt haben, Teil dieses Teams zu werden. Ich bin für jede weitere Million neuer Leser zutiefst dankbar und immer wieder auch erstaunt.

Besonders dankbar bin ich der leitenden Lektorin bei Thomas & Mercer, Gracie Doyle. Gracie und ich arbeiten bei meinen Ideen eng zusammen, von der ursprünglichen vagen Idee bis hin zur eigentlichen Veröffentlichung. Und wir amüsieren uns immer gut, wenn wir zusammen sind – was wir hoffentlich bald wieder sein werden.

Danke auch an meine Lektorin Charlotte Herscher, die all meine Bücher bei Amazon lektoriert hat, die Kriminalromane, die Justizthriller, die Spionageromane und die Romane. Es erstaunt mich immer wieder, wie schnell sie einen Handlungsstrang aufnimmt und sich daransetzt, ihn so gekonnt wie möglich zu gestalten. Und ich danke Scott Calamar, Korrektor, einem Mann, den ich immer dringend brauche und für den es bei mir allerhand zu tun gibt, denn Grammatik war noch nie meine Stärke.

Danke an Tami Taylor, die meine Website betreut, meinen Newsletter erstellt und die Cover für einige der ausländischen Ausgaben meiner Romane gestaltet. Dank an Pam Binder und die Pacific Northwest Writers Association für ihre Unterstützung.

Herzlichen Dank an die Leserinnen und Leser, die meine Romane für sich entdecken und so meine Arbeit überall in der Welt wunderbar unterstützen. Ich freue mich jedes Mal, von einem von euch zu hören.

Danke an meine Mutter und meinen Vater für eine wunderbare Kindheit und dafür, dass ihr mich gelehrt habt, nach den Sternen zu greifen und alles daranzusetzen, sie mit harter

Arbeit zu erreichen. Ich kann mir keine besseren Vorbilder denken.

Ich danke meiner Frau Christine für ihre Liebe und Unterstützung und meinen Kindern, Joe und Catherine, die angefangen haben, meine Bücher zu lesen, was mich sehr stolz macht.

Ich könnte all dies nicht ohne euch tun und würde es auch gar nicht wollen.

Printed in Poland
by Amazon Fulfillment
Poland Sp. z o.o., Wrocław

94367214R00261